燃燒的玫瑰

COULEURS DE L'INCENDIE

Pierre Lemaitre　皮耶・勒梅特

繆詠華 譯

將我的深情
獻給芭絲卡琳娜
獻給米迦勒

1927—1929

沒有好人和壞人，也無老實和無賴，
不見羔羊與豺狼；唯有懲罰來不來。

——雅克布・瓦塞曼[1]

1 Jacob Wassermann（1873-1934）：德籍猶太裔小說家。

1

若說馬塞・佩瑞庫爾的葬禮大受干擾，甚至亂七八糟草草結束，好歹葬禮有按時舉行。共和國衛隊窸窸窣窣低聲調音，院子裡彙集了各式樂音聲響，一輛輛座車駛來，將大使、國會議員、將軍、外國代表團送到人行道上，一干人等面露哀戚，相互致意。綴有銀穗和逝者名諱起首字母花押的碩大黑天棚遮住了寬闊臺階。院士們從棚下走過，默默遵照統籌全場的禮儀師指示，他負責安排在場人士靜候瞻仰遺容。許多熟面孔都到了。如此重要的葬禮猶如公爵大婚或呂西安・勒隆[2]服裝發表會，是有頭有臉人士非露面不可的場合。

瑪德蓮雖因父親去世就快撐不住，依然到處張羅，效率甚高，她強忍悲痛，輕聲發號施令，鉅細靡遺。最讓她操心的是，共和國總統通知她，他要親自到「老友佩瑞庫爾」跟前弔唁。從這一刻起，一切變得複雜，因爲共和國的禮儀跟君主制度下一般嚴格。佩瑞庫爾府擠滿了安全人員和禮賓官員，片刻不得閒；這還沒算上部長、高官、議員大隊。國家元首有如一艘漁船，鳥類持續成群結隊跟在後頭，拿它的一舉一動當飯吃。

2 Lucien Lelong（1889-1958）：享有盛名的巴黎時裝界人士，一九二〇到一九四〇年代尤其活躍。迪奧（Christian Dior）曾經是他公司的設計師。勒隆的時裝深受當時權貴、名人、好萊塢大明星喜愛。

預定時間已到，瑪德蓮站在臺階高處，戴著黑手套的雙手端莊地交叉在身前。

禮賓車到來，全體噤聲，總統下車，頷首致意，登上臺階，緊緊抱住瑪德蓮好一會兒，一言不發，悲痛逾恆，四下悄然無聲。隨後，他手一伸，姿態高雅卻帶宿命，請人讓出通往靈堂的過道。

總統蒞臨，不僅是對已故銀行家的友誼見證，也是一種象徵。確實如此，當前情況非比尋常。隨著馬塞．佩瑞庫爾辭世，「這盞法蘭西經濟明燈方才熄了」，有幾家還知道堅守職責的報社如此下標。「繼愛子愛德華的自殺悲劇後，不到七年，他便追隨而去」，其他報社如此評論。這不重要，重要的是，馬塞．佩瑞庫爾曾是全國金融界的中心人物，如今撒手人寰，人人茫然若失，他的辭世簽署了時代更迭變遷，更令人擔憂的是，從而開啟前景黯淡的三〇年代。一戰後的經濟危機從不曾停息。法國政治階層信誓旦旦，打敗仗的德國，必須賠償所有損失，法國錙銖必較，然而事實則不然。國家央請人民耐心等候住房重建，道路翻新，補償殘疾人士，支付養老金，創造就業機會，簡言之，期待恢復昔日情景——甚至更好，因爲我們贏得戰爭——殊不知國家自己就先洩了氣：德國賠償的奇蹟永遠不會出現，法國只得靠自己。

馬塞．佩瑞庫爾正代表著舊時代的法蘭西，昔日他宛如一家之主，帶領國家經濟往前行。一個舉足輕重的法國銀行家或者說他所體現的美好當年，如今帶領大夥兒往墓園前進，眞不知道往後會如何。

瑪德蓮在靈堂注視父親的臉，看了許久。數月來，老化成了他的活動重心。「我得好生盯著自己，」他說，「我怕有老人味，怕忘了想說的話，我怕惹人厭、被別人抓到我在自言自語，我把所有時間都花在窺視自己、盯住自己，變老好累人。」

她看到衣櫃裡架上掛著他新訂做的套裝，襯衫熨燙過，整雙鞋都上過蠟。一切準備就緒。

前一天，佩瑞庫爾先生還跟外孫保羅共進晚餐。保羅今年七歲，臉蛋俊俏，膚色蒼白，生性害羞，還有口吃的毛病。不過，不同以往，當晚他沒問外孫的課程進度、白天的日程安排，也沒提出餐後繼續把那盤跳棋玩完，而是一直若有所思……並不是憂心忡忡，不是，而是恍惚，幾乎像在做夢，跟他平常不一樣；整餐他幾乎連碰都沒碰，光含笑表示自己也在餐桌上，僅此而已。正由於這一餐對他來說顯得耗時太久，他摺好餐巾，我上去了，他說，你們倆吃吧，他抱著保羅的頭，貼在身上好一會兒，好啦，等等好好睡吧。平常他經常說自己這痛那痛，這晚什麼都沒埋怨，逕自邁著輕柔的步伐走向樓梯。依照慣例，離開飯廳時，他都會說「要乖乖的喔」。可是那天晚上，他忘了。第二天，他死了。

這時兩匹披了馬衣的駿馬拉著靈車，在豪宅院裡緩緩前進，典禮司儀請至親好友移步往前靠攏，按照禮儀順序各自就定位，瑪德蓮與共和國總統並肩而立，凝視著橡木靈柩上閃閃發亮的銀十字架。

瑪德蓮打了個寒顫。幾個月前她做出的選擇正確嗎？

她單身。說得更準確些，離婚，不過在當時兩者是一樣的。經過轟動一時的訴訟後，前夫亨利．德．奧內－博戴勒正在蹲苦牢。而女人沒了男人的這種情況，令她那深謀遠慮的父親憂心。「像妳這種年齡，一般人都會再婚！」他老這麼說，「管理一家投資好多公司的銀行，這不是女人家的事。」瑪德蓮倒也同意，不過有一個條件：丈夫？我跟亨利在一起已經受夠了，謝謝，不過男人則不然，要我結婚，除非是為了性，否則別指望我。雖然她經常心口不一，比方說第一次婚姻，她就抱著極大希望，結果證明災難一場，但她現在明白了，自己頂多找個伴兒，僅此而已，尤其是她完全無意再生小孩，保羅已經帶給她無比快樂，這就夠了。去年秋天，每個人都意識到馬塞．佩瑞庫爾撐不了多久，現在就該採取必要措施，比較謹慎，因爲等他那結巴外孫保羅長大成人，成爲領航家族事業的舵手，還得好多年呢。此外，大家想像不到小保羅怎麼能接班？他連話都說不太出來，通常乾脆放棄不說，太難了，還說什麼讓他掌管……

身爲鰥夫又膝下無子的居斯塔夫·朱貝爾是佩瑞庫爾銀行代理人，順理成章成了瑪德蓮的理想對象。五十出頭，節儉，認眞，組織能力強，自律，有遠見，除此之外，大家只知道他熱衷機械——汽車和飛機。汽車方面，他討厭伯諾斯特，但喜愛夏拉維勒[3]；飛機方面，他不喜歡布萊里奧，可是崇拜竇哈[4]。

佩瑞庫爾先生大力推崇把他們倆湊成一對的解決方案。瑪德蓮也接受了，不過：

「居斯塔夫，先把話說清楚，」她預先告知過他。「您是個男人，這點我沒意見……我是說，您懂我意思。但前提是私下悄悄進行，我拒絕再成爲笑柄。」

朱貝爾理解她堅持私下悄悄進行的要求，比瑪德蓮要求他克盡丈夫義務更容易接受，因爲他鮮少有這種需求。

然而數週後，她突然向父親和居斯塔夫宣布，不辦婚禮了。

退婚的消息有如晴天霹靂。佩瑞庫爾先生對於女兒提出不合理的論據不以爲然：她三十六，朱貝爾五十一，一副她剛剛才發現的樣子！何況嫁給年紀稍大、又有判斷能力的男士，豈不更是好事一樁嗎？結果不是，顯然不是，瑪德蓮對這場婚姻的態度就是「辦不到」。

所以說，不。

就此關上討論的大門。

換作從前，佩瑞庫爾先生不會滿意這樣的答案，現在他已經累了。他據理力爭，堅持，隨後也就妥協了，正因爲這種放棄，大家才意識到他已非昔日那個佩瑞庫爾了。

但是就在今天，瑪德蓮憂心忡忡，捫心自問，她做的決定是否正確？

總統一走出靈堂，外頭所有活動一律暫停。

庭院裡的賓客開始抱怨時間拖太長，大夥兒爲了露個臉來到此處，並不打算花上一整天哪。何況天寒地凍的，想躲都沒法躲，不過嚴寒尚在其次，最難熬的是對這沒完沒了的一切失去耐心，人人都想找藉口脫身。即便耳朵、手、鼻子都包得緊緊的，還是凍得要命，無計可施之下，只得偷偷以腳跺地，邊開始詛咒亡者，還不快點抬出來。大家巴不得出殯行列趕緊上路，好歹可以走走路暖和暖和。

終於傳來靈柩抬下來的喧嘩聲。

只見院子裡，身著一襲繡有銀飾黑披風的教士，領著一群穿著紫袍和白色寬袖法衣的唱詩班兒童。

禮儀官偷偷瞄了錶，緩緩拾級而上，居高臨下，以便能更全面瞭解狀況，眼睛同時在找幾分鐘後負責引導送葬行列的那幾位同事。

所有人都在，除了逝者的外孫。

事前早已計劃小保羅隨侍在母親身邊，位於行列前首，兩人稍微領先車隊其他人幾步，靈車後頭

---

3 Robert Benoist（1895-1944）和 Louis Charavel（1890-?），兩人都是當時的名賽車手。

4 Louis Charles Joseph Blériot（1872-1936）和 Didier Daurat（1891-1969），兩人都是當時的知名飛行員。

跟著個孩子，這種影像向來很討好。尤其是因爲這孩子，他那張若有所思的臉，稍稍掛著黑眼圈的雙眼，予人一種弱不禁風的感覺，讓此景格外增添令人爲之動容的一筆。

瑪德蓮的貼身女祕書蕾昂絲走近保羅的家教安德烈．德勒固爾，後者正在小筆記本上寫寫弄弄，忙得不亦樂乎，偏偏她要他去問問他那位年幼的學生怎麼回事。他不滿地瞪了她一眼。

「我說蕾昂絲，您明明看到我正在忙！」

這兩人向來不對盤。家僕間的競爭關係。

「安德烈，」她回道，「總有一天您會成爲大記者，這點我毫不懷疑，不過目前您還只是個家教。既然如此，去找保羅吧。」

安德烈氣得把大腿上的筆記本砰地闔上，氣呼呼將鉛筆往口袋一塞，掛上抱歉的微笑，對身邊的人鞠躬致歉，排除萬難，終於殺出一條通往屋門的路。

瑪德蓮陪著總統，總統座車穿過庭院，所經之處，人群立即分開，彷彿今天死的是他。伴著共和國衛隊的鼓聲，馬塞．佩瑞庫爾的靈柩終於抵達門廊。大門早已敞開等候。由於現場不見她叔叔夏爾人影，大家四下找尋未果，於是瑪德蓮便在居斯塔夫．朱貝爾的攙扶下，跟在父親遺體後步下臺階。蕾昂絲兩只眼睛四下找尋應該在他母親身邊的小保羅，可是他偏偏不在。安德烈回來了，兩手一攤，表示無能爲力。

巴黎中央工藝製造學院[5]代表團扶棺，將靈柩安置在開放式靈車中，再將花環和花束放到靈柩上。禮儀人員往前一步，手上捧著墊子，墊上放著榮譽軍團大十字勳位勳章。

正當達官顯貴聚在院子裡，一個搖搖欲墜的身影突然抓緊眾人目光。人群倏地往外擴散開，散成怪異的一大團，甚至正在瓦解。

靈柩和靈車不再是眾人關注焦點。目光轉向建築正面。眾口齊聲發出驚呼聲，令人窒息。

輪到瑪德蓮也抬起雙眼，她張開嘴巴。上面，三樓的地方，七歲的小保羅站在窗臺，雙臂大張。面向天空。

他穿著全套黑禮服，不過領帶摘下了，白襯衫大大敞開。

人人抬頭仰望，猶如觀看汽艇升空。

保羅膝蓋微微一彎。

還沒人來得及跑上去制止他，只見他鬆開窗扇，伴隨著瑪德蓮的慘叫聲，一躍而下。

墜落期間，孩子的身體宛如被獵槍擊中的鳥兒，四下亂飄。快速又無序的墜落結束之際，他摔在黑色天棚上，一會兒就消失了蹤影。

大夥兒鬆了一口氣。

但是緊繃的棚布一反彈，他像從玩具盒裡跳出的魔鬼，又出現了。

5　École centrale des arts et manufactures：指的是「巴黎中央工藝製造學院」，亦稱「巴黎中央理工學院」，簡稱「中央」，為法國數一數二的工程師學校。正因馬塞．佩瑞庫爾畢業於此校，所以才會由「中央」學弟幫他扶棺。

他再次升到空中，飛越布幔。

撞上外公的靈柩。

頃刻間，庭院悄然無聲，他一頭撞到橡木靈柩，伴隨著砰的一聲，人人的胸中也震了一下。

全場都被嚇呆了，時間凝結。

有人朝他衝過去，保羅仰天躺著。

耳朵流出血來。

2

禮儀官措手不及。舉凡葬禮會出現的狀況，他知之甚詳，他主持過無數院士、四位外國駐法使節的葬禮，甚至還承擔過三位在任或卸任總統的治喪大事。這位嫻熟業務的男士一向以冷靜著稱，不過男孩從三樓掉在外公棺材上，超出他的能力範圍。怎麼辦？他兩眼茫然，雙手癱軟，方寸大亂。我們不得不承認，他完全不知所措。何況幾週後他還過世了，可說是殯葬界的瓦特爾[6]。

傅尼耶教授第一個衝過去。

猛地踢開落在鋪石路面的花冠，爬上雙輪馬車，匆匆檢查一下，沒有驚動到孩子。

他功德無量，因爲大家這才開始有反應，七嘴八舌，議論紛紛。這些衣冠楚楚之士當場成了圍觀意外、看熱鬧的好奇路人，一下噢，一下啊，您看到了嗎？怎麼樣，這可是佩瑞庫爾的兒子啊！才不是，不可能，他在凡爾登過世了！不是那個，是另一個，是那個小的！怎麼會？他在窗邊，跳下來？我看他是腳滑吧？我啊，我認爲有人推他。噢，拜託！眞的，您看，窗子還開著，啊，還眞的呢，眞

6 François Vatel（1631-1671）：原籍瑞士，十八世紀餐飲界名人，以成功主持大型飲宴著稱。一六七一年，孔代親王（Prince de Condé）邀請時年三十三歲的法王路易十四到新裝修的城堡晚宴。求好心切的瓦特爾因為預定的魚鮮遲到甚久，損及他的專業形象，於是回房舉劍自殺身亡。

他媽的，米樹，請您放尊重點！人人忙著告訴別人自己剛看到的情景，殊不知別人同樣地看到。

站在馬車腳邊的瑪德蓮，死勁抓住靈車木擋板，指甲如鷹爪般深陷其中，瘋也似地狂叫不止。蕾昂絲想用肩膀頂住她，但是她自己也滿臉是淚，沒人會相信一個孩子竟然像這樣從三樓掉下來，這怎麼可能。可是只要抬起頭來看看摔了一地的花環，儘管人很多，還是看得見保羅的身體像尊死人臥像般僵直躺在橡木棺材上，傅尼耶醫生正俯在上頭找心跳、呼吸跡象。好不容易，醫生終於站起來，渾身是血，燕尾服直到襯衫胸飾都血跡斑斑，但他什麼都不看，什麼人都不看，將孩子抱在懷裡，又挺直了身子。一個走運的攝影師，捕捉到這個影像，造成全國大轟動：站在靈車，就在馬塞·佩瑞庫爾靈柩旁邊，傅尼耶教授懷裡抱著一個孩子，血從孩子的耳朵淌出。

大家扶他下來。

人群散開。

小保羅貼著傅尼耶，傅尼耶在一排排人群中間奔跑，瑪德蓮魂都飛了，緊跟其後。所經之地，交頭接耳暫歇，突如其來的靜默比葬禮更顯哀戚。德·弗洛瑞吉先生的豪華房車西薩爾－貝爾維克[7]遭到徵用，他的夫人站在車門口，絞著雙手，生怕血滴到座椅，清也清不掉。

傅尼耶和瑪德蓮坐後座，孩子的身子橫躺在兩人大腿上，軟趴趴地像只袋子。瑪德蓮朝蕾昂絲和安德烈投去懇求的一瞥。蕾昂絲一秒鐘都沒遲疑，安德烈倒是猶豫了一下下，才轉身朝院子走去，迅速用花環到處掃了一下，馬車、靈柩、馬、制服、套裝……隨後低頭，上車。車門砰地關上。

一行人往「慈善」[8]開去。

在場人人呆若木雞。唱詩班兒童的風頭被搶光，他們的本堂神父顯然也管不了這麼多；共和國衛隊正猶豫著，不知該不該照流程所示奏起哀樂。

何況還有血的問題。

葬禮是很隆重沒錯，不過再怎麼氣派，也只是口釘上了的棺材，然而血卻是活生生的，看了就嚇人，任誰都會聯想起痛苦，簡直比死還難受。保羅的血，滴滴答答，一路從街上滴到人行道，跟在農場天井裡頭似的，滴成一道血痕。一看到，就想起這位小紳士兩只胳臂晃來晃去，讓您直冷到骨子裡，經歷過這一幕，還得裝沒事似的參加一場不是您的葬禮……

佩瑞庫爾家的傭人扔了好幾把鋸子刨下來的木屑，自認這麼做很管用，果然大大有效，人人開始咳嗽，扭頭望向別方。

隨後眾人察覺到，沒辦法體面地將這位滿身血淋淋的男士送進墓園，於是到處找黑布，找不到。家僕拎著一桶冒著煙的熱水，爬上馬車，試圖拿海綿擦拭鍍金的耶穌受難像。

居斯塔夫．朱貝爾，果斷的男人，這時下令傭人將佩瑞庫爾先生書房裡最寬的一幅窗簾取下。這種沉重又遮光的面料，是瑪德蓮特地差人裝的，即使陽光射到宅邸正面，大白天的，父親也能好好休息。

---

7 Sizaire-Berwick：一九二三到一九二七年風行的一款法英合製豪華房車。創始人為法國的Sizaire兄弟及英國的Frederick William Berwick，故得其名。

8 la Pitié：成立於一六一二年的慈善醫院（hôpital de la Pitié），一九一一年遷至硝石庫醫院（hôpital de la Salpêtrière）附近，一九六四年兩院合併成為硝石庫慈善醫院（hôpital de la Pitié-Salpêtrière）。

眾人由下往上看，看到幾分鐘前孩子躍下的那扇窗戶，有人爬上凳子，雙臂伸向天花板。窗簾布被匆匆一捲，終於撤下來。傭人恭謹地攤開它，鋪在靈柩上。不過這畢竟是一大幅窗簾，使得等著安葬的這位男士彷彿穿著晨袍，尤其是因爲窗簾上的三個銅環取不下來，稍微有點風吹過，就頑強地撞著靈柩外壁……

大家急著恢復正常的葬禮流程，也就是說，次要部分[9]。

一路上，保羅橫躺在泣不成聲的母親腿上，連睫毛都沒眨，脈搏十分微弱。司機不停按喇叭，幾人像在運牲口的卡車裡搖搖晃晃。蕾昂絲扶著瑪德蓮的胳臂，緊緊貼在胸口。傅尼耶教授將自己的白圍巾朝孩子頭上圍了一圈有助於止血，可是血不停滲出，滴滴答答地開始往車地板流。

安德烈・德勒固爾剛好坐在瑪德蓮對面，一逮著機會，視線就四下游移，他鐵石心腸。

瑪德蓮是在一所天主教學校遇見他的，她還打算等保羅年紀到了，也送他進去。安德烈瘦高頎長，頭髮捲曲，他那個世代的男生差不多都像這樣，栗色眼睛相當暗淡，卻有一張肉肉的、又善於雄辯的嘴。他在該校當法文輔導老師，據說他講起拉丁語如天使般輕鬆，必要時甚至還能畫上兩筆。他極其熱愛義大利文藝復興時期，一說起來就滔滔不絕。他想成爲詩人，擺出狂熱的眼神，面部表情宛如受到神啟，臉突然扭向一邊，這在他心中，代表著那有如電光閃石般的靈感前來造訪。他隨身攜帶筆記本，老從包裡掏出來，隨後便轉過身去，焦躁地寫筆記，記完後，才一副大病初癒狀，重新加入談話。

瑪德蓮立刻喜歡上他凹陷的臉頰，修長的雙手，以及他身上某樣燃燒著的東西，感覺起來，他一旦爆發會有多麼激烈。再也不想男人這回事的她，在他身上發現意想不到的魅力。她親自上陣測試過，安德烈很合。

甚至非常合。

瑪德蓮在他懷中重拾昔日回憶，遠遠不是糟糕的回憶。他十分體貼，她覺得自己有吸引力，即使他花了很多時間才採取行動，因爲他總有印象要分享、觀點要澄清、想法要評論，話多到連穿著四角內褲都在吟詩，不過一旦他閉嘴，在床上表現相當好。認識瑪德蓮的讀者就知道她向來都不怎麼漂亮，不算醜，而是平庸，我們不會注意的那型。她嫁了一個從沒愛過她的美男子，但是跟安德烈在一起，她感受到自己被慾求的快樂。關於性事，還有一個她從沒想過的地方：隨著年紀增長，她自認該邁出第一步，表現出來，透過行動表達，簡而言之，就是主動。但她顯然多慮了，安德烈雖然是個受詛咒的詩人，頻繁出入花街柳巷，數度參加雜交狂歡，心態開放，任何花招都能適應；可他也是個務實的男孩。他明白瑪德蓮明明能力不足，卻酷愛扮演點火的主動角色，她曲意討好，他也眞心誠意沉溺於這種情況，因爲他本身就有被動傾向。

他們之間想交往並不容易。安德烈住校，禁止訪客。於是兩人一見面就先上旅館開房間，瑪德蓮偷偷摸摸溜進去，再像滑稽劇中的小偷那樣低著頭走出來。她把錢交給安德烈，用來支付旅館費，她想盡辦法給他錢，避免讓他有她在買他、有她在幫自己買個男人的印象。她把鈔票留在壁爐架上，殊不知妓院正是這樣。她把錢塞進他的外套，可是他根本就沒想到，倒是在旅館接待中心，翻遍所有

9 因為保羅墜樓成了這場葬禮的主要部分。

口袋後當場翻出來，就甭提有多低調了。反正就是非找別的方法解決不可，因爲更緊急的是瑪德蓮不只要找個情夫，她已墜入愛河。安德烈幾乎擁有她前夫沒有的一切：有學養，貼心，被動卻充滿活力，隨叫隨到，言之有物，從不低俗，總之安德烈．德勒固爾只有一個缺點：窮。並不是說錢對瑪德蓮很重要，她的錢夠兩個人花，可是她有一個問題得擺平，她父親不會正眼瞧這個女婿，一個比他女兒小十歲的男生，完全沒資格當他的乘龍快婿，嫁給安德烈想都別想。於是，她找著一個可行的解決方案：讓安德烈當保羅的家教。保羅跟著家教學習，享有量身打造課程的特權，尤其是，如此一來，他就不用去上學，教會學校亂七八糟的事多得很，閒言閒語傳得滿天飛，神職人員教學早就臭名滿天下，連最好的學校也一樣，害她怕得很。

簡而言之，瑪德蓮一直幫自己找藉口，合理化自己的行爲。

於是，安德烈就在佩瑞庫爾家族的豪宅高樓層安頓下來。

小保羅欣然接受，他還以爲有了一個玩伴，但幻想破滅。即便前幾星期順利進行，保羅卻上得越來越沒勁。拉丁文、法文、歷史、地理，瑪德蓮心想，沒人喜歡這些，每個小孩都一樣，尤其是安德烈教得十分認眞。保羅對這種一對一授課方式日漸不滿，瑪德蓮並沒動搖，依然覺得甚爲方便：對她來說，就是偷偷爬上兩層樓；有時候則是安德烈下樓。在佩瑞庫爾家，他們這種關係成了普欽內拉的祕密[10]。傭人模仿女主人一臉色急攻心，登登登爬上傭人專用樓梯的腳步聲，藉以自娛自樂。安德烈從反方向折回時，他們又模仿他步履蹣跚、彈盡援絕的模樣，經常拿這件事在廚房裡打趣作樂。

安德烈夢想成爲文學大師，想像自己進入報界，出版第一本書、第二本……重量級文學獎桂冠加身，誰說不可能呢？所以說，成爲瑪德蓮．佩瑞庫爾的情人可是一張無可爭論的大王牌，不過，這個高高在上、在傭人房樓下的房間，實在是令他無法忍受的羞辱。他看得出來女傭噗嗤訕笑，司機則面帶不屑。某程度而言，他算他們的一分子。他提供的服務就算是性，畢竟是一種服務。出入上流社會的舞者有可能因性而提高身分，詩人卻視爲奇恥大辱。

因此，擺脫這種有辱人格的狀況成了緊急要事。

所以這一天他才這麼難過：佩瑞庫爾先生的葬禮對他來說是關鍵時刻，因爲瑪德蓮打過電話給《巴黎晚報》社長儒勒．紀佑托，請他讓安德烈寫一篇她父親葬禮的報導。

您想想看：一大篇文章登在頭版！何況還是全巴黎最暢銷的晚報！

安德烈從三天起就浸淫在葬禮氛圍，多次沿靈車的路線步行演練，甚至提前寫好整段文章：「數不清的花環襯托靈車外觀愈發壯觀，葬禮也愈形沉重，令人想起世人眼中這位法國經濟巨擘的冷靜與才幹。現在是十一點。送葬隊伍即將出發。第一輛車因弔喪贈禮的重量而稍顯搖晃，輕易即可區分出……」

大好機會！這篇文章要是成功的話，搞不好他就可以進報社……啊，體面地謀生，擺脫他被迫盡的義務，毫無自尊可言。更棒的是：成功、財富、出名。

這下可好，這場意外破壞了一切，將他送回起跑線。

安德烈死盯著窗外不放，以免瞄到保羅緊閉雙眼、瑪德蓮滿臉是淚，還有蕾昂絲那張令人捉摸不

10　le secret de Polichinelle：普欽內拉（Polichinelle），法國木偶劇中小丑名。雞胸駝背、嗓門尖銳，外加口無遮攔，守不住祕密。所謂「普欽內拉的祕密」指得就是公開的祕密。

透、緊綳的臉。一汪淚池在車地板上越變越大。他爲死去的（或者幾乎死去，全身癱軟，在浸透鮮血的圍巾下再也感覺不出來有呼吸）孩子感到難過，心都碎了，但他尤其想到自己，剛剛化爲烏有的這一切，他的希望，他的期待，錯失良機，他哭了起來。

瑪德蓮握住他的手。

在他哥的葬禮上，夏爾・佩瑞庫爾當下成了唯一還在場的家族成員。好不容易，終於在臺階附近找到他，身邊圍著「他的後宮粉黛」，這種說法並不高雅，他偏偏這麼稱呼自己的老婆和兩個女兒。他認爲妻子荷當絲，因爲不夠喜歡男人所以生不出兒子。他的兩個女兒長大成人，天生兩隻小雞腿，膝蓋外翻，痘痘處處開，老噗哧亂笑，逼得自己還得拿手捂住一口可怕的爛牙……這口爛牙令父母失望透頂，似乎在她們出生時，哪個道德敗壞的神祇在兩人嘴裡各扔進一把牙齒，橫七豎八，群醫束手無策，只得把牙全拔光，等她們一發育完，就裝上一口假牙，姐妹倆從此注定一輩子活在一把人牙扇子後頭。看來往後上牙科診所和嫁妝還得花上不少錢。這個問題有如詛咒般時刻纏著夏爾不放。

由於夏爾大半時間都花在餐桌上，落了個大肚腩，他少年白，一頭白髮梳到後面，長得粗裡粗氣，大鼻子（性格果決的象徵，他如此強調），一把「工兵圍裙」[11]落腮鬍，這就是夏爾。除此之外，他因爲他哥過世哭了兩天，所以還得加上膚色泛紅和兩眼浮腫。

老婆和兩個女兒看到他從廁所出來，連忙衝上前去，驚魂未定，娘兒仨沒一個能夠清楚描述現在是什麼狀況。

「嗯，什麼？」他轉來轉去，一邊問道，「怎麼會這樣，他跳了？誰跳啦？」

居斯塔夫・朱貝爾推開眾人，沉著冷靜，夏爾走過去，他將夏爾拉到身旁，兩人邊往庭院走，他邊讓夏爾明白他現在代表整個家族，必須扛下這個重責大任。

夏爾搞不太清楚狀況，環顧四周，眼前一切跟他去上廁所前完全不一樣，他想弄清楚到底怎麼了，偏偏就是弄不清楚。人群激動浮躁，完全不符合葬禮應有的氛圍，兩個女兒嘰嘰喳喳，五根手指張得好開，興奮地擋在嘴前，妻子則哭哭啼啼。朱貝爾拉著他的胳膊，「瑪德蓮不在，您得領頭，夏爾。」

夏爾面對這種狀況不知所措，卻也感到良心不安。他哥離開人世，他雖然痛苦逾恆，但在這個節骨眼上，卻把他從困境中拯救出來。

他智力雖不超群，倒也有點小聰明，面對某些狀況，絞盡腦汁，他還是使得出令人始料未及的緩兵之計，讓他哥有時間能幫他脫困。

他拿手帕擦眼睛，踮起腳尖四處張望，此時馬車已經鋪上藍窗簾，花環也放了回去，兒童唱詩班重新就位，樂隊爲了塡補尷尬的空白時段，奏起一支慢板進行曲。夏爾倏地鬆開朱貝爾的手腕，朝一名男子奔去，出其不意從後頭攔住那人，於是，就這樣，公共工程部第二參贊亞德里安・弗洛卡有違出殯禮儀，竟然站到隊伍最前頭，介於逝者的弟弟、弟媳荷當絲和兩個姪女玫瑰和風信子之間。

夏爾比馬塞小十三歲，這就說明了一切。他什麼都比他哥少一點。沒那麼老，沒那麼聰明，沒那

---

11 Tablier de sapeur：原為里昂家常菜名。有點像炸排骨的做法，但食材是牛肚。先將牛肚在白葡萄酒醃製一夜，隔天再煎熟，也可以滾上麵包屑後再煎。作者取其又厚又大的意象。

麼勤奮，因此也就沒那麼富裕，不過，一九〇六年，拜老哥鈔票所賜，他還是當上了國會議員。「誰曉得選個議員還得花這麼多錢」他是這麼對他哥說的，天眞得令人吃驚。「到處灑錢，選民、報社、同儕、對手，實在是不像話」。

「你一旦投入選戰，」馬塞事先就警告過他，「就只許成功，不許失敗。我不允許姓佩瑞庫爾的人，被不起眼的激進社會主義候選人擊敗！」

選舉進展順利。當選後，好處多多，共和國是個好女孩，毫不吝嗇，對他這種滑頭甚至大方得很。許多議員都想爲自己選區好好做點事，夏爾只想到連任。多虧重金禮聘的系譜學者，通古博今的大學者挖掘出佩瑞庫爾家族跟塞納—瓦茲省有著極其古老、八竿子才打得著的根源，於是夏爾便稱說這些關係可謂源遠流長，還正經八百自詡爲塞納—瓦茲之子。他毫無政治抱負，唯一使命僅在於取悅選民。他靠直覺行事而非深思熟慮，他找著一個甚得人心的領域，足以匯集遠超出他陣營的各方人士，同時滿足富人與窮人，也討好保守派和自由派，那就是：力抗納稅。好一塊沃土。一九〇六年一到，他便大力抨擊卡約[12]對人民徵收所得稅，力陳徵稅計畫令「資產擁有者、節約度日者、努力工作者」飽受驚嚇。他勤跑基層，每週親臨選區和選民握手，大聲疾呼「絕不容許稅務稽查」，到處主持頒獎典禮、農業促進會、運動賽事，按時在宗教節慶露面。他日日更新五顏六色的卡紙板，一絲不苟地在上頭寫下有助於他連任的每一個細節：地方名流、每個人的喜惡、性癖好、收入、債務，對手的不良習氣、風流韻事、謠傳八卦；包山包海，一旦時機到來，可供他派上用場的一切。他草擬種種問題，向各部部長提出書面陳情，爲選民請願，終於讓他搞到每年兩回登上國會大廳專席陳述個幾分鐘的機會，從而提出能夠引起選區選民注意的問題。這些選民服務，在他的官方日誌中都謹愼小心地一一宣傳了，證明自己爲了選民肝腦塗地，無人能出其右，他也因此得以在選民面前昂首抬頭，好不威風。

然而，這股美好殷勤的幹勁，缺了錢可不成。競選海報要錢，開個會要錢，就連他在整個國會會期，爲了回報那些幫他衝高選票的樁腳，大部分都是些教士、市長祕書群之類的，還有幾家咖啡館老闆，藉以向支持他的人展現選銀行家之弟當國會議員，好處多到數不完，他可以資助體育俱樂部，提供頒獎用書籍，摸彩獎品，爲退伍軍人贈旗、幫他們弄到獎章，並且管他什麼級別，人人或幾乎人人，一律都有勳章。

一九〇六年、一九一〇年和隨後的一九一四年，連續三屆競選，剛過世不久的馬塞・佩瑞庫爾都曾從口袋掏出錢來。一九一九年之所以破例，那是因爲夏爾曾在索恩河畔沙隆一帶的軍需處當過兵，大戰結束後掀起一波「藍色海平線」[13]巨大浪潮，毫不費力就把這位退伍軍人推進了人滿爲患的國會殿堂。

上回，一九二四年，情勢有利於左派聯盟[14]，身爲一個政見極其薄弱的右派議員，想當選顯然比一九一九年那回更困難。馬塞爲了確保夏爾連任，不得不幫他出了比前幾回更多的錢。

馬塞可說一直都對夏爾及其從政生涯全力支持，就連死了也不例外。如果事情發展一如夏爾所

---

12 Joseph Caillaux（1863-1944）：法國第三共和（1870-1940）政治家。國家徵收所得稅的早期支持者。
13 bleu horizon：因一九一五到一九二一年間法國本土部隊的藍灰色軍服而得名。
14 Cartel des gauches：一戰後由社會黨、激進黨組成的聯盟，分別於一九二四和一九三二年拿下大選。

期，進了墳墓的馬塞依然能把大難臨頭的弟弟從困境中給揪出來。

夏爾迫不及待想跟亞德里安・弗洛卡討論的正是這點。

送葬行列剛剛出發。他大聲擤了擤鼻涕。

「建築師貪婪得可笑，」他開口說道。

第二參贊（這位官僚到骨子裡的公務員，受《民法》哺育，臨終前八成還在背誦魯斯登法15）皺眉頭。靈車莊嚴地緩緩前進。每個人都還處於保羅從窗戶掉落的震撼中，夏爾因為什麼都沒看見，而沒感受到這種情緒，不過也因為此時他自己的麻煩事凌駕於他哥和極有可能他小姪子的死之上。

弗洛卡沒有回應夏爾的期待。夏爾既因為自己的心事，也因為部長身邊這位高級幕僚的反應，惱羞成怒，補上這句：

「說真的，他們根本是趁火打劫，您不覺得嗎？」

他氣到走得慢了點，離靈柩有段距離，不得不加快步伐跟上他的說話對象。他不習慣走路，氣喘如牛，頭也輕輕搖晃……再這麼走下去，他心想，不到夜幕低垂，巴黎就連一個活著的佩瑞庫爾都沒了！

憤慨是他性情的基礎：命運之神向來都對他不公平，世事運轉的方式永遠不合他意。平價住宅這檔事不過是另一個證明罷了。

為了因應首都日益嚴重的住房危機，塞納省推出名為「低價住房」的重大計畫。對建築師、營造公司、建材製造商來說是筆意外之財。對掌握裁定土地授權、特許經營、徵用、優先購買等大權的政治人物而言，回扣和賄賂宛如天堂美酒般源源不絕，問題是，在這場祕密狂歡中，美酒灑到夏爾無法全身而退。身為省級委員會指派的成員，他上下打點，幫布斯凱兄弟公司搞到殖民地街一塊好地方，工地足足有兩公頃，可以幫低收入戶蓋上一整系列平價住宅。到此為止，再普通不過，夏爾跟其他人一樣也拿了回扣。豈料他利用這個大好機會又向巴黎沙石和水泥公司討了油水，隨後強逼得標建商採用這家大建材生產商的材料蓋屋。從這開始，扁扁的信封袋和象徵性的油水都成了過去。隨著木料、鐵材、混凝土、屋架、瀝青、塗料、砂漿的佣金比率，夏爾看著陣陣金錢雨從天而降。兩個女兒的華服暴增三倍，牙醫也約了診，荷當絲將全套傢俱換新，連地毯也在內，還買了一隻貴到不像話的賽犬，這隻壞脾氣的小狗，老扯著尖銳嗓門狂吠不止，某天發現牠死在小地毯上，八成是心臟病發作，廚娘將牠扔進垃圾桶，伴牠長眠的還有果皮菜屑和魚骨頭。至於夏爾，他則送了當時的情婦（專攻國會議員的通俗喜劇女伶）一顆足足有葡萄籽大的寶石。

夏爾的存在感終於提升到他自認為該有的高度。

誰知道經過將近兩年暫時好轉的財務狀況，命運之神又再度對他使壞。甚至非常壞。

「畢竟，」亞德里安．弗洛卡嘟囔著，「這個工人的事……」

夏爾痛苦地閉上雙眼。是的，巴黎沙石和水泥公司因為到處都得打點，必須不斷支付佣金，為了保住公司利潤，只得提供更便宜的建材，可想而知木料較不乾燥，砂漿較不濃稠，混凝土較不結實等等。直到某處工地二樓整個坍塌，幾乎塌成底樓，一名建築工人又偏偏剛好穿過樓板……大夥兒忙不迭用支柱撐著。工地就此停工。

「一條腿斷了，幾處骨折！」夏爾幫自己說話。「又算不上國難。」

15 la loi Roustan：法國政治人物魯斯登（Marius Roustan, 1870 -1942）於一九二〇年提出有利已婚官員家庭團聚的法律。

殊不知那名工人已經住院八週，醫護人員還是沒辦法讓他站起來。幸虧他家境貧寒甚好打發，根據他的要求，付了一小撮連塞牙縫都不夠的鈔票，就買來他的沉默。區區三萬法郎現金就擺平了負責平價住宅的官員，官員做出「住院工人須負過失責任」的結論。工地重新開放，可惜他們動作不夠快，沒來得及防範自己放水這件事傳到公共工程部，雖然該部處理此案的負責人收了兩萬法郎，終究擋不住部裡派出兩位調查的建築師。後來，這兩位各要求兩萬五千法郎，才願意鬆口宣布這場「意外」真的是意外。

「就市府或部長那方面，您認爲我們可以做點什麼嗎？我的意思是說……」

亞德里安．弗洛卡很清楚夏爾的意思。

「這個嘛……」他支吾其辭。

這件事目前光是擺平幾名慈悲爲懷的官員，夏爾就投下了一去不回的五萬法郎，像弗洛卡這樣含糊回答，意味著結案前，其他中間人評估自己的責任感與共和國的公正清廉，還會提出令人咋舌的鉅額。爲了擺平這件醜聞，少說也得再發出比平常多五倍的信封袋。老天爺啊，這一切進展可眞順利！

「我只需要一點時間。僅此而已。一兩個星期，就這樣。」

夏爾把所有希望都擺在下面這種情況：公證人幾天後將宣讀遺囑，進行遺產分配，屆時夏爾的份便可如願入庫。

「再怎麼樣，總能拖一兩個星期。」弗洛卡大著膽子說道。

「好極了！」

他哥留給他的遺產一到手，不管要求多少，他都會照付，這一切就擺平了。

像從前一樣照做生意，這個可憎的回憶也遠遠拋在身後。

一兩個星期就這麼過了。

夏爾又哭了。天底下最照顧弟弟的哥哥……非他哥莫屬。

3

到了「慈善」天井，瑪德蓮跑在醫生後頭，緊緊握著兒子死氣沉沉的手。院方採取最嚴密的預防措施，讓孩子躺在擔架車上。

一秒鐘都沒耽擱，傅尼耶教授送保羅去檢查，孩子的母親不准進去。她看到的最後一樣東西是保羅的頭，他那幾綹老招她埋怨的亂髮，就是沒辦法讓它們平順服貼。

她回到蕾昂絲和安德烈身邊，兩人都默然無語。

在場三人還沒從震驚中恢復過來。

「到底……」她問，「怎麼會發生這種事？」

蕾昂絲被這個問題給問倒。只要記得，就能瞭解這種事「怎麼會」發生，不過，顯然瑪德蓮還沒想到這點。她死盯著安德烈。畢竟，向瑪德蓮解釋保羅的事不正是他的職責所在嗎？但是，這個小伙子人在，心卻不在，八成是醫院的氛圍太難忍受，他早就神遊不知道到哪去了。

「樓上有誰在？」瑪德蓮追問。

很難說。佩瑞庫爾屋裡請了好多傭人，還得加上爲了出殯當天額外雇用的臨時工。有人推了保羅？誰會這麼做？家僕？怎麼有人做得出這種事？

瑪德蓮沒聽見護士過來告訴她三樓有房間供她休息。斯巴達式：一張床，一個五斗櫃，一張椅子，比起醫院，還比較像在牢裡。安德烈依然站著，望著窗外，車輛和救護車在天井來回。蕾昂絲終於說服瑪德蓮躺下休息，她連躺在床上都還嗚咽不止。蕾昂絲坐在椅子上，握住她的手，直到教授到來，他一進門，瑪德蓮彷彿通了電。猛地坐起。

教授換上了醫師袍，不過他把壞掉的衣領藏在裡頭，看起來好像在醫院迷了路的鄉村教士。他在床邊坐下。

「保羅還活著。」

弔詭的是，每個人都認爲這絕對不是好消息，全都做好心理準備，等著聽後續。

「他陷入昏迷，應該再過幾個鐘頭就會醒，我不敢百分百保證，不過您懂，瑪德蓮，您得做好心理準備，接下來，您看到的狀況會……很痛苦。」

她點頭表示瞭解，聽人解釋這些她理應知道的事情令她感到不耐煩。

「非常痛苦。」傅尼耶又說了一遍。

這時，瑪德蓮雙眼一閉，暈了過去。

出殯隊伍引起極大反應。靈車對送葬眾人來說移動慢到令人火大，不過行經之處，沿途人行道上，倒是不乏停下來圍觀看熱鬧的人。儘管如此，載著靈柩的馬車駛到附近，路人還是露出看不下去的神情。這幅居家大窗簾，在大白天光線照射下，顯得偏藍，對這種場合而言稍嫌鮮豔，堆在靈柩上的花束看似跟逝者一樣受苦受難，窗簾圓環撞得靈車叮噹響，在在讓這場送葬儀式帶著一種馬虎隨便的感覺，最感到惋惜的首推居斯塔夫・朱貝爾。

他走在第二排，離夏爾和荷當絲．佩瑞庫爾和兩夫妻的孿生女幾米之外，這兩個粗手笨腳的女兒，手肘一直頂來頂去。就連對這場葬禮而言無足輕重的亞德里安．弗洛卡都走在他前面，因爲夏爾逮著機會跟他大談自己的麻煩事，但居斯塔夫顯然都知道。居斯塔夫幾乎知道每個人的一切，就這方面，堪稱銀行家典範。

又高又瘦，稜角分明，凹陷的漏斗胸上方有著兩個寬闊的肩膀，瘦骨嶙峋的男人，全心投入自認爲神聖的使命，完全就是那種我們想像中穿著教堂守衛制服、盡忠職守的那種人。雙眼猶如藍寶石般清澈，他鮮少眨眼，一對眼睛堅持不懈，死盯著您，讓您相當不舒服。他簡直像中世紀宗教裁判所的法官。雖然不是天生健談，但表達能力甚強。這個男人想像力有限，性格卻極其沉穩。

當年他一出「中央」校門，碰巧未來的老闆，馬塞．佩瑞庫爾學長，一直在尋找合作對象，於是雇用了他。居斯塔夫．朱貝爾差點就以當屆狀元的成績畢業，最拿手的科目是數學和物理。打仗那幾年，因爲他能說一口流利的英語、德語、義大利語而被徵召進參謀部。除了那幾年，朱貝爾整個職業生涯都在佩瑞庫爾集團度過。認眞、吃苦耐勞、精打細算，而且心情起伏不大，具備當銀行家的所有條件，他很快就步步高升。佩瑞庫爾先生對他的信任與日俱增，一九〇九年，這年終於拔擢他成爲集團總經理兼銀行代理人。

一九二〇年，自從兒子去世，老闆身體大不如前，業務經常交由他掌管。兩年來，佩瑞庫爾先生甚至整個放任不管，朱貝爾近乎大權獨攬。

一年前，佩瑞庫爾先生試探他與獨生女成婚的可能性，居斯塔夫．朱貝爾點點頭，就像在董事會前做出決定那樣，然而，看似冷漠的外表下，內心實則無比雀躍。更棒的是，他感到自豪。

誠如大家所言，賣力攀上銀行管理階層高峰，在商業圈中備受尊重，如今他還缺一樣東西：財富。由於他太過謹慎小心，荷包不可能塞滿。他向來知足，他賺的薪水讓自己過著相當寬裕的生活，外加一些不大不小的附帶好處，他擁有一間資產階級的舒適公寓，至於他對機械的熱愛，使得他換車換得較為頻繁，凡此種種，一點都不過分。

跟他同屆畢業的同學，不少人商場得意，但都是以個人名義叱吒商界；有的是接管家族企業，發揚光大，要不就是自己開公司大發利市，或是攀上一門少奮鬥二十年的親事，他卻僅僅是委任管理。隨著他意想不到的跟瑪德蓮·佩瑞庫爾結婚的提議，點醒了他從沒意識到的某樣東西：他這輩子都賣給這家銀行，長久以來等著銀行做出符合他全心投入和忠誠服務的感激表示，始終落空，總是拖著不表示的佩瑞庫爾先生，終於找到感謝他的辦法。

這個消息尚未正式發布，全巴黎已經為了將至的婚禮雜音滿天飛，迴盪不已。家族銀行的股票上漲好幾點，代表市場認為居斯塔夫·朱貝爾是個利多的選擇。他本人則感受到環繞周遭的空氣甜美新鮮，也不免引人嫉妒，惡意中傷。

接下來幾週，居斯塔夫開始用另一種眼光看著佩瑞庫爾這棟豪宅。想像自己坐在書房的安樂椅上，在他曾經陪著老闆用餐過無數次的寬敞飯廳裡。經過這麼多年的無私打拚，他覺得自己倒也不算不配。

晚上就寢前，他再三想像，擘畫美景。首先是不用再去佩瑞庫爾先生習慣光顧的餐廳「鄰居家」吃晚餐，有人會「在家」等他用餐。他甚至已經想到幾個他可以雇用的年輕廚師，還想蓋一間貨眞價實的酒窖。他家的美食將成爲巴黎最知名的佳餚。衝著這點，人人趕著上他家門，而他只需要從無數晚宴候選人裡挑選對他生意最有幫助的那幾位即可。精緻美食和優雅不拘束的待客之道，從而成爲他經營銀行成功的助力，因爲朱貝爾渴望讓它成爲全國舉足輕重的銀行。當前必須要能適應新環境，開發出原創的金融商品，表現創意，簡而言之，創造出法國需要的現代銀行模式。他無法想像小保羅接管外公遺產的那一天，一個口吃患者主持董事會，對拓展業務來說是天大的災難。居斯塔夫看準他的家族集團準會成功，他要仿效佩瑞庫爾主事的時候，爲這麼輝煌的大集團，找到配得上它的繼承人。

正如我們所見，他覺得這份大業捨他其誰。

沒想到，毫無預警，瑪德蓮突然宣布取消婚禮，害朱貝爾重重跌回地面。

只因爲她和這個小家教上床就取消她父親和他的大計？她這種想法實在太不理性。隨她愛找幾個小白臉就找幾個，哪至於危害到他們的婚姻呢？他完全準備好對妻子外遇的事睜一隻眼閉一隻眼，要是因爲這種小事就耽擱大業、裹足不前，這個世界會變成什麼樣！但他什麼都沒說，因爲他擔心，萬一他提及她的「女性生活」，用詞再委婉，她都會覺得他不尊重她，婚事眞的會告吹，毫無轉圜餘地，何況還會害自己受辱，變得荒謬可笑。

事實上，他和瑪德蓮的婚事受挫，正是因爲她前夫亨利・德・奧內－博戴勒陰魂不散。他易怒、自負、雄赳赳、有魅力、專制、玩世不恭、肆無忌憚（是的，我知道，形容詞未免太多了點，不過知道她前夫的人，就會告訴您這麼描述他毫不誇張），一年有幾天，他的情婦就有幾個。某天，居斯塔夫才懂了這點。他剛從老闆辦公室出來，碰巧趕上蕾昂絲・皮卡爾和瑪德蓮的談話，瑪德蓮正在向對方訴苦，說自己不久前不知受了多少罪：

「我不想對居斯塔夫做同樣的事，讓他成爲全巴黎笑柄。一個人可以傷害自己愛的人，但自己不愛的人……不行，這樣就太卑劣了。」

瑪德蓮向父親宣布了自己的決定以後，自認也該對朱貝爾交代一番：

「居斯塔夫，我向您保證，絕對不是針對您個人。您完完全全是個男人……」

就是這句話，他聽不進去。

「我的意思是說……千萬別認爲您有什麼不好。」

他本想回答：我不覺得是針對我個人，根本是衝著我個人，但他忍住了。他只有盯著瑪德蓮，隨後欠身告退——他一輩子都在屈膝欠身——他做出在這種狀況下任何紳士都會做的事，事實上將她的態度不變視爲奇恥大辱。

身爲銀行代理人的現況突然令他無法喘息，不久之後，就會感受到周圍充滿嘲諷眼光；傳言的甜美清風已然讓位給諷刺沉默、挖苦暗示。

事後，佩瑞庫爾先生讓他當上集團好幾家公司的副總裁，居斯塔夫謝謝他，但認爲這些任命與他遭受的損失相比，賠償不成比例。他想起一本描寫達太安[17]辛酸的青少年讀物，紅衣主教原本承諾頒

16 Voisin：以創始人的姓Voisin為名的一家餐廳，《天上再見》中音譯為「瓦贊」，此處因符合上下文之需，故採意譯，因為voisin在法文中做「鄰居」解。

17 Artagnan：指的是達太安伯爵（Charles Ogier de Batz de Castelmore, 1611-1673）。大仲馬的巨作《達太安浪漫三部曲》（其中尤以《三劍客》最著名）就是以他為主人翁。

給他上尉證書，結果他卻依然是中尉。

三天前，前老闆入殮，他站在瑪德蓮身邊，跟管家似地略微後退。只消觀察一下，便可看出他心中眞正的感受，察覺出他整個人何等僵硬，這把慢慢燃燒著的怒火所釋放出來的壓力，作用在冷血動物身上只會更可怕。

出殯隊伍來到馬勒謝布大道，冰冷的雨水從天而降。居斯塔夫打開雨傘。

夏爾轉過身來，看見朱貝爾，接過傘，作了個抱歉的姿勢，同時指了指他的兩個女兒。

兩名少女離父親有段距離，兩人緊緊靠著。凍僵的荷當絲，冷得直頓腳，正偷偷挪個幾公分，躲到傘下。

居斯塔夫沒撐傘，繼續朝墓園前進。才一會兒工夫，雨就越下越大。

驚魂未定，失去意識，這會兒瑪德蓮也住了院。除了夏爾那支外，半個佩瑞庫爾家族都在醫院，剩下另一半在墓園。

說起來情況大逆轉與時間關係緊密。幾小時內，家財萬貫又受人尊敬的家族剛剛經歷了族長過世，他唯一的直系男卑親屬年紀輕輕就墜樓，悲觀的人認爲這些都是不祥預兆。對一個像安德烈．德勒固爾這麼聰明、又有教養的人來說，悲觀分子如此推測的確有所本，只不過他，小保羅墜樓事件對他造成的可怕衝擊，他已經捱了過來，如今只有失望得快發瘋。他那篇馬塞．佩瑞庫爾葬禮的報導，他一舉成名的希望，盡付諸流水。機會、命運、死亡、偶發事件，這些夠他在很長一段時間內探討哲理了，像他這種喜歡誇誇其談的文青，應該對這種情形感興趣才對，他卻一昧只想到自己前途渺茫。

昏迷十小時後，保羅終於醒了，傍晚時分，送回病房，全身被類似精神病患穿的約束衣五花大綁，直裹到下巴爲止。

得找人看著他。安德烈自告奮勇。蕾昂絲回佩瑞庫爾家找些換洗的衣服，自己也重新上了妝。病房現在擺著兩張床，一張讓還沒恢復意識的保羅靜養，幾公分外，另外一張床上則安置著吃了藥後呈痲痺狀態的瑪德蓮，她躁動不已，轉來轉去，噩夢連連，在睡夢中不停喃喃自語。

安德烈坐下來，繼續沉溺於暗黑想法。兩個動彈不得的身體，令他感到不舒服，尤其是這個有如植物人的孩子更讓他害怕。而且，在某種程度上，他怨他。

讀者諸君想也知道，記錄舉國同悲、盛大隆重的葬禮，對他的前途來說何其重要，如今一切都毀了，這副重擔又何其沉重。都是保羅害的。都是因爲這個得到所有遺產的孩子；因爲這個他慷慨付出等同於父親般照顧的孩子。

他的確是個嚴厲的家教，有時候保羅覺得猶如沉重枷鎖上身，不過所有小學生都這樣，安德烈在聖厄斯塔許學校的親身經歷比這更糟一千倍，他還不是好好的。他滿懷熱情投入這項任務，不是爲了教育孩子，而是爲了打造孩子。他想將自己知道的一切、腦中的一切，全都傳授給他。他經常說，孩子就像塊石頭，教師則是雕塑家。安德烈的確取得成果，他努力付出得到回報。口吃方面也是，雖然進步的空間還很大，可是保羅說起話來越來越順，這是不爭的事實。左撇子的毛病也一樣，右手雖然還不到運用自如的程度，但多虧紀律與專注，保羅進步明顯，令人鼓舞。一個人教導，另一個人學習，不見得是條容易的路，遠非如此，可是安德烈和保羅已經成了朋友，是的，思至此及，著實令他感動。

安德烈怨他的學生，他不明白保羅爲什麼一躍而下？外公離世令保羅傷心欲絕，但他爲什麼不來跟他談談呢？他心想，我會找到開導他的話。

現在是晚上十點。唯有天井裡枝形大燭臺散發出的光，範圍越來越大，才給病房帶來微弱、昏黃、朦朧照明。

安德烈反覆思索自己的失敗，自問，難道說眞的連一絲希望都沒了嗎？他沒參加葬禮，照樣能寫篇文章嗎？

這顯然是一場賭注，看著保羅躺在床上，他不禁這麼問自己。依然勉力寫出這篇文章，豈不是一種忠於自己和對未來有信心的表現嗎？保羅回歸正常生活後，發現他朋友安德烈．德勒固爾的名字出現在《巴黎晚報》的版面下方，難道他不會因此感到驕傲嗎？

會問自己這個問題就已經有答案了。

他起身，踮腳穿過病房，來到値班護士跟前，這個正在藤椅上睡大覺的胖女人，倏地驚跳，醒過來，嗯，什麼？紙？目光落在安德烈迷人可愛的微笑上，撕了十幾頁空白的値班登記簿，又遞給他三枝鉛筆中的兩枝，再度沉入有年輕男子的美夢中。

他回到病房，立刻看到保羅兩只眼睛睜得好大，明亮又專注。他大受震撼。他有所遲疑……他該靠過去？說點什麼嗎？他不知道該怎麼做，同時意識到自己連一步都跨不過去。他坐回原位。

安德烈將紙張放在大腿上，拿出筆記本，上頭已經記錄了好多東西，開始振筆疾書。想寫這篇文章不容易，畢竟他只看到開頭，他離開後，葬禮怎麼進行的呢？記者一窩蜂搶著對接下來葬禮的種種細節進行詳盡又聳人聽聞的報導，他偏偏不在現場！於是他選擇從不同角度切入：抒情。他是爲《巴黎晚報》而寫，對象是一般普羅大眾，讀者想必會因爲一篇蓄意賣弄文彩的抒情文而感到受寵若驚。

手上那些紙，皺七皺八、塗塗抹抹、折了又折，很快就看不清上面寫的字，凌晨三點左右，他從沒這麼興奮過，他又回到護理站，想再要幾張紙，這回，護士因爲被吵醒而暴怒，幾乎是用扔的，把紙甩到他臉上。他不以爲意，回到病房端坐椅上，現在他有紙可以謄寫擬好的文章了。

就在這個時候，他察覺到小保羅那雙專注清亮的眼睛，直盯著他的方向，這孩子從頭到腳都被帶子束緊，僵硬得好像穿帶子用的粗針。他坐在椅上，轉過身去，以免孩子那張出奇蒼白的臉出現在他的視線。

4

快到早上七點，蕾昂絲過來醫院接班。安德烈沒回住處，而是招了輛計程車來到編輯部。

儒勒．紀佑托照例於七點四十五分到。

「這……您來這做什麼？」

安德烈遞上那幾張紙，社長沒手拿，因爲他手上已經拿著好幾張紙，紙上的筆跡龍飛鳳舞。

「我已經找人代您了！」

他感到抱歉，但也很好奇。送葬隊伍出發之前，德勒固爾便先行離去，再也沒人看到過，他怎可能寫出報導？打從自己進新聞界起，碰過的荒謬怪事可不少，不過，安德烈的這樁怪事嘛，倒是可以在他說不盡的趣聞軼事裡名列前茅，正是多虧他有這個本事，所以在城裡晚宴相當吃得開，是個香餑餑呢。說嘛，親愛的紀佑托先生，您總有樁新鮮事兒可以跟我們說吧，大夥兒拿他當個寶，待他就像越悶越香的老燉鍋。拜託您，儒勒，晚宴女主人非要他說，於是他清清嗓子，咳咳，這則奇聞可是如假包換的機密，賓客閉上眼睛，已經迫不及待想到處宣傳自己聽到小道消息，話說那可憐的馬塞．佩瑞庫爾葬禮翌日……

「好好好……」他打開門，邊說。「進來吧。」

紀佑托連大衣都沒來得及脫，坐了下來，把原本手上就拿著的稿子和安德烈的那一份，兩兩挨著擱在辦公桌上，安德烈爲了掩飾緊張，漫不經心看著室內的裝潢，人在心不在，心裡想著別的東西。社長一一讀過這兩篇文章。

隨後又以較慢速度重讀一遍安德烈的那份，標題爲：「可怕悲劇令馬塞．佩瑞庫爾隆重葬禮爲之黯淡」，副標題：「出殯隊伍一上路，死者的外孫就從家中三樓墜落」。

他以浮誇的生花妙筆形容殯葬儀式作爲開場（「在經濟楷模馬塞．佩瑞庫爾的亡靈庇佑下，共和國總統恭謹入坐」），接下來又派上一樁突發新聞，將其造成的震驚安排得巧妙無比（「這孩子敞開的白襯衫益發凸顯出他的天眞無邪，眼睜睜看著這種景象，眾人無不驚愕」），隨後突然轉向，插入一段家庭大悲劇（「這場任何人都想像不到的意外事故，使得母親深陷絕望，全家族愕然呆立，全體在場人士無不被最深切的悲憐之情籠罩」）。

安德烈打破傳統的報導方式，獻出一齣充滿感情、驚駭、憐憫的三幕悲劇。在他的筆下，再也沒有什麼能比這場葬禮更活靈活現。這個年輕人擁有儒勒．紀佑托信條中從事新聞這行兩大必不可缺的素質：自己一無所知的主題，寫得頭頭是道；自己不在場的事件，描述得有如親眼目睹。

他放下眼鏡，抬起頭，嘖地一聲。他相當爲難。

「您寫得更好，老弟。精彩多了！既生動又別具風格，說實在的，我會採用，可是……」

可是什麼？安德烈嚇呆了。紀佑托先生素以慳吝到病態聞名於外，很難找得到敵手，不過此時安德烈還不知道。

「我啊，我已經雇了別人！拜託您搞清楚，老弟，是您自己不見蹤影，我又非得要一篇報導不可！而且我現在就得付他稿費……所以……」

他收好眼鏡，把安德烈那幾張紙遞還他。情況已經十分清楚。

「我無償提供《巴黎晚報》刊登，」安德烈急忙表態。「登吧，這篇是您的了。」

您無償提供，我免費刊登，這樣算公平，社長同意，既然是這樣的話，我可以接受。

安德烈．德勒固爾剛剛進入新聞界。

瑪德蓮一醒來，瞥到保羅的床，衝了過去。

再看到兒子，她好開心，想緊緊抱住他，但她頓時停住，首先映入眼簾的就是那件將他五花大綁的約束衣，尤其是他的眼神。孩子不算躺著，而是被翻倒，平臥在床上，雙眼圓睜，她甚至不知道他聽不聽得到，明不明白周遭發生的事。

蕾昂絲雙手一攤，表示無能爲力。從她到病房起，他一直都這樣，動都沒動過。

瑪德蓮開始跟保羅說話，興奮過頭。

她這種夾雜著憂慮的欣喜若狂狀態，傅尼耶教授看在眼裡。他深吸一口氣，試圖引起她的注意，徒勞無功，只見這位年輕的母親使勁握著兒子露在硬邦邦約束衣外的手。

於是他一根又一根扳開雙方十指交纏的手指，強迫瑪德蓮轉過來面對他。

「X光片，」他開口說道，說得很慢，好像在對聾子說話，不過當下的瑪德蓮也相距不遠就是了，「X光片顯示保羅的脊椎斷了。」

「可是他還活著！」瑪德蓮說。

這對醫生來說很痛苦，這種消息不容易宣布。

「脊髓受傷。」

瑪德蓮皺起眉頭，看了看傅尼耶教授，就像想破解謎題的人。突然，她想到了：

「您要幫他動手術！噢！手術會花很久時間，我得做好心裡準備對吧？手術想必很複雜。」

瑪德蓮點點頭，我懂，保羅得花很長時間才能恢復成原來的樣子，當然是這樣。

「我們不會幫他動手術，瑪德蓮。因爲沒什麼好做的。這些病變不可逆轉。」

瑪德蓮張開嘴，有個詞到了嘴邊，就是說不出口。傅尼耶往後退了一步。

「保羅後軀麻痺。」

這個詞沒達到預期效果。瑪德蓮還是看著他，一臉不解，等他說下去：然後呢？

「後軀麻痺」是個抽象概念。好吧，傅尼耶心想，說吧：

「瑪德蓮，保羅癱瘓了，再也不能走路。」

5

嚴寒驀地又降臨巴黎。乳白天空籠罩著這座城市，直到冰冷雨水回歸，難以看穿它有何意圖。沉浸於幽暗中的勒賽爾律師事務所，倏忽亮起，來人先在鸚鵡架前抖抖大衣，隨後坐定。

荷當絲站在先生身邊，她堅持跟他一起出席。這個要胸沒胸、要臀沒臀、要腦沒腦的女人，將夏爾奉若神明。一直以來，從未有任何足以支持她對他如此高估的理由，可她依然故我，對他無限崇拜，因爲她厭惡他哥，馬塞，她認爲他之所以一直綁住弟弟，純粹出於嫉妒。夏爾能夠幹得這麼有聲有色，才不是多虧他哥，而是靠他自己。除了葬禮外，宣讀遺囑，更意味著馬塞・佩瑞庫爾這個臭老頭徹底死了，哪怕有天大的事，她也不會錯過今天這個場面。因此，夏爾和荷當絲站在第一排，還有朱貝爾，他原本該排在他們後面，但是因爲他代表拒絕離開醫院的瑪德蓮，所以站到了他們身邊。

小保羅的消息並不好。他已經清醒，居斯塔夫曾短暫走到他床邊，眞的覺得他跟具屍體沒兩樣，情況並不樂觀。如此重大的時刻，代表瑪德蓮出席，清楚表明他有如她配偶的寶座不可能被任何人篡位。

行列另一端，祕書蕾昂絲・皮卡爾罩著義大利帕爾瑪紫色面紗，嬌媚更甚以往，雙手交叉，審愼地放在大腿上。她代表保羅出席。這個女人何其美麗。除了不諳女色的居斯塔夫，律師事務所裡每個人都被電得暈陶陶，要不就像荷當絲，渾身不舒坦。

勒賽爾律師的開場白結合了法律論述與個人回憶，持續了二十多分鐘。他從經驗得知，宣讀遺囑之前，向來沒人膽敢打斷公證人，因爲聽眾每每擔心不得體的行爲會招來厄運，所以現在眞的不是莽撞行事的時候。

於是人人硬逼自己耐住性子，心裡卻想著別樣東西。

荷當絲想著自己的卵巢，老是這麼痛，每回檢查，醫生都弄得她陣陣劇痛，關於這方面，她聽到各式各樣關於卵巢的說法，害她從頭到腳抖個不停，她恨自己的肚子，只會帶給她麻煩。

夏爾，依稀彷彿，又見到公共工程部那個芝麻小官的那張黃鼠狼臉，他正說道：「議員先生，您要我幫忙的事非常棘手，」邊指了指隔壁辦公室的門，邊湊到夏爾耳邊：「裡頭那個，胃口可大著呢，大到您無法想像。無底洞哪！」還好很快就能脫困，夏爾的腳邊輕輕拍著地板，邊這麼想著。

蕾昂絲則很好奇，心想接下來談到的肯定是些天文數字。她非常喜歡瑪德蓮，但必須承認跟這些錢多到不像話的大富豪一起生活不怎麼好過。

最後還有居斯塔夫，他等著看這場遺產宴席一道一道地上菜。

「於是我們親愛的馬塞·佩瑞庫爾請我幫忙，並口述他的最後遺願。」

開場白結束，都快十一點了。

馬塞·佩瑞庫爾的財富估計約有一千萬法郎，包括他創立的貼現及產業信貸銀行的股票，加上普若尼街豪宅的兩百五十萬。夏爾低估了他哥的遺產，兀自竊喜。

馬塞·佩瑞庫爾遺囑交代按照受益人重要性順序分配。自從兒子愛德華去世以來，瑪德蓮就成了他的唯一繼承人，所以她繼承到六百多萬法郎和住家豪宅。瑪德蓮的代表朱貝爾僅止於眨眨睫毛；瑪德蓮納入囊中的正是他失去的。

接下來理應輪到保羅，他則成爲佩瑞庫爾家族最後一個持有政府公債的人，因爲他繼承了相當於三百萬法郎的政府公債，也就是說獲利不會太高，但是穩當，三百萬的價值不會隨時間而貶值。暫由法定監護人瑪德蓮．佩瑞庫爾代理，等到他二十一歲生日才能自行支配。

朱貝爾比誰都會算帳，好生留意著這筆遺產，好奇地想看看老闆如何分配剩餘部分，因爲扣掉豪宅，再扣掉剛剛兩項贈與，只剩下百分之二十五的資產。

夏爾謙遜地低下頭。就邏輯而言，該輪到他了，這既是眞的也是假的，因爲下一份遺產贈與跟他女兒有關。兩人各獲得五萬法郎，足以大大彌補父母幫她們準備嫁妝的不足。

朱貝爾已經在偷笑，他不需要再算下去了。倒是夏爾．佩瑞庫爾，接下來的分配遠比他想像中的糟糕許多。他拿到二十萬法郎的金額。好慘。連他哥財產的百分之二都不到。他繼承的不是一份遺產，而是一個巴掌。他面紅耳赤，深受打擊，目光呆滯得猶如死鳥。

居斯塔夫．朱貝爾並不驚訝。「我爲他做的夠多了，」馬塞．佩瑞庫爾私下這麼說過。「除了專門闖禍，他從沒靠自己成功過任何事。他現在有錢歸有錢，不出一年，就會破產，拖累整個家族。」

其餘財產各爲五萬法郎一份，捐贈給各個機構，如賽馬俱樂部、西部汽車俱樂部、法國競賽會（馬塞喜歡俱樂部，自己卻連一步都沒踏進去）。

至於行善方面，很顯然指得就是二十多萬法郎的捐款，捐贈對象爲好幾個退伍軍人協會，因爲它們象徵性代表他失蹤的愛子愛德華．佩瑞庫爾[18]。光這個象徵的分量就跟夏爾本人一樣重！

遺囑即將宣讀完畢，公證人勒賽爾最後說道：

「『對於陪伴我這麼多年、盡忠職守又全心投入的合作夥伴居斯塔夫·朱貝爾：十萬法郎。在佩瑞庫爾家中工作的全體人員：一萬五千法郎，由小女視各人日常生活表現，從遺產中提取並予以分配。』」

朱貝爾當然對遺產如此分配充滿怨恨，但他可沒夏爾那麼沉不住氣。這不是一個巴掌，而是施捨。再說，他最後才出現在遺囑上，後面緊跟著女傭、司機、園丁。

夏爾環顧四周，彷彿在期待有誰會介入表示意見。這時遺囑已經宣讀完畢，公證人闔上文件。

「呃，我說，這位先生。」

「公證人先生。」

「是的，請您告訴我，這一切都符合法律規定嗎？」

公證人皺皺眉頭。有人質問由他起草的文件適法性，他也得負起連帶責任，令他不悅。

「『符合法律規定』？您這是什麼意思？佩瑞庫爾先生。」

「這個嘛，我哪知道！不過這畢竟……」

「請您解釋一下，先生！」

夏爾不知該解釋什麼。但他倒是想到既高明又明擺著的好主意：

「我說，這……公證人先生！留三百萬法郎給一個奄奄一息，搞不好明天就會過世的小孩子，這

18 愛德華其實並沒失蹤，而是從路德希亞大酒店一躍而下、剛好掉在老佩瑞庫爾的車上，囿於種種原因，才對外宣稱他失蹤。可參閱《天上再見》第42章第481—482頁。

樣合法嗎？就在您宣讀分配給他這筆鉅款的同一時間，他可是個躺在『慈善』病床上的植物人，不出一星期，就該送進他外公的墳墓裡！我再請教您一遍這個問題：這樣合法嗎？」

公證人慢慢站起來。專業經驗告訴他要謹愼，但也要堅定。

「各位女士，各位先生，馬塞．佩瑞庫爾遺囑已宣讀完畢。想當然耳，任何人對本遺囑的合法性有疑慮，自明日起，均可訴諸法院。」

夏爾最後一句話還沒說出來，他讓人想起缺乏警告系統的犬隻，牠們不知節制，大吃巧克力、大喝油水，直到吃死喝死。

「等等，等等，」他喊道，荷當絲想拉住他的袖子。「萬一他已經死了怎麼辦？這個孩子，就是現在！嗯？萬一他死了！您那份玩意兒還合法嗎？您要把他繼承的遺產送去墓園不成？」

他戲劇性地比劃了一下，試圖拿唯一還在聽他說話的蕾昂絲當見證人，因爲居斯塔夫已經大大咧咧背對著他，正在穿大衣。

「拜託，這算什麼嘛，眞的是！難道就這樣？把幾百萬分給一具屍體，還不會礙著半個人呢！這……這可眞好啊！」

語畢，他一把將荷當絲揣（眞的是用揣的，毫不誇張）到胳臂下，出了事務所。

公證人，雙唇緊閉，跟蕾昂絲握手，蕾昂絲也走了。

「朱貝爾先生……」

他向居斯塔夫打個手勢，「請留步一分鐘」。兩人回到事務所。

「夏爾．佩瑞庫爾先生想的話，他可以上法院控告遺囑不公，但正因爲這牽涉到家族利益，我必須……」

居斯塔夫伸手一比，果斷地打斷他。

「他才不會去告！夏爾雖然易怒，卻是個實事求是的人。萬一他真有諸如此類的想法，我負責勸阻他就是了。」

公證人讚揚他處處置得體。

「啊，對了！」他又說道，狀似才剛想起某樣東西。

他打開辦公桌抽屜，找都沒找，就拿出一把扁平的大鑰匙。

「我們親愛的佩瑞庫爾交給我這個……他書房的保險箱。贈與對象是瑪德蓮小姐。既然您代表她……」

居斯塔夫接過去，立即塞進口袋。兩人一點都不想繼續談下去，他們都知道，保險箱裡放著的八成是些法律文件，要是當下拿出來，只怕夏爾會提出異議，對他們兩人來說都不好辦事。

夏爾反覆思索。荷當絲試圖把手擱在他前臂上，他毫不掩飾一把推開，妳，少煩我。她淺淺一笑，她就喜歡他這樣。他的雄性氣概遭到疑慮或憤怒侵犯，這正是他即將躍起反撲的必然標誌，大型猛獸就是這樣，受傷反能激發出自己最強大的一面。他越是一副被擊垮的樣子，她就越得意。從聽完宣讀遺囑回來後，她就異常欣喜，該來的就會來，咱們走著瞧，看他後續會怎麼樣吧。

座車穿過巴黎，這個霧霾深重的巴黎與夏爾的心態驚異得相似。惡劣天氣預計持續很長一段時間。他心裡盤算著。公共工程部那邊的價目表：「胃口大」，一萬；「貪吃」，兩萬五；「無底洞」，五萬。還得加上一些需要他們蓋章的二流官僚，姑且算個兩萬多吧，還有一大堆不知有多少的人，一萬法郎……

我也會死嗎？夏爾不禁自問。

剎那間，他感覺自己是個孤兒。他想哭，但這不值得。他不知如何擺脫這種僵局。他好想他哥。

司機已經啟動擋風玻璃刮水器，正以手背擦拭擋風玻璃清除霧氣。

居斯塔夫看著由雨轉雪的天空看了好一會兒，上了車，無論任何情況，他都自己開車。

馬塞．佩瑞庫爾統治王朝終結，淒慘的唯有他一人。

只要進到小保羅的病房，只要見到瑪德蓮睡著了，雙腳還架在椅上，便足以意識到馬塞．佩瑞庫爾留下來一大筆遺產毫無意義，這一切都不會倖存太久，很快就會付諸水流，真淒慘……

瑪德蓮費力站了起來。

「啊，您來了，居斯塔夫？」

「一切順利嗎？」

「順利，當然順利，您放心。」

瑪德蓮沒多問細節，代表她對他充分信任。她唯有點點頭，好，好，這樣很好。隨後兩人看著保羅，看了幾分鐘，各想各的。

「勒賽爾律師要我把這交給您。令尊保險箱的鑰匙。」

此時就算跟瑪德蓮討論中國農業面臨困難，她的反應也會跟現在差不多。因此當她機械化抓住鑰匙，居斯塔夫爲了引起她注意，於是就攔住她。

「瑪德蓮，放在保險箱裡的東西沒列入遺產，您明白嗎？萬一稅務機關……謹愼一點。」

她也贊同，但很難知道她是否估量得出他對她說的話影響範圍有多大。她失聲痛哭。他本能地張開雙臂，她倚著他抽抽噎噎。場面無比尷尬。好了，好了，他不停說著，但瑪德蓮情緒潰堤，一發不可收拾，口口聲聲「居斯塔夫，哦，居斯塔夫」，她當然並不是眞的在對他說話，但要是您站在朱貝爾的處境，您會怎麼想呢？

朱貝爾就這麼安慰她了好一陣子。

好不容易，她終於離開他的懷抱，因爲她要擤鼻涕。他趕緊把自己的手帕遞給她，她大聲擤著，毫不優雅。

「居斯塔夫，請原諒，我失態了。」

她牢牢盯著他。

「謝謝您在這兒，居斯塔夫。謝謝您做的一切。」

他嚥下口水，看到那把保險箱的鑰匙還在自己手上，於是遞給她。

「不，您先留著，以後再說，好嗎？」

說完，她靠上前來，徒增他煩惱。她親親他的臉頰，他當場愣住。他該說些什麼？但她已經轉過身去，輕輕貼在保羅床邊。

他走出醫院，來到街上，上了車。擋風玻璃刮水器正在掙扎，加熱鼓風機好似掐住他的咽喉。他仍然受到一種模糊情緒的影響。雖然他不習慣分析自己的內心狀態，但還是試圖釐清瑪德蓮想表達些什麼。或許連她自己都不知道。

他到了佩瑞庫爾公館，一如既往，大衣遞給女傭，立即登上通往書房的大樓梯。從他最後一次和老闆談話以來，書房沒多大變化，辦公桌上擱著眼鏡、他只有晚上才抽的菸斗，全都是些睹物傷情的東西。

他跪在保險箱前，立刻掏出鑰匙，打開。

裡面有幾份家庭文件、個人筆記，還有一個用綠繩綑著的皇家藍帆布袋，袋裡有二十幾萬的小額法郎紙鈔，還有將近兩倍之多的外幣。

6

佩瑞庫爾先生下葬將近兩個月，家中依然靜得可怕，就像家族聚餐席間起了爭執，結束時那般氣氛凝重。

大家都沒說話，但是車子抵達前幾分鐘內，所有人員都悄悄往底樓聚集。一個傭人漫不經心，拿著雞毛撢子拂著欄杆，另一個在底樓書房胡亂整理一通，第三個則推說有柄掃帚不見，走過來走過去到處找。

前幾天蕾昂絲小姐親自去買了輪椅：從外箱板條看進去，輪椅猶如動物園裡的困獸，就關在裡頭，危險程度未知。自從大夥兒在進門大廳看到後，就掀起這股令人尷尬的狂熱關注。

一宣布保羅先生快回來了，園丁雷蒙就拿撬棍撬開箱子。剛開始看了覺得挺怕的女傭，等到過了驚嚇的第一時間後，也就怯生生靠上前去，開始清潔，她把鋼料擦得跟黃銅似的啵兒亮，木頭也上了蠟，輪椅閃閃發光，炫得連您都想不良於行了呢。

大家看到夫人跟一陣風似的，她剛換過衣服，傭人提出的問題，心不在焉匆匆應付，要他們統統去找蕾昂絲。她整天都待在「慈善」，令人不禁想問，她該不會就此永遠待在那，成爲那種一進了療養院，任何東西、任誰也攆不走的病人。

黎明時分，蕾昂絲到了，最後再徹底檢查一遍。安德烈也在，身上永遠穿著那身深灰色大衣，一雙上了蠟的過時破鞋，蠟上得再多也是白搭。朱貝爾走過去，倒了一指高的波爾多甜葡萄酒，刻意顯示自己在這屋裡能隨意進出，也懷疑瑪德蓮壓根兒就不管事，何來權威可言，從而感到相當自信。

保羅住院期間，所有文件她連看都沒看，一概簽字，謝謝您，居斯塔夫。他一到，她就親親他的臉頰，彷彿舊有情誼將他倆綁在一起，密不可分。倘若她梳妝打扮，朱貝爾可能將其視爲一則她是爲他裝扮的簡單訊息。可是這個女人，身著浴袍、頭髮隨便梳個兩三下、腳上踩著從家裡帶來的絨球拖鞋，這就令他較爲困惑了，簡直就是一個黃臉婆，一副他們成了親，她從房裡出來，親親他，再下樓吃早餐的樣子。這還不算之前她老是踮起腳尖，因爲他比她高上許多，爲了別失去平衡，抓著他的前臂，當然就緊貼著他……難道說昔日純粹是因爲偶然而被驅走的這些影像，再度浮現他的腦海？

話說回來，針對她再度親近他這點，如今她全心全意放在重度殘疾的孩子身上，難道不希望有人呵護她嗎？

他聽到車聲，此時差不多十點半，原來是夏爾。他氣急敗壞，衝向吧檯，自己倒了滿滿一杯櫻桃酒，一口氣喝了個杯底朝天。汗水從髮根滲出，臉紅脖子粗，在在都向居斯塔夫證實了他的暗樁經常向他報告的事。夏爾·佩瑞庫爾碰上有生以來最大的麻煩。某人指出他的事非常棘手；另外也有人確認事情加速惡化。萬一夏爾找他幫忙，朱貝爾還不知道自己打算怎麼做。從技術層面來說，伸出援手和任由他沒頂的好處一樣多……不如推他一把。

「啊！」夏爾突然喊道。「他來了！」

車停了。

只見車窗後的保羅，頭髮剪得很短，顯得他那張小臉比平常稍圓一些。他看著全體人員都聚在臺階上，居斯塔夫和夏爾在第一排，安德烈稍遠一點，跟家裡的傭人站在一起。蕾昂絲終於現身，她推開所有人，第一個下臺階朝車子走去，打開車門。

她蹲下身子，笑了笑。

「所以說，我的小王子，你回來啦！」

保羅沒答話，目光落在臺階中間那臺已經推出來的輪椅。

稍微有點口水從他嘴角往下流，蕾昂絲後悔沒帶手帕。

瑪德蓮從另一扇車門下車，繞到車子這邊。看似她每天都瘦一公斤……夫人和保羅少爺瘦得跟什麼似的，這就是他們一到，最令大家震驚的地方。

「我們回家囉，我的小兔兔，」瑪德蓮說，但聽得出來她的喉嚨隱隱帶著激動，只差沒嚎啕出聲。

她轉過去面對聚在石階上的那些人。誰都沒動。

有人意識到輪椅該抬到下頭，孩子才能坐。

這時園丁雷蒙抓住輪椅手柄，粗裡粗氣，連一級臺階都還沒走，大家就覺得大難臨頭，連忙喊著要他注意，雷蒙重心往後，但很快就被輪椅的重量帶著往前衝，差點摔倒，他不得不先鬆開手柄，想空出雙手來抬，但爲時已晚，輪椅滾向臺階，颼颼作響，越來越快，瑪德蓮和蕾昂絲只來得及閃開，差點就被撞到。保羅凝視雷蒙，眼睜睜看著輪椅撲過來，卻連動都沒動。最後輪椅在喀噠喀噠的響聲中撞在車上，隨後重重摔在一旁。

雷蒙一下子就重新站穩，迭聲道歉，沒人理會。一雙手緊張地在新圍裙上搓啊搓的。大家都被這個意外嚇呆了。看到側倒在地的輪椅，被帷幔蓋著的輪子兀自空轉，在場每個人都深感挫折，短髮小男孩那張大理石般的臉益顯蒼白，他那雙眼睛怪異地直勾勾不動，既沒在看任何東西，也沒在看任何人。

夏爾張大了嘴，詫異至極。一條死魚，他這麼想，一想到就揪心，這孩子毫無生氣，完了，他的存在完全沒用，卻會導致他毀滅，未來是屬於自己那兩個活蹦亂跳的女兒的。真他媽的，他辛辛苦苦打造的一切，都要叫這副連青春期都還沒到的死人骨頭給毀了。

雷蒙慚愧得期期艾艾，單腳跪在撞凹的車門旁邊。

他抱起保羅，又站了起來。保羅目光凝滯，一雙軟綿綿的腿晃呀晃的，就這麼由園丁抱著，保羅少爺回家了。

7

瑪德蓮生命中的一切似乎都讓到一邊。她不哭了，可是保羅經常因爲做可怕的噩夢而激動不安，直挺挺坐在床上大聲慘叫，叫得好淒厲（「他看到自己掉下去，我敢肯定！」她絞著雙手邊嚷道），她衝過去和他一起尖叫。她時常在他床頭邊睡著，眞不知道這兩個人，到底是哪個在陪哪個？她好累。

從前她持家有道，把家裡安排得井井有條，如今全都煙消雲散。她依然積極，總是眼帶憂心走過走廊，其實只是裝裝樣子，根本無法採取必要措施。比方說保羅的輪椅摔落在地後，一個輪子歪了，座椅從中劈開，不堪使用。蕾昂絲提到送修，瑪德蓮已經批准了，對，當然，當然，可是兩天後輪椅像擱在閣樓的遺物那樣，還放在大廳。蕾昂絲只得攬過來自己做。

保羅在三樓的房間也是。就他的狀況，這間房再也不敷使用，瑪德蓮不得不另外選間房，重新整理一番，但她永遠拿不定主意，不知如何解決：一會兒這間，可是離廁所太遠，有人提醒她注意，哦，沒錯，這倒是眞的，那就換這間吧，可是這間靠北，保羅一年到頭都會覺得冷，何況也不夠亮。瑪德蓮邊啃指甲邊環顧整棟屋子，對，沒錯，她低聲嘟囔，但因爲不知如何是好，就連忙轉移話題。專注於次要細節，浪費好幾個鐘頭，就算人在鐵達尼號，八成會忙著幫折疊帆布躺椅重新上漆，而不是趕緊逃命。

最後還是選上佩瑞庫爾先生的房間，保羅會住得最舒服，蕾昂絲這麼建議，那間附帶廁所，光線甚佳，空間又大。好吧，瑪德蓮說，一副好像這個主意是她自己想出來似的。雷蒙先生人咧？她問。快去把保羅的床靠窗擺好……

蕾昂絲閉上眼睛片刻，耐心有加。

「瑪德蓮，我認爲還需要調整。就房間的現況，小傢伙沒辦法住。」她的意思是說：自從佩瑞庫爾先生安頓下來，直到去世，這間房都維持原狀，動都沒動過。瑪德蓮同意。她點點頭，又回去兒子身邊。

於是蕾昂絲開始幹活。換地毯、換窗簾，整間清潔消毒一下，更換家具，另外買一些比較現代、適合一直坐著的七歲小孩住。凡此種種都需要錢。

「當然，您去找居斯塔夫，好嗎？」瑪德蓮說。

蕾昂絲不得不改變職位，從貼身祕書成了管家，她那微薄的工資也該提高，這點瑪德蓮當然沒想到。問題是，錢對蕾昂絲來說很重要。經常聽到她笑著說：「不知道錢都花到哪兒去了，從指縫就這麼溜走了」。這是眞的，她幾乎每個月都預支。

至於朱貝爾呢，他全看在眼裡，蕾昂絲做的這一切相當吃重，不能算進她身爲貴婦貼身女祕書的職權範圍內，但身爲經驗豐富的雇主，他刻意放著這個問題不處理，沒人會幫不敢抱怨的員工加薪的。

至於安德烈・德勒固爾，他並沒重拾當保羅家教的工作，他辦不到，因爲保羅現在幾乎是個植物人，什麼課都上不了。不過他工資照領。他無所事事，只能腋下挾本書，愁眉苦臉，大步穿過屋裡，邊祈求上蒼，沒人會要他把工資還回去。他認識的瑪德蓮・佩瑞庫爾，經常笑著推他上床的那個，跟現在與他在走廊擦身而過的這個神經質、緊繃、忙碌、焦慮的女人，再也沒一點關聯，她對他說：安德烈，請您去幫保羅找幾本畫報過來，我想辦法讓他稍微讀一點，讀點輕鬆小品，您懂嗎？不過旋即又叫住他，算了，安德烈，還是拿本探險小說，要不雜誌也好。我不知道哪本，您自己挑吧，可以立刻去嗎？但當他拿回來的時候，她又想到別的事情去了，麻煩您請雷蒙先生過來，保羅該下樓了，這孩子需要透透氣。

不得不另外找一份工作的前景更加急迫，他自覺陷入困境。二月分他寫的那篇文情並茂的葬禮評述，雖然沒賺到半毛錢，卻讓他的名聲傳開。甚至還受瑪爾桑特伯爵夫人之邀，參加她每週在聖日耳曼大道舉辦的盛宴，在她心目中，即使安德烈從沒發表過什麼作品，卻是個不折不扣的作家。爲了讓自己像個樣，他拿僅剩的存款買了一套套裝，當然不是量身訂做的，而是二手的，看起來頗新，可以唬唬人；隔天，背上縫線就綳開了，他交給二區那邊的裁縫，修補完後看不太出來——他自己這麼認爲，因爲他進沙龍的時候，家僕沒有對他不屑一顧，而是讓出道來。

瑪德蓮心中只有保羅。尤其是她執意凡事親力親爲。由於輪椅拿去修，只得用抱的，瑪德蓮不允許任何人抱保羅。他瘦了好多，體重只剩下十五公斤，對七歲的孩子來說算輕，畢竟還是頗有分量。「我說瑪德蓮小姐，讓我來吧！」雷蒙先生說。不下十次她都幾乎摔倒，可她就是不讓別人抱。保羅說，「算……妳就……算了……媽……媽媽！」保羅從沒結巴得這麼厲害過。

大夥兒看著瑪德蓮在他身邊忙進忙出，心想，看她能做到什麼地步。

如廁盥洗等私密照護尤其不是樁小事。每天三、四回，得抱起保羅，讓他躺下，幫他脫衣服，再抱他去上廁所，像照顧小嬰兒一樣，幫他更換，再把他那雙沒感覺的腿歸回原位，然後得先把他轉過去，再把他轉回來，再幫他穿上衣服。鬆軟無力的肢體，看了就心痛。保羅眼神空洞凝滯，但從不抱怨。她幫他洗硫磺浴，用傅尼耶教授開的阿片幫他按摩，邊按摩，邊聽見瑪德蓮像個瘋婆子，湊在保羅耳邊絮語，他已然成了她的煉獄。

他從窗口一躍而下的動作始終糾纏她。她忍不住想到她弟愛德華。兩人都縱身往空中一跳。一個落在父親的車輪下，另一個掉在外公的靈柩上。佩瑞庫爾先生是全家墜毀的幾何中心點。

瑪德蓮想調查一下。

從保羅開始問。她讓他在椅子上坐好，面對她。媽媽有話問你，保羅，媽媽必須弄明白。讀者諸君，您可以想見那種情況。保羅倏地臉紅，坐立不安，頭左右亂轉，瑪德蓮堅持，保羅結結巴巴……不……不……不要……要，要，要。保羅，媽媽想知道、想弄清楚。保羅默默哭了起來，瑪德蓮拉高嗓門，在房間大步走來走去，激動得要命，邊扯頭髮。我快瘋了，她嚷道。保羅熱淚盈眶，瑪德蓮叫得聲嘶力竭。雷蒙先生聽到叫聲覺得不對勁，三步併作兩步奔上樓，飛快打開房門。算了，小姐，您這個何苦呢？瑪德蓮像母雞被砍了頭還兀自在房裡狂奔，雷蒙才剛及時攔住她，小保羅就從椅子往下溜，眼見就要滑落在地，保羅力氣不夠，沒辦法自己坐直，很難光靠指尖撐住椅背讓自己不往下跌，雷蒙先生不知道該怎麼辦，只得鬆開母親，衝過去救兒子，這會兒廚娘也趕來了，抓住瑪德蓮靠在自己身上。去買東西的蕾昂絲剛回來，看到的就是這副景象，保羅在雷蒙先生懷裡，雙腿軟趴趴，臉龐朝向天花板；廚娘坐在床上，老闆娘的頭靠在她腿上。

瑪德蓮還沒從這件事恢復過來，又開始訊問保羅來自我折磨。

確信箇中必有蹊蹺就這麼在她腦中萌芽。這屋裡一定有人知道，絕對是這樣，不可能是別的。

也許當時有人和保羅在一起。一定是在她家幹活兒的這些人害的，念頭一浮出，她覺得這個想法大有可能，很快就變得確定，一旦確定，就覺得一切都兜上了。

不算蕾昂絲和安德烈，家裡共有六名員工，她召集大家排排站，這種方法是最糟糕的，好像誰偷了銀器，實在荒謬。瑪德蓮緊張得直搓雙手，逼他們說實話。出事那天誰見過保羅？誰在他身邊？沒人知道該怎麼回答，不禁自問不知道接下來還會怎麼樣。

「比方說，妳吧，」她指著廚娘，一邊嚷道，「有人告訴我，妳在樓上！」

那個可憐的女人揉著圍裙，臉刷地紅了。

「那是因爲……我在上面有事情要做啊！」

「啊！」瑪德蓮勝利地嚷道。「看吧，妳果然在！」

「瑪德蓮，」蕾昂絲懇求她，語帶溫柔，「求您別這樣。」

沒人敢再張嘴。每個人都看著自己的鞋子或對面的牆壁。這片死寂令瑪德蓮暴怒十倍。她懷疑這是個陰謀，直截了當，問了一個又一個，您呢？您呢？

「瑪德蓮……」蕾昂絲又叫了她一遍。

瑪德蓮什麼都聽不進去。

「你們誰推了保羅？」她吼道。「是誰把我的寶貝扔出窗外？」

每個人都睜大眼睛。她不知道事實眞相前，誰都別想從這裡出去，她要去報警，上告省長，如果還是沒人自首，那你們全都坐牢去吧，聽到了沒，全部！

「我非知道眞相不可！」

說了這句話以後，瑪德蓮霎時住口。她看著這一小群人，彷彿她剛剛才發現他們的存在，隨後雙膝一跪，泣不成聲。

這幅景象，一個女人匍匐在地，這會兒成了嘶啞悲嘆，令人看了於心不忍，卻沒人過來扶她一把。傭人一個個走出房間。當晚好幾個人請假。瑪德蓮在床上躺了兩天，只有幫保羅換尿布才起來。

從那天起，屋裡沉浸於怪異的麻木氛圍，沒人說話，要不就是輕聲細語，大家雖然可憐小姐，但還是在找不會被當成凶手的新東家。最要緊的是，保羅少爺好可憐，可憐的小傢伙，看了就傷心，這個……

這個從天而降的可怕問題，瑪德蓮左思右想，瞎猜了半天，越亂想越不理性，甚至重回從她弟愛德華過世開始她就棄絕了的教堂。

聖方濟各沙雷氏教堂的神父不吝於將他唯一擁有的建議提供給她：耐心等候，重新回歸天主旨意。就瑪德蓮的現況，這種建議實在沒多大用處。從天主信仰到占卜問卦，只不過是個程度問題，瑪德蓮開始四下求助占星家、算命仙、靈媒。她不想一個人去，於是蕾昂絲就陪著她。

她們問過看手相的、通靈的、會傳心術的、懂命理的，就連塞內加爾巫師都問了，巫師翻來覆去在布列斯童子雞[19]內臟裡找了個遍，保證保羅想投入他母親——就是現場這位——懷抱，就算從三樓一躍而下也撼動不了這種信念，因爲……這隻雞很肯定。所有這些祕方都有共通點：光去一回萬萬不夠，得去好幾回才行。

瑪德蓮帶去保羅的照片、幾綹頭髮、一顆他一年前掉的乳牙。她含淚聽著解說，全都相當模稜兩可。有個占星家看到群星聚合，保羅隨之墜落，這一切都是天注定哪，如今您已經繞過一圈，現在該回歸天主了。蕾昂絲看著鈔票一張張飛過，手足無措，少說也花了六千法郎。

瑪德蓮並沒天眞到會相信些人說的話。她非常不快樂，她不知道該怎麼想，該相信誰，她坐立難安，心中恐慌一陣又一陣，想法變來變去，毫無邏輯。她心灰意冷，主動積極也棄她而去。

輪椅終於修好送回來了。

保羅既沒感覺比較好，也沒比較不好，但至少瑪德蓮在樓上可以推著他，一路推他到廁所，骨頭不會斷掉。他面前有個小擱盤，上頭擱著幾樣東西，一本書、一個玩具，可是保羅既不看書也不玩玩具，大部分的時間都癡癡望著窗外。

還有就是，房間終於裝修好了。再也看不出來曾是佩瑞庫爾先生的書房。蕾昂絲幫牆壁挑了明亮、歡快的色彩，窗簾也是淺色系的。保羅說謝……謝媽媽，乖兒子，是蕾昂絲一手包辦的，謝……謝謝……蕾……昂……昂……

「這沒什麼，我的小寶貝，」蕾昂絲說，「你喜歡最重要。」

蕾昂絲提到雇個護士，瑪德蓮手背一揮，退回提議。

「保羅由我照顧。」

夏爾繼承的二十萬法郎遺產已花在處理平價住宅那檔事，才剛重新稍微抬起頭，這時來了個小通訊員，一頭紅髮，獐頭鼠目，外加眼神飄忽，還對「殖民地街工地感興趣」。

「令我感到遺憾的，」他說，「不是工程，而是停工。整整停了三天，才又開工。」

19 poulets de Bresse：以美味著稱的土雞品種，尤其是中部以東的勃根地（Burgundy）一帶產的更為著名。

「這個嘛，」夏爾喊道，「反正都重新開了工，一切都很好了嘛！」

「還住在『慈善』的那個工人可不這麼想，他的狀況糟得咧。四個小毛頭，老婆什麼都不會，老闆只知道一昧指責他做事漫不經心，總算還是塞了個小紅包給他，不怎麼厚就是了，只夠買拐杖。」

夏爾看著他：他說這些想怎麼樣？

「我想寫篇報導。有人在建築工地待了一星期，突然穿過地板掉到下一層樓，一條腿拗了過去，醫院，工安事故報告，諸如此類的，您懂吧。」

夏爾立刻想到這篇報導會引發的災難性後果。

「我想到要寫，不過您放心，我寧願拿點錢，啥事都不做。」

夏爾也是，這輩子他也幾乎啥都沒做過，他可以理解，不過領薪水的人竟然也這麼說，似乎不太道德。這個記者，他啊，他倒顯得一副老神在在：

「消息一見光就沒多大價值，這個您是知道的。從沒發表過，値錢得多。這就是所謂的原創獎勵嘛。」

「您眞是個……」

夏爾想著該怎麼形容。

「……記者，佩瑞庫爾先生。記者是知道消息行情的人。就這方面，我是專家，您的情況値一萬法郎。」

夏爾差點透不過氣。

這會兒他正在等候室裡踱步，儒勒・紀佑托到辦公室的時候，迎接他的正是夏爾這張氣急敗壞的臭臉。

殖民地街醜聞，材料不合規定，一個紅髮通訊員（就是那個在警察局和醫院到處都有眼線的小矮個）開口就是一萬法郎。

「親愛的夏爾，」他說，「您說得完全沒錯！我立刻叫他過來，把這件事做個了結。」

夏爾表示滿意，鬆了口氣。兩人握手道別，這時紀佑托先生問道：

「噢，夏爾，您提到的那家公司，剛剛提到的……布斯凱兄弟公司，他們在報上登過廣告？」

「沒！客戶自己會找上門！不用浪費錢登廣告。」

「眞可惜！那好，就這麼著吧，夏爾，下回見囉。至於這位年輕特派員，但願他別太難說話。」

夏爾因爲麻煩不斷、層出不窮，所以培養出第六感。

「『但願』是什麼意思？難道您不確定？」

「這是因爲……職業倫理，老弟！身爲社長不能把自己的意思強加於同仁身上，這樣有違職業倫理！」

這個論點可怪了。《巴黎晚報》壓根稱不上是一份眞正的報紙；這家報社沒半個記者，只有聽命於老闆的員工。

「我儘量試試，萬一他拒絕……」

「就要他滾蛋！」

「我可離不開這種員工，夏爾！他們領的工資少！報社沒他們不行！啊，當然，爲了讓報社生存下去，要是我們有更多廣告……四萬法郎的小廣告，我處理起您這件事，比較沒有後顧之憂，這樣我好逼他閉嘴嘛！」

一言驚醒夢中人，夏爾這才聽懂。四萬法郎……

「好，」他支支吾吾，「我再看看，我再看看。」

紀佑托先生打開門，挽住夏爾的胳膊。

「我說巴黎沙石和水泥公司，他們會買廣告嗎？」

夏爾剛剛爲了永遠不會見報的廣告，攬了七萬五千法郎的債務上身。看來他非使點手段不可，雖不入流，事到如今，也由不得他。

居斯塔夫．朱貝爾等著瑪德蓮恢復，時間就這麼過去，不過現在都五月了，實在不能再等下去。他在瑪德蓮對面坐下，跟她解釋事情，她盯著他，一臉茫然，好像他說的是外國話。他握住她的雙手，跟對小孩子似的對她說道：

「您是銀行董事會主席，瑪德蓮，還是總裁，您得主持……」

「董事會主席？」

她慌了。

「您就露個臉。我幫您寫一小篇講稿，證明銀行依然掌握在可靠的人手中。沒人會問您問題，請放心。」

董事會在總公司頂樓大會議室召開。桌子是訂做的，可容納六十多人。瑪德蓮打著哆嗦，不發一語走進會議室。

她一到，人人起立。宛如一個穿著時髦套裝的女鬼，一隻手顫巍巍抓著一疊紙，紙張一度滑落在地，大夥兒忙不迭將文件順序排好，花了好長時間，每張臉上都露出不知所措的表情。

她照居斯塔夫告訴她的那樣，稍微點了點頭，請所有人再次就坐。六十多名男子默默盯著她，等著被她說服。

她的演說一場糊塗。遲疑、口誤，老在話當年，使得內容難以理解，而且聲音太小，經常聽不太到，說句實話，總歸就是可悲兩個字。每分鐘都得擔心有董事悄悄開門出去，說到最後，恐怕只剩下三、四個絕望的股東，各自坐得相距十五米之遠。

事實並非如此。

當她唸完稿子，終於抬起頭時，場內一片寂靜。居斯塔夫站起來，望著她，開始鼓掌，全體董事很快地跟著鼓掌，董事會圓滿成功。

每個人都非常誠懇。

他們最擔心的是這個大權在握的女人有意願主持銀行；這下他們完全放心了，全體鼓掌，因為她對銀行業務一無所知，大可讓她留在原位。

居斯塔夫．朱貝爾安排這種宣示和草擬演講稿的時候，派上了許多不必要的專業用語，為的是遵從馬塞．佩瑞庫爾的心願，幾個月前，他曾經表示過：「瑪德蓮是我的唯一繼承人，居斯塔夫，是一定的，但是……建議她別干涉業務，她不是塊做生意的料。萬一她有這種慾望，想辦法潑她冷水。」

發表完後，她沒再說話，就這麼旁觀一場冗長的會議。出會議室的時候，好多人圍著她。人人向她致意，個個心知肚明，到明年以前，八成沒機會在這個地方向她致意了。

瑪德蓮盯著牆壁、望著窗戶，輾轉反側，讓她想起昔日那些夜晚，爲了上樓找安德烈，她不得不耐心等候，才能去「上面」——這是他們的暗號，當時他們都說：「晚上見……上面。」她無比羞愧，不久之前的幸福記憶不啻爲對她兒子現狀的侮辱。

午夜將臨。

她花了一個多小時才做出決定。打開門，沿著走廊來到下人專用樓梯，往上爬。到了安德烈房前，她把耳朵貼在門上，什麼都沒聽見，她握住把手，一轉。

安德烈嚇了一跳。

「瑪德蓮！」

驚訝、尷尬、慌張，也無法說盡這一聲叫喚寓含的一切。安德烈手裡拿著好幾張紙和一枝鉛筆，瑪德蓮，瑪德蓮，他的聲音有些顫抖，他趕緊將紙放在床頭櫃上，人就杵在那，呆若木雞，凝視她，彷彿他不認識她，也像面對著意外發現的考古學家。

瑪德蓮立刻伸出手，她想對她說：「別怕！」但她已經後悔自己爲什麼過來。她看著那張床，他倆曾……她再度感到羞愧，臉紅了，她想劃十字祈求救贖，卻嚎啕大哭。

「坐吧，瑪德蓮，」安德烈低聲說，就像他們做了什麼見不得人的事。

坐床上？不，她不要。安德烈還是坐著，但把椅子往她那邊拉過去。他以「您」相稱，從前旁邊有外人時，他也這麼稱她。

「很抱歉，安德烈。」

他遞給她一塊手帕。她鎮定了些，環顧四周，彷彿在探索房間，她不記得竟然這麼小。

「安德烈，我需要您的意見。據您看，保羅爲什麼……」

她又哭了。好了，瑪德蓮，好了。臨了，她終於提出了她的問題，但旋即又轉而自己責怪自己。

「別這麼折磨自己，」安德烈說。「容我說一句，對自己這麼嚴苛，什麼用都沒有。」

「我做錯了，對不對？」

瑪德蓮原本想問保羅出事是不是上天在懲罰她。但是，在這個房裡說出這句話……這種問法會讓他們的關係變成得爲這樁意外負責。安德烈可不希望這樣，於是趕緊接口說道：

「身爲母親，您眞有這麼不稱職？」

「絕對算漫不經心。」

「保羅那時並不孤單，他曾經有您、有我，還有他外公！每個人都愛過他！」

他語帶激昂，如此說道，瑪德蓮聽了相當受用，卻沒意識到他用的是過去式。她站起來，指著那幾張紙。

「您在寫東西，我打擾到您……這些是詩嗎？」

她看了他一眼，好像當他是前一天才剛領完聖體的孩子。

「安德烈，我爲您感到高興。」

她走近門口，突然想到得使勁一下子拉開房門，免得嘎吱亂響。

安德烈感覺糟透了。

瑪德蓮這回即興來訪令他確認到自己在這屋裡再也混不下去。非走不可。沒了當家教的工資，他哪活得下去？自己擁有的少數幾個解決方案，也遭他一一排除。論專業資歷，只能提供他做一些法文或拉丁文輔導教師的工作。而且，他得先找到一份教職，跟可怕到不行的學生一起度過十來個鐘頭，他的食衣住行，都得靠這份少得可憐的工資，老天爺啊，他連四十法郎都沒有，哪兒來的錢預付租金？何況租金又不停漲漲漲！

瑪德蓮走到門口，轉過頭來。

「我想跟您說，安德烈……」

聲音低到猶如在教堂說話。

「您曾經對保羅這麼好，這是眞的。您可以留在這兒，隨您愛留多久就留多久。但願有一天保羅可以……別猶豫……」

安德烈永遠也不知道她要他「別猶豫」些什麼？因爲瑪德蓮突然住口，關上門，不見蹤影。

安德烈繼續住在佩瑞庫爾豪宅，自己騙自己，此乃「迫於生活之不得已」，他萬分屈就地如此形容，也強迫自己接受。事實上，他的自尊心比他自以爲的少多了。奉瑪德蓮之命，女清潔工每週上他房裡打掃一次，有人幫他漿洗衣物，他住得暖烘烘，每隔兩週的星期一，照常領他的工資。

瑪德蓮走過他身邊，都會停下來。哦，安德烈，您怎麼樣？她盯著他看，保羅還小的時候，她也這麼盯著保羅，這種摻雜著殷勤、慷慨、憐憫的混合物，在某些爲了抒發自己情感的母親身上也找得著。

8

居斯塔夫·朱貝爾原本從銀行往返「慈善」，現在又從銀行往返佩瑞庫爾公館。等待新車斯圖貝克[20]到來期間，他暫時開斯達爾M型[21]，車上載著會計布若榭先生。

老規矩。他們進了屋。朱貝爾請布若榭先生稍待，聊表歉意。他跟之前的佩瑞庫爾先生一樣，對工作人員相當客氣。對下屬越尊重，他們越害怕，他說，才能鎮得住他們，因爲這種禮貌幾乎讓他們感受威脅，是一種心理學。

布若榭先生坐在走廊的椅子上，大腿上擱著內有一大疊待簽信件的文件夾。朱貝爾進了書房，女傭會根據時間，看是端茶過來或是一小杯波爾多紅酒。她想順便爲布若榭先生端點喝的，可他總是舉手推辭，謝謝，什麼都不用，距他頂頭上司幾米遠，他連喝杯水都不敢。

瑪德蓮很快就下來了，居斯塔夫您好，手扶著他前臂，踮起腳尖，朝他臉頰淺淺一吻，她讓保羅的房門半開著，「萬一他需要什麼……」居斯塔夫拿起檔案，開始一件件細數手邊工作，說明得一絲

---

20 Stude-baker：美國豪華房車製造廠。由德國移民創建於一八五二年，一九六六年倒閉。

21 Star Modèle M：斯達爾（Star）為通用汽車創始人William Crapo Durant（1861-1947）遭逐出通用後創立的品牌，主要生產平價敞篷房車，生產期間相當短（1922-1928）。

不苟。

全都解釋完後，才叫布若榭先生進來，他畢恭畢敬，將有待瑪德蓮簽名的文件夾放在她跟前，朱貝爾一頁一頁翻著，因爲他一直都這麼做，就連佩瑞庫爾先生在世時都是。瑪德蓮簽了他呈給她的文件。布若榭先生帶著整疊文件夾回去走廊候著，不，謝謝，他說，邊對那個堅持幫他倒點飲品的女傭擺手。

得到瑪德蓮批准是件容易的差事，但在居斯塔夫內心深處不以爲然。他深信銀行家倫理：一個人不能對金錢不感興趣，否則幾乎都算不道德了。雖然這點對女人家來說並不奇怪，但她還是令他失望。

照規矩，請瑪德蓮簽名這樁苦差事一做完，還不能立即告退。只有低階員工才會活一幹完，就得立刻離開。瑪德蓮通常會說，坐啊，居斯塔夫，總可以陪您的朋友一分鐘吧。這時，她喚來女傭，幫我們把茶或是波爾多紅酒放在三角鋼琴邊的矮桌上（在走廊上的布若榭先生舉手，不了，謝謝），居斯塔夫則談起瑪德蓮唯一感興趣的主題：她兒子。

她說了當天一些枝微末節，保羅喝了點湯，她唸書給他聽，他卻睡著了，這孩子累壞了。依情況不同，居斯塔夫的頭從左搖到右，或者從上點到下，隨後他站起來。請原諒，我先告辭了，瑪德蓮。當然，您有這麼多事要忙，我還一直纏著您不放，去吧，您快走吧，居斯塔夫。手扶著他的前臂，踮起腳尖，吻一下臉頰，星期四見。星期三！對，抱歉，居斯塔夫，星期三見。

這一天，他沒照規矩行事，立即引起瑪德蓮注意。

「有什麼不對嗎？居斯塔夫。」

「是您的叔叔夏爾，瑪德蓮。他……嗯，他有一些困難。他需要錢。」

瑪德蓮雙手抱胸，事情始末，跟我說清楚。

「應該由他向您解釋這一切，再由您自己決定。我們的確有辦法幫他，這並不會……」

瑪德蓮點點頭，叫他來找我吧。居斯塔夫心滿意足，看了看錶，做出不得不告辭的遺憾手勢，隨後起身。瑪德蓮像往常一樣送他到門口。

她踮起腳尖，在他臉頰上一吻，謝謝，居斯塔夫。

他一時費盡思量，在他想得到的所有假設中，得出結論：當下這個時刻對他最有利……可惜來不及了，他錯失良機。

也罷，他還是放手一搏，對他的計畫而言，時間點有點搭不上就是了。於是，他伸出手，攬住瑪德蓮的腰。

她當場呆立。

她凝視他，沒表示不悅，隨後目光慢慢往下。

他個子很高，這種姿勢害她脖子好痠。

「瑪德蓮……」居斯塔夫低聲說。

抬著頭害頸椎很不舒服，瑪德蓮低下頭，發生了什麼事？她看到居斯塔夫的手擱在她腰際。他有什麼要求嗎？居斯塔夫的手扶上她肩膀，像對妹妹那般平靜友好。

她剛垂下雙眼，這代表同意，他比她高出一個頭，好吧，開場有點即興，不過他又重新站穩腳步。

她再次凝視他。

「我們是不是朋友，瑪德蓮？」

呃，沒錯，他們是朋友。瑪德蓮淺淺一笑，有所保留的笑，意味著她在等下一步，等他說出來。

居斯塔夫又說了一遍：

「我們曾經有過計畫，結果並沒實現，不過那是好久以前的事。今日種種都讓我們更靠近。令尊過世，保羅出意外，業務重擔……難道您不認爲現在該以不同方式考慮事情？並且相信您的老朋友嗎？」

他還扶著瑪德蓮的肩膀。

她打量著居斯塔夫，他剛剛說的話在她腦袋打轉，找不到出口。她突然想到，莫非居斯塔夫正在……跟她求婚？她不確定。

「您想怎麼樣，居斯塔夫？」

她懂我意思嗎？他自問。瑪德蓮吻他臉頰時，他錯失良機，迫於情勢，一開始，他不得不稍微更動一下計畫，但除此之外，他已經按照正確順序、毫無錯誤地說出他想好的句子，他沒看到哪兒有不順之處。

瑪德蓮皺皺眉頭，以示強調她問的問題。

朱貝爾沙盤推演過好幾種狀況，但從沒想過對方竟然聽不懂。問題是，他並沒準備一些虛無飄渺的句子來排除這種干擾。她之所以繼續追問，八成是因爲她在等待確認，於是他便以動作代替言語，執起她的手，抬到嘴邊。

這下訊息夠明確了。他親親她的手指，爲了符合情境，還加上「瑪德蓮……」。

好啦，這下一定夠了吧。

「居斯塔夫……」她回。

他不確定，但自認聽出這句話以問號結束。這就是他受不了女人的地方，不論什麼事都得全部說出來，一切都得靠言語表達，女人如此缺乏安全感，言詞稍有閃爍，女人都會心生懷疑、動搖信心，面對女人，一切都得直接、堅定、一清二楚。正式。真累人。

他不打算向她表白，未免太荒謬了。他思量該說些什麼，結果想起當初跟前妻剛在一起時說的那套。他很驚訝回憶竟如同氣泡般升起，當時她抬頭看著他，像瑪德蓮這般優柔寡斷、猶豫不決，他至今記得十分清楚。他靠過去。他曾經吻過瑪德蓮——現在這就是她想要的。沒有什麼好說的了。女人就是這樣，要麼就是得說個不停，她們需要一聽再聽，倘若想取代這些雜七雜八的甜言蜜語，就得以一個吻或是具有相同效果的東西（儘管對女人而言，沒有任何東西能與一吻等效）來達成同樣作用。

朱貝爾權衡利弊得失。她就在這兒，離他如此之近，一抹鼓勵的甜笑掛在唇邊。上吧，鼓足勇氣……

瑪德蓮觀察居斯塔夫，開始自我安慰。剛剛是她自己想多了，幸虧只是個誤解。莫非他個人有什麼難處？這個想法嚇壞她。萬一真的這樣，甚至嚴重到害他無法擔當銀行的重責大任怎麼辦？更糟糕的是，莫非他想跳槽？那她該怎麼辦？是時候該對他表現一點感激之情。她又靠近他一些。

「居斯塔夫……」

這正是他在等待的確認。他深吸一口氣，俯身，雙唇貼上瑪德蓮。

她打了他一巴掌，立刻倒退一步。

朱貝爾站直身子，仔細評估當下。

他確定瑪德蓮會辭退他。

她則想：他會辭職，留下她獨自一人。擔心之餘，不禁搓著雙手。

「居斯塔夫……」

可是他已經出去了。天哪，我做了什麼好事？瑪德蓮心想。

居斯塔夫．朱貝爾心思一片混亂。他怎麼錯得這麼離譜？遠距離分析情勢造成太多誤判，他反覆思考。

過去他的自尊心經常受挫，佩瑞庫爾先生不是個容易相處的人，老闆刺傷過他千百次，他都忍住，但他就是容不下任何女人對他這麼做，哪怕是瑪德蓮．佩瑞庫爾也不行。

莫非他的銀行職涯就此結束？多到不行的青年才俊銀行家自甘出賣靈魂，就為了博得瑪德蓮青睞，何況她也表現出並不討厭年輕小伙子。

他得另謀高就。噢，只要打開通訊錄不就結了，他心想，這是眞的，被老闆千金取消婚禮就罷了，如果再加上今天爲了令自己臉紅的理由而遭到解雇，連他自己這關都過不了。

因此，幾個鐘頭後，他決定主動出擊以挽回顏面。

他寫了辭職信。

他採用簡單明瞭的制式文件宣布他即將離職，並表示他會靜待董事會及總裁決定。

等快遞員來取件的同時，他在辦公室裡踱著方步。摒除所有可能影響他判斷力的感情用事，他悲痛得無以復加。因爲除了佩瑞庫爾銀行，他哪能再去別的地方呢？這兒可是他度過一輩子的地方啊。

一想就傷心。

快遞員是個二十五歲上下的大男孩，正是他剛進佩瑞庫爾銀行時的年齡。他爲了這家銀行奉獻了多少時間和精力……

他把信遞給快遞員。快遞員遞給他另一封，發信人是瑪德蓮。

她動作比他快。

親愛的居斯塔夫：

剛剛發生的事我很抱歉。一場誤會。把它忘了，好嗎？

我對您完全信任。

您的朋友瑪德蓮上

居斯塔夫重拾銀行大任，卻被一股無名火激怒。瑪德蓮不但沒表現出務實、現實，反而表現得毫不理性，滿嘴空話，一言以蔽之，就是感情用事。

當然，留在自己職位，不啻爲招認自己懦弱，何況瑪德蓮就是目擊者、主使者，而且依然是第一受益者。

不過，弔詭的是，跌到谷底的居斯塔夫・朱貝爾卻自問：這種莫大羞辱會不會反而開啟了他人生的篇章？

9

保羅出院都三個月了，依然望著窗外。瑪德蓮無所不用其極想找到可以引起他興趣的東西，她心想動腦筋的活動對他有益——安德烈就是一盞明燈。

保羅跟化石似地窩在輪椅上，外加失禁，除非太陽打西邊出來，否則安德烈想不出來怎麼給他上課。

「對，」不過他終究口是心非地說道，「的確可以試試。」

雖然他不希望重拾當保羅家教的工作，卻又想留著這份可以圖個溫飽的微薄工資。教他拉丁語，未免太傻，那算數呢？對一個連擦嘴都辦不到的孩子來說，根本超出他能力範圍，歷史又太學術，於是他選了倫理學。

儘管如此，他還是不看好，尤其是進到前家教學生房裡，整個人好像被焦慮死掐著脖子。他好幾星期都沒看到他。房中一片漆黑，雨水在窗玻璃上流淌。保羅，面色蠟黃，形容憔悴，有如枯葉。瑪德蓮向安德烈投以鼓勵的眼神，隨後佯裝喜悅，帶著淺淺微笑悄悄走開，我就不打擾你們兩個男生囉。

安德烈清清嗓子：

「我親愛的保羅……」

他翻著書，想找一句符合當前景象的話……全部都好假。眼前這種情況，就連最誠懇的好意也注定落空。

好不容易，他選了：「只要堅苦卓絕，奮勇作戰，沒有克服不了的困難。」這句格言與保羅直接相關：無論遭遇什麼困難，歷經磨難的保羅都需要匯集勇氣。對，這句很好。他往前一步，邊複誦「只要堅苦卓絕，奮勇作戰，沒有克服不了的困難」，隨後深深吸了一口氣，毅然決然抬起頭來，看了學生一眼。

他已經睡著了。

令人費解的是，安德烈立即看出他的伎倆。保羅裝睡。他面無表情，但，這孩子絕對在裝睡。安德烈很不高興。他花精力教育這個孩子，結果得到這種回報？既非保羅那窩在輪椅裡面的身影，亦非他唇邊那一抹口水，足以平息安德烈身陷不公時總會冒起的這把冷酷的怒火。

「當然不會，保羅！」他咬字分明地大聲說道。「別指望我會落入如此低俗的陷阱。」

孩子還是沒動，他續道：

「少把我當傻瓜，保羅！」

這次，他說得比自己所以爲的大聲得多。保羅睜開眼睛。家教如雷般的吼聲害他恐慌，他抓起鍍金鈴鐺，猛地揮了揮。安德烈轉向門口。瑪德蓮已經在那了。

「怎麼回事？」

她跑向保羅，怎麼了嗎，我的小天使，她緊緊攬他入懷。保羅從母親胳肢窩下冷冷瞪著安德烈。這種注視……是在下戰帖。對，就是這樣。安德烈愣住了。他緊握拳頭，不，他絕不允許保羅挑釁他，門兒都沒有！

瑪德蓮驚慌失措，迭聲問道，你好嗎，小心肝？

「這……沒什麼，媽……媽媽……」他回答得很費力。「我……我……累……」

安德烈咬住嘴唇，沉默不語。瑪德蓮又急又慌，把毯子拉回保羅腿部，放下窗簾。

「好了，安德烈。讓他休息，他累壞了，這孩子……」

夏爾四下求援，花了他天文數字，他只希望這回能一步奏效，否則他就得紆尊降貴求助於居斯塔夫·朱貝爾，他哥的員工，他想都不敢想！

這條苦難的十字架之路沒完沒了。不惜任何代價，也得走出來。

佩瑞庫爾家中變化甚大。全家如同療養院一般死寂，屋裡只剩下四個傭人，難得經過一下，才斷斷續續打破一屋子的寂靜。大樓梯下方如今停著一個鋼製平臺，藉由連接滑輪系統的操縱盤，保羅的輪椅可以上下樓。這套裝置令人想起中世紀酷刑用器械。

女傭告訴她「小姐在樓上等先生」。夏爾氣喘吁吁爬到二樓。一到樓上，一片暗矇矇，他花了點時間才看出瑪德蓮直挺挺坐在輪椅邊，正在慢慢按摩保羅堪比雞爪的手，保羅則對他視而不見。

「請坐，叔叔，」瑪德蓮說道，聲音清脆得跟房裡陰森森的氣氛毫不搭調。「什麼風把您給吹來了呀？」

夏爾心中生疑慮。這種刻意、硬擠出來的討好聲音，令他不禁心生詭異預感。

他開口說了。

眾所周知，女人家不管對政治、對商業都一竅不通，因此他強調情感面，這是女人最酷好的領域。他被惡意中傷。更糟糕的是，有人刻意操弄，濫用他受到委派的權力……

「叔叔，我能為您做點什麼呢？」

夏爾躊躇片刻。

「這個嘛……我需要錢。不多。三十萬。」

要是在兩週前，跟他面對面說話的會是一個比較通融的人。當時瑪德蓮已經收到居斯塔夫要她助叔叔一臂之力的建議，而且繼他倆之間尷尬的各說各話後，她一想到與其他離開銀行就惶惶不安，不如表現出樂於接受居斯塔夫建議，夏爾用不著開口，便可帶著支票回去。話說那次不歡而散後，一切已如雲淡風輕。居斯塔夫親自來到瑪德蓮跟前謝謝她，手裡拿著她表示還是信任他的那封信，以戲劇化的姿勢把辭職信扔進壁爐，消弭了瑪德蓮的恐懼，所以現在她認為自己大可按照自己的意思決定。

「三十萬法郎，」她回道，「您在銀行的股分不就是這個數兒嗎？為什麼不賣呢？」

夏爾萬萬沒想到瑪德蓮竟然會關注這種問題。

「那是我唯一的財產，」他耐心解釋。「將來得用在兩個女兒的嫁妝。要我賣掉股票……這……（他先是乾笑一聲，強調這種情況有多荒謬）我會徹底完蛋！」

「哦？有這麼嚴重？」

「就是有！我向妳保證，想得到的辦法我都用盡了，才會來請妳幫忙！」

瑪德蓮倏地花容失色。

「這是不是意味著，叔叔，您……差兩步就要破產了啊？」

夏爾吸了一口氣，表情痛苦，點了點頭。

「絕對會。一週以內就會。」

瑪德蓮點點頭，表示同情。

「我很樂意幫助您，叔叔，但是您剛剛說的這番話令我卻步，您自己想想看。」

「怎麼會這樣！為什麼呢？」

瑪德蓮雙手交叉，置於腿上。

「您向我保證瀕臨破產邊緣。我說叔叔，沒人會借錢給行將就木之人，這點您清楚得很。」

一小聲既無情又突兀的冷笑從她嘴裡漏了出來。

「要不是怕太過粗俗，我會直截了當地說：沒人會把錢分給『一具屍體』。」

她轉過身去，掏出手帕，擦了擦流到兒子下巴的口水。

「姪女我不禁自問，把錢給這麼一個飽受四方譴責的人，不知道合不合法呢。」

卑鄙！夏爾喊道：

「佩瑞庫爾這個姓氏再度被拖入泥沼，這就是妳想要的？這就是妳父親想要的嗎？」

瑪德蓮對他慘然一笑。她可憐他。

「他幫了您一輩子，我的叔叔。好歹他值得您讓他死後的名聲清靜清靜吧，您不覺得嗎？」

夏爾霍地起身，差點翻倒自己坐的椅子，激動得只差沒中風。

即便如此，要是瑪德蓮以為自己贏了，那她可就錯了。夏爾這輩子都在政治鬥爭，因應這種一敗塗地的荒謬場景，他早就具備安然下臺的招術。

「眞不知道妳是個什麼樣的女人！」

他基於一探究竟的好奇心問了這個問題，就像一個人面對神祕事件時的詰問。

「或許該說，」他望著著保羅的方向，又說道，「妳是個什麼樣的母親！」

這句話在房間裡迴盪。

「這……您是什麼意思，叔叔？」

「有哪個母親，明明該好好看著孩子，竟然放著孩子不管，任他從三樓窗戶掉下去？」

她站起來，激動得說不出話來，那是一場意外！

「妳是個什麼樣的母親！讓自己七歲的兒子這麼不快樂，所以他才想從窗戶一躍而下？」

這記回馬槍令瑪德蓮深受打擊。她搖搖晃晃，找東西支撐。夏爾走出房間，頭也不回，僅僅拋出一句：

「瑪德蓮，每個人欠下的債遲早都得還。」

10

破產前最後一站。自己瀕臨破產，這個世界竟然還是馬照跑、舞照跳，夏爾覺得礙眼極了。

朱貝爾一見他進了賽馬會餐廳，立即闔上體育報《汽車》，放下餐巾，起身，伸出雙手，指指自己這張桌子，語帶歉意地說：

「抱歉，夏爾，還勞駕您跑這麼一趟，不過舒芙蕾涼了不好吃。」

夏爾表示無妨，接受了道歉。

朱貝爾手執餐具，動作細膩，相當女性化，不過卻沒看著自己的餐盤，那對淺藍色的眼睛反而瞅著夏爾，繼續細嚼慢嚥，夏爾看了就有氣。您怎麼啦？他似乎在說。夏爾過去討厭他，現在則開始憎惡他。朱貝爾對情況瞭若指掌。硬逼著他喝下這杯羞辱苦酒的這些傢伙，都令夏爾火冒三丈。憤怒使然，他大可把桌子給掀了，但一想到自己站在破產邊緣，硬把這口氣給吞了下去。

「我的事……擺不平。」

朱貝爾慢吞吞戴上眼鏡，歪向夏爾推到他面前那張半皺不皺的紙上，輕輕吹了聲口哨，表示他可服了夏爾。

朱貝爾擔心的並不是錢的問題會玷污佩瑞庫爾這個姓氏，而是瑪德蓮拒絕幫她叔叔解危，女人感情用事的心態再度凌駕策略考量。

他擦擦嘴，放下餐巾。

「夏爾，您確定這筆錢就可以讓您度過難過？」

「當然！」夏爾發了火。「我算過！」

居斯塔夫．朱貝爾笑笑，站了起來。走到事先預留好的儲物櫃前，從一只用綠繩捆著的皇家藍帆布袋裡掏出二十萬法郎，推到桌角。

聽不太清楚夏爾在咕囔些什麼，應該是表示道謝吧。

「晚安，夏爾。幫我向荷當絲致意。」

「謝了，朱貝爾。」

直覺反應，夏爾沒以法定代理人的頭銜稱呼他，而是直呼其名。他畢竟只是名員工。

瑪德蓮並不傻。儘管安德烈刻意低調不引人注意，但他的遊手好閒即將成爲屋裡的麻煩。對那些從早忙到晚的員工來說，一個大男人，明明好手好腳，光待在房裡寫些不堪入耳的詩句，便可坐領乾薪，沒人看得下去，太不公平了。哪怕她再怎麼有錢，這種事她也能理解。

這樣可以了，她看著鏡中上了妝後的自己，心想，還是罩個面紗較爲妥當。

儒勒．紀佑托正在等她。親愛的瑪德蓮，他挽著她的胳膊，一副她大病初癒、還沒康復似的，一路陪著她，來到他的辦公室。

稍晚，紀佑托先生參加城裡晚宴，用不著旁人三請四催，自個兒就主動說出當時場景，快啦，儒勒。這個嘛，說眞的，敝人雖然從小看她長大，可是現在幾乎認都認不出；他描述她揭開面紗，又提到她愁容滿面，一臉皺紋，再也看不出她的年齡，不過最精彩的那一幕重頭戲，他倒是遲遲不提。快啦，儒勒，少故意吊我們胃口，害我們等得心焦啊。那好吧，話說瑪德蓮一副站在墓坑邊上、爲難得要命的樣子，畢竟她是爲了情夫才來找我。不會吧！沒錯，沒錯，絕對是這樣！現場眾人最愛聽他說八卦的這一刻。

「可是，我親愛的孩子（身爲她父親的好友，從她出生，他就這麼喊她），您要我給他什麼工作呢？」

他對安德烈報導佩瑞庫爾先生的文章滿不滿意？社長坦承相當滿意，這篇報導的確引起注意，他的文筆眞不賴，您的這位朋友，我是說，您的這位密友。

「他可以在您這邊，我也不太知道……寫一小篇諷刺短文、開個小專欄之類的。」

「瑪德蓮，這些東西，經過認可的記者才能寫！要是我讓他定期寫專欄……一個哪怕是亞當或夏娃都沒聽過的新人……報社同事會怎麼說？」

瑪德蓮是銀行家之女，從中學到有錢好辦事的不二法門，不管是促成或辦成都一樣，儒勒．紀佑托在這邊窮嚷嚷，不過就是個數字問題罷了。

「我要您雇用他，儒勒，可沒要您付他工資。」

紀佑托先生低下頭，想得出神。瑪德蓮打算自個兒掏腰包，讓他雇用她這位年輕的朋友？生性謹愼的他，沒一口答應，只說再想想辦法。

「討瑪德蓮歡喜是一回事，」第二天他這麼告訴安德烈。「但這份報紙是我在經營，這可不是慈善事業，您叫我讓您寫些什麼吶！」

年輕人雙手濕溽，盡朝褲子上抹。

「我想過，」他喃喃說道，「寫個題爲『眾生群像』的諷刺性短文。符合當下氛圍的評論啦，到處都看得到的東西啦，可是得透過別出心裁的角度切入。」

這時安德烈從口袋掏出一張他已經打開的紙：一篇文章，有關……

「……藥劑師？爲什麼選藥劑師？」

紀佑托先生一面翻看，一面嘀咕。幾個巴黎藥劑師因爲星期天開門營業被判入獄……

「所以說，星期天在街角咖啡館自在快活，比找到照料孩子需要的藥還方便得多，說實在的，誰叫孩子不識相，竟敢在星期天生病呢。」

安德烈筆帶諷刺，還擬了一份計有消防員、助產士、醫生等的清單，按理說，這些行業也該受到法律管束才對。文末爲營業自由辯護，結論短歸短卻鏗鏘有力：**「國會議員繼續大放厥詞，毫無建樹。任由各行各業為了公眾利益而犧牲小我，這些行業憑著一股熱忱，一大早就起床幹活，殊不知他們起床的時刻，正是國民議會和參議院諸公大睡公平正義大覺的時刻。」**

寫得不錯。儒勒．紀佑托撇了撇嘴，不太知道該怎麼辦。

「好，我承認，相當生動。」

一刻鐘後，安德烈成爲《巴黎晚報》新專欄主筆，署名爲他的姓名首字母縮寫A.D.。共四十行。第三版。每週二和週五刊出。

「就這兩天沒錯，靠這個小專欄，大家會慢慢認識您。我就先試用看看吧。不過我沒辦法付您工資，這當然都跟您的……我都跟瑪德蓮．佩瑞庫爾說好了，可不是嗎！」

然而這會兒他在晚宴上說起這事，刻意對酬勞避而不談，大家還以為他純粹出於好心才雇用安德烈·德勒固爾，而且以為他付安德烈的稿酬，跟任何一位專欄作家都一樣呢。

11

從夏天到耶誕節，保羅長高兩公分，瘦了三公斤。他一而再、再而三睡不好，經常被噩夢驚醒。現在就連吃也有問題，他幾乎什麼都不吃。傅尼耶醫生感嘆，保羅得長個幾公斤肉才能維持生命啊。此說嚇壞了瑪德蓮。每天三四回，站在輪椅旁，手上拿著盤子，絞盡腦汁翻新花樣，唱首歌啦、念念點到誰誰就得吃的口訣啦、說說故事啦、發脾氣逼他吃啦。這種五花八門的組合可說挺不賴的，但是：

「我……我……嘸不……我嘸不下去……媽……媽媽……」他說。

瑪德蓮要人把餐盤送回廚房，下達下一餐的指令，她什麼方法都試過，某天，她突然想到說不定綠色花椰菜泥可以創造奇蹟，傭人就得穿過整個市區，到巴黎另一頭去買。

「意外」發生一年後，幫保羅換洗、抱來抱去的依然還是她，但隨著她越來越疲憊，一九二八年二月三日，她抱他進浴室時摔倒。孩子的頭狠狠撞到浴缸腳。瑪德蓮自責得不得了，這麼一來，從去年夏天以來，一直建議找護士幫忙的蕾昂絲終於贏了。絡繹不絕的護士大遊行就此展開。

這個太粗裡粗氣，那個又不夠平易近人，要麼太年輕，要麼又太老，接下來的這個鬼鬼祟祟，林林總總，還不算那些看起來髒兮兮的、脾氣不好的、陰陽怪氣的、呆頭呆腦的，瑪德蓮誰都看不上，因爲她誰都不想要。

蕾昂絲試著讓她明白，很難找得到零缺點的護士，可是她聽不進去。直到一名年輕女子到來，三十多歲，體格壯如農村婦女，闊臀，寬肩，大胸，雙頰紅潤的臉上一派開朗，眼眶裡卡著一對小眼睛，頭髮金黃到幾乎泛白，笑聲爽朗，老是露出一口結實的牙，十分討喜。

她杵在瑪德蓮面前，蹦出一個誰都沒聽懂的句子，因爲她是波蘭人，一個法文字都不會。她展示許多在國外工作的資歷，一一用波蘭語說明。蕾昂絲噗哧一笑，瑪德蓮硬是板著張臉，暗暗覺得當下這種情景荒謬透頂，即使已經證實這名年輕女子提供的資歷無誤，她也絕對不會接受成爲街坊鄰居口中那個「雇用波蘭佬的東家」。瑪德蓮聽她嘰哩咕嚕，直到結束，她重新把一大捆證書整齊疊好，這時瑪德蓮才說出自己不會雇「波……呃……一個跟她無法溝通的護士」。

女子聽錯她的意思，笑了個開懷，毫不驚訝自己初試過關，瞪著雙眼，指了指房門，表示她現在急著想見見孩子。

「Moze teraz do niego pójdziemy?[22]」（現在可以去看看他嗎？）

瑪德蓮耐心十足，正打算重新解釋，可她還沒開口，波蘭女子就進了房，走近保羅的輪椅。瑪德蓮和蕾昂絲跟著衝過去。

這個護士屬於喋喋不休那型。沒人聽懂半個字，但看她臉上的表情全都懂了，就跟默片女演員那樣。她覺得保羅這樣不行，於是把輪椅往回拉，眼神到處飄啊飄的，最近的抹布在哪兒啊？邊碎碎念邊擦拭保羅吃得髒兮兮的擱盤。她拉好毯子蓋住他的兩條腿，抓起玻璃杯去沖洗，隨後又挪動輪椅，讓保羅面對陽光，不過她拉窗簾的時候倒是輕手輕腳，以免突然拉開，他看了頭暈眼花，做完這些以後，又整理保羅沒用到的床頭櫃，把他從沒讀過的那幾本書排齊壓緊，邊整理邊嘀咕，卻又一再被自己突然爆發的哈哈聲打斷，她像在自問自答，而這些問題逗得她開心的咧，這些答案也好笑得要命。在場幾個人看得一愣一愣。只見她在房裡嗡嗡嗡個不停，連保羅也歪著頭，瞇起眼睛，想猜猜看莫非她身上帶著神奇又滑稽的魔力，他看著看著，甚至抿嘴一笑，我可以告訴各位，打從出院回到家，他還從沒這麼隨和過。

於是乎，就這麼一下子，天旋地轉，一切都變了。

那名女子定住不動，跟獵犬似地揚起鼻子嗅啊嗅的，盯著保羅，又皺起眉頭，嘰嘰呱呱，大家懂，她不高興。她一把抓住孩子，像對付一包待洗的衣服似地抬起他，抱到床上，讓他躺平，一邊還嘮叨個沒完，食指那麼一翹，開始脫他衣服，幫他換洗。

盥洗下身的時候，她繼續對剛剛的事發表高見。沒人知道她究竟是在對保羅說話？還是自言自語？八成一下這樣，一下又那樣，她的語氣一下像好好小姐，一下又權威十足，一下責備，一下又自得其樂，這團大雜燴，博得保羅淺淺一笑。不到一刻鐘內的第二個。她突然大笑出聲，尿布拿得遠遠的，捏著鼻子，往衣物籃那兒晃過去，一副被臭味打敗的模樣，隨後又開始幫保羅穿衣服，而保羅則首度試著表示抗議。

「您……您忘……忘了……」

「Ba ba ba ba!」（去去去）她說著，手並沒停下。

換完以後，大夥兒只知道一件事：從現在起，保羅不再穿尿布。

22 同原書保留波蘭文。

因爲薇拉娣不要。

「瓦迪絲薇拉．安布洛哲維奇。薇拉娣，」她邊說，邊同時豎起兩根食指一比劃，表示這下各位知道我的名字啦。

她有一顆赤子之心，洋溢一股精力、一種令人振奮的生之喜悅。

蕾昂絲注意到瑪德蓮板著臉，雙臂抱胸，彷彿已經下定決心別被這個人牽著鼻子走……蕾昂絲把她拉到自己這邊。

「很順利啊，」她低聲說，「您不認爲嗎？」

瑪德蓮聞言嚇壞了。

「我說您呀，您該不會眞的這麼想吧！佩瑞庫爾家族還不至於雇外國人來照顧保羅！何況還是個波蘭人！」

但就在這一刻，兩個女人的注意力被一陣突然迸出的聲音吸引。護士坐在保羅面前，握著他的手，正在背誦應該是口訣之類的東西。她像喜劇裡的食人魔一樣眼珠滴溜溜轉，每唸完一小段，就往孩子臉頰輕輕捏一下。

保羅盯著她，雙眼發亮，嘴角掛著一抹淺笑。

同一天，薇拉娣就在三樓的一間房裡安置下來，安德烈的房間也在同一層。

好歹，她是天主教徒，瑪德蓮心想。

安德烈去《巴黎晚報》交稿，他很少這麼興沖沖的。早上一起床，腦中想到一句話：「黎明升起……」，這句話同時反應出他抱的希望有多深，以及他有朝言詞誇飾和詞藻華麗的傾向。

他這篇文章題爲「喲，醜聞欸！」針對層出不窮、持續撼動全國的種種事件，佯裝祝賀，實則諷刺。曾經被視爲大逆不道，如今這些事件「卻樂於成爲記者的素材，透過觸角廣泛、極端多樣來滿足最挑剔的讀者。靠定期利息過活的人因而可以靠股市醜聞吃飽喝足，民主人士靠政治醜聞，衛道人士靠健康或道德醜聞，文學家靠藝術或法律事件……口味一應俱全，共和國一概提供，而且每天供應。國會議員在醜聞領域展示出非凡想像力，使得我們都快認不出他們了；在財稅方面或是移民方面也一樣。選民耐心等候他們將這種創意發揮在促進就業上，也就是說：促進失業，因爲在咱們法國，這兩個詞就快變成同義詞囉」。

他拿這篇去給總編看，感覺自己進了新聞界，暈陶陶的。

想到跟同儕會面，不禁湧起一股摻雜了憂心的驕傲之情。面對這個被社長欽點的專欄作家，其他同仁必定有點嫉妒，一開始關係就搞砸了，不過這些都是會被遺忘的小事，因爲專業情誼主要建立在對這份職業的嚴謹度上，以及是否能夠迅速摒除個人小小得失，發揮團隊精神。

「我是……」安德烈大著膽子說道。

「我知道您是哪位，」總編回他，邊轉過來對著他。

「我帶來……」

「我知道您帶來了什麼。」

整個大廳一片寂靜……排斥。安德烈想到的就是這個詞。

「擱那吧。」

總編指著好像被他拿來當字紙簍的籃子。安德烈不知該怎麼反應才好，他孤軍奮戰。從此刻起，安德烈開始陷入長時間焦慮，他一來就不受歡迎嗎？他犯了什麼錯？總編到底會不會讀他的文章？要是他不中意，會不會打電話告知他？還是直接扔掉？更糟糕的是，他該不會隨便改自己的稿吧？

他的專欄登出來了，第三版下方，一字不落，跟他交稿時一模一樣。還有他的姓名首字母縮寫。

但他卻理解到，排斥很快成了單純看他不順眼。沒人跟他打招呼，他一出現，談話立即停止，咖啡潑到他長褲上也不是少有的事，連他帶來的甜瓜也進了馬桶，令他不堪忍受。

從九月分開始，到了隔年四月，這種可怕磨難依然故我。

八個月的羞辱與冷水，加害者把他當成小丑看。

有個打字員覺得安德烈合她的口味，偷偷告訴他：

「我們這兒的人，最見不得免費供稿。」

於是，沒過多久，他就拖到最後一分鐘才進報社，把稿子放入籃中，後來他才瞭解到這個籃子沒任何其他用處，只被當成瘟疫封鎖區，唯一僅供接收某樣大家連碰都不想碰的東西之用。倘若他有點錢，就會叫快遞員代他送過去。

他對儒勒．紀佑托開誠布公提到這種狀況。

「會過去的，甭擔心！」老先生這麼表示，他始終樂見內部人事不和。

有付我稿費的話就不會這樣，安德烈想這麼回又不敢。

他在報社內受到排擠，跟他的專欄在報社外獲得的重視成反比。「拉辛街湯品」餐館跑堂一見他就誇他，比方說吧，年初，有一回他發表了一篇關於查理．卓別林的精彩好文：

猶太人夏爾洛[23]

查理・卓別林無疑是全球電影界最偉大的藝術家，這點大家說的已經夠多了。最新推出的《馬戲團》更是毫無異議地驗證了這點：短短七十分鐘，比今年所有美國片都更幽默、更人性、更異想天開。

深度也沒話說。大家尤其將夏爾洛視為典型的以色列人物。

他到處惹人厭，誰叫他笨手笨腳、可憐復可悲、狡詐滑頭，臉皮厚到毫不猶豫搶小孩子的奶油麵包片吃，他好吃懶做，動起小奸小惡、壞腦筋倒特別靈光，永遠伺機鑽空子，就為了讓自己省力，不時趁機沾沾別人便宜，一旦詭計得逞就踐得不得了，於是夏爾洛就這麼懶洋洋地沉溺於幸福安逸。直到某天又有人一腳踹在他的屁……立刻把他打回原形。

哈哈大笑聲中，大家一致同意這位仁兄的搞笑工夫可不是偷來的。

上任幾週後，薇拉娣爲保羅帶來一本題爲 Król Maciuś Pierwszy[24]的書，開始大聲唸給他聽。她唸得「活靈活現」。故事是以波蘭文寫的，保羅當然什麼都聽不懂，可是她除了角色扮演外，

23 Charlot：為卓別林在《流浪漢》（*The Tramp*, 1915）中的小名。法國人習慣以「夏爾洛」稱呼卓別林。

24 Król Maciuś Pierwszy：《麥提國王執政記》，波蘭經典兒童文學，作者雅努什・柯札克於一九二三年出版。

每個場景還搭配各式滑稽模仿與聲效，增強講這個故事的效果。

蕾昂絲剛好有事進到房裡，旁觀了幾分鐘這場高潮迭起的表演。薇拉娣感覺到蕾昂絲不解地看著她，暫時停下來，保羅揮揮手，繼續，不說也知道，他聽得好開心。

薇拉娣少說也唸了十來遍給他聽，他百聽不厭。

另外還有一大創舉，這回是瑪德蓮：一臺手提留聲機，維克多牌，價格高達八百七十五法郎的豪華機型，她同時還買了十好幾張唱片，有香頌、爵士樂、歌劇詠嘆調等等。保羅欣然接受，報以感激的一笑，「謝……謝謝……媽……媽媽。」他並不討厭留聲機，卻連蓋子都沒掀開。蕾昂絲走過去，在唱盤上放了一張莫里斯．舍瓦利耶的七十八轉唱片，他活力十足地以顫音高歌〈瓦倫汀娜〉[25]。換瑪德蓮來陪保羅，這回輪到她讓艾靈頓公爵[26]的管弦樂隊和弦在房裡迴盪，保羅笑了笑，謝謝她的好意。然後留聲機就停了，他又陷入昏睡狀態，唱片套漸漸積上灰塵。

薇拉娣喜歡音樂，她邊做事邊自得其樂地哼哼唱唱，不過有點走調就是了，她唱得既不爵士，也不通俗，她的品味偏向歌劇。所以呢，某天她正在打掃房間，發現瑪德蓮送給保羅的唱片裡有一首錄製了貝里尼《諾瑪》[27]的詠嘆調，她就跟頭山羊似的撲上去。

經常被薇拉娣的花招逗樂的保羅，意興闌珊，答應她放〈聖潔的女神〉[28]。薇拉娣這回沒跟著音樂唱她自己的，而是放慢手邊活兒，聽著漫長序曲，同時屏息以待，似乎下一秒隨時會冒出令人驚訝和讓人害怕的事，於是整個房間就這麼洋溢著索蘭姬．加里納朵的歌聲。薇拉娣手中的雞毛撣子緊貼心房，她閉上雙眼，靜聽將聖潔的古木洗淨[29]的顫音一個接一個流瀉而出，藝術家以一種幾乎在告解的方式開唱，音符個個清晰，卻又私密，彷彿她想託出心事以解除苦痛。女歌唱家的吐納控制得如此完美，直到那個不可避免的半音，那句升高了半音的聖潔的古代植物聽在耳裡，宛若她的自白告解。

薇拉娣又開始幹活兒，可是動作很慢，有一會兒還停了下來，聆聽讓我們看到妳那光潔的臉龐[30]，加里納朵忠於她自己的呈現方式，竟敢用無窮小的跳音擾人心扉，不得安寧。經常聽到的練聲曲[31]，普通人詮釋起來如此普通，加里納朵表現起來卻輕鬆流暢，猶如清風拂過，如絲如縷，扣人心弦。

薇拉娣聽得神魂顛倒，索性停下工作，呆立房間一隅。啊，這股無與倫比的力量，這個高亢的*ut*[32]，催人斷腸、神傷……爲之心碎。

她轉向窗戶，不自覺地笑了笑。保羅歪著頭，已經睡著了。她躡手躡腳靠過去，關掉留聲機。誰知道保羅手臂突然一抬，動作迅速、權威又果斷。他在聽。

他閉著眼睛，淚流滿面。

---

25 *Valentine*：法國名演員暨男歌手莫里斯．舍瓦利耶（Maurice Chevalier, 1888-1972）紅極一時的歌曲。

26 Duke Ellington（1899-1974）：本名為愛德華．艾靈頓（Edward Ellington），鋼琴家、爵士樂隊靈魂人物。

27 *Norma*：義大利作曲家貝里尼（Vincenzo Bellini, 1801-1835）著名歌劇作品。

28 *Casta diva*：貝里尼的《諾瑪》中一首美聲唱法的名曲。

29 Queste sacre：為〈聖潔的女神〉中第二句歌詞，前兩句歌詞為Casta Diva, che inargenti/Queste sacre antiche piante（聖潔的女神，妳那銀色的光芒／將聖潔的古木洗淨）。

30 A noi volgi il bel sembiante：〈聖潔的女神〉第三句歌詞。

31 les vocalises：有鋼琴伴奏卻無歌詞的聲樂練習曲，教師多將其作為學生演唱歌劇以前的技術準備教材。

32 *ut*：七個唱名之一，即do。

12

依照傳統，每年都換地方聚餐。繼「德魯昂」、「馬克西姆」、「大維富」之後，一八九九年這屆——被稱為「居斯塔夫・艾菲爾」[33]那屆——的中央畢業生，今年選「圓頂」開同學會，約有十五人與會。

座位安排頗具巧思，適切反映出昔日同窗好友的現況。某甲去年還跟某乙坐在一起，今年因為甲睡了乙的老婆，於是就被換到遠處，另一位則是多虧做成了好幾筆大買賣而榮獲晉級，跟這屆的風雲人物越坐越近。

居斯塔夫發現自己一邊坐著在外貿部任職的薩契蒂，另一邊則是在杜爾吉礦業公司橫行霸道的羅布卓。後者雖然只是公司鑽探部門副總裁，卻有權力坐在上首，還不是因為他拼到最後一刻才險勝居斯塔夫・朱貝爾，以該屆第一名的成績畢業。怪的是，經過這麼多年，職場起起伏伏，昔日他如此看重排名殊榮（以及朱貝爾因為屈居第二對他產生的怨懟），至今依然相當重視。

談話一成不變，照規矩來。政治第一，隨後是經濟、產業，最後總以女人畫下完美句號。所有話題的共同要素當然都是——錢。政治方面：有可能賺大錢；經濟：可以賺多少；產業：怎麼賺；至於女人嘛……該怎麼花才好。昔日同窗聚餐，所謂的同學會其實也是孔雀比美大會，個個都到這兒搶著開屏炫耀來著。

「那麼，第二輪選舉怎麼樣？」薩契蒂問道。「對各位老同學來說，應該有如探囊取物吧？」

不知道他說的是哪個「囊」？人人各有不同解讀。

「我們國家不會感染紅色瘟疫。感謝天主，」朱貝爾說，「搞不好可以趁機把聽命於莫斯科的共產黨徒趕出法蘭西。」

「政府也好著實清償債務。」薩契蒂同意他的說法。

再沒什麼比債務問題更能讓大家產生共識了。不管每個人對法郎的立場如何，全體一致同意：政府……冗員過剩，效率低，耗費大，害積極主動的私營企業綁手綁腳，賦稅越來越重，難道政府不明白被戰爭搞得負債累累的國家，就是得仰仗私人企業和有錢人，國庫才能豐盈。眾人確信政府已然成爲布爾什維克黨徒在法國本土的附庸組織。必須有更多自由，更少行政干預，儘快清償債務。基於此一美好共識，討論起來分外來勁，於是就在索泰爾納[34]煨小牛胸線伴隨之下，這群老同學持續把酒言歡。

居斯塔夫趁著談話空檔，悄悄拉了薩契蒂的手腕。

「我說老同學，我想聽聽你對羅馬尼亞石油的意見。」

薩契蒂在外貿部工業處負責能源、油氣、水力、煤炭等業務。

33 Gustave Eiffel（1832-1923）：設計艾菲爾鐵塔的建築師，鐵塔以他為名。艾菲爾於一八五五年從「中央」畢業。作者稱一八九九年畢業的朱貝爾這屆為「居斯塔夫．艾菲爾那屆」，或許是藉以顯示該屆同學志向遠大，以學長艾菲爾為榜樣。

34 sauternes：法國西南部索泰爾納鎮產的甜白葡萄酒。

「你最好轉向美索不達米亞那一帶，」他回道。「例如基爾庫克礦層，伊拉克的一個省。我保證，這還比較有希望。」

居斯塔夫很驚訝。幾個月來羅馬尼亞石油在股市屢創佳績，股票漲個不停，居斯塔夫甚至還擔心現在投進去太晚了呢。

「我沒辦法告訴你消息來源，」薩契蒂續道，「你以後就知道了（朱貝爾挑了挑眉，表示理解），不過我跟你打包票，羅馬尼亞石油一點都不好聞。非常差勁的投資。」

「可是再怎麼說，他們最近還增貸！」

「用來抵銷損失。因為大家蒙著頭投進去，股票暫時還會漲，一旦崩盤，股民就會被套牢。相信我，老兄，未來的確還是石油稱霸，但不是羅馬尼亞，而是中東。伊拉克。」

朱貝爾持保留態度。

「專業評估都還沒完成，你怎麼能這麼篤定？」

「好吧，那就求老天爺保佑評估報告不會太快出來，你才有時間稍微嚐嚐甜頭。因為一旦宣布，比你早投進去的那些小滑頭會搶在你前面脫手，你想靠石油解渴，只怕連一滴都喝不到呢。」

準備上甜點。

「當然，我可什麼都沒對你說過。」

薩契蒂打的內線交易擦邊球，這句提醒的話只是做做樣子罷了，殊不知整個共和國都是這麼私相授受出來的，影響力互通有無，從沒這麼順暢過呢。

商場爾虞我詐的事談累了，大夥兒輕鬆輕鬆終於談起女人來了。居斯塔夫笑了笑，我就知道，老同學們都猜他臉皮薄。他的確對女人這個主題沒什麼可說的，不過石油倒是害他胡思亂想。

索蘭姬・加里納朵錄的這張唱片包括好幾條赫赫有名的詠嘆調：〈我聽到一縷歌聲〉[35]、〈托斯卡是很好的目標〉[36]、〈芙羅麗雅！愛！〉[37]等等，保羅叫薇拉娣放給他聽了不下十來次。

蕾昂絲旋即受命跑遍各大唱片行。「旋律」的店員漫無頭緒，問她這位樂友幾歲，八歲，好的，他喜歡聽什麼，我們還不知道，目前他只聽一張唱片，重複聽個不停，歌劇，我懂了，問題是他喜歡哪種類型的歌劇，蕾昂絲不知道。

「諧劇嗎？」店員如此建議。

蕾昂絲立即點頭如搗蒜。好笑的，保羅需要的就是這種。

「聽了很愉快的！」

「旋律」還有比諧劇更有趣的呢：輕歌劇！

蕾昂絲根據曲名做出選擇，挑了討人喜歡的輕歌劇，帶了一大堆回來，從《風流寡婦》[38]到《微笑之國》[39]，外加《快樂巴黎人》[40]，每齣劇都好好玩，她可眞會挑呀。

---

35 *Una voce poco fa*：出於義大利作曲家羅西尼（Gioacchino Rossini, 1792-1868）的兩幕諧劇《塞維利亞的理髮師》。

36 *Tosca è un buon falco*：出於義大利作曲家普契尼（Giacomo Puccini, 1858-1924）的三幕歌劇《托斯卡》第一幕。

37 Floria！Amor！：指的應該是普契尼《托斯卡》第二幕女主人翁芙羅麗雅・托斯卡（Floria Tosca）與情人卡瓦拉多希（Cavaradossi）在獄中相會時唱的那段，「芙羅麗雅！愛！」只是其中一句歌詞，通常這段稱為〈勝利，勝利！〉（Vittoria! Vittoria!）。

38 *La Veuve joyeuse*：奧地利作曲家雷哈爾（Franz Lehár, 1870-1948）的三幕輕歌劇。

保羅熱情歡迎這些禮物，急著想聽。瑪德蓮趁機在小擱盤上放了一盤麵食。蕾昂絲和瑪德蓮悄悄合著節奏打拍子，薇拉娣的腳也一踮一踮，她打的拍子較爲隨心所欲就是了，保羅邊吃邊欣賞，悉心聆聽這些新斬獲。

他默默無語，直到聽見「跳華爾滋的人來囉，舞蹈前奏響起」[41]的音符，隨後，只見他專心致志看著自己的指甲看了許久，邊聽著「鈴蘭花，爽歪歪的一天，爽歪歪的愛，爽歪歪在誘惑」[42]。聽到「這位先生，您倒是先抱我啊」[43]，他索性大剌剌嘆了口氣，隨後又聽到前面幾個音符「啊……快去前面，快，我的小浪蹄子，妳倒是快著點啊」[44]，實在太過頭了，「媽……媽媽……」把唱片停掉，三個女人圍著輪椅，歪向他，想弄清楚原因。少說也過了足足一刻鐘。保羅才叫薇拉娣抱他過去，他想自己選幾首。

「你不喜歡這些嗎？小寶貝。」

瑪德蓮好失望。保羅是個知書達禮的孩子，不會直接說出不中聽的話。他向老天爺發誓，說他聽得好開心，很……很……很好，可是每個人都明白他覺得一點都不好。爲了安慰母親，他啃起蘋果。瑪德蓮也就不再追問。

於是一九二八年四月某日，天氣晴，保羅進了「巴黎留聲機」。我說「進了」，這話說得有點快，輪椅進不了門，只能留在唱片行外。薇拉娣像平日那樣，撐住小男孩的胳肢窩，讓他像個書擋似的杵在櫃檯前，自個兒邊解釋東、解釋西，唱片行裡每個人都沒動靜，沒人懂波蘭話。

店員花了整整一下午，把自己認爲最好的唱片推薦給保羅。薇拉娣則趁機讓司機陪她去買鮮奶油泡芙，這位老兄早就說過要上去她的小房間進行友好拜訪。

亞梅莉妲．加利—庫奇、妮儂．瓦蘭、瑪麗亞．耶里扎、蜜瑞耶．伯頓……等歌劇名伶，還有《蝴蝶夫人》、《卡門》、《夢遊女》、《羅密歐與朱麗葉》、《浮士德》……保羅挑好了，看得出來，他的要求頗高。聽著其中一首的時候，他的頭突然往後一仰，店員沉痛地表示贊同，沒錯，的確有個顫音略顯炫技；另外還有一首，他瞇起雙眼，肩部聳起，一副生怕突然有東西掉下來的樣子，店員表示同意，的確，唱到高音的時候，有個四分音飄來飄去。保羅買了四套。他沒問有沒有索蘭姬．加里納朵的唱片，因爲這個名字他說不出來。店員閉上眼睛，自我陶醉得很。保羅很快又加買了幾張，幾乎囊括了所有義大利女歌唱家。

買完正準備回家，沒想到年輕的店員竟然鑽到櫃臺下，不見人影。再度出現時，嘴裡哼著前兩小節「瑞秋，是救世主的榮恩將妳託付給我」[45]，遞給保羅一張索蘭姬．加里納朵扮演「猶太女」一角的明信片。

39 *Pays du sourire*：雷哈爾另一齣三幕輕歌劇。
40 *Gaîté parisienne*：法國作曲家奧芬巴哈（Jacques Offenbach, 1819-1880）作曲的芭蕾舞劇。
41 出自奧芬巴哈的三幕輕歌劇《霍夫曼的故事》（*Les Contes d'Hoffmann*）。
42 出自雷納多．漢恩（Reynaldo Hahn, 1874-1947）的三幕輕歌劇《希布蕾特》（*Ciboulette*）。
43 出自亨利．克利斯提奈（Henri Christiné, 1867-1941）的三幕輕歌劇《飛飛》（*Phi-Phi*）。
44 出自奧芬巴哈的三幕輕歌劇《佩莉柯爾》（*La Périchole*，或譯為《遊唱藝人》），該劇寫實描繪街頭生活，不免粗俗。
45 Rachel, quand du Seigneur：出自弗洛蒙塔爾．阿萊維（Jacques-François-Fromental-Élie Halévy, 1799-1862）的五幕歌劇《猶太女》（*La Juive*），「瑞秋」正是劇中女主人翁「猶太女」的名字。

保羅也把他的美聲偶像在歐德翁、哥倫比亞、百代演出的目錄一併都買了。

當晚，他胃口大開。

司機悄悄爬上樓梯（終於！）向薇拉娣進行友好拜訪的時候都快凌晨一點，他不怕被人聽到，因爲整間屋子都瀰漫著加里納朵的美聲。

她會爲了對馬里歐的愛前來赴約！46

13

七月，保羅又要了一臺留聲機。毫無疑問，他的身體好多了。

他每天都很忙。自己換唱針，自己整理唱片，自己記筆記，每天更新卡片，在出版商目錄中勾選他有興趣的專輯名稱。還請薇拉娣帶他去圖書館，她倒好，跑去儲藏室跟助理館員打情罵俏，他一整個下午都花在抄錄百科全書條目，到處找歐洲大型音樂會的無數新聞剪報，男女歌唱家的職業生涯，新歌劇首演，世界各地的歌劇訊息他都找。他有一本索蘭姬・加里納朵專用的筆記本，從他第一次聽到她的聲音，就判定她是無法超越的。

五月，他寫了封信（母親幫他檢查有沒有寫錯字）給這位大名鼎鼎的歌唱家：

親愛的索蘭姬・加里納朵：

我叫保羅，我住巴黎，我是您的歌迷。我最喜歡您唱的《菲岱里奧》[47]、《托斯卡》、《拉美

---

46 Ella verrà per amor del suo Mario!：出於《托斯卡》第二幕。

47 Fidelio：貝多芬（Ludwig van Beethoven, 1770-1827）於一八〇五年創作，也是生涯唯一歌劇，兩幕劇。

莫爾的露琪亞》[48]，可是我也非常喜歡《後宮誘逃》[49]。我八歲。我坐輪椅。您所有的唱片我幾乎都聽過；不過有幾張很難找，所以我沒有，比方說：您一九二一年到米蘭斯卡拉大劇院演出的《塞維利亞的理髮師》[50]，不過我會找到的。要是您可以送我一張親筆簽名照，我會很開心。

保羅敬上

我非常仰慕您

他們還以爲信寄丟了，不過七月的時候，天大的驚喜，歌劇名伶的照片翩然到來，她身著《米蒂亞》[51]劇服，照片上題有：「送給保羅，獻上我熱情的祝福，索蘭姬・加里納朵」。還附上一句相當簡短、手寫的話「你的言[52]令我感動」。

得把照片裱起來，掛在留聲機上方。

您可以想像得到瑪德蓮終於鬆了一口氣。保羅漸漸康復，經常沉浸於自己的思緒，不過一聽到莫扎特或者史卡拉第[53]，就再度恢復元氣，氣色變好，從圖書館到唱片行，他的日子過得很充實。瑪德蓮始終沒有放棄希望，想再跟他認眞談談，以解開害她被釘在十字架受苦受難的那個謎團。

「您就放過他吧，」蕾昂絲說，「您明知道傅尼耶教授是怎麼說的。」

他說：「讓他清靜清靜，饒了這個孩子！」

瑪德蓮及時踩了煞車，差她去阿拉伯糕點店買杏仁膏。

安德烈擔心這種情況。他當然爲保羅感到高興，既然現在孩子比較好了，他得回頭去當家教嗎？

一想到最後幫他上課那次，他就怕。

還好到目前爲止，瑪德蓮都沒提起。安德烈白天都花在爲《巴黎晚報》精雕細琢自己的免費文章。女子體育、大眾閱讀、男士時裝、聖凱瑟琳節[54]……他的專欄涉及的主題五花八門，如此賣力，不就是盼著哪一天儒勒・紀佑托終於給他一個眞正的位子，也就是說，跟領薪水員工一樣，拿到一紙正式聘雇合同。

《巴黎晚報》社長從不提這事，倒是對他讚譽有加：「你昨天的短文寫得很好！要是你沒被這些小豬八戒給吃了，我會想辦法幫你做點什麼！」他對安德烈的服務表示滿意。滿意歸滿意，還沒滿意到付他錢的程度。

安德烈熬到年底，年終獎金落空，一月到了（「國王節[55]那篇文章，沒有稿費！」紀佑托先生如

---

48 Lucie de Lammermoor：董尼采第（Gaetano Donizetti, 1797-1848）譜寫的三幕歌劇改編自小說《拉美莫爾的新娘》，十七世紀末蘇格蘭拉美莫爾的領主恩里科為了政治聯姻將妹妹露琪亞許配給一位公爵，但露琪亞早已和情人艾德加私訂終身，不料恩里科讓妹妹誤以為情人變心，因而無奈答應婚禮。在婚禮當天得知真相的露琪亞痛苦地殺死新郎後，發瘋而死，艾德加聞訊後也自刎而死。著名的愛情悲劇。

49 L'Abduction au seraglio：莫札特（Wolfgang Amadeus Mozart, 1756-1791）創作的三幕歌劇。

50 Le Barbier de Séville：由羅西尼作曲的兩幕歌劇。

51 Médée：路易吉・凱魯畢尼（Luigi Cherubini, 1760-1842）譜寫的三幕歌劇。

52 laitre：應該是「信」（lettre）。作者刻意表現身為義大利人的索蘭姬法文不時拼錯或文法錯誤。中文翻譯以諧音或拗口中文表示。

53 Giuseppe Domenico Scarlatti（1685-1757）：義大利那不勒斯王國作曲家。五百五十五首鍵盤樂奏鳴曲為其代表作。

54 la Sainte-Catherine：約莫從十六世紀開始過節，從此蔚為傳統。每年十一月二十五日這天，二十五歲到三十五歲的未婚少女會為教堂裡的聖凱瑟琳雕像做一頂黃綠相間的帽子，因為她是適婚女孩的守護神。綠色代表婚緣，黃色代表貞操。

此說道），一轉眼又到了四月（「你那篇如何持家的專欄小品寫得眞棒，哈哈哈！」），眼看著再過幾個星期，夏天就到了，到時候他等於夏秋冬春轉了一圈。一年來每週兩篇專欄，管理階層竟然連點表示都沒有。他終於耐不住，打算去找社長，要他付稿費。

報社內部也沒好到哪去，他得忍受同事的敵意與惡意。

七月底就這麼到了，有一天，某個比其他同事更過分一點的工會代表，一把揪住他的領子，拖著他去地下室，對他拳打腳踢，他跪倒在地，氣都喘不過來，甚至還吐了，胸膛就快爆炸，對付他的這些人，眾目睽睽，冷眼瞅著他用爬的爬到出口，還出拐子撞他，最年輕的那個還往地上吐痰，落到他穿著短外套的背上。

這件事成了壓垮駱駝的最後一根稻草。

安德烈回到佩瑞庫爾家，怒不可抑，想搞清楚自己怎麼會落到這步田地？剝削！這就是他的感受。這個共產黨用語，天知道他才不想跟共產黨扯上任何瓜葛。去年他認爲可以一展抱負的記者職涯，到了今年春天，他還是有上當受騙的感覺。

安德烈在房裡打轉，朝牆上踢了好幾腳。他開始覺得熱，老虎窗一絲風都進不來，整夜汗流浹背，房間好像比平時還小，家具舊，床單破，住在走道另一邊盡頭的那個波蘭女人，每週兩次，他都會去她房裡轉轉，她倒挺快活，從晚餐到就寢，盡在那荒腔走板亂唱。天哪，不能再這樣下去，他寫了辭職信，又不免遲疑……難道說沒領工資，就該另謀高就？

他拿起外套，氣呼呼地大步走到報社，直奔紀佑托先生辦公室。

「原來是您啊，您來得正好！我說每日專欄……您願意接受這個挑戰嗎？」

安德烈當場愣住。

「只是個小專欄，可是排的位置挺稱頭的，頭版喔！」

「什麼樣的專欄？」

紀佑托先生狀似爲難。

「這個您是知道的，馬爾希寫經濟，迦本搞政治，法蘭迪蒂耶寫些雜七雜八的。可是沒人負責……市井小民，您明白嗎？買我們晚報的正是市井小民，這些人會希望我們報導他們。您以爲他們幹嘛這麼愛看社會新聞？還不就是因爲這些事會發生在他們每個人身上。」

安德烈胡亂比劃了一下。

「社會新聞……會有……」

「當然有！我最重視的不是這個。這個專欄必須把市井小民偷偷說的悄悄話大聲說出來。」

「有點幽默的諷刺短文之類的？」

「您要這麼說也行，不過出發點是抒發鬱悶的心情，因爲誰都知道，大家更喜歡抱怨！這個專欄必須有格調，所以我才想到您。」

「格調……」

「非這樣不可！讀者喜歡一樣東西：幻想聰明人想得跟他們一樣，這樣才覺得自己也很聰明。還

55 la fête des Rois：正確說法應該是一月六日的「主顯節」。每年法國人在這一天前後會食用一種圓形餅狀蛋糕，由千層酥加上杏仁奶油內餡烤制而成，稱為「國王餅」（galette des Rois），所以社長才稱之為「國王節」。

有就是，想吸引讀者閱讀，必須簡單明瞭。這是個劑量問題，下得太重，怕讀者吃不消。」

安德烈聽得頭昏腦脹，暗暗思索這個新建議有什麼陷阱。

「有稿費嗎？」他問。

「這個嘛……不多。這年頭……」

安德烈太瞭解社長，他也學到千萬別把報社跟社長私人資產混為一談。哪天紀佑托先生被迫解雇印度支那分公司的員工，他才相信他眞有財務危機。

「有沒有稿費？」

安德烈以自己的大膽爲榮。紀佑托先生一把火立即上了來，彷彿有人拔他一顆大牙似的，終於喊道：

「會，會有稿費！」

「多少？」安德烈顯然豁出去了，繼續追問。

「一篇三十。」

「四十。」

「三十二。」

「三十七。」

「好吧，算了，那就三十三吧。可是注意啊，嗯，我要一篇寫得……像樣的！」

語畢，社長拂袖而去，以示自己有多不滿，其實啊，每回他談成一筆好生意，滿意得不得了，必然會做出這個動作。

「哦，還有，」他補充說，「找個筆名，嗯！」
「怎麼？可是……我已經有了啊！」
「那個啊，誰鳥它。反正您都得取個筆名，誰管是不是您的名字。」
紀佑托先生靠了過來，以信心滿滿的語氣對他說：
「筆名。大家都認爲才學出眾的人不會用眞名！您可別忘了，讀者喜歡怪力亂神那套，您就選個能讓他們聯想起大智大慧的好名字唄。」
於是，八月初《巴黎晚報》頭版，出現了第一篇署名「凱洛斯」[56]的專欄文章：

名不虛傳的男子漢

十四年前，全國總動員。法國人民全體奮起，窮盡力量，投入一場前所未見的戰爭，同時準備好要度過一段悲切哀傷的困難時刻。四十個月後，這場前所未有的盛大獻祭終了之際，亢奮退位，惶恐繼位，疑慮擔憂的宿命時刻也於同時敲響。與此同時，國家也將自己的命運重新交到一名高齡七十六的男子手中。這個男人非但經常出錯，還一意孤行，總是如此多疑，時時逞凶鬥狠，行為蠻橫，還有專制傾向。然而時勢造英雄，情勢一旦許可，

56 Kairos：希臘語中為「時機」的意思。希臘神話裡，跟柯羅諾斯（Chronos）同為代表時間的神祇。

見識淺薄之人也可能變得偉大。克里蒙梭先生[57]心心念念只有一個想法，滿腦子只有一個詞語：「對內，我發動戰爭；對外，我發動戰爭（略）。俄羅斯背叛我們[58]，我繼續發動戰爭，我要持續發動戰爭直到最後一刻。」

簡單明瞭，這正是英勇的法國人需要聽到的。

幾天後，克里蒙梭先生即將慶祝他的八十八歲大壽。我們從最近他在旺代省雅爾河畔聖萬康鎮拍攝的照片上，看到一名男子，老當益壯，步履想必依然堅定。

抬起眼，仰望治理你我的政府最高層，只見他們平庸可笑、蒼白軟弱、要死不活、朝令夕改。而我們則像錫諾普的第歐根尼[59]那般，不禁想打著燈籠到處問：「難道咱們法蘭西再也找不著像克里蒙梭那樣的小巨人了嗎？」

自從上次兩人表錯情會錯意的可怕誤解後，面對居斯塔夫，瑪德蓮再也無法泰然自若。她選擇不改變慣例，刻意強調這件事對兩人之間的關係完全不造成影響，但即使過了一年，每次她踮起腳尖親吻居斯塔夫臉頰道好的時候，仍然覺得尷尬。

這個男人像斯芬克斯一般隱晦難解，瑪德蓮完全不知道他在想什麼。他小口啜著咖啡，邊向她匯報，一雙藍得可怕的眼睛直勾勾盯著她，在房間另一頭的保羅則兀自沉浸於他的《義大利歌劇史》。

他向瑪德蓮報告集團現狀：

「哈兀－西蒙先生經濟出了點狀況，我建議幫他一把。讓董事會成員欠下一份人情絕對錯不了。」

這回輪到瑪德蓮微微一笑，這意味著她無法辨別幫助哈兀－西蒙的影響有多大，朱貝爾也知道她沒這個能力，彼此心照不宣。她簽了朱貝爾拿給她的文件。有時候，朱貝爾非要說明不可，他不希望往後別人指責他未克盡告知義務。於是他開口說道：

「我不想用一些細微末節來煩您，瑪德蓮，不過現在是您調整資產配置的大好時機。」

當然，瑪德蓮點點頭，我當然知道。

「政府公債再也沒賺頭，未來也不看好。我所謂的『調整』指的是捨去沒收益的證券，轉而投資比較有利可圖的產品。」

「很好，對，這是個好主意。」

「相信我，這是個明智決定。可是您必須充分瞭解這麼做的原因。」

她瞭解。

「對未來至關重要，請好好聽我說明。我個人認爲您該這麼做，但我必須確定您知道這代表什麼意思。」

她瞭解，簽了名。

---

57 Georges Benjamin Clemenceau（1841-1929）：人稱「法蘭西之虎」或「勝利之父」。一九〇六年至一九〇九年和一九一七年至一九二〇年，兩度出任法國總理（當時稱作部長會議主席），這裡指的是一九一七年那次。身高只有一米六三，所以凱洛斯才稱他為「小巨人」。

58 一戰期間，俄國原為協約國一員，與法英日義美共同抵抗以德國為首的同盟國。後因帝俄在軍事上進退失據，一九一七年，終於導致國內爆發二月革命，之後退出協約國，故被法國視為背叛。

59 Diogène de Sinope：古希臘哲學家，犬儒學派代表人物，生平難以考據，約活躍於公元前四世紀，生於錫諾普。他住在木桶內過著乞丐般的生活，藉以體現苦行，大白天經常提著燈籠在街上「找誠實的人」。

簽完以後，隨口問道：

「順便問一下，爸爸保險箱裡有什麼東西？」

「沒什麼大不了的，請您放心。都是些過去的證券之類的東西。」朱貝爾回了她，可是她又說到別的事情去了，甚至連鑰匙都沒要回去。

令人不解的是，無能的領導者有時嗅覺卻靈得很，以瑪德蓮爲例：剛好看到一個引她注意的數字。

事實上只發生過一次，在八月的時候，正是因爲從沒發生過，瑪德蓮才分外印象深刻。

「這是什麼？」瑪德蓮問，她正要簽一張轉讓給費瑞—德拉許公司的票據。

朱貝爾凝視著她。

「虧損。銀行界司空見慣。要是每回投資都賺，那才該小心。」

朱貝爾回答得太快，太不留情面，想都沒想就脫口而出，等於承認她什麼都不懂。瑪德蓮放下筆，本能地擺出她父親在這種場合會擺出的那種樣子。她一言未發，等著自己想出該怎麼回答。

佩瑞庫爾銀行股市投資錯誤，一下子就虧損了將近三十萬法郎。

瑪德蓮意識到自己幾乎請居斯塔夫·朱貝爾全權處理業務，她錯了。她知道自己的沉默會比責備更令他不安，莫測高深的心思才能鞏固自己的力量，她沒說話，僅止於審慎地簽了字，接著繼續簽下一份文件。

到了該告退的時候，居斯塔夫仍然坐著，啜著咖啡，面有憂色？還是面色凝重？瑪德蓮看不出來。好似她做錯事，他正準備要訓她一頓。

「親愛的瑪德蓮，請允許我讓皮卡爾小姐和布若榭先生加入我們一會兒，可以嗎？」

瑪德蓮沒想到是因爲這個，可以，但是爲什麼呢？朱貝爾舉手示意請她留步。

布若榭先生第一個進來，卑躬屈膝，向瑪德蓮行了個禮。隨後輪到蕾昂絲，嬌嫩欲滴的她風姿綽約搖了進來，您找我有事？

「皮卡爾小姐，這位是會計布若榭先生。」

朱貝爾突然頓住，被他合作夥伴的臉色嚇到，不若以往氣色紅潤，這下不但漲得緋紅還發燙，好像隨時會爆炸。他瞪著蕾昂絲，猶如車頭燈照射下的小兔子。是的，她是很漂亮。她穿著一襲V領緊身針織套裝，背上有一大朵花，頭戴一頂鐘形帽，雙手交叉置於大腿，轉向布若榭先生，歪著頭，朱唇微啟，想問卻沒問，光這樣就把會計先生迷得神魂顛倒。

朱貝爾清清嗓子。

「……我指派在場的這位布若榭先生檢查佩瑞庫爾屋裡的家用花費。」

蕾昂絲臉色刷地變白，激動之餘，眨了眨眼睛。瑪德蓮霍地一下站了起來。

「我說居斯塔夫，我完全信任蕾昂絲，而且……」

「親愛的瑪德蓮，我正打算說，只怕您的信任所託非人。」

布若榭先生原本該開始一一列舉帳上損失，檔案卻掉到地上，發票和現金出納憑證灑了一地。他趴在那名妙齡女子腳下撿拾票據，蕾昂絲看著瑪德蓮，朱貝爾看著蕾昂絲，現場一片寂靜，既沉重又尷尬。

「好，」布若榭先生終於說道。「這邊是帳目，就是它沒錯，還有預支和發票……」

「布若榭，說重點，總不至於要在這上頭花一整天的時間！」

會計開始逐條唸著，聲音喑啞，低到幾乎聽不見，聽了就難受。

蕾昂絲奉瑪德蓮之命，定期向朱貝爾申請零用金支付家用花費，她必須提供發票才能請款，朱貝爾通常一把抓住就塞進口袋，毫不在意。帳目一直都很正確，一毛不差。沒什麼好挑剔的。不過有些發票卻跟實際買的任何一樣東西都搭不上，要不就是商家開的憑證金額明顯比實際價格高很多。她交給朱貝爾的虛報帳目可以上溯到去年二月，也就是說偷雞摸狗的行爲累積了一年半之久。

布若榭先生撇著嘴，頭邊點啊點的，啊，眞可惜，要是這位小姐請他幫忙掩飾，這些帳就會有說服力得多。

「居斯塔夫，」瑪德蓮試著緩頰，「這樣好尷尬……拜託您……」

朱貝爾擺出一副心意已決，非查到底不可的態度。

「窗簾、地毯、壁紙、油漆、家具、燈飾、鑲木地板、升降梯、保羅的輪椅……全都浮報，一陣子下來，數字累積起來相當可觀，皮卡爾小姐！」

蕾昂絲突然態度大轉變。

「您知道我領多少工資嗎？」她問，邊看著瑪德蓮，邊說出這句話，瑪德蓮聽到，人都呆了，她從沒關心過這個問題。她才是罪魁禍首，不過她還來得及做點表示……

「手腳不乾淨的人都是這樣，」朱貝爾說。「他們之所以手腳不乾淨，就是因爲他們覺得不夠多。」

「手腳不乾淨」一詞，雖然是從銀行家嘴裡說出來，聽起來還是很恐怖，引起一連串有損人格的後果：被告、調查、法庭、法官、恥辱、監獄……

蕾昂絲從保羅輪椅上、從把房間布置成殘障人士專用上揩油，本應令瑪德蓮震驚，她反而卻深感內疚。蕾昂絲不只是她的貼身女祕書，還是閨密，她離婚，保羅出意外，蕾昂絲一直陪在她身邊，她是她的知己，這陣子她無意管理家務，都虧她把家裡打點得有條不紊。幾個月來，她努力工作，向來沒人關心她的狀況和工資。如今發生這些事，都是她這個有錢人只想到自己的後果。

「這就叫濫用信任，皮卡爾小姐，您會受到法律制裁，」朱貝爾續道。「布若榭先生，總金額多少？」

「一萬六千四百四十五法郎，先生。外加七十六生丁。」

蕾昂絲嚶嚶哭了起來。會計只差沒掏出自己的手帕，不過手帕挺髒的就是了。

「謝了，布若榭先生，」朱貝爾說。

會計原本也該譴責她，卻沒再多說什麼，這麼美的一位年輕女子，竟然是個如此笨拙的小偷，真是暴殄天物。

朱貝爾刻意停了長長的好幾分鐘，每回遇上清償有困難的債務人，他都派上這套，然後才開恩，放對方一馬，這是他在從事金錢交易這行時，專屬於他嚴格卻不失人情味的處理方式：

「皮卡爾小姐，您選哪個？還款？還是法院見？」

「哎呀，別這樣，居斯塔夫，您這回太過分了！」

瑪德蓮站著，找著該怎麼說才好。朱貝爾沒給她想到辦法的時間，緊接著說道：

「皮卡爾小姐不是偶爾才挪用款項，瑪德蓮！幾乎是每一天，一連好幾個月！」

「要怪就怪我。我一直給她越來越多的工作，我該注意到……」

「這並不能幫她脫罪。」

蕾昂絲還在默默哭泣。

「可以！不行！畢竟……現在該做的是幫蕾昂絲加薪，大幅加薪。得將她的工資加倍。」

蕾昂絲止住不哭，「哦」的一聲驚呼脫口而出。朱貝爾則是以大挑其眉來回應瑪德蓮的新主意，表達他對這種衝動、魯莽、揮霍的決定反對到什麼程度。

他轉向蕾昂絲。

「所以說您從下個月起薪酬翻倍。不過實際上工資當然維持不變。多出來的一個月剛好用來沖掉您欠的錢。而且我們還要扣掉您現有工資的百分之十五，如此一來，您就能更快還清債務。至於侵占款項所衍生的利息，先讓布若樹先生算一下，我們會再加到您積欠的金額上。」

這下子，連瑪德蓮都無話可說。此外，朱貝爾也沒想到自己竟然已經站了起來，闔上公事包，表示此案已了。

瑪德蓮送居斯塔夫出去後，回到房裡，她手足無措，不知如何是好，她在抽抽噎噎的蕾昂絲對面坐下。

「請您原諒我。」蕾昂絲終於開口說道。

她抬起頭，眼中泛著絲般淚光。瑪德蓮伸出雙手，蕾昂絲雙膝一彎，跪在她腳下，頭靠在她腿上，好像戲劇女主角那樣，瑪德蓮摸著她的頭髮，說道：「這沒什麼，蕾昂絲，我不怪您。」她感到這名女子陣陣抽泣，震得她的手掌也跟著陣陣驚跳，蕾昂絲幽幽的香水味迎面而來，瑪德蓮只想告訴她，她有多喜歡她。蕾昂絲，她重複了一遍，我向您保證，都過去了，別想了，起來吧。

蕾昂絲朱唇微啟，久久凝視著她。瑪德蓮喘不過氣，蕾昂絲朝她伸出手。

瑪德蓮覺得自己落入井中，喉嚨發乾。

蕾昂絲抓住她的兩隻手，繞在自己的脖子上，足以勒死她的位置，天哪，瑪德蓮倒退一步。蕾昂絲還是低著頭，她的態度令人同時想起懊悔、贖罪、放棄。還有把自己當成祭品，拿自己抵債。

瑪德蓮伸出雙臂擋在身前，好離這種令人尷尬的表示遠一點，可是蕾昂絲驀地抓住她的手，眼睛閉著，猛地把瑪德蓮的手壓在自己的唇上。隨後又靠上前來，將瑪德蓮緊緊摟入懷中，她的香水……

蕾昂絲出去了，瑪德蓮愣在原地好長一段時間，搓著兩隻手，我的天哪……

她又去了聖方濟各沙雷氏教堂。神父在傳達天主旨意方面表現得差強人意，針對罪惡感、壞心思、偏差、對肉體歡愉感到疑慮等問題，回答起來倒是如魚得水。

14

保羅在石板上寫著：「九月去傅尼耶教授那邊回診，拜託幫我延後。」

瑪德蓮回：「不行！」

「可是九月十二號那天我沒空，媽媽！」保羅滿臉笑意，寫下這句。瑪德蓮不知道怎麼解讀這則訊息，於是轉向蕾昂絲求救。

「媽媽不懂，親愛的。」她蹲在輪椅旁邊說道。

「十二號我沒辦法：我要去歌劇院！」保羅遞給母親一張剪報：

索蘭姬．加里納朵終於來巴黎了！

歌劇名伶獨唱會

九月十二日起，在加尼葉歌劇院特別演出一週

說完就是一陣哈哈大笑，他母親和蕾昂絲已經夠驚訝的了，這陣大笑更令她倆震驚。

豈料，兩天後，壞消息：當然沒位子，不僅首唱那場，接下來每一場都客滿。

「媽媽好替你難過，親愛的……」

保羅並不難過：「我能見一下朱貝爾先生嗎？拜託，媽媽。」

居斯塔夫例行來向瑪德蓮匯報，但是應她要求，這次匯報最後結束得卻不太一樣：

「保羅想和您說話，居斯塔夫。他想請您幫個忙，不過只怕在您能力範圍之外，但如果您願意跟他解釋一下……」

「您……您……好……先……先……先生……如果……如果……」

居斯塔夫心想他該不會光一句歡迎詞就得說上一整天吧。保羅的嘴唇跟蝴蝶似的直發顫，眼瞼拍打的速度快得要命，簡直像羊癲瘋突然發作。保羅的母親，一臉慌張，插話說道：

「好啦，寶貝，好啦！媽媽再跟居斯塔夫解釋就好了，別把自己搞得這麼累。」

「不……不……不要！」

朱貝爾睜大了雙眼。「一個受苦受難的人」，此刻他心頭閃過的就是這句話。

瑪德蓮把石板遞給保羅。

「既然這樣，那你就用寫的吧，我的小天使。」

不，保羅不要用寫的，他要用說的。這……你要用說的？對讀者而言，我們可以做的事，朱貝爾卻不能，那就是：「長話短說」。因爲，不瞞您說，保羅光跟朱貝爾說四句話就花了快半個鐘頭。茲概述如下：「九月十二日加尼葉歌劇院樂池後面正中間，我要三個位子。」瑪德蓮幫他補充，把意思說完整：保羅想去聽歌劇，可是全都滿了。

保羅：「您能幫我嗎？拜託您。」

啊，短短「拜託您」三個字，就是一大考驗！從保羅發出第一個「拜」字，他們兩個就聽懂了，他偏偏非親口說出來不可。

「問題是我幫不上忙，保羅。」居斯塔夫終於這麼回他。「您年紀還小，不過……您知道，銀行和歌劇院是完全不同的領域。」

一看就知道，保羅對這個答案不滿意，他口吃得越來越嚴重，面對這個眞的在生氣的孩子，誰都拿他沒辦法。最讓朱貝爾震憾的是保羅竟然這麼反駁他。我再次簡化：「請哈兀－西蒙先生幫忙，拜託您。」

居斯塔夫儘量克制別露出不快的神情，光一個「拜託您」就浪費他一大堆時間，繁文縟節那套，我看這個小男生就免了，直接切入正題吧……問題是很難看出哈兀－西蒙這個悶葫蘆能派得上什麼用場，他完全不是那種會買歌劇票的人啊。保羅閉上眼睛片刻，因爲自己什麼都得解釋覺得很累：「他也是加尼葉歌劇院的董事！」此言一出，朱貝爾大吃一驚。

「對，可能是吧，但那也不成理由……」

「他欠您人情。西部鐵路公司那筆生意……」

「這……還眞的欸！」瑪德蓮突然想起來，驚呼出聲。

孩子直視居斯塔夫的眼睛。

所以說這筆舊買賣……他聽到了，還聽懂了，而且還記住了……他現在提起，這件事才又浮上檯面……

「您說得沒錯，親愛的保羅，」朱貝爾終於說道。

他逐字說得清楚明白，好像每個音素60都經過三斟四酌。

這孩子身上帶著一股從容不迫的毅力，令他刮目相看。

「我要見哈兀—西蒙先生。」

朱貝爾一出房門，瑪德蓮就趕緊走到保羅身邊。

「我說保羅，你也眞是的，爲什麼不用寫的呢？你這樣是硬逼著別人忍耐你的任性，你明明知道！」

保羅微微一笑，寫道：「我故意的，這樣朱貝爾先生才會想盡辦法別再跟我說話。」

兩天後，快遞特派員送了一只上有巴黎歌劇院標誌的大信封過來，裡頭裝著他指定座位的三張票。

從升降梯把輪椅降到樓下，再把保羅抱上車，這些還不算什麼，最困難的部分，從加尼葉歌劇院的樓梯下方才正要開始。

「我去看一下，」蕾昂絲說。「在這邊等我。」

蕾昂絲快步上了樓，留下瑪德蓮和保羅母子倆好一會兒，此時身著晚禮服、燕尾服的淑女紳士們走了過去，數不清報導這件大事的通訊員也繞過保羅走上樓梯，甚至還撞到瑪德蓮。等著進場的人越來越少，保羅開始稍顯焦慮，好不容易，蕾昂絲終於帶著兩個穿著藍色工裝的小伙子走了過來，天知道她是從哪把他們挖出來的，話說回來，隨便把蕾昂絲放在哪兒，男人都會黏上去，這回這兩個，雖說情況特殊，她也只多花了幾分鐘而已。兩個小伙子用食指飛快頂了頂鴨舌帽的帽舌，算是打過招

60 phonème：語音中最小的單位。例如音素的yin（音）就有三個音素。

呼，隨後就抬起保羅的輪椅。

「少年仔，抓緊囉，會晃！」

他們說得沒錯，因爲階梯數量多到驚人，不得不跟障礙滑雪似的，在團團人群中衝來飆去，而且還得邊求邊請，他們才肯讓出地方，殘障人士坐的輪椅，咱們上歌劇院可不是來看這個的。到了大廳入口，更是難上加難，樂池後方的聽眾全都坐定了，輪椅太寬，進不了正中間聽眾席位間的通道。

兩個年輕人看了看蕾昂絲，等她指示。

宣告節目即將開始的刺耳鈴聲響起，聽了就煩。

「這位年輕的先生只能待在這邊。」

瑪德蓮轉過身去。原來是一位穿制服的男士，又高又僵硬。他冷冷地說，好像葬儀社的禮儀師。現在這邊離舞臺好遠，保羅什麼都看不到。他的母親蹲下來解釋情況給他聽。孩子輕聲啜泣。

一秒鐘之前，瑪德蓮還準備接受的事，霎時變得絕對不可能。她慢慢起身。

「我們的位子在第一排，先生。我們就是要在那邊欣賞演出。」

「這位女士，我……」

「您需要怎麼安排就去安排，只要能讓我們進去坐好就好。否則我們留在這兒，擋住入口，害門關不上，也沒辦法開始演出。屆時您不得不請警察過來幫忙疏散，強力疏散，一臺殘障人士坐的輪椅擋在一堆聞風而來的記者和攝影師前面，他們搶著來欣賞因爲您的蠢行所造成的一場貨眞價實的好戲。」

好多人轉過頭來，那邊發生了什麼事，輪椅太寬，進不來，眼看著開場時間就快到了，煩欸。

「對不起，這位女士，」制服男說，「可是我們想不出任何可行的解決方案。」

「是嗎？」瑪德蓮頗爲驚訝。

所有人都在關注通往前劇院前臺的這條漫漫長路。喧嘩聲此起彼落，每雙眼睛，從樂隊到包廂，都對準這一小撮人，到底可以開始了沒？

「只需要，」她加上這句，「坐在走道兩邊的聽眾站起來一下就好了，難道您做不到？」

蕾昂絲走上前來，對兩名年輕的藍領工人拋去擾人心扉的媚笑。

「我們這兒有年輕力壯的大男人。我相信他們力氣夠大，光靠手臂就抬得起這個重擔，對吧？」

若非睪丸酮素受到刺激，這兩個小伙子也不會毅然決然就抓起輪椅。同一時間，那名工作人員也展開了他的中央聽眾席位間的通道坎坷之旅，邊抱歉連連，請您起身一會兒就好，謝謝先生，謝謝夫人，是的，不會太久，讓小朋友的輪椅過去的時間就好，謝謝，是的，我知道，您眞是太好了……

在他們身後，離他們一臂之遙，輪椅就像懶國王搭的鑾轎，從大家頭頂往前移動，保羅笑顏逐開。最後終於被放在離樂池三米遠的地方。

瑪德蓮和蕾昂絲剛坐下，廳裡陷入黑暗。帷幕開啟。

索蘭姬．加里納朵有八年沒來巴黎了。自從她在青年莫里斯．格蘭德[61]寫的《富貴如浮雲》[62]一

61　Maurice Grandet：作者杜撰的作曲家。

62　*Gloria Mundi*：作者杜撰的一齣歌劇。Gloria Mundi 這句拉丁文諺語，意指「世間榮耀就此消逝」，故將歌劇名稱譯為《富貴如浮雲》。

劇中演出過後，新聞界幾乎一面倒，全都喝她倒采，從此她就賭氣不來了。不過，這齣描寫羅馬人和奴隸奇遇的歌劇，從故事結尾倒敘回去，又不按照時間先後順序，而是隨意跳接，的確不容易懂。諷刺漫畫家畫她畫得不亦樂乎，大家出門看這齣歌劇也只是爲了噓她。演出三場後，索蘭姬索性離開巴黎，誓言再也不踏上這個傷心地一步。

她非比尋常的歌劇生涯未因這次事件中斷。她在倫敦演唱《菲岱里奧》、在米蘭唱《米蒂亞》，在墨爾本唱《奧菲歐與尤麗迪絲》[63]，一則匪夷所思的流言在國際間傳來傳去，三位億萬富翁打賭看誰能娶到她爲妻，於是同時展開餽贈攻勢，使得索蘭姬被一堆光怪離奇的禮物淹沒，但她始終不爲所動，兩年後依然下嫁比她年輕八歲的莫里斯・格蘭德。這個令人瞠目結舌的怪誕愛情故事震撼了全世界，大家在瑞士、義大利、英格蘭，都看到小倆口儷影雙雙，帥氣的莫里斯，一頭鬈髮，貓樣的優雅步履，雙眉陰鬱，在女人心中掀起驚濤駭浪，可他偏偏對索蘭姬情有獨鍾，天知道他有多少好機會，但他向來不曾動搖。某天他在蔚藍海岸開著勞斯萊斯豪華房車，爲期三個月澎湃浪漫的婚姻生活就此宣告終結。

一夕之間，索蘭姬便中斷了歌唱生涯。

其中一位億萬富翁，優雅的輸家，幫她付了天價違約金，因爲她未來五年的演出計畫早就排滿了。

一九二三年六月十一日，索蘭姬・加里納朵宣告引退。直到一九二八年春，她即將回歸的傳言開始甚囂塵上。世人莫不懷疑這位歌劇名伶是否能藉由《茶花女》[64]——她演繹得最爲成功的一齣——再度大放異彩。接連經歷兩次打擊，竟然還能捲土重來，實在令人驚愕，何況還不是演出歌劇，而是開獨唱會，而且還在巴黎！獨唱會是要求奇高的演出方式，藝術家被迫隨著每條歌曲改變情感，甚至連聲音都得隨之轉換，所以節目安排不能過於好大喜功，不能接連唱好幾條最難表現的詠嘆調。至於巴黎嘛，又是幾年前把她噓走的地方。選擇從巴黎東山再起，簡直就是挑釁。

索蘭姬四十六歲。最近一張照片上看到的是一位奇胖無比的女士（她從沒瘦過，可是沒想到竟然會臃腫到這種程度）。我們知道有關體育的隱喻比比皆是，歌劇則被比作網球、游泳，是一種需要魔鬼訓練和頻繁出賽的體育賽事。好幾週來，新聞界把她復出這件事炒到白熱化，而根據一成不變的規則，公審總會吸引一大堆好事者，怪不得今晚高朋滿座，其中只有少數幾個是索蘭姬・加里納朵的狂熱支持者，他們焦慮得喘不過氣，至於那些瞧不起她的人，則隨時準備大笑出聲。

索蘭姬沒走到舞臺上，帷幕拉開時，她已經在上面。她穿著一襲碩大無朋的珠蘿紗長裙，裙上綴著數量驚人的緞帶，髮間戴著冠狀頭飾。聽眾鼓掌，但這位歌劇女伶沒動也沒笑，連稍微示意一下都沒有。怪異的死寂籠罩全場，正如女教師正打算訓斥不守紀律的班級。

廳內有一半聽眾準備大噓特噓，另一半，大聲起哄，第一首曲子是《富貴如浮雲》，這齣充滿痛苦回憶的歌劇對她具有特殊意義，因為這正是當初造成她失敗的導火線，那回，她顛覆慣例，唯有鋼琴伴奏。這回，甚至連鋼琴都沒有……加里納朵開始清唱。這是聞所未聞的。更重要的是，從第一時間，索蘭姬哀戚莫名的聲音所表達出的激情、悔恨、孤獨，就令全場聽眾為之催眠，聽得如癡如醉。曾經瘋狂愛過、嫉妒過、慘遭背棄的人，無不拜服在她的嗓音之下。

63　*Orphée et Eurydice*：由德國作曲家葛路克（Christoph Willibald Ritter von Gluck, 1714-1787）譜曲的一齣歌劇，取材自希臘神話。

64　*La Traviata*：朱塞佩・威爾第（Giuseppe Verdi, 1813-1901）作曲的三幕歌劇。改編自小仲馬的小說。

彷彿在大廳和藝術家之間有著祕密協議，將這首歌視為針對查驗前債之用，她欠公眾的債有時效性，現在該償還了，這位歌劇名伶自己也欠自己的債，於是第一首唱完後，全場沒有任何掌聲來幫這一小段作出總結。

索蘭姬沒動，樂隊在一片靜默中就位。

不知從哪冒出來的？只見索蘭姬口中銜著一枝紅玫瑰。這個胖女人唱出「愛情是隻不羈的小鳥」[65]，性感、生之喜悅、張力，令人瞠目結舌。她的嗓音，準備好迎接任何挑戰，表現得如此流暢，游刃有餘到令人震驚的地步，但她並不刻意炫技，對她來說，一切都這麼容易、開心，她唱完「我要是愛上了你，你就自己小心點吧！」全場愣了半秒鐘。在這片令人暈眩的寂靜中，還是保羅·佩瑞庫爾又尖又細的童稚嗓音嚷道：「Bravo！」這才引爆如雷掌聲，全體起立，不是因為加里納朵的天分更甚以往，而是因為她喚醒了每個人心中、幾乎與生俱來造神的需要。

舒伯特、普契尼、威爾第、鮑羅定、柴可夫斯基的精選片段……她的演出引得喝采聲連連，要求她再唱一次，再唱兩次，手拍得都疼了，聽得神魂顛倒、無比盡興，索蘭姬·加里納朵終於站在闔上的帷幕前面，全場安靜，她讓靜謐的氣氛延續了幾秒鐘，隨後僅僅低聲說了句「謝謝」，全場陷入瘋狂。

散場時群情沸騰。保羅的輪椅擋住前面幾排，再度引起一陣牢騷。好不容易負責引導聽眾出場的服務人員開放離場，大廳漸漸空了。燈一個接一個熄了。服務人員抬起輪椅，從正中間聽眾席位間的通道往上走，臨了將保羅安置在大廳。這時，只見一座大山壓頂，珠蘿紗、香氣、笑聲、義大利話、脂粉、秀髮，空氣也跟著掀動，某人出現，光她一個人就占滿整個空間，她往前一步，伸出食指，指著坐在輪椅上的保羅。

「我看到你了，你這個小皮諾丘[66]！我看到你坐在樂池後面，啊啦啦，哦，沒錯，我看到你！」

索蘭姬沒跟任何人打招呼就蹲了下來。保羅好驚訝，一個勁兒地露齒大笑。

「你叫什麼名字？」

「保……保羅……佩……佩瑞……」

「啊！小保羅！你有寫信給我！啊，保羅，原來就是你啊！」

索蘭姬雙拳緊握置於碩大胸前，熱情到令人不禁懷疑她快融化了。

瑪德蓮覺得她胖就算了，還很老。

我們還得見面、通信，索蘭姬當場邀請保羅聽接下來的幾場，提供他前排座位，如果你媽媽同意的話，當然……瑪德蓮只有閉上眼睛，再看看吧。啊啦啦，保羅，小保羅！索蘭姬圍著一條圍巾，亮到刺眼的橘色長羽毛，她把圍巾朝孩子的脖子圍了一圈，親了親他的臉頰，我的小保羅，親了好幾下，蕾昂絲忍著別笑出來，索蘭姬親來抱去，遭到瑪德蓮打斷，已經晚了，我們得回去了，啊啦啦，怎麼這麼快？

索蘭姬非要保羅帶一束祝她演出成功的花回去不可。

---

65 *L'amour est un oiseau rebelle*：比才（Georges Bizet, 1838-1875）四幕歌劇《卡門》第一幕。下一句「我要是愛上了你，你就自己小心點吧！」（*Si je t'aime, prends garde à toi!*）也是。

66 皮諾丘：義大利童話《木偶奇遇記》裡的主角皮諾丘。一說謊鼻子就會變長的小男孩，華語世界暱稱他為「小木偶」。

汽車往前開去。

巴黎出奇溫暖、寧靜、動人。瑪德蓮把花放進後車廂。

途中，她指了指那條羽毛長圍巾。

「保羅，可以把這個拿開一點嗎？拜託你，這種味道聞起來好不舒服。」

15

前一年抵制安德烈的《巴黎晚報》同事們，現在再也不會忘記跟他打招呼。他不再是排除尷尬場面專用的第十四套餐具[67]，每次有人安排輕鬆活潑的聚餐，而不是那種人人跟躲瘟疫般敬而遠之的嚴肅晚餐餐會，他還被列入前十大最受歡迎的賓客呢。

他年輕英俊，薇拉娣經常邀他到她房裡進行友好拜訪，不過他寧願謹慎一點，所以都趁著司機、園丁雷蒙先生、廚娘，和他們那幾個兒子都沒占住薇拉娣房間的空檔才去找她。說起來這個波蘭護士既迷人又眞誠，不論他表現得怎麼樣，她都全力以赴，讓他有自己眞的撫慰了她的錯覺。

安德烈那枝筆什麼主題都寫，不過他偏好強調道德層面，但是必須既符合人類基本需求又不至於枯燥，這樣才能儘量讓更多人感同身受。政府透過穩定法郎，坑殺那些對國家財政有信心的小老百姓，這樣正常嗎？從一九一四年起，一直維持不變的窮困家庭住房租金，到了一九二八年，竟然漲了六、七倍，這樣可以接受嗎？寫出給簡單的人看的簡單東西，一看就懂，而且還能一下子就觸動人心。他只做十拿九穩的事。

67 le quatorzième couvert：最後的晚餐裡，同桌的有十三個人（包括耶穌），十三於是成了最不吉利的數字。致使往後，萬一用餐時共有十三人在座，此時就會加上第十四套餐具，避免觸犯十三的忌諱。

隨著成功，安德烈自問現在是時候該換報社了嗎？換一家沒被自家社長名聲玷污的報社。《巴黎晚報》旁邊有一家報導詳實的報社，記者也比紀佑托先生雇用的這些認眞、不受社長左右。可是就跟有「公司自己培訓的工程師」一樣，安德烈是「報社自己培訓的記者」，其他報社會覺得他夠水準嗎？他不確定。他依然懷抱著多賺一點錢的夢想，也隨時注意自己的行情。一逮著機會，就要重談工資。

到處都有人送他各式各樣的禮物。最早收到的是大到不行的青銅壁爐頭飾，上有狩獵場景裝飾，他婉拒了，他住的傭人房太小，放不下。他因爲空間不足而拒收，別人卻以爲這個記者收買不了。

安德烈．德勒固爾正在通往找到自己風格的路上。

瑪德蓮狀況好些，但種種試煉又害她開心不起來。某天下午，跟杜普雷先生擦身而過，便足以讓她相信這點。

杜普雷？杜普雷？各位讀者，還記得他嗎？這傢伙是個胖墩，虎背熊腰，力大如牛，還有一對招風耳，兩眼老是有點淚汪汪的，戰時在博戴勒中尉麾下當中士。一九一九年，博戴勒雇他負責安排和監督軍人公墓的挖掘工作。後來在「奧內－博戴勒訴訟案」中，檢方還以證人身分傳喚他出庭。瑪德蓮和他在法庭見過面，您好，夫人，您好，杜普雷先生。他坐在證人席位，他的證詞並沒落井下石，令人尊敬，表現他出對某人的忠誠，然而此人卻沒做過值得他忠心耿耿的事。

瑪德蓮和他偶然相遇，不知如何應對，她又驚又窘。兩人停下腳步片刻，大錯特錯，害他們不得不講上幾句，聊聊近況。杜普雷先生在沙托丹街那家製鎖廠當工頭。兩人聊沒幾句就無話可說。由於瑪德蓮笑得不太自然，於是他主動佯稱得先告辭，好讓她從這種一看就很尷尬的局面解放出來。「這年頭不容易啊」，臨走前他迸出這句話。也許他從報上得知佩瑞庫爾先生過世、保羅發生意外的消息，也搞不好他指的是瑪德蓮前夫還在蹲苦牢這件事，但她卻認爲他是因爲看到她外觀改變甚多才這麼說的，所以不太開心。

再怎麼樣，看到居家生活差不多回歸正軌，畢竟一個半癱瘓的孩子、一個連半個法文字也不會說的護士、一個領乾薪的記者、一個污了至少一萬五法郎的貼身女祕書，外加一個對轉讓門檻和債權名義價値一竅不通的女繼承人，這些人還能安住在同一屋簷下，已經夠她安慰的了。

一九二八年，耶誕節前幾天，依然領著微薄工資的安德烈，宣布要離開佩瑞庫爾家，因爲他「找到工作」，但他沒說去哪。

「我爲您感到高興，安德烈，司機會幫您把行李載過去。」

他謝過瑪德蓮，明顯帶著侷促不安，幾乎是怨恨，我們總是會稍微怨恨對我們好的人。

佩瑞庫爾家的夜晚再也不像前一年那樣愁雲慘霧、擔驚害怕。瑪德蓮繼續反覆思考保羅一躍而下的原因，可是自從他重新活了過來，吃也幾乎正常了，還重了幾公斤，她也就把心思放到別的事上。每晚，臨睡前最後一刻才來到保羅身邊，親愛的，護士也需要休息，該關掉音樂囉。她靜靜整理唱片，等薇拉娣一上樓回房，瑪德蓮和蕾昂絲就開始她們的兩人世界，讀讀小說啦、翻翻雜誌啦，瑪德蓮喜歡剛傳到法國的新遊戲「神祕的拼湊」[68]。「我啊，我可沒辦法……」蕾昂絲說得斬釘截鐵，她連看都看不懂。

瑪德蓮聽著傭人專用樓梯上薇拉娣回房的匆促腳步聲，一道眉毛悄悄揚起。這名年輕女子從沒這麼亢奮，像喜鵲一樣吱吱喳喳；都一年了，她始終沒學會半個法文大字。

她每個星期天都老老實實上波蘭教堂做彌撒。在她心中，搞不好一走出這棟建築物，彌撒就開始了，因爲她上教堂都戴著面紗，無比虔誠，當場成了另一個女人。星期一，她恢復打情罵俏慣例，一下跟夏澤勒街那個賣菜的，一下又跟羅傑勒巴克十字路口那個藥劑師，要不就是維尼廣場那個鉛工學徒。

「您不認爲這個女人對保羅來說可能……造成危險嗎？」瑪德蓮問蕾昂絲。

「您的意思是……哦，不會的，他還是個孩子啊！」

瑪德蓮對此持懷疑態度，不過除了蕾昂絲之外，她對所有跟保羅走得太近的女性都抱持著這種態度。以索蘭姬·加里納朵爲例。加尼葉首演那晚，他們見過面後，那位女伶又邀請保羅去聽了三場演出，他母親堅持每次都在場。從那以後，索蘭姬就離開巴黎，開始歐洲巡演，相當成功，她寄給保羅的信熱情洋溢，還附上有她親筆簽名的節目單，要不就是大使館的晚宴菜單，此外，她也加上挺好玩的評論，瑪德蓮卻認爲難登大雅之堂，要不就是照片、報刊文章，總之，她寄來的郵件五花八門，瑪德蓮經常忘了交給保羅。啊，對，昨天還是前天，的確有人寄東西給你，我擱哪去了？保羅笑容滿面，食指興奮得點來點去，嘴裡邊喊媽……媽……媽媽……

「這個女人，難道她生活裡只有保羅嗎？」瑪德蓮問。

「算了吧，瑪德蓮，您就甭吃醋了。」

「我？吃這個老肥婆的醋？您在開玩笑吧！」

蕾昂絲正在看報紙。

「喲，」她突然叫道，語帶欣羨，「羅馬尼亞石油，眞不得了！」

她指著《高盧報》上的一篇文章。

「您在說些什麼啊？」

「羅馬尼亞石油的股票。四年來，每年都漲百分之十二，少說四、五年內獲利還會持續增加，難以置信。」

打從朱貝爾抓到她手腳不乾淨，不論金額多寡，只要觸及錢，瑪德蓮和蕾昂絲之間就會陷入尷尬的沉默。這次她實在太過分，瑪德蓮不想這樣就算了。

「蕾昂絲，」她放下鉛筆，一邊說道，「我清楚居斯塔夫．朱貝爾讓您處於一種……經濟拮据的狀況。我懂。不過算我求您，儘量快點還錢，別投入股市操作。」

「可是這肯定有利可圖。這可是《高盧報》登的啊！何況不是只有這份報，幾個星期前，我在《費加洛報》也看過！」

一戰結束後，除了拳擊和騎自行車外，詐騙也成了一種流行。男男女女，全民投入，窮人眼睜睜看著富者愈富，他們看著也想要翻身，成天鑽營各種詐騙技巧，漸漸取代務實工作。

「您還了居斯塔夫多少錢？我的意思是說……還有多少沒還？」瑪德蓮想問她這個問題已經好久了。

68　les mosaïques mystérieuses：其實就是填字遊戲，一九一三年由英裔美籍人士Arthur Wynne發明。一九二四年，再從英國傳到法國。因為表格被分割為若干個大小相同的方格，所以當時法國人稱之為les mosaïques mystérieuses；mosaïques做「馬賽克」、也做「拼湊」解。

一萬四千法郎。清掉這筆債務得好幾年的時間。現在既然還欠一萬四千這個問題在她們之間說穿了，瑪德蓮總算鬆了口氣，一萬四千這個數目甚至讓她如釋重負。她走到寫字臺，取出支票本，歪著身子，隨後又走回來，手裡拿著一張一萬五千法郎的支票。

「噢！不行！」蕾昂絲邊推開瑪德蓮朝她伸得長長的手，邊嚷道。

「行，當然行，您就收下吧，蕾昂絲。」

這名年輕女子臉色蒼白至極，這回輪到她起身。

「我不能接受，瑪德蓮，這個您是知道的！」

「您拿去兌現，可是別太快還朱貝爾！他會起疑心。就說您在股市賺了錢。」

瑪德蓮笑了笑。

「好歹您的羅馬尼亞石油派上了點用場。」

她們就這麼面對面站了一會兒，支票卡在她倆當中，瑪德蓮拿著支票的那隻手微微發顫。

蕾昂絲終於抓住她的指尖，忽然衝向瑪德蓮，將她一把抱入懷中。

動作快如閃電，蕾昂絲緊緊攬著她，離她好近，瑪德蓮感覺自己就快昏倒。蕾昂絲吻了她的臉頰，謝謝，謝謝，我好慚愧，您知道的，不是嗎，瑪德蓮，我才該慚愧，對，就是這樣，瑪德蓮說，準備好隨時窒息或者爆炸，她猶豫著，不知該把手放哪，蕾昂絲黏在她身上，她沒說話，只有她那兩隻手，在這兒，在瑪德蓮肩上，探入她頸中，終於，再次感謝您。

瑪德蓮彷彿聽到聖方濟各沙雷氏教堂神父的聲音從迴廊傳來。

兩人分開，蕾昂絲走到衣帽架那，再走回來時，已經披上外套，她攬住瑪德蓮的肩膀，又吻了她臉頰，嘴唇就停在那兒，動也不動，停了好長一段時間，彷彿在等待什麼，莫非她等的是吻？隨後驀地衝出房間。依照慣例，她會說明天見，可這回，什麼都沒說，她們倆，不論是她還是瑪德蓮都說不出話。

瑪德蓮動彈不得，蕾昂絲那縷淡淡香氣依然飄浮在空中，她捫心自問……我的天主啊，萬一……我的天主啊……

16

安德烈離去，她生命中的某段時期也隨之結束，也許是最快樂、最充實的一段。怪異的聯結，從薇拉娣到索蘭姬．加里納朵，保羅都一直跟女人在一起，她自己跟蕾昂絲的關係曖昧不明（今年耶誕節不好過，她們在榭寄生下，臉貼臉親吻，嘴唇沒親到就是了69）。一九二九年一月，瑪德蓮發現自己處於混亂狀態，因爲她叔叔夏爾又來了，拜訪她的同時也增添了不少紊亂。他一臉嚴肅，眉頭深鎖，一看就知道絕對沒好事。

沒事先約，他便汗涔涔、喘著大氣，逕自進屋，一屁股坐進安樂椅。

「我來找妳談錢的事，」他開門見山說道。

這沒什麼好奇怪的。

「主要是談妳的錢。」

這比較出乎意料。

「我的錢好得很，叔叔，謝謝您。」

「既然這樣，那就太好了。」

夏爾將擱在大腿上的兩隻手扳得格格作響，原本想大聲嚷嚷，硬是壓了下去，使勁一扭腰，朝門口走去。

「明年走著瞧吧。到時候妳已經破產了。」

夏爾知道自己這麼說的效用。瑪德蓮這輩子都飽受這種話威脅，因爲在她父親眼裡，再沒有什麼比「破產」更可怕的。

「見鬼了，我爲什麼會破產？來啊，叔叔，過來坐下跟我解釋一下。」

光這麼一句話，不需要更多，夏爾立刻回來，喘著大氣，一屁股倒在安樂椅。

「很糟糕，瑪德蓮。非常糟糕。」

這回瑪德蓮按捺不住，笑了出來。

「有這麼嚴重？」

夏爾氣得把頭扭向窗戶。女人哪……

「妳對美國經濟有什麼瞭解，瑪德蓮？」

「看上去很棒。」

「對，那是外表。我啊，我跟妳談的是現實。」

「那……對於我不知道的現實，我該知道些什麼呢？」

「美國各方面都過度生產。經濟成長太快，最終一定會爆炸。」

「那可眞糟糕！」

「美國一旦破產，沒人能置身事外。」

69 根據西方人傳統，耶誕節在槲寄生下親吻的情侶，會常相廝守。

「到目前爲止，我倒沒有這樣的感受。」

「法國金融家只會搞搞地租，比起人家美國落後了一世紀！還自以爲這種體系可以安全度過危機，這些白痴！」

「您說的是什麼危機？」

「就快來了！這是不可避免的。一場經濟猛浪。妳搭的這艘船準會發生海難。」

夏爾超愛隱喻：航海術啦、狩獵術啦、花萼和花冠啦，全都愛。偏偏滿腦子現實，完全無法創新，只會人云亦云，發表一些道聽塗說的庸見。辭藻浮誇是典型的夏爾風格，就像別人染上的疾病那般令人厭倦，瑪德蓮很難控制有多不耐煩，於是深呼吸了一下。

「朱貝爾建議妳怎麼做？」這時夏爾問道。

他雙臂環胸，等瑪德蓮回答。比美國現狀更令瑪德蓮驚訝的是，朱貝爾竟然從沒跟她提起這方面的事。她發現這點，老大不高興，一股怒氣發在夏爾身上：

「我很詫異，叔叔！要是眞的無法避免，眞的這麼嚴重，各家報社應該一面倒大肆報導才對！」

「又沒人付錢，他們哪會報導，就是這樣！付錢，他們就會報導。再付錢，他們又會沉默。報社又不是爲了傳遞消息才開的，不然妳以爲怎麼樣？」

這種一竿子打翻一條船的觀點當然不是眞的，不過夏爾知道的世界就是這樣。

「所以說只有您才既消息靈通又正直高尚。」

「我是國會議員，我的好姪女，多年來一直是財務委員會的委員。我們絕對不是爲了散播恐慌才領薪水，而是消息靈通到足夠看清全球眞實現狀！這些我全跟朱貝爾提過，白費工夫。妳想怎麼樣呢？這傢伙這輩子的職涯都在同一座象牙塔裡度過，只懂自己嫻熟的領域。至於正在醞釀中的危機，他向來視而不見。他故步自封，完全瞎了眼，信我的準沒錯！危機快蔓延到咱們這兒了，這只是個早晚的問題。一旦席捲法國，首當其衝，必須付出代價的就是銀行。」

「政府不可能坐視不管，一定會對銀行界伸出援手。」

這就是她一直在家裡聽到的說法。

「是啊，拯救大銀行，不管其他人死活。」

瑪德蓮從沒想過有一天她竟然得爲自己的處境擔心。沒錯，到處都有人提到美國這個危機，然而，再怎麼樣，她向來都不覺得與自己切身相關。

瑪德蓮不免質疑夏爾別有居心。

「叔叔，我不解的是，這對您有什麼好處？伸出援手並不是您的作風……」

「我這是爲自己著想，幫助我自己！我不希望妳再度令佩瑞庫爾這個姓氏蒙羞。我啊，我有自己的事業，我又不是繼承人！背上破產的罪名，會害我明年連自己的名譽也賠上去，我才不希望這樣。我可擔待不起。」

夏爾傾身俯向瑪德蓮，看似眞的同情。

「妳也擔待不起。萬一妳破產，妳兒子怎麼辦？」

他又坐直身子，隨後又舒舒服服窩進安樂椅裡，確定自己已經命中要害，找到將風向轉而對他有利的論點。就算未免勝之不武，但他並沒有錯。

「銀行是個相當脆弱的產業。妳得選安全穩當的投資。」

「但是……您指的什麼呢？叔叔。」

他兩眼望天，他哪知道。

「這是朱貝爾應該做的，我的老天爺啊！這頭蠢驢，每天都在瞎忙些什麼？」

瑪德蓮動搖了。她總是生活在錢多到淹腳目的世界，再也沒有憂患意識，很難想像遭受經濟危機痛擊的景象。

她開始閱讀財經報。雖然只是模糊帶過，但大家的確都在談風險將從美國那方傳來，不過大多數觀察家都同意：有龐加萊[70]在，法國不用擔心，法國有全球最強的貨幣體系，堅實的家族產業、地方產業讓法國免於股市動盪。

「您相信會有危機嗎，蕾昂絲？」

「什麼危機？」

「經濟。」

「我不太瞭解。朱貝爾先生怎麼說？」

「我還沒問他。」

「我要是您就會問他，我不會悶在心裡，而且他又不是會胡說八道的那種人，大可向他徵求意見，對嗎？不信任幫自己管理財富的人，等於世界末日。」

朱貝爾皺皺眉頭。

「夏爾來告訴您這些蠢話？這傢伙先把自己的選民顧好再說吧。」

「就經濟方面，居斯塔夫，國會的消息算很靈通。」

「國會是國會。夏爾是夏爾。」

居斯塔夫邊聽瑪德蓮提到她叔叔的論點，頭邊低著輕輕搖了搖，很難看到他不高興到這種程度。他本想談談法國預算盈餘、法蘭西銀行的黃金儲備量，但他寧願長話短說：

「您想教我怎麼吃我這碗飯嗎？瑪德蓮。」

「不是，我沒這個意思。」

「是！您正是在這麼做！您想給我上金融和經濟課？」

他感到不可置信。

他站起來，走出房間。對他來說，這個小插曲已經了結。除非有人能直截了當戳穿甚囂塵上的經濟危機消息，否則一般人就是會擔心個不停；瑪德蓮就是這樣，開始對自己的未來感到憂心，尤其擔心保羅。

索蘭姬．加里納朵和保羅持續通信，每週兩封，有時候三封，兩人之間的關係也越來越密切。針對種種他剛發現新的詮釋歌劇方式，他以自己的話做出評論：「就詼諧曲方面，以銅管樂隊取代管弦樂隊會不會更好？」或者「她唱得這麼精準，連她自己都覺得無聊」。整個房間都獻給他唯一的熱

70 Jules Henri Poincaré（1860-1934）：法國政治家。時任法國總理。

愛：兩臺留聲機、可觀的單張和整套唱片收藏，再加上他從歐洲四處郵購來的樂譜，林林總總擺了滿滿好幾個架子。

索蘭姬就是在這個時候提起了米蘭之旅。

啊，我們在佩瑞庫爾家一天到晚都聽到這個旅遊計畫，聽得可多著呢，好一個引起重大爭議的主題，我打包票眞的是這樣。

索蘭姬：「我的小皮諾丘，你的卡片，謝謝你一千遍。你的一片好意對我幫助好大，我眞的好累。這次巡迴演出快把我給勒死[71]了。說到演出，我剛好有個好主意。你今年夏天來義大利待個幾天怎麼樣？我七月十一日要在『斯卡拉』辦獨唱音樂會，我幫你留位子。我們可以乖乖用餐，參觀一下倫巴底大區[72]，你再回巴黎過國慶日。當然，你親愛的媽媽必須同意才行，如果她想的話，她也可以陪你來啊，這樣一定很有好玩，不是嗎？除此之外，代我向她獻上我最惹情[73]的友誼。你的索蘭姬上。」

義大利、斯卡拉、露臺晚餐，聽在蕾昂絲耳裡等於是浪漫的保證。

「多麼令人愉快的建議啊。」

「拜託您，蕾昂絲！她跟保羅寫信的語氣，簡直把他當成二十歲，好像她要保羅當她的情人，不僅荒謬，還對保羅身心健康有害。」

「您就爲保羅想想。」

「我就是想到他！像他這種狀況的孩子，這趟旅行太遠了。再加上這封信拼字錯誤連篇……幸好她是歌唱家，不是小學老師，否則……『你再回巴黎過國慶日』！您自己看嘛！一副她想把保羅放在輪椅上大遊行似的，幾乎都算污辱人了。」

「瑪德蓮……」

兩人陷入沉默。

「保羅怎麼說？」

「您希望他說什麼，可憐的孩子！用義大利之旅來引誘他，再沒什麼比這更容易的了！」

瑪德蓮之所以沒有正面回答這個問題，是因爲索蘭姬的提議讓保羅亢奮不已。他母親問他，他也老實回答：「我從沒旅行過，妳希望我做一些讓我自己快樂的事……我非常想去。」

保羅偷偷請蕾昂絲幫他說話，她像往常一樣，表現得既細膩又具說服力。

一天晚上，蕾昂絲回家前，親親瑪德蓮，明天見，蕾昂絲一把抓住她的肩膀，靠上前去，離她非常近，彷彿瑪德蓮眼睛裡有灰塵，她想幫她吹掉，瑪德蓮則眼前一片迷濛。

「每個人都有權享受快樂，瑪德蓮，您不覺得嗎？」

她歪著頭，雙唇微啟，緊緊摟著瑪德蓮頗長一段時間。

「您不會剝奪小保羅這次旅行吧？」

蕾昂絲的香水氣息將瑪德蓮整個包覆住，「嬌蘭」這款「魅惑」所費不貲，其實是瑪德蓮買給她的。除了香水味，她也感受到四下瀰漫著她那稍帶椴樹清香的鼻息。

---

71 épuisente：應為épuisante（累死），索蘭姬拼錯。

72 Lombardie：義大利北部大區，米蘭為其首府。

73 chalereuses：應為chaleureuses（熱情），索蘭姬拼錯。

在這種情況下，誰還能靜得下心來好好思考！

貧窮的幽靈開始對瑪德蓮陰魂不散。

好幾天夜裡，她都夢到自己破產，保羅在輪椅上哭，他們沒傭人，她只得親自下廚，在左拉小說中那種位於屋頂下的小閣樓裡生火煮飯……

金融報倒是樂觀得很。

「所以我才更擔心，」她越來越焦慮，對蕾昂絲如此說道。「正是因爲如此，災難到來時才更可怕，因爲沒人相信。」

問題是她只會想，連該往哪個方向轉舵都不知道。

她又向居斯塔夫問起這事。

於是，他像費很大勁跟小孩子解釋一件他已經解釋過一千遍的事似的，勉爲其難針對法國經濟說出一大套長篇大論，句子無比冗長，瑪德蓮沒怎麼在聽，而是任由自己的思緒亂飄，終於打斷了他：

「我想到羅馬尼亞石油。」

她打開《高盧報》的一篇報導：「……羅馬尼亞石油工業又上漲了百分之一點七一，證明它雄踞全歐首選投資標的地位不搖。」

「《高盧報》又不是金融報，」朱貝爾說。「我不知道寫這篇報導的提耶里．安德瑞厄是何方神聖，反正我不會把我的積蓄交給他就是了。」

他雙手顫抖，一雙藍眼冒出抑制不住的怒火。

「別跟我說您考慮出讓您在令尊銀行的股票持份來交換……石油公司的有價證券？」

她從未見過他氣成這樣。他嚥下口水，平復一下情緒。

「想都別想，瑪德蓮。要是您非強迫我這麼做的話，我立刻遞上辭呈。」

說也奇怪，朱貝爾越據理力爭，瑪德蓮就越相信她叔叔說得對。她又想到夏爾說的：「法國的金融家比起人家美國落後了一世紀。」

一月底，《巴黎晚報》登出一大篇有關羅馬尼亞石油集團的文章，甚至還罕見地隨文刊出一張幾個月來的利潤圖表，說服力甚強。瑪德蓮擔心破產和失去身分地位的噩夢連連中，原本就對羅馬尼亞石油充滿幻想，剛好這則消息又從天而降。

現在她正需要幫助與支持，卻遇上朱貝爾極力阻擋，害她覺得又累又沒勁。

「我有這不是門好生意的內幕消息，」他要她安心，聽他的話。「消息來源非常可靠，據他說羅馬尼亞石油即將成為足以燎原的星星之火！要是您非投資石油不可，可以多留意一下美索不達米亞那邊。」

瑪德蓮嘆了口氣。她從沒覺得居斯塔夫如此老朽，跟不上時代。

投資「費瑞－德拉許」失敗的事重回心頭。三十萬法郎可不是筆小數目！剎那間，她就確定他沒辦法再掌握全局，他不會隨機應變。他用上世紀的老方法來管理家族銀行，目光短淺。竟然要她投資伊拉克石油？明明每個人都只幫羅馬尼亞石油打包票！他到底活在哪個星球啊？

「我會再想一想，居斯塔夫。不過我要一份完整的全面評估報告，您聽到了嗎？光是危機的謠言，對我來說是不夠的，我要多一點資訊。不過這回言簡意賅一點。寫清楚。我也要石油業的相關數據。有關羅馬尼亞的完整觀點。您要是堅持，那就加上伊拉克吧。」

夏爾時間抓得恰恰好，刻意晚到，剛好在一般人能接受的極限內，可惜白忙一場。

「不用道歉，夏爾，我也才剛到而已。」

若說夏爾被譽爲俱樂部成員，那麼居斯塔夫則被視爲常客。俱樂部會問前者想要些什麼，至於後者，則會說，我們知道：一瓶克羅茲－埃米塔吉區產的白酒、一套吃魚用的餐具……夏爾聽在耳裡相當不舒服。甚至連談話都得順著居斯塔夫。他主導談話，小心翼翼別提到夏爾唯一會感興趣的話題，害後者倍感焦躁。

上了龍蝦，大快朵頤之後，等著上焦糖燴白桃，夏爾再也沉不住氣：

「您可能有我侄女的消息吧？」

朱貝爾刻意讓他等了幾秒鐘，藉以凸顯他握有的消息非常値錢：

「投資羅馬尼亞石油的想法慢慢發酵。」

這到底是什麼意思？

「她也有此意。這是個她必須面對的重大決定。」

「那您呢？您會怎麼做？」

「老兄，我自身難保。自從『費瑞－德拉許』那筆生意，佩瑞庫爾小姐對我的專業評價不停下降。不過，這樣剛好，我也不想故意賠了三十萬法郎卻一無所獲。」

朱貝爾自願賠上這筆金額，這一點超出夏爾的理解範圍之外。

「一切都很順利，夏爾，放心吧！多虧這件事，害我幾乎威信全無，眞是太好了。我越反對羅馬尼亞，她就越堅持；我越否認有危機，她就越肯定有。她對我起了疑心，躍躍欲試要投下去。就快達到目的了。」

夏爾鬆了口氣。現在話已經說出來了，朱貝爾顯然正在坐享他策略成功後引起的積極作用。

「我強烈反對瑪德蓮投資，我知道會崩盤，可是我又能怎麼樣呢？她對我不再有信心。這是完全非理性、十分女性化的作法，誰都沒辦法……我甚至還威脅要辭職呢。」

夏爾依然呆若木雞。居斯塔夫稍稍往後退了點，方便服務員上甜點，他笑著說：

「我又能怎麼樣？所有人說的話她都聽，唯一就是不聽我的。」

這件事引起夏爾一陣暈眩。

「偏偏，」朱貝爾接著說道，「伊拉克石油自己表現得好到不行，一路猛跌，跌得害大家頭都暈了。股票現值不到一百法郎。」

居斯塔夫的策略其實很簡單：連通器原理[74]。大戶一旦大量買進羅馬尼亞石油，所有人都會對伊拉克失去興趣。

「到時候我們再以五十法郎收購。就算跌到低於三十法郎，我也不意外。」

「我認為現在就得買進。」夏爾大著膽子說道。

居斯塔夫沒吭氣。不過夏爾早就準備好該怎麼接下去：

---

74 vases communicants：原為物理學用語，指的是底部彼此連通的容器，同一種液體在連通器裡液面總是保持相同的高度。將這種原理運用在股市上，則指資金會從估值高的一方流向估值低的一方，最終估值高的一方價格會下降，而估值低的一方價格則為上升。

「對了，您只要說一聲，您借給我的二十萬法郎，我隨時奉還。」

夏爾打的算盤是居斯塔夫才不會要他還。因為他把居斯塔夫提供他的論據一五一十都對瑪德蓮說了，圓滿達成任務，佩瑞庫爾堡壘因而撼動。多虧他，瑪德蓮對居斯塔夫不再抱一絲信心，隨時準備好要做傻事，亂投資會害慘她自己，卻能讓他們兩個致富，前途從此一片大好。

值此時刻，朱貝爾本該做出慷慨舉措，將這筆還款提議一筆勾銷以作為回報。但他反而盯著夏爾看，所以呢？

「跟我說我該怎麼做，」夏爾接口說道。「我的意思是，以什麼形式……」

朱貝爾喝了一小口酒，喝得又久又慢。

「我想到了，」他終於說道。「您欠我的二十萬法郎，為什麼不投資伊拉克呢？幾個月內，可以回收一百萬。」

夏爾差點翻桌。對於他的背叛，朱貝爾甚至沒建議免掉他欠他的債，作為獎賞！他把侄女賣給朱貝爾，什麼都沒落到！基於禮貌，容不得他大吵大鬧。他咬緊牙關忍住，畢竟還是稍稍露出一臉不悅。朱貝爾平靜地盯著他。而且……他竟然還有臉笑！沒錯，夏爾心想，朱貝爾唇邊輕輕往上提，應該算是笑容沒錯！

「您甚至可以投入更多，五十萬都沒問題。」朱貝爾續道。

夏爾喘不過氣來，依然感受到方才差點沒把他給絞死的劇烈心悸。不過現在好一點了。五十萬法郎。這就是朱貝爾給他的獎賞？條件是必須投進他的伊拉克石油裡面。這傢伙對瑪德蓮不忠，瀆職好像還比領薪水更好賺。

「我原本還想投資……七十萬，」夏爾脫口而出。

朱貝爾看著桌布。

「夏爾，我不建議這麼做。換成我是您，我不會投超過六十。」

那就這樣吧。六十萬法郎，才幾個月就會變成將近兩百萬，夏爾很滿意，也鬆了一口氣。

「您八成是對的，」他說。「六十萬，這樣很好。」

「瑪德蓮，不管怎麼樣，您都得先想到保羅！」蕾昂絲說。「外公留給他一大筆政府公債，可是得等到成年才能使用。萬一他還沒成年，您就陷入財務危機，您自己也說，經濟危機快蔓延到我們法國，您拿什麼教養他長大成人呢？」

相關數據終於出來了。經濟危機遠在天邊，只有悲觀的人才看得到，不過嘛，樂觀的人很少能樂觀太久，這可不是故意在危言聳聽。至於羅馬尼亞石油，表現好得很，倒是伊拉克石油，依然處於不穩定狀態，股票跌個不停。

這天，朱貝爾不像平時那麼注重儀表，通常要是他的衣領稍微不正，就已經是最嚴重的混亂跡象。他給人一種被判了終身監禁的感覺，從沒這樣過。不論瑪德蓮決定怎麼樣，他都被打敗了。

「我決定……」瑪德蓮開口說道。

她是在拿骰子跟命運對賭嗎？「總會有這麼一刻，」她父親常說，「一切都經過審慎揣度、權衡得失後，就該當機立斷。這時候，所有資訊都不再有用。是好是壞，都得相信自己的直覺。」他的直覺從沒背叛過他，他加上這句，稍嫌誇大就是了。但瑪德蓮不得不承認就在此時此刻，父親的這句家訓具有重大意義。

「費瑞—德拉許」那件事依然在她腦海徘徊，賠了三十萬法郎，這是朱貝爾直覺的結果。做出重大決定的那一刻，朱貝爾的判斷並不比布若榭先生……或她自己的判斷好到哪去。

「我決定……」

「怎麼樣？」朱貝爾問。

既然大家公認羅馬尼亞的石油是最有利可圖的投資，她哪會有什麼風險？她又不是一頭栽進未知世界，畢竟有許多數據可以佐證她是對的。

她斷然做出決定。緊接著就是一陣沉默。

「很好，」朱貝爾說道。

他繃著臉，好像剛因口臭而挨了罵。

「我們會照您的意思做。不過，別投進超過您資產的一半到您的……『羅馬尼亞石油』（在他嘴裡，這幾個字好像成了髒字）。一半投入石油股票。其餘的得多樣化，到處都投資一點。剩下來的一半平均投入各類證券，分攤風險，這樣才合乎邏輯。平均分配資產，這才是最重要的，瑪德蓮。」

隔天他來的時候，把一大本檔案放在桌上，沒多說半句話。

一大堆文件，瑪德蓮一簽就簽了快兩個鐘頭。

朱貝爾，眼神令人捉摸不透，雙唇緊閉，頭腦清醒，一一指著需要簽名的地方，一如往常，這裡，這裡，還有這裡……一面不時強調「這裡簽名就代表……另外這邊一簽就會……」瑪德蓮繼續簽，甚至沒停下筆來聽他說話。於是他也就不說了，只顧著不停翻頁。

一九二九年三月十日傍晚時分，保羅那份遺產依然是政府公債，至於瑪德蓮，她則將自己大部分的資產都投入羅馬尼亞石油股票和相關企業，致使她在父親銀行資本額的持股只占了不到百分之零點九七。

瑪德蓮覺得朱貝爾走出房間時步履沉重。

在走廊等候的布若榭正相反，他看出上司臉上的那抹淺笑，代表著好日子快來囉。

17

時間巨輪再次轉動。好消息不斷傳來。

瑪德蓮成功售出資產：佩瑞庫爾銀行是一家值得信賴的金融機構，股票一釋出，立即有買家接手。至於羅馬尼亞大財團發行的股票，則被瑪德蓮大肆收購，毫不誇張，其他投資者益發趨之若鶩，市場上你爭我奪，不可否認，這筆投資的確相當成功。《巴黎晚報》還以「羅馬尼亞能量充沛無比」作爲標題。好幾個星期就這麼過去，羅馬尼亞股票榮景持續緩慢上升。

如今朱貝爾已經把有待簽名的公文交給另外幾位主要董事負責，自己只有偶爾才會過來，因爲再也沒人到這兒來探望銀行女老闆（下次董事大會，瑪德蓮再也不會成爲眾人笑柄），而是來拜訪佩瑞庫爾銀行代爲管理的其中一位最有錢的女財主。

至於保羅受邀到米蘭一事，吵了半天，瑪德蓮只得屈服。

花了好幾個星期的時間，終於擬定了無比精確的行程安排，尤其是瑪德蓮陪兒子一起去的部分。當然是這樣！我才不會把保羅一個人丟給那個瘋婆子！

索蘭姬她呀，她因爲保羅即將到來興奮無比（「你可愛的媽媽陪你來，我好開熏[75]」），每天寫兩封信給他，她一想到什麼事，就貼上郵票，寄出一封信。這兩個女人針對旅行和逗留等細節交換了許多意見，可是，唉，意見經常難以達成一致，使得開開心心的旅行充滿了令人遺憾的未知。瑪德蓮買不到最適合索蘭姬去接他們的火車班次；至於索蘭姬呢，她這邊則因爲自己訂不到瑪德蓮在旅遊指南上看到的餐廳而扼腕不已；瑪德蓮要求他們抵達米蘭火車站後，立即有人來幫忙提行李箱，不幸的是，得等到第二天，索蘭姬才有人手。至於瑪德蓮，她不可能去幫女倆買只有在巴黎才買得到的淡香水，「我眞的很抱歉，最最親愛的索蘭姬」，而索蘭姬則希望能如瑪德蓮所願，找到星期五下午可以幫他們母子導覽大教堂的導遊，「不興[76]的是，什麼都不確定，義大利人哪，您是知道的，親愛的瑪德蓮，他們都是一些難以預料的人」等等。雖然索蘭姬迂迴暗示了半天，最後還是她威脅要取消這趟旅行，瑪德蓮才終於同意這位女歌唱家跟她的「小皮諾丘」獨自在餐廳共度一晚。

「乾脆直說燭光晚餐算了！」瑪德蓮大呼小叫。「蕾昂絲，我倒是問問您哪！」

「我要是您的話，就趁機自己好好輕鬆輕鬆。」

瑪德蓮不像蕾昂絲有一堆好點子，她完全無法想像，像自己這樣的女人，獨自在米蘭參加晚會能做什麼。

「還有，她叫他『皮諾丘』，聽了就難受，保羅又不是木偶！她得好好改改說話的語氣，我說得改就得改！」

保羅帶著三分興味，冷眼旁觀這兩個女人爭風吃醋，跟小女生在沙坑吵架似的。「這……這……一點……都不重要，」他這麼回蕾昂絲，可是心裡卻覺得煩。

75 contante：應為 contente（開心），索蘭姬拼錯。

76 malheureusemant：應為 malheureusement（不幸），索蘭姬拼錯。

七月九日搭十八點四十三分的火車出發。行李箱前一天就鎖好了，四天前裝衣服的箱子也預先寄過去。瑪德蓮每小時都檢查一下車票、護照在不在，她纏著全屋僕役問了一大堆細節，大家被她問得好煩，她東問西問，足以證明缺乏旅遊經驗，她去過最遠的地方是歐里亞克[77]，去表姐家，當時她九歲。

誰知道七月九日出發當天，一則新聞有如晴天霹靂：《晨報》頭版標題「羅馬尼亞石油慘遭重創」。瑪德蓮正坐在小圓桌旁用早餐，邊等著蕾昂絲。茶杯砰地一聲，掉到地上，一陣頭暈目眩，迫使她抓住桌子邊緣，桌子也瞬間晃了起來，所有東西都掉落在地，她也跪了下去。她擔驚害怕，但是確定隨著這則消息，還會有其他消息。

她哆嗦個不停，花了好幾分鐘才控制住，才能開始看整篇報導：

在潘諾尼亞平原鑽探和開採油田的羅馬尼亞大財團剛剛宣布陷入「重大危機」，面臨破產威脅，目前正在向羅馬尼亞政府尋求幫助。

法國政府已經透過派駐布加勒斯特的商務參贊，要求羅馬尼亞當局提出解釋，因為該油田的巨額借款主要是由法國投資者提供，他們總認為自己眼光獨到，如今卻得擔心最糟糕的狀況會出現。股東的最後一絲希望就是……羅馬尼亞政府……

瑪德蓮在房裡走來走去，激動得撕碎報紙，焦慮痛苦折磨著她，她沒辦法想、沒辦法思考，蕾昂絲偏偏又遲到……

她扯了傳呼鈴，下令司機去蕾昂絲家找她，立刻就去，很急。

腦海同時升起一絲懷疑。難道《晨報》的消息眞這麼確定？

她連忙衝去看《時報》、《費加洛報》。每份報上的消息幾乎連逗點都一模一樣。唯有對當前狀況之嚴重性的感知程度不一，從一個標題到另一個標題，從「非常令人擔憂」到「令人極度不安」。夏爾？居斯塔夫？安德烈？蕾昂絲？她該找誰？

她要人幫她打電話給朱貝爾，旋即又改口：

「不，還是打給夏爾．佩瑞庫爾先生吧。」

女傭看見地毯上托盤、吐司、果醬罐、茶壺翻了一地。

「不，打給……」她又改變主意。

打給朱貝爾嗎？如今他又能提出什麼建議呢？還是打給夏爾算了。

「對，就是這樣，打給佩瑞庫爾先生！」

夏爾的辦公室沒人接，打給朱貝爾先生。但是朱貝爾先生正在忙。

瑪德蓮突然福至心靈，一口氣跑到樓上，撫平皺巴巴的報導，再讀一遍。深呼吸，她對自己說，這場災難不可能嚴重到哪去。是這樣沒錯！石油大財團「正在向羅馬尼亞政府尋求幫助」！一切都還沒定論！最糟糕的是不確定，令人心焦。除此之外……她衝向辦公桌，扯下抽屜，眞的是用扯的，毫

77 Aurillac：法國奧弗涅—羅訥—阿爾卑斯大區的一個市鎮，離巴黎約五百七十公里。

不誇張，跪在鑲木地板上，把居斯塔夫留給她的文件倒了一地。

找到了！呼。她氣喘吁吁，心臟以驚人的速度跳動，她硬逼著自己定下心來。對了，這就是朱貝爾說的：「別投進超過您資產的一半到您的……『羅馬尼亞石油』」。這代表她投進去一半的財產。只有她自己的部分！因爲保羅並沒受到傷害，他的遺產持份由國庫代管！她心想，母子倆當然單靠她一半的財產也能過日子，儘管她並沒眞正想像到這會造成她生活多大影響。

「其餘的得多樣化……分攤風險，這樣才合乎邏輯」，居斯塔夫特別強調「到處都投資一點」。其餘的錢「平均投入各類證券」。她正在翻那一大本檔案，翻來翻去……找到了！居斯塔夫讓她買下英國公司（索美塞特工程公司）、義大利公司（普洛索集團）、美國公司（福斯特、鄧普頓和格雷夫）的股分。

現在她確信自己並沒全部失去，只失去一半，差點就整個垮掉的風險害她氣得要命，她怪東西，就是不怪自己：這是除了她以外每個人的錯；這是夏爾的錯，他警告她一場根本就沒發生的假想危機；這是居斯塔夫的錯，沒想盡辦法說服她別亂投資；這是報紙的錯，它們小心翼翼，假裝忘了自己就是頭一個吹捧投資這門生意好處多多的始作俑者，如今羅馬尼亞石油卻宣布無力清償債務；這是蕾昂絲的錯，第一個向她提到羅馬尼亞石油的就是她……噫？想到蕾昂絲……她人呢？萬一哪天她離了閨蜜蕾昂絲就不行，那可就……我的天啊，都早上十點了，他們要搭晚上的火車，她都還沒上樓跟保羅說。

看到母親一臉憔悴，他想問她原因，不過每回他情緒起伏過高，就會連最前面幾個音節都發不出來。於是他抓過石板寫：「怎麼了？媽媽？」

瑪德蓮淚流滿面。蹲在兒子輪椅旁邊，她吞吞吐吐，哭了好久，沒什麼，親愛的，小問題，你放心。可是保羅很難相信害他母親這麼絕望的會是小問題。

「蕾昂絲沒跟妳在一起？」他寫道。這個問題至少具有打斷瑪德蓮哭個不停的優點，她顫顫巍巍，站了起來。

「好了，媽媽不哭了，親愛的，會過去的，這沒什麼。可是，我的天使，這趟旅行是不可能去了。」

保羅吼得撕心裂肺，全屋爲之凍結。

瑪德蓮看到兒子這張臉，不禁愣住，她認不出來是自己的兒子，還有他那來自喉嚨、腹部、靈魂深處的吶喊，強烈又絕望，以至於她第一個念頭就是保羅又要再度從窗戶往下一跳……她把兒子的頭緊緊貼在她身上，沒事的，我的愛，我們現在就想辦法解決，他不停抽泣，媽媽向你保證，現在，就是現在，媽媽會找到……

「我走不開……因爲生意。蕾昂絲可以跟你一起去！」

她想出這個點子，自己非常滿意。她離開保羅一小段距離，想看著他的眼睛。

「你覺得怎麼樣？蕾昂絲陪你去，可以嗎？」

「好吧，」他說。他好蒼白。「可以，好，那就蕾昂絲。」

這時女傭過來通報朱貝爾先生到了。

瑪德蓮穿著皺巴巴的晨衣，上頭又是茶水、又是果醬，斑斑點點，頭也沒梳，臉上慘遭淚水和憂心蹂躪。從居斯塔夫看她的眼神，她就知道自己這副樣子有多狼狽。他沒說一句話，她已經走出房外，低聲說了一句，請稍待片刻。她梳了幾下頭髮，套上體面的晨袍，隨後回來，居斯塔夫連動都沒動。難得看到他兩手空空，此情此景，令人不安。

「我看到新聞，」他冷靜地說，「覺得還是過來一趟比較好。」

他指著散落一地的報紙。

「我查過，這些羅馬尼亞人沒有老實交代他們的財務現況。」

他受到情緒波動，聲音比往常更專斷、更尖銳。瑪德蓮癱倒在椅子上。拋去一切莊重自持，又抱頭痛哭。

「我早就提醒過您，」居斯塔夫說，「我說的話您偏偏聽不進去！」

這個提醒是如此殘酷與羞辱，他繼續說道：

「別擔心，羅馬尼亞政府不會見死不救！」

「可是……萬一政府拒絕呢？」

「不可想像。談判必須從最高層開始，這不僅是椿金融事件，也是政治事件。或許您的叔叔知道得更多。」

可是還是找不到夏爾，瑪德蓮留了十幾條留言，留給國會、留給選民接待處、荷當絲娘家，沒人知道他在哪。他八成在開會，法方應該已經嚴正警告羅馬尼亞政府，居斯塔夫說過，這成了一樁政治事件，夏爾八成是忙不過來。

都十一點了。

她向保羅承諾蕾昂絲會陪他去，所以她得去找她安排一下。她急忙穿好衣服，司機送她到普羅旺斯街四號。但是，姓皮卡爾的不住這兒「已經很久了」，門房太太拍胸脯保證，一個矮胖、圓滾滾、開朗的女人，頭巾包成一大包，好像頭上裹著纏巾的印度女人。

「怎麼可能？已經很久了？」

「哦，我覺得少說也一年囉。等等（她用食指按著嘴唇，瞇起眼睛），我想一下就知道……貝爾堂先生，這具死人骨頭應該正在地獄裡被火烤吧，去年五月他突然翹辮子，我把那天當成紀念日，記得清清楚楚，可不是年年都能碰上這麼好的消息吶，要是您……」

「您說，五月？」

「就是五月沒錯。貝爾堂死後一兩個星期，皮卡爾小姐就搬走了。都十三個月囉，我剛剛說一年，差不了多少，是吧？」

她伸出手，瑪德蓮給了她二十法郎。

她在車上屈指算著。去年五月……這跟居斯塔夫發現她「手腳不乾淨」的那段時期搭得上。從她工資扣錢還債，沉重到蕾昂絲在普羅旺斯街待不下去，被迫找個比較便宜的地方。

她搬了家，羞愧使然，所以沒告訴任何人。

瑪德蓮再度因為自私而怪罪自己；她竟然什麼都沒看見，竟然連關心都沒關心一聲。蕾昂絲住到什麼貧民窟去了？瑪德蓮不會坐視這種情況持續下去。她要的是眞相……不，不要眞相，這太污辱人了，不，她要對蕾昂絲宣布……她可以住進佩瑞庫爾家。就是這樣。她的待遇不變。剛好安德烈已經不住這了，蕾昂絲大可搬進他的小房間，當然，得重新整理一下，布置得明亮一點，不過這些很快就能辦好。

這時她才意識到自己一副不會發生重大危機似的，日子照過，投資股市這件事只是一場噩夢，一旦她回歸日常生活，便可輕易將其驅走……

唱片沒在轉，保羅正在等她。氣氛凝重。薇拉娣出乎意料地沉默，靠著牆，坐在椅子上，雙腿緊閉，雙手放在大腿上，就像在候診室裡一樣。保羅盯著他母親。

「恐怕蕾昂絲也不能陪你去，我的天使。」

保羅慢慢鬆開嘴唇。就在確切的這一刻，他有一張幾近死人的臉，瑪德蓮在慈善醫院見過。她想都沒想，自顧自說下去：

「薇拉娣跟你一起去。對不對？薇拉娣？」

「Tak, oczywiście! Zgadzam się!」（沒錯，當然！我同意！）

「證件媽媽負責。」

跑一趟義大利大使館，修改火車票上面的名字，緊急寄出兩件薇拉娣的行李，開了一張許可證，這樣薇拉娣才能帶著她未成年的兒子到米蘭，光搞這些就搞了一整天。下午五點三十分，大夥兒都在車站，保羅穿著蕾昂絲幫他挑的旅遊服，薇拉娣則做節日打扮，這一身肯定是她用窗簾布做的。瑪德蓮緊張得很，但她已經放棄再對保羅耳提面命一番，他都聽了十幾遍，也不再對什麼都聽不懂的薇拉娣左叮嚀右囑咐，只見她手裡握著不知用了多久的舊皮夾，瑪德蓮給她的厚厚一大疊義大利里拉就放在裡頭，她倒好，一派瀟灑，漫不經心，薇拉娣這種性格，實在很難讓人放心。

搬運工準時在里昂火車站前廣場等候，薇拉娣把保羅推上火車。行李、旅行箱、擔憂的旅客、興奮的家庭、感動的小倆口，在這些不斷來回的運動中，輪椅先被抬到車廂最後面的儲藏區放好，接著又將保羅抱進有著黃絲絨和淺色細木護壁板的頭等包廂，一直把他抱到靠窗的座位。乘客的隨身物品放在座位上方的網袋中。列車長是一位三十來歲的男士，胸寬腿短，一對濃眉有如無線傳輸天線那般朝天豎起，襯托出桀驁不遜的目光，瑪德蓮忍不住跑去找他，請他多多照顧保羅和陪伴他出遊的護士。

眼睜睜看著小兒子離開，瑪德蓮心都揪了起來，可是他啊，他倒是容光煥發，一點都沒意識到他母親生活中發生了什麼事。一點都沒意識到？應該還不至於，因為當她不得不離開車廂的時候（查票員急著趕她下車，火車很快就要開了，這位夫人，現在得下車了），保羅在她耳邊低聲說道：

「會……會……沒事的……媽媽。因為我……愛……妳。」

火車都離站好幾分鐘，瑪德蓮還站在月臺上。

保羅第一次離她這麼遠；一種平靜的哀傷，怪的是反倒讓她堅強。只要保羅受到保護，不管發生任何事，她都能承擔。

保羅也感受到這種情緒，拋下母親，加重了良心負擔……他所聽到的，也就是幾乎所有事情，在在預示著苦日子就要來了。無論發生任何事，這次旅行的記憶都會長存，他會去斯卡拉大劇院，聽索蘭姬演唱，他即將在那經歷的一切，沒人能搶走他的這些回憶。

瑪德蓮塞給列車長五十法郎，身為波蘭移民之子的他自認擔負重任。儘管他是法國人，可是父母的語言，他說得很溜。火車啟動，該做的分內工作都做完了，他開始跟薇拉娣聊天，保羅從那名年輕女子的哈哈、格格、嘻嘻的笑聲，很容易就猜到談話內容，她遇到米羅梅尼爾街上賣煤炭的小老闆，或是住托克維爾街那個艾菲爾鐵塔電梯操作員的時候，就是發出同樣的笑聲。

保羅和薇拉娣在預定的餐車車廂就座，漂亮的餐桌上鋪著代表鐵路公司字母的白色桌布，還有一盞散射光小燈，銀餐具，像雜誌廣告上的水晶玻璃杯，薇拉娣叫了半瓶紅酒，她樂昏了。

夜晚來臨，保羅躺在床上，蜷縮在漿過的筆挺床單和蘇格蘭毛毯下，宜人睡意襲來，很快就只聽見薇拉娣和列車長的聲音，幾分鐘後，那名年輕護士的喘息聲夾雜著車廂輪胎令人暈陶陶的節奏聲哄他入睡。他不禁想起兩星期前，「巴黎留聲機」那個店員介紹他聽《波麗露》[78]那縈繞不去的節拍。他在引人悸動的興奮中沉沉睡去。

瑪德蓮甚至沒想到該上床休息，一整夜，大部分的時間都花在重讀那些確保她擁有英國、美國、義大利股票的文件上。

六點一到，她已經梳妝打扮好，不過胃部卻陣陣絞痛，喉頭也緊縮。怪的是，臉色卻不像慘遭焦慮吞噬的女人，而是蒼白、嚴肅、專注，宛若等待執行死刑的囚犯，不耐久候而心力交瘁，因爲她早就準備好平靜且毅然走向死亡。蕾昂絲八點半之前不會到。她叫司機出發。

「啊，是妳！」

荷當絲身著花枝圖案長袍，腳踏皮裡拖鞋，滿頭髮捲，她看起來像每個男人都怕有一天老婆會變成那款的老婆一樣可怕。她雙臂抱胸，沒請瑪德蓮進屋。

「我找我叔叔，我得跟他談談。」

「夏爾很忙，妳自己想想看！雖然妳刻意忽略，但他可是一位極受仰重的傑出國會議員，忙到連一分鐘都沒有。」

「連跟他侄女談談的時間也沒有？」

「他有侄女？唷，我倒是第一次聽說！」

「我得見他。」

荷當絲哈哈大笑。

「啊，是啊，馬－塞－佩－瑞－庫－爾家就是這樣！總是高高在上！一聲令下，其他人只有乖乖執行的份兒！」

突如其來的這份敵意跟平日愚不可及的她形成強烈反差。

「我不明白這……」

「妳不明白？我才不奇怪！令尊也不明白。」

荷當絲尖著嗓子說話，邊使勁搖著頭，力量大到好幾個髮捲晃來晃去，頭髮隨之披散而下，她沒意識到自己那張臉被團團包圍，髮捲紙成群結隊，跟上了彈簧似的，圍著她的頭又蹦又跳。

「每個人都得服膺天命！這下可好，這一切都完囉！啊！高高在上的馬－塞－佩－瑞－庫－爾這一家子，就快掉下來囉！」

荷當絲氣到往瑪德蓮這邊跨了一步，報復性地伸出食指對著她。

「首先，我們夏爾不用聽命於『大小姐』。其次，笑到最後的才是贏家。其三……」

78　Boléro：是法國作曲家莫里斯．拉威爾（Joseph-Maurice Ravel，1875-1937）最後的一部舞曲作品，創作於一九二八年。

別以爲這個「其三」有什麼大不了的，她下結論說道：

「讓妳嚇到嘴巴都張不開，哼！」

瑪德蓮未置一詞，便行離去。

她讓司機送她去《巴黎晚報》。

編務會議——也就是說記者接受社長命令的會議——還沒開完，有人請瑪德蓮在接待大廳等。

紀佑托先生四十分鐘後才過來。他迭聲道歉，我親愛的，這份報把我折騰得咧，從事報業這行，我八成太老囉，他衝著訪客說這句話都說了十幾年，大家明明知道是他自己死賴著位子不起來。瑪德蓮沒有起身，光盯著他，靜待他把這套陳腔濫調唱完。他面露遺憾，在她身邊坐下。

「我想對您來說，情況挺嚴重的。」

「這是誰的錯？」

紀佑托先生對這個問題感到震驚。他狀似受到侮辱，氣得把手放在胸前。

「您的晚報，」瑪德蓮續道，「向來都長篇大論吹捧羅馬尼亞這門生意的好處。」

「啊，是的，這個嘛……噢……」

看得出來，他鬆了一口氣。

「嚴格來說這不算新聞，而是提供訊息。一家每天發行的報社幫自己的衣食父母將有用的訊息傳出去。」

瑪德蓮難以置信。

「什麼？那些分析文章……是付錢的？」

「馬上就扣我們大帽子！您明明知道，像我們這種報社不靠客戶撐著就生存不下去。政府既然支持這麼大規模的貸款，那是因爲政府認爲對促進國家經濟有必要嘛！您總不會因爲敝社愛國而責備我們吧！」

「您有意發布假消息……」

「才不假，您這話說得過分了點！不，我們只是在特定日期呈現眞實狀況，如此而已。其他同儕，比方說持反對意見的那些報紙，他們寫的跟我們相反，如此一來，所有報導不就平衡了嘛！這是從多個角度來看同一件事。您總不至於連我們擁護共和都要責備吧！」

這番話深深刺傷了瑪德蓮，她因爲自己表現得如此天眞而羞愧難當，砰地一聲，奪門而出。

18

天一亮，薇拉娣就端坐窗邊，用最誇張的波蘭用詞，加油添醋，大肆讚嘆窗外景觀，殊不知壓根兒就沒啥可觀之處。之後，火車又在道岔[79]上賣力顛簸了一個半鐘頭，這才駛進煙霧瀰漫又人擠人的火車站。

索蘭姬，她啊，從電報得知保羅不會由他「親愛的媽媽」陪同，而是護士。她立刻改變計畫，不在五星級大酒店薩維亞普瑞斯普接待大廳等他，而是親自去車站迎接嘉賓。

加里納朵現身義大利，當地各大報爭相報導，尤其是因爲她奉行歌劇名伶的偉大傳統：既不吝於任性妄爲，也不吝於四下張揚。宣布她將前往米蘭火車站的同時，她對嘉賓的身分卻維持最高機密。通訊員和攝影師猜她可能譜下新戀曲，不過沒人眞的相信就是了。

兩年來索蘭姬嚴重發胖，行動遲緩，然而無論是她的聲音或她詮釋歌曲的才能都沒受到影響，實在令人驚訝，她甚至唱得越來越好，成熟期，有人這麼說，她臻於藝術巔峰。

她一出酒店，立刻被一堆記者和通訊員團團包圍。儘管這麼大陣仗，車站工作人員仍然不顧一切護送她。火車駛到，她站在月臺上，身上覆滿有如滂沱大雨般的白色珠蘿莎，頭戴碩大無朋的帽子，全身爲淺藍煙霧籠罩，氣勢驚人，莊重肅穆，狀似獻祭，相當適切地表現出歇斯底里女人的理想類型，大夥兒拍了好多漂亮照片。薇拉娣抱著保羅第一個下車，隨後組裝輪椅。新聞界樂得臉泛紅，閃光燈劈啪作響，保羅露齒而笑，開心到這種程度的照片，應該是他唯一僅存的一張。索蘭姬半蹲在輪椅旁，緊緊握著她的皮諾丘的小手，隨後邁著重步走著……到了晚上，一份晚報刊出這些照片，市民見狀爭先恐後去「斯卡拉」訂位，黃牛賣出的價格讓人想都想不到。

保羅住豪華套房，有門可以通往薇拉娣那邊，她正在讚嘆得哇哇大叫。這名年輕女子看到服務生送來特餐，附帶一瓶香檳，樂得暈頭轉向，頻頻對服務生拋媚眼，不到一個鐘頭，她的名聲就傳遍整間酒店。

幾分鐘後，索蘭姬和保羅這一對在酒店餐廳又造成轟動，只見她大手一揮，表示沒興趣，拒絕了專門爲她準備的餐廳正中央的席位，反而選了邊邊，大鏡子附近的一張小桌，這兒比較不引人矚目、比較朦朧，也就是說，拍照片的效果會比較美。

索蘭姬吃得優雅歸優雅，不過硬是吞下了數量驚人的佳餚，而且這頓早餐一吃就吃了好久，時間長到她剛好趕得上可以小睡片刻消化消化，這是她的習慣，因爲下午一點半，趁聽眾還沒入場前，她得先進晚上的表演廳感受一下氣氛。

這是他們第一次像這樣面對面在一起。

保羅有點結巴，索蘭姬微笑以待。兩人聊歌劇、聊旅行。她回憶起自己在布宜諾斯艾利斯的童年（不過她是在帕爾馬出生，母親是義大利人）、想起她的父親，他在秘魯勒爾馬山谷經營種馬場，她出身貧寒，十三歲的時候，在聖羅薩中學，同一晚就有四個男生向她求婚。

79 aiguillages：為鐵路軌道兩線交叉處，使車輛從一軌道轉入另一軌道的線路連接設備。

愛做夢的保羅，靜靜聽著她坦白交心。原來索蘭姬出生於侏羅省多勒鎮，本名貝兒娜黛特·特拉維耶。其實她是養路工人的么女，父親酗酒成性，在她出生前三個月，終於因爲家暴進了貝桑松監獄。這段過去，只有很少人知道，保羅是其中之一，不過其他人多半都是泡在圖書館很長時間、挖出七早八早的舊時文獻才知道的。

保羅面色沉重，凝視著她。從第一眼看到她，他就覺得她愁腸百結，她錄的唱片一直讓他有這種感受。索蘭姬是個傷心欲絕的女人，傷痛緊緊揪著她的心。這頓早餐期間發生了什麼事，竟然對索蘭姬造成這麼大的影響？不得而知。她所詮釋的劇中人物的悲慘命運，是否喚起了她自己的一生，從而產生共鳴？這個小男孩的眼光令她著迷，是否再度讓她感受到自莫里斯·格蘭德去世以來，她自己的情感荒漠？面對這個被判終身坐輪椅的孩子，一種宿命與不公平的感覺是否擊倒了她？誰知道呢？我們只知道，傍晚排練的時候，她沒辦法站太久，於是她就坐著唱。從此再也不站著唱。

「斯卡拉」總監，驚慌失措，來到現場關心她的狀況。花，她僅僅這麼說。立刻就有人送來一大堆花束和花籃，還有花架和花柱。

帷幕一拉開，聽眾發現她坐著，在一張稍微高一點的椅子上坐得又直又挺，多虧有一大塊錦緞遮掩，聽眾才看不見椅子，只看見她身在繁花盛開、植被茂盛的背景中，簡直就像在植物園高唱。

她也破例更動了曲目順序，改以《富貴如浮雲》作爲開幕曲。她以一種令人心碎的聲音開唱，清唱，正如她前次在巴黎那樣：

我的愛，

我倆又來到此地，這處傾頹了的宮殿
我倆初相逢的舊地……

保羅在斯卡拉大音樂廳聆聽莫里斯·格蘭德這齣歌劇的前幾個音符，同一時間，時值巴黎晚上七點半，他母親正好看到《巴黎晚報》的標題寫著：

羅馬尼亞政府拒絕向石油大財團提供援助
對法國政府的緊急呼籲充耳不聞。

瑪德蓮瀏覽了一遍，可是她不明白，好多名詞都看不懂。花了一刻多鐘，才終於大致看懂這則消息的脈絡，也終於說服了自己，跟大家期望的相反，她好大一部分的財產剛剛蒸發。

至今還沒出現的蕾昂絲八成破產了。瑪德蓮止不住淚水，萬一蕾昂絲也被波及，非常有可能，她該怎麼安慰這位朋友呢？

她無法想像破產在自己的生活中具體意味著什麼。少雇幾個傭人？對，毫無疑問。其他的呢？她還得放棄什麼？反正她過的生活又不奢侈！一個人失去一大部分收入，不可能毫無影響，非得做點處置不可，哪些呢？這一切都令她十分困惑。想想保羅可以匯集勇氣。她必須面對現實。她打電話給居斯塔夫·朱貝爾。他剛離開銀行辦公室。她換了外出服，喚來司機。

她帶著那份《巴黎晚報》，在半明半暗的車裡，標題現在看起來似乎有兩倍大，威脅性也加倍。車子堵在塞納河堤岸附近，動彈不得，她又看了一遍報導，每篇都看，在在喚起羅馬尼亞石油集團曾經擁有的股市榮景，可眞殘酷……她驀地停在另一個標題上：

伊拉克發現規模大到出奇的石油礦層

伊拉克石油公司股票的票面價值大跌百分之八十，遭到某法國金融機構大量收購，現在，這家銀行準備好在這麼短的時間內，坐收巴黎證券交易所有史以來最高的資本收益。

所以說朱貝爾是對的。瑪德蓮整個人都呆了。

「斯卡拉」舞臺上，燈光不知不覺變得黯淡，染上一抹淺赭。索蘭姬雙拳緊握，貼在胸前。

什麼樣的嫉妒讓您失去理智？
我們所在的這些廢墟
莫非便是你我殘存的
一切？

居斯塔夫下樓來，平靜、嚴峻。腳踏彩色伊斯蘭拖鞋，身著絲綢襯裡上裝，就像個居家人夫。

瑪德蓮沒打招呼，她激動得說不出話。光看居斯塔夫高大的體格，清澈藍眼的這種凝視方式，冷酷而銳利，不帶敵意也不帶同情，就能理解他們的關係已經徹底翻到新的一頁。

「所以說沒救了？」她脫口而出。

「恐怕是的，瑪德蓮。」

她嚥下口水。

「我擁有的很大一部分資產都投了進去，不是嗎？但是……沒有全部！您把我另一半的股分投在別的企業，平均投入各類證券，對吧？」

她根據別人一向灌輸她的這種以上對下的權威方式提問，只不過，在這個節骨眼兒，完全不適宜。

「沒錯，瑪德蓮，但是……」

「但是什麼？」

「這些公司大部分都跟同一領域相關，分包商、供應商、客戶……等等。」

「可是我還有投資英國、美國、義大利！據我所知，外交事務可不歸羅馬尼亞政府管！」

「這些外國公司，瑪德蓮，全都屬於石油領域。它們也會倒，就這幾天的事。」

「我賠了多少？我還剩下什麼，居斯塔夫？」

「您賠了非常多，瑪德蓮。您只剩下……非常少。」

「我……全賠光了？我所有的財產？」

「基本上來說，是的。只怕您不得不採取極端措施。」

「賣房子？」

沉默。

「全都賣掉？」

「對，幾乎全都得賣。我很遺憾。」

瑪德蓮看似頓時矮了好幾公分。這時，她已經掉過頭去，茫然不知所措，機械化走到門口，倏地停了下來，轉向朱貝爾，她把自己手上緊握著的那份《巴黎晚報》往他手裡一塞。

「告訴我，居斯塔夫……『某金融機構』把羅馬尼亞石油股價炒高，再趁機廉價買進伊拉克股票，是不是您？」

朱貝爾這個男人又冷又硬，不過要他當場承認未免太沉重，他缺乏勇氣。他只有顧左右而言他，答道：

「我盡我所能勸您，瑪德蓮，您自己不聽。」

她處於清醒得可怕的狀態，隨著大腦重建過去幾個月來的一連串事件，怒火也越升越高。

首先就是夏爾。他來向她解釋經濟危機會威脅到她，就連朱貝爾也沒看出來……

《巴黎晚報》上刊出羅馬尼亞石油表現亮眼的消息……

居斯塔夫本人則無所不用其極，表現出像個專門提供錯誤建議、千萬別聽他意見的男人……

瑪德蓮懂了，所有這些操弄的範圍有多廣，而她，正是他們操弄的目標。

她想殺了他，像蛇一樣踩爛他。

「居斯塔夫，我們總會再碰到面的。我要動用保羅的政府公債，代為管理，設法重建我們的生活，還有……」

「您說的是什麼政府公債？瑪德蓮。」

「保羅從他外公那繼承的那些。」

「可是……瑪德蓮，您早就把它們都賣了。」

震驚之餘，她只得抓住大門把手以免跌倒。什麼意思？都賣了？

「瑪德蓮，我建議過，您也接受重組您的財產。這是去年六月的事，您記得嗎？我帶了表格、種數據、曲線圖……我跟您解釋過，政府發行的公債無利可圖，再等下去也不會有轉機。您自己同意讓出兒子的所有證券，我是這麼建議您的。我還特別請您注意這是個重大決定。」

對，她依稀記得：「您捨去沒賺頭的公債，」他解釋道，「併入家族銀行……」

朱貝爾想讓她覺得自己智力低下的時候，就會採用這種博學、略帶羞辱的語氣。

「進行資產配置重組的時候，您向我保證過，您清楚明白自己在做什麼。」

「保羅的政府公債……都被賣掉了？」

「說得更確切一點，是您自己批准銀行……」

「保羅的錢呢？」

瑪德蓮大聲咆哮。

「您把它和其他財產一起都拿去投資羅馬尼亞石油了，瑪德蓮。誰叫您不聽我的意見，現在不能怪我。」

「我什麼都沒了？」

「對。」

朱貝爾將兩隻手往口袋那麼一插。

「保羅也全都沒了？」

「對。」

「讓我搞清楚一下，居斯塔夫。您爲了想收購您想買的石油股票，故意讓它大跌，所以需要強而有力的替死鬼。於是我的全部財產就被拿去爲您服務，是這樣嗎？」

「我不會這麼說。」

「那您怎麼說？」

「我會說是您自己不信任我。」

「您騙了我。」

「從來都沒有！」

這回是居斯塔夫在大喊。

「您不理會我的建議，一意孤行。我每回都爲您提供充分解釋，可是您聽了就煩，邊聽邊不耐煩地唉聲嘆氣……要怪，只能怪您自己。」

「您眞是個……」

她突然想到一個詞……僅存的一絲莊重自持，讓她說不出口。

她被朱貝爾操弄了好幾個月。他計畫周全，審愼採取行動。

「我的全部財產已經落入您手中。」

「不。您失去財產的同時，我建立了我的，完全是兩碼事。」

她搖搖晃晃，女傭過來幫她，被她一把推開，她走下臺階，上了車。

就在司機準備關上車門的那一剎那，瑪德蓮叫他等一下，盯著二樓的一扇窗戶。

蕾昂絲高高在上，正在看她。

居斯塔夫出現在她身後片刻，旋即消失。

兩個女人就這麼互看了好長一段時間。然後蕾昂絲才慢慢放下窗簾。

光線淡去，幾乎成了一片黑暗。

在場所有人無不聽得渾然忘我，試著辨識出這個令人心碎的聲音來自臺上何方？

我如此深愛過您，
怎麼可能恨您？
可是您瞧瞧，您讓我的生命
陷入何等混亂……

19

一九二九年十月三十日，因爲瑪德蓮急需用錢，所以佩瑞庫爾豪宅以遠低於市價的價錢售出。

除了瑪德蓮想帶走的幾樣東西外，估價拍賣師在小托架貼上每樣東西的標價：五斗櫃、畫作、裝飾品、書籍、窗簾、地毯、床、植物、枝形吊燈、鏡子。只見人群絡繹不絕，正是兩年前到這來參加馬塞・佩瑞庫爾葬禮的原班人馬。

瑪德蓮進到屋內，呆立在那。

荷當絲在客廳晃來晃去，佝僂著腰，背部拱起，有如步兵將領打勝仗後巡視戰場，小筆記本在手，一會兒站在帶抽屜的衣櫃前，一會兒又站到掛毯那，倒退幾步，想像著某樣東西擱在自個兒家裡會怎麼樣，隨後又移步到下一件，要不就是仔細地把價格和批號往小本子上一記。

「我說，瑪德蓮，」她連招呼都沒打，就如此問道，「這個獨腳小圓桌……兩千法郎，妳啊，妳不覺得過分了點兒？」

她走近五斗櫃，食指往上一點，一副指給傭人看上頭還有灰塵似的。

「好啦，我說妳就承認吧！」

她在筆記本上記下價錢，繼續往前逛。

瑪德蓮爲了忍住淚水和賞她一巴掌的渴望，匆匆上了樓。保羅房裡還沒封好的紙盒、木箱、麥稈籃框攤了一地……

「八成很難選擇，對吧？」她難過得低聲說。

「不……不會，媽……媽媽。一……一切都很……很好！」

母子倆默默無言了一陣子。

「我好對不起，你知道，我……」

「這一……一點都不重……要，媽……媽媽。」

情況的確不好，保羅試著安慰她。賣掉佩瑞庫爾豪宅，剛好夠買兩間公寓。第一間位於杜安姆街，瑪德蓮、保羅、薇拉娣住起來會很舒適，但是因爲這將是全家唯一最大筆的收入，所以租了出去。第二間，一看就知道，得大大降低自己的標準：客廳、飯廳、兩間臥室，頂樓那間則給薇拉娣住，比之前那間小、照明也比較差，但她直說開心。

公寓位於拉封丹街九十六號三樓。電梯太窄，保羅的輪椅進不去。每回出門，薇拉娣就得在電梯裡放上摺疊椅，讓保羅坐在上頭，然後再把輪椅扛下來，再回去抱保羅。這種萬能女傭，非留著不可。

在瑪德蓮心中，抑鬱和內疚兩者不相上下，糾纏於她。幾週內，爲了維持相當卑微的生活，她已經紆尊降貴，貶抑到斤斤計較的小資生活水平，她得精打細算，這不能買、那也不能買，總是不停打著算盤。她一哭就哭上好幾個鐘頭，哭得不能自已，她認了，接受這一切，可是心腸也不禁變壞，變得極端又愛記仇。朱貝爾的確一直胡亂建議她，但她自己也照單全收，矇著眼睛，一昧照著他的話做，這一切都是她的錯。她繼承了大筆財富，自己卻留不住，這是事實。居斯塔夫．朱貝爾提醒她，「您簽署所有文件都充分瞭解原因」，他說得沒錯，要是她多多關心業務，他也沒法趁虛而入。

她接受的是女子教育。父親雖然非常愛她，卻是以她永遠也成不了大器的想法教育她長大成人。沒能守住他留給她的大筆遺產，證實了父親判斷無誤。

十二月一日搬進拉封丹街。

就在幾天前，蕾昂絲・皮卡爾小姐和居斯塔夫・朱貝爾先生的結婚預告[80]才剛公布。再想到自己竟然相信這位表裡不一的朋友，她利用隨侍在側、她的魅力，乃至於造成瑪德蓮對自己私密的性傾向感到混淆……這一切都刺得她好痛。

四天後，她去公證人勒賽爾先生的事務所簽署文件，順便查閱銷售家具清單，得知荷當絲最後正是以兩千法郎整帶走那張小圓桌，沒人願意出更高的價。馬塞・佩瑞庫爾大幅肖像畫則被新屋主收購，「以茲緬懷蓋了這棟宏偉建築物的偉人」。

「兩千法郎是朱貝爾先生付的。」公證人明確指出。

「這幅畫的買主不是……」

瑪德蓮話說到一半。公證人滿臉尷尬地咳嗽。

正是通過這種方式，瑪德蓮才得知如今居斯塔夫・朱貝爾成了佩瑞庫爾豪宅的新屋主。

年底瑪德蓮寄信給安德烈問好。他回的信雖然靦腆，卻帶有善意，瑪德蓮寧願這麼想。她打電話到報社，邀請他：

「您該不會拒絕上門拜訪一個只剩下您的朋友吧，不是嗎？保羅見到您會很開心。」

他很忙，並不好約。

「您再也不上窮人家了，是這樣嗎？」

瑪德蓮也被自己這種說法嚇了一跳。她感到慚愧，想道歉，但安德烈比她更快：

「您明明知道不是這樣！正相反，我很開心，只不過……」

那就說定了，星期二，不行，週末算了，我的意思是下星期，找一天下午，或者哪天晚上，這樣比較方便，那就下星期四……改來改去，每回都兜不上，總是有什麼事礙著。

「聽著，安德烈，看您哪天方便，我們隨時都方便。就算您找不出時間，我和保羅一想到您還是會感覺很溫暖。」

「那就下星期五吧，我不能待太久，我還得去《巴黎晚報》看排版。」

他從沒做過這件事，排版向來都不用他管。

安德烈把小禮物放在五斗櫃上，緊緊握住瑪德蓮的手，姿勢模稜兩可，既意味著親密，也可能表示尊重，她指了指熟睡中的保羅，很抱歉，她低聲說。安德烈明白，他微微一笑，朝著輪椅走了三步，就像深怕吵醒熟睡中孩兒的年輕父親走近搖籃那樣。

保羅醒了，看見安德烈，冷不防颳起暴風雨，猛烈，毫無預警，他狂吼狂叫個沒完沒了。雙眼鼓起，雙臂抱住頭部，好像他想自我保護不受震耳欲聾的巨響干擾，而他的叫聲，天哪，怎麼會叫得如此有力，死命怒號。薇拉娣衝過去，「Co się stało, aniołku?」（怎麼了，小天使？）奔到保羅身邊，他推開她，他神情恍惚，瘋了似地猛搖頭，兩眼翻白，叫得撕心裂肺，只差沒把胸膛給撕了。

80 les bans du mariage：在法國，結婚之前必須先公布結婚預告，通知相關人士，若有確切理由，可以提出反對意見。

瑪德蓮推安德烈出房間，邊柔聲安撫保羅，可是他叫得好激動，根本就聽不見她說的話，安德烈慌了手腳，點頭表示理解，連滾帶爬下了樓，好像背後有魔鬼追趕。

瑪德蓮跑向保羅，雙臂環起，把他的頭固定住，邊安撫他。

保羅熱淚直流。您下去吧，薇拉娣，瑪德蓮說，我會照顧他，請您關燈。她在幽暗的光線中，搖著晃著保羅很長一段時間。

等他平靜下來時，她只開了那盞橙色燈罩的小燈，夜裡，房間浸淫在若有似無的東方氛圍中。她坐在兒子面前，摸著他的手，看似平靜，儘管保羅滿眼是淚。

她知道時候終於到了，她早就等著這一刻，她有預感，這會害兒子痛徹心扉。她擦了擦兒子的臉，幫他擤了擤鼻涕，回到原位。

小男孩像剛出院時那樣望著窗外。瑪德蓮沒問問題，只是牽著他的手。

兩個鐘頭過去，接著是第三個鐘頭。客廳、樓房、街道、城市依次陷入深沉黑夜。保羅要喝水。母親倒了一杯給他，又回到原位，牽著兒子的手。

他開始以一種深沉、幾乎像大人的聲音期期艾艾，他結巴得非常嚴重。淚水再度湧上，終至潰堤，隨著淚水傾瀉而出的則是……真相。

他說得非常慢，說了非常久，嘴唇發出每個音節都磕磕絆絆，有時候前言後語還黏在一起。瑪德蓮等著，耐心十足，但心臟整個翻轉，她看見兒子的生活在自己眼前展開，一個她一無所知的生活，一個孩子的生活，這個孩子是她親生的，她卻認不出來。

首先展開的是漫長的聽寫課，安德烈把保羅的左手臂綁在背上，逼他用右手寫，保羅就這麼被綁了好幾個鐘頭，身體僵硬，肌肉劇痛，笨得要命的右手偏不屈服……然而只要一犯錯，鐵尺就打在指尖……不准哭，保羅，安德烈強制要求他。即便在夢中，家教一過來就嚇得他全身冒汗，他在床上輾轉反側，跟鯉魚似的驚跳連連。

安德烈逮到保羅在床單下看儒勒．凡爾納[81]寫的小說。「有人准你看這種書嗎？保羅？」他的聲音好沙啞。

晚上八點，樓下大廳正在舉行晚宴，杯觥交錯的聲音，在房裡都聽得見，香菸的氣味順著樓梯飄上來。保羅，紅著臉，承認自己錯了，那就打屁股，睡褲拉低一點，趴到安德烈的大腿上，你這個骯髒的小男孩。打完以後，保羅又上床繼續睡，安德烈歪著身子，狀似心疼，他也在側耳傾聽晚宴的雜音，依然高聲喧嘩，他平靜下來後，又往學生靠近，一臉捨不得，摸著他紅通通的小屁股，摸啊摸啊，撫摸了好久，隨後就聽到床邊有布料沙沙作響的聲音，兩隻鞋子重重落在鑲木地板上，此時爆笑聲突然從底樓傳來，八成是誰說了個趣聞，隨後一陣喝采聲，男士們前往吸菸室，女士們相互請教孩子的教育，好一個重責大任啊……保羅閉上眼睛，頭深深埋進枕頭，感覺到安德烈緊貼著他躺著。他的吸氣、呼氣，他說的話……他的手，隨後就是他的重量。好痛。好了，好了，這不是好了嘛，你看已經好了，腰際間的疼痛，那種被撕成兩半的感覺，你看，安德烈說話的聲音低沉，非常低，他唉聲嘆氣，說得一副好像保羅不用功，他就不開心的樣子，接著又發起牢騷。小保羅答應他的朋友安德烈好好用功，對不對？否則，懲罰就不止是拿鐵尺打指尖囉。

81 Jules Verne（1828-1905）：法國小說家、劇作家、詩人，向以科幻小說聞名於世。

瑪德蓮記得，那個時候，她夜裡摸進他房裡，一夜甚至高達四次之多。好了，我的心肝寶貝，冷靜下來，媽媽在這，她撫摸著他的額頭。他像小貓般焦躁不安，這時輪到蕾昂絲進來，瑪德蓮，您去躺著休息吧，我回去前，先看著他一會兒。

保羅每天夜裡都會醒，對傭人用樓梯間的腳步聲高度戒備，渾身發抖，聽到安德烈停下腳步，偷偷溜進房裡，悄悄脫下衣服。有時候，他睡到一半驚醒過來，因爲他頸間的安德烈氣味，充滿酒氣、菸味，他四下遊移的雙手……「這個小賴皮，他硬是不要我走開」，瑪德蓮笑著說，因爲保羅一聽到家裡宣布要舉辦晚宴就哭了，這種大場面她非在場不可。好了啦，她坐在他床邊說道，她穿著晚禮服，有時候已經穿好大衣，媽媽不會太晚回家，他像隻小動物，死抓著她的胳臂，你也該長大了，保羅，而且你也該上床睡覺，媽媽不想出房門的時候還生著你的氣，親愛的小寶貝，你懂嗎，他說懂，瑪德蓮以爲他怕黑，我讓走廊的燈開著，我回來後才關，媽媽保證。晚安，安德烈，他聽到瑪德蓮低聲說道，您會好好照顧保羅，對吧，謝謝，您眞是個天使，接著聽到一個小小的聲音，保羅不懂是什麼，有點像匆匆一吻，有時候甚至還聽到笑聲。噓，討厭，瑪德蓮說，聲音滿是笑意。然後，就聽到織物在樓梯間窸窸窣窣，夜幕降臨，正如她所說，燈依然亮著，直到插進了安德烈的黑影，保羅轉過去面對牆壁，他的心狂跳，他想吐，腳步到了床邊，氈鞋落在地毯上。

外公的影像浮現腦海。這個高大魁梧的男人帶著一股煙絲味，保羅比較常看到他坐在書桌後，門一開，就抬起頭來，啊，原來是你，我的小朋友，怎麼啦，過來吧，他從來都不會不理他，從沒發生過，從來都沒。房裡瀰漫著黑咖啡香氣。外公聞起來有古龍水的味道，一親他，又濃又密的鬍子就扎得他脖子好癢。

看到父親抱著窩在他身上的外孫坐在書房，瑪德蓮的心不覺一陣刺痛。

某天，佩瑞庫爾若無其事地問她：

「我說，妳不覺得送他去上學，跟其他同齡小男生在一起，這樣會不會比較好？」

「這件事你就別操心了，爸爸！他是我兒子，撫養他長大的是我，我要照我的意思做！」

佩瑞庫爾眼睛沒瞎，耳朵也沒聾。他和大家一樣也聽到三更半夜，瑪德蓮在傭人樓梯爬上爬下的聲響，不過這種事他怎麼好意思對女兒開口，這是不可能的。他並沒堅持，不過她倒是經常看到保羅待在外公書房，在他懷裡睡覺。

保羅什麼都沒對外公說，他不知道該怎麼說。可是，他過來這邊挨著外公，沉浸在外公晨袍褶皺散逸出來的菸草味中，正是爲了避難、解憂、自我安慰。外公的書房是他的避難所。唯一一個。

結果那天，外公死了。

舉行葬禮的這一天到來。

瑪德蓮叫安德烈去找保羅。他因爲自己第一個重大新聞任務受到打擾，氣得要命，於是，失去理智的安德烈登登登登上了樓，好不容易才找到保羅窩在外公書房，叫他立刻下樓。

這孩子既拖拉又結巴。安德烈飛快打了他一耳光，一肚子火，氣沖沖自個兒先下了樓。

保羅流著淚。他一個人。現在外公死了，再也沒人保護他。

保羅打開窗戶，爬上窗臺。

他看到安德烈出現在臺階上，就往空中一跳。

他在母親懷裡睡著了。一縷泛藍的光線宣告白日將至。她就這麼抱著他，保持這種姿勢了好幾個鐘頭，孩子的體重壓得她全身僵硬酸痛，因爲抽筋而蜷縮，但她沒動。她緩緩呼吸，突然想到自己現在這麼抱著保羅，昔日父親正是這麼抱著他的。

開始聽到聲音，是薇拉娣，她停在門口，低聲說：

「Wszystko w porządku?」（還好吧？）

基於十分確定的直覺，這名年輕波蘭女子不等她回答，自己往前一步，抱起保羅，讓他躺到床上。

瑪德蓮還是坐著，眼神空洞。

她想殺了安德烈。她要去他那，拍他的門，他一打開，當場就懂了，他退後一步，她則把彈匣清光，一股腦兒全打進他胸膛。

這些殺人的想法，狠狠刺進沸騰著的、混合著回憶和怨恨的這團雜燴岩漿。這麼長一段時間，她竟然什麼都沒看見，什麼都沒聽到，保羅遭受可怕不幸的那段時間，正是她偷偷爬上樓去找安德烈的那段時間。

要是她不假思索立刻衝到他家，她就會殺了他。她應該會拍門，他一打開，她就伸出兩隻胳臂，撲到他身上。她推他推得這麼用力，他被推到開著的窗邊，兩條腿一感覺到窗臺，他就懂了，他失去平衡，翻倒在空中，拚命慘叫。她斜倚窗前，眼睜睜看著他掉下去，身體怪異地彎成胎兒姿勢，最先掉到卡車引擎蓋上，他彈起來，砰的一聲重重落在馬路上，一輛汽車煞車，但還是避免不了，撞了上去……

沒錯，如果她立刻衝了過去，也許……

但她並沒這麼做，並非因爲她缺乏勇氣，也不是害怕後果，說實話，她根本就沒想到後果。不是的，而是因爲她也有罪。

她做了些什麼，天哪，這一大片可怕的廢墟是她親手造成的……

保羅恢復鎮靜。揭露這些令他筋疲力盡，還好兩天後，他又開始吃東西，稍微聽點音樂，瑪德蓮百感交集，保羅終於放下了。

她卻沒有。

去警察局報案。更好的是：警察直接到家裡來記錄控訴原因，做筆錄，這樣就好了。

保羅很激動，頭往四面八方亂轉，邊喊道：

「永……永……永遠……都……不要！」

瑪德蓮發誓等到他願意，才會去報警，但之後她又提了兩回，每回都引發新的恐慌危機，保羅不想把這一切再說一遍給任何人聽！永遠都不要！

他後悔自己爲什麼告訴她，她撲到他腳下，求兒子原諒，她甚至不知道自己到底求他原諒她什麼。

混亂的一週，卻可清楚看出，保羅永遠不會出庭作證，他克服不了這種考驗。

她發誓永遠不再談這件事，保羅作出手勢，表示他懂了。但他整個人卻顯示出對母親的怨恨，出賣了他，她花了很長時間才讓自己平靜下來。

保羅花了這麼多年才走出來，她硬要他自揭蒼疤，害他再痛苦一次，瑪德蓮把這些也加進自己犯的錯誤和不該做的事的清單之中。

這些年的恨，導致她一秒鐘就做出決定。

她走到寫字臺邊，打開它，取出紙筆，毫無修改，一鼓作氣寫道：

巴黎，一九三〇年一月九日

親愛的安德烈，

上回您來的時候發生的事，我好氣惱。保羅做了可怕的噩夢，害大家都好怕。唉，可惜破壞了您來訪的一番好意。

請千萬別生他的氣，別生我們的氣。我們隨時歡迎您，這個您一定知道。

保羅為您準備了耶誕節小禮物，等不及想送您。

別讓我們癡癡地等，快點來吧。

鍾愛您的朋友

瑪德蓮上

1933

要想眾神心花怒放，
英雄得從高處落下。

——尚－考克多

20

一月七日，居斯塔夫·朱貝爾進到「銀塔」[82]，羅布卓最後一個才站起來，由此不難看出他的心態。薩契蒂偷偷在羅布卓手裡拍了兩下；眾人稍事猶豫，這才鼓起掌來，只拍了幾下而已，卻足以讓居斯塔夫說道，得了，得了，各位老同學。他受到熱烈歡迎，笑得合不攏嘴。羅布卓握著他的手，眼睛卻看著別的地方，居斯塔夫為遲到而道歉，謙虛得很，不論他做了什麼，大夥兒都不會怪他。因為兩個星期以來，他可紅著呢。

拉動椅子的嘩啦聲，杯觥交錯的叮咚聲，開第一瓶香檳，瓶塞啵地一聲，服務員走近，眾人舉起酒杯。此時有人嚷道：致詞！

居斯塔夫予以婉拒。

「不過，香檳算我的！」

大夥兒都笑了，哈哈哈，居斯塔夫跟去年一樣無趣，不過去年是去年。

羅布卓，狀似惋惜沒聽到致詞，在他對面坐下，摩拳擦掌，等著唇槍舌戰。不過，上蘿蔔燉鴨前，不會正式宣戰，在此之前，大夥兒總是先聊聊政治。今年，沒什麼好說的，全體一致同意，左派回歸掌權，眞是個大禍害。

前幾回國民議會選舉，這一小批「中央人」把希望擺在塔爾迪厄[83]身上，選民偏偏不買帳。難怪，這位致力於現代化的總理一直都沒能現代化些什麼東西，他對經濟繁榮政策的信心，只有他自己相信。

「我們國家啊，」某人說道，「還是得意識到改革是遲早的事！」

這句話說出了這群人的心聲，只不過他說得好像政治說教，其實，這群人認為，其他人大多也這麼認為，政治可是出了名的齷齪。除了層出不窮的醜聞已將最美好的期待消磨殆盡，最堅強的信念也為之動搖，大夥兒估計沒人敢對政府的怠惰沉痾採取必要措施。薩契蒂的歸納能力眾所皆知，於是他綜合大家意見，開口說道：

「是時候讓那些會做事的人放手一搏了！」

剛用過前菜，高談闊論已然端上檯面。可想而知，朱貝爾有多不耐煩。

茲向讀者解釋一下三年來發生了些什麼事，應該有助於諸位理解居斯塔夫為何聽不下去。一九二九年起，他靠著伊拉克石油暴富，財富累積多到不可計數，至於他怎麼辦到的？這點大家都知道。

有生以來頭一回，他覺得金錢讓他擁有選擇。業界對他的意見相當重視，尤其是因為他對銀行業前途未明的疑慮不斷得到證實。奧尼奇銀行倒閉，這場驚心動魄滅頂之災連帶牽動亞丹銀行賠了至少

82 la Tour d'Argent：位於巴黎第五區的知名餐廳。自稱成立於一五八二年，是巴黎最古老的餐廳之一。和王室關係密切，國王亨利四世、路易十四等均是常客。

83 André Tardieu（1876-1945）：法國政界人士，三度出任總理。這裡指的是第三次，即自一九三二年二月二〇日到同年六月三日，後敗給左派聯盟。

十億法郎。而最脆弱、最飽受威脅的銀行，正是諸如馬塞・佩瑞庫爾創立的這種中小型企業。

於是居斯塔夫轉而對蘇修這家公司感興趣，這是一家位於克利希的通用機械工程企業，因爲創始人的兩個兒子都死於一戰，所以至今依然由老頭子親自經營管理。六臺老舊工具機，二十來個工人，平均年齡令人擔心，顧客群也越來越侷限……阿爾弗雷德・蘇修沒有第二代可以接手，正是收購的大好對象，而且此案也的確辦妥了。不久之後，居斯塔夫・朱貝爾就爲自己直覺之準大感慶幸，因爲聯合信貸銀行在德國達納特銀行之前就垮了，後者又比國家信貸銀行稍微早一點倒閉，證實了銀行業這艘大船正在全面下沉。

朱貝爾豁了出去，乾脆辭去銀行職務，全心全意拓展自己的事業。

他的離職，造成佩瑞庫爾銀行董事和客戶嚴重信心危機。省級分公司首先出現恐慌狀況，隨後蔓延到巴黎總部。銀行不可能把存款退還給擠兌的存戶，政府公權力另有其他重大案件必須解決，也沒介入，不到兩星期，佩瑞庫爾銀行這艘船，連員工帶資產，全都沉了。

夏爾・佩瑞庫爾做出符合這種情狀的聲明，再度埋葬了他哥。

沒人想到問問瑪德蓮的感受，再也沒人把她放在眼裡。

「朱貝爾機械」新老闆已經談妥要買入四臺現代化工具機，並以年輕力壯的工人取代那些老頭，還從賽馬俱樂部和「中央校友會」那兒拿下不少好訂單。之後，又跟勒費弗若・斯楚達勒這個大客戶簽約，供應他們公司的飛機引擎零組件，使得「朱貝爾機械」逃過至少兩年不景氣的時光，業務迅速發展。身爲企業大老闆的居斯塔夫，這才終於覺得自己一展長才，適得其所。

別以爲那天在「銀塔」，大夥兒向居斯塔夫・朱貝爾祝賀是因爲他這麼快就事業有成，不，這才不算什麼，他受眾人崇拜的眞正原因是所謂的……「振興法蘭西」的重大計畫，朱貝爾身爲這個新點子的創造者、傳道師、思想家兼倡導家，簡而言之，「振興法蘭西」——就是他本人。他以判定形勢精準明確著稱：美國經濟大危機地震半徑終於波及法國海岸，虎視眈眈的德國又在整軍經武，歐洲到處搖搖欲墜，法國統治階層卻還沉溺於用人唯親的政治，私相授受影響力，故步自封，不思進步。他解釋說，現在是時候了，政府當局該將所有權力下放給智慧、經驗豐富、可靠、愛國，尤其是懂得技術的能人。交給技術人員！

這就是「振興法蘭西」，這是一種行動，一間由專家組成的「思想實驗室」，即將催生出全新的法蘭西。

國會佯裝鼓掌道好，蓋因從電力到汽車、從電話到化學、從冶金到製藥，這些組成法國工業菁英的任何群體，都由不得他們忽視，也容不得公開抨擊。

「政界人士的所作所爲，」朱貝爾說，「大家實在支持不下去。呼籲不問政治的愛國志士，刻不容緩，到了該對法國人民說出眞相的時候了！」

透過「不問政治」一詞，可以聽出他的「反共」立場[84]。

「我不明白，一個人怎麼可能同時不問政治又愛國？」羅布卓蹦出這句，「恕小弟愚魯！」

朱貝爾笑了笑。

「羅布卓老弟，不問政治，意味著我們首先就很務實。無論左派或右派，有助於國家復甦的措施

84 因為之前提到「左派回歸掌權」表示親共（請參閱第190頁），所以這邊朱貝爾口中的「不問政治」才帶有「反共」之意。

都是好方法。至於愛國嘛……我們僅僅認為必須對任何突發狀況都有備無患。」

「什麼突發狀況？」

朱貝爾乾笑一聲，難掩自負。

「希特勒贏得七月大選，德國退出九月裁軍大會，你呀，難道你都沒感覺？」

「外交界玩不膩的遊戲！我啊，我倒覺得不用擔心希特勒這個人。德國如今一團亂，各自為政，他要重建秩序……你搞錯敵人了，朱貝爾。希特勒跟我們的敵人都是：共產黨。」

大夥兒表示贊同，現場稍微有點亂哄哄。

「那是因為你不識字。」

他回這句話簡直就是污辱，有違這一小群人之間的潛規則，意見相左無妨，切勿口出惡言，大家還是好同學。於是朱貝爾忙不迭解釋道：

「抱歉，羅布卓，我詞不達意。我的意思是你看不懂德文。」

「如果我看得懂德文的話，我會看到什麼呢？」

「朝上臺執政邁進的希特勒，把我們法國當死對頭。」

「啊，對，我的確看過這種說法。」

「但是好像沒引起你多大興趣。不過，我的天啊，你聽聽：……der Todfeind unseres Volkes aber, FrankReich……抱歉，你不懂德文：『本國人民的死敵法國，扼殺我們毫不留情，把我們吸乾抹盡。為了打敗恨我們入骨的敵人，再怎麼苦都得忍。』我不知道你還需要什麼證明。」

「報上寫的？」

「不，是從《我的奮鬥》讀到的，希特勒的自傳，納粹黨思想綱領。」

「這些都是政治手段，居斯塔夫，沒有別的！沒人希望再起戰端。希特勒想當總理，賭注越下越大，所以才拉高嗓門，他終究會尋求和平方式解決。軍事衝突付出的代價太高。」

「人人各有解讀……歷史自會證明一切。」

居斯塔夫．朱貝爾不認為再討論下去有什麼意義，因為在場諸位，贊成他論點的跟反對的一樣多，針對希特勒這個主題，兩派意見，涇渭分明。

一片沉默，羅布卓想加碼對他有利的論點：

「再說，你提的這些都抽象得很。你的『振興法蘭西』即將公布部分研究，誰會看？你們提出的改革方案，誰又會加以實行？」

悉心觀察的旁觀者，此刻應該都會注意到這一小群人，誠如之前討論的主題那樣，已逐漸分裂成兩大陣營。這正是那個時代的特徵，任何事物都能造成分裂、爭執、不和。

「我們不會一直這麼不具體，羅布卓，我向你保證，」朱貝爾語帶平靜。「咱們月底見分曉。」

「一個月能有什麼進展？」

朱貝爾僅止於微微一笑。

薩契蒂比任何人都更知道針鋒相對的時間夠久了，連忙打圓場：

「咱們的年度晚宴該不會變成每月聚會吧？」

笑聲，放鬆，好幾瓶香檳的軟木塞又啵地蹦了出來。是時候該聊聊女人嘍。朱貝爾想著他那口子，偷偷看了看錶……

……蕾昂絲，同一時間，她正趴在地上，一個叫羅伯的小伙子的公狗腰陣陣強力推送，把她搞得嬌喘連連。

有人敲敲牆，說道，時間快到了！女人的聲音傳來，尖銳又神經質。蕾昂絲笑著倒在床上，天哪，看我爽的咧，你眞討厭。她全身香汗淋漓。羅伯，他啊，他精氣神倒好得很。停戰兩分鐘嘛，親愛的，她求他。她翻了個身，呈現躺姿。房間很小，通風不良，空氣中充斥著性愛、煤落[85]、汗水的氣味，蒸氣凝結在瓷磚上，順著小方塊涓涓流下，親愛的，開點窗，好嗎？新鮮空氣讓她爲之舒暢。她幫自己搧搧風，腹部和乳房上有著串串汗珠。羅伯點了根菸，坐在床邊。蕾昂絲不由自主握住他那根，想都沒想就套弄起來，對她來說，就像在撥念珠。

「我得走了，現在幾點啦？」羅伯裝出一副在找手錶的樣子。

「你的手錶呢？」

他驀地臉紅。

「噢，不會吧！你又把它給賣了？」

那是一只一千法郎的大錶盤手錶，蕾昂絲上個月才剛送他！

她氣得下了床，往屏風走去，洗手槽和毛巾被屏風遮住。我們再也怎麼想像不到，竟然有如此纖細的身材、曼妙的水蛇腰、堅挺絕美的乳房、圓滾滾又緊實的翹臀、剃得如此仔細的三角洲，就連不怎麼容易精蟲衝腦的羅伯，看了都快窒息。

她匆匆梳洗，偷偷歪出頭去，看到他還坐在床上，一臉羞愧。蕾昂絲笑了笑，他讓她動心。

羅伯是一名三十多歲的男子，長長的鼻梁既直又挺，兩眼離得算近，眉眶凹下，厚厚的嘴唇幾乎從不閉上，露出一口黃牙；有人問起他一邊的臉頰怎麼會被扯到後面？這只耳朵怎麼是撕裂的？他都說自己是被一場狩獵意外害的，此話部分屬實。至於這種小插曲造成什麼效果？端看您怎麼看他。有人認爲他憨厚，也有人覺得還挺嚇唬人的。有時候，女孩子家還會有點怕他。蕾昂絲她嘛，她對小混混情有獨鍾，立刻就看上他。

他平常以修車爲業，好歹他是這麼投入職場的。他有一雙大手，上學念書沒天分，向來沒念出個名堂，連小學畢業證書都遙不可及，於是他很快就被送去當學徒。他幫工人擦拭汽油引擎零件擦了很長一段時間，這些工人因爲有小學徒供他們使喚，就自以爲是老闆！羅伯愛車，可他愛的不是機械技術，而是跳上駕駛座，開車兜風的樂趣；有些女孩看到這樣就興奮，羅伯喜歡的正是這種女孩。沒等到一年學徒期過完，某個陽光明媚的週日，他就悄悄拉起車庫後面的鐵捲門，偷偷開起客人送修的車。兜完風，沒錢加油，還得拿根管子從每輛車上都吸點兒，再灌進這輛，加到差不多過得去的程度才停，說實話，嘴巴裡有汽油味並不討厭，不過還是挺掃興的。

十九歲，他開著自己一輩子也買不起的豪華轎車兜風已經數不清多少次。他哥負責找妞，他負責從修車廠開出車子，晚上玩完後，再把車給還了，留下女生，何其美好的當年啊！終於有一天，好日子結束了，羅伯開著法爾曼A6B超跑，到了凌晨一點，有個女乘客，喝氣泡酒喝得飄飄然，頭伸到方向盤下，熱情地感激他，於是他就接連撞上了一輛標致寶貝、一輛飛雅特Tipo 3和一輛雪鐵龍

85 Gourdon：原作瀝青、柏油解。這裡指的應該是乾餾煤製焦炭和煤氣時的副產物。

11CV。怪的是，修車廠老闆竟然沒叫他走路，而是調他上了船。

從那天起，羅伯靠著偷汽車零件，僞裝成別的用途出口賣來的錢償還債務。他從中學了不少東西，他的腦容量裝得下多少算多少。

羅伯純粹靠本能行事。他不是不能思考，而是思考的時間不長。展望超過一星期的事，他向來都有困難。眼光看不長遠，過一天算一天。對他來說，唯有現在才存在，這眞有點孩子氣。任何努力都得花力氣，他喜歡不勞而獲，車啦、女人啦、鈔票啦，不確定他能清楚辨認這三者的不同就是了。羅伯想的不多，不過倒是有一種出於本能的小聰明，他能感應有事臨頭、情況不妙，必要時也知道尋求掩護，有好處儘量享用，能滿足自己就儘量滿足，一出現危險，腳底立刻抹油。

待在底艙煉獄兩年之後，某天清晨，羅伯徹底覺醒，純粹憑直覺行事，自認債務已了。反正他覺得還清就還清，沒有細微差別，這是一個要不要還的問題，而現在，則是不要。

他走近聖芒代修車廠，甚至開始相信自己已經還了一大半，他是個有信用的人。他想開輛車走，不見得要很大，一輛「豪華房車」，不過就他的價值觀看來，一輛車最明顯的作用還是在於體現他恢復自由的合法性。這種渾話老闆可聽不進去。於是羅伯又粗又大的右手一把抓起千斤頂……隨後就在健康監獄蹲了兩個月，也在那兒交了些新朋友。

出獄後他成了另一個人。他離開修車廠（雖然他對汽車的熱情始終不變），也不再幫別人幹活；羅伯自己幹。他手工活兒細膩，機械問題嫻熟，人又不招搖，他滿足了闖空門竊賊的最低要求，差就差在缺乏策略。於是就這麼開始了一長系列的操作，箇中的共同點是每回都不如預期。死命撬鎖撬了兩個鐘頭，好不容易進到公寓，卻發現裡頭空空如也，因爲屋主兩天前搬家了，他找到打開的保險箱，要不就是假珠寶，假到連收贓的窩主都笑他，溜出花園時還撞上兩個條子。他很難靠這行維生。

羅伯從沒想過自己缺乏組織能力。對他而言，這些突發狀況都是幹這行的風險。然而直到有一天他才感到有什麼不對勁兒，話說那天他在商場底樓碰上一個女人，這個娘兒們無預警便對他開槍狂掃。他及時低下頭，大片大片瓷器削去他上半邊臉頰和半只耳朵，他跟頭豬似的血流不止，好歹還是逃離現場。出院時，他對自己是否入錯行產生了疑問。

就在這個時候，第一次世界大戰纏上他。

第一次出任務就肩膀受傷，這場戰事對他來說既不痛不癢又不覺得榮耀，基本上，他的時間都花在嘗試轉到新醫院，換個新勤務上。

解放後，他到處「打打雜」，他都這麼稱呼自己幹的那些偷雞摸狗的事。某個大好天，「打打雜」導致他匆匆離境，逃到卡薩布蘭卡，邂逅了蕾昂絲。

蕾昂絲聽到兩點的鐘聲響起，我來不及了。只來得及稍微沖一下，連個掛衣服的地方都沒有，只能搭在屏風上。她恨死了這家旅館。走道裡進出的妓女比停在歌劇院廣場前的車子還多。可是羅伯，這種事他最行，哪兒有渾水可淌，他就如魚得水。旅館位於第九區。朱貝爾街——這正是他選了這家的原因。

「朱貝爾街！很好玩，對不對？我啊，我喜歡這傢伙。」

「跟他睡的又不是你！」蕾昂絲差點這麼嗆他。說起來羅伯的嫉妒是有選擇性的，端看他心情，有時候他還會冷不防就出手打她，雖然蕾昂絲喜歡被打屁股，可惜羅伯不見得總是打那。

她穿連身褲裝的時候，他卻探頭進來，摸了摸她的乳頭，「明天見？」她還沒來得及轉身，他就出了房門，衝去看他錯過的賽馬結果。

隨便梳妝打扮一番，蕾昂絲想到又得去見朱貝爾。她向來都受不了他，這傢伙，他的味道、他的皮膚、他的口氣、他的聲音，渾身上下沒一丁點討她喜歡。就床事方面，她眞不知道他那死去的老婆管著幹什麼來著？朱貝爾比初領聖體的小男生還無知。而且，想當年，她啊，她初領聖體的時候，就已經見識過「大野狼」囉。跟發育晚的男人在一起就是會有這種問題，這些人哪，一心想拚命趕上進度，可他偏偏像修士似的彆彆扭扭，外加三弄兩不弄就出來了，整整一刻鐘都在呆望天花板，不過這還算不了什麼呢，說到底，她最討厭的還是他震天響的打呼聲。

這件事讓蕾昂絲撈到許多好處。錢（朱貝爾不管她花錢）和她怎麼安排時間（他閉上眼睛）。他要的只是一紙婚約。

她很快出了旅館，走回林蔭大道，兩條腿還軟綿綿的呢。叫計程車前，她看了看自己在櫥窗玻璃上的側影。她只有不到半個鐘頭的時間將自己重新調整成有錢人家的少奶奶，可是她啊，她才不需要這麼久呢。

同一時間，朱貝爾和他妻子各自看了看錶。

他有點擔心。照慣例，大夥兒這個時間都在談女人，可是還不見她人影……這時，只見符合當他老婆條件的蕾昂絲，邊道歉邊衝進大廳，她還以爲晚宴已經結束，裝出一副準備掉頭出去的樣子……居斯塔夫霎時就懂了，他剛對昔日同窗打中致勝的一分，蕾昂絲的美震懾住在場每位人士。不，哪兒的話，朱貝爾夫人，您別道歉。所有人的目光一下盯著她的眼睛，一下又盯著她的腰肢，看到她側面的，則盯著她的翹臀，口水多到喉嚨打結。她穿著一件可愛的象牙白雙縐綢洋裝，髮間別著一柄黑乳石壓髮梳。留下來，夫人，找位子坐啊！朱貝爾只管喝他的乳清。蕾昂絲入座，在薩契蒂身邊坐下，「科蒂」[86]芬芳陣陣襲來，這名妖嬈女子大大散發出性的氣息。

杜普雷先生稍微頓住，立即就被其他也剛從工廠出來的工人推來擠去。瑪德蓮．佩瑞庫爾站在對街絕非偶然，何況她正盯著他。他過了馬路。

「您好，杜普雷先生。」

她的出現令他不自在，他僅僅用食指頂了頂帽子的帽舌，算是打過招呼。他們上回偶遇是什麼時候？去年秋天，當時沒說幾句話，令人頗爲不快的回憶。他告訴她，自己在沙托丹街一家校準和焊接工廠當工頭，不難找。

「我們可以……」

她指著街上，她有話對他說，人行道不是個好地方。

兩人一路走到聖喬治街，他讓她走在前頭，隨後幫她開了餐館的門，他經常上「潔爾嫚的家」吃午餐。他帶她走到最裡頭。隔壁廳裡有好幾個人在打彈子，興奮得大聲嚷嚷，沒人會聽見他們說話。

她點了檸檬水，他點了維琪氣泡水。他跟其他男人不一樣，從來不喝啤酒和葡萄酒嗎？她不禁納悶。

爲了緩和尷尬，她饒有興味地仔細打量這個地方，有興趣到了誇張的程度，好像他帶她來這間他經常

86 Coty：一九〇四年由弗朗索瓦．科蒂（François Coty, 1874-1934）創立的香水品牌。一戰前，這款帶橙花香的「科蒂」是全球最受歡迎的香水。

提到的餐館，令她讚嘆不已的樣子。這個戴著帽子的資產階級婦女引起其他消費者矚目，不過杜普雷虎背熊腰，一看就力大無窮。他那對招風耳，那雙帶點眼屎的眼睛，沒人想多管他的閒事，於是那幾個人又繼續打彈子。

「佩瑞庫爾女士，有什麼能爲您效勞的？」

她又喝了一口檸檬水，他則沒碰杯子，光死板板盯著她。

「我來……徵求您的意見。」

「我？」

她對他沒信心。只見她眼神飄忽，迅速從自己的這雙手飄到吧檯，又飄向彈子房，再飄回他身上。她還是說了：

「我在找人。」

「找誰？」

「哦，沒有特別找誰，我的意思是說，不，我正在找……人……做一件事。對，做一件事。」

「什麼樣的事？」

她的眼神再度四下游移，指尖神經質地敲著桌子。

「算是……調查之類的事。調查幾個人。」

他點點頭，調查，好的。情況有點古怪，他等著後續，鼓勵她繼續說下去，不料瑪德蓮卻就此打住，好像已經說完了。他喝起維琪氣泡水。「調查幾個人？」向來脫不了男女私情、通姦之類的事。不管佩瑞庫爾女士想調查情夫、未來的夫婿、競爭對手，這些與他何干呢？

「有人可以做，佩瑞庫爾女士，比方說偵探。他們可以就地監視，又懂法律……知道在適當時機叫警察局的人過去……總之，就是當場逮個正著的意思，這您懂。」

「哦，」瑪德蓮知道他誤會了，「跟這個無關，杜普雷先生！」

「那是什麼事呢？」

「好吧……跟您說的一樣，的確需要監視幾個人，找幾樣東西。」

「要他們好看，是嗎？」

「就是這樣！」

瑪德蓮鬆了一口氣。滿意地笑了。

「這跟我有什麼關係？」

「我想知道您是不是剛好……」

「剛好願意這麼做？」

「哦，不是的，杜普雷先生，完全不是！不，我不是說您，哦，天哪，不是的……不過也許您認識誰……」

杜普雷先生雙臂環起，肌肉緊繃，以集中思緒。

「您認爲我認識的人會這麼做。」

「嗯，是的，我想……」

「您找的是惡棍，因爲您的先生再也派不上用場，於是就找上我。」

「不，我向您保證，不是這樣。」

「就是，您現在正這麼做。我不知道您究竟想怎麼樣，可是顯然您需要的是流氓。而且您認爲從工人裡面一定找得到。」

杜普雷先生說這話時如此沉穩，要是某人從旁觀察這幕場景，八成猜不到他們正在談的事有多卑劣。

「對銀行家的女兒來說，工人和敗類，八成相距不遠。」

瑪德蓮想打斷他。

「而且，您心想您先生之前的工頭八成跟老闆臭氣相投，八成認識一堆什麼都幹得出來的亡命之徒，這非常合乎邏輯。」

他指責得有道理。瑪德蓮難過的並不是自己會空手而歸、自己想解決的問題必須暫緩，而是，其實杜普雷先生說得非常對。

「您說得沒錯，杜普雷先生。我這麼對待您非常差勁。」

她站起來。

「我道歉。」

她的確誠心誠意，毫無疑問。她才邁出一步，杜普雷便叫住她：

「您還沒回答我，爲什麼問我有沒有認識誰？」

「因爲我再也誰都不認識，杜普雷先生。而且再也沒人認識我。於是，我也不知道怎麼回事，我想到了您，就是這樣。」

「您想給誰好看？佩瑞庫爾女士？」杜普雷索性問道。

此話一出，一切都變得單純多了。不需要再編任何理由。

「一個前銀行家，一個民主聯盟眾議員，還有一個《巴黎晚報》的記者。」

她一臉燦笑。

「您看，都是些有頭有臉的人。啊，還有一個我從前雇用的……我是說，一個老朋友……老朋友。」

「坐下吧，佩瑞庫爾女士。」

她略事遲疑，坐回原位。

「您願意出多少錢？」

「雙方可以談……我沒經驗。」

「我的工資是一個月一千零二十四法郎。」

這麼高的工資當場打了瑪德蓮一巴掌。三年來她省吃儉用，攢下的錢依然遠遠不夠。

「您提供的這份工作漫長又艱鉅，還需要技巧、技術。我是個很稱職的工人，不可能爲了更少的錢換工作。」

他想了一秒鐘，補充說道：

「請注意，雜費另計。」

「難道您願……？」

杜普雷先生手肘撐在桌上，一張臉湊向瑪德蓮，低聲說道：

「佩瑞庫爾女士，我不問您爲什麼要打倒這些人。您找人做這件事，我當然行，這點我可以保證。我的價錢是我目前的工資，一毛不多，一毛不少。您再好好想想。您知道到哪找得到我。」

他們站著，這一切都進行得好快，兩人已經走到餐館門口。瑪德蓮意識到杜普雷準備付飲料錢的時候，連忙打開錢包。他伸手阻止她。

「您剛剛差點羞辱我，現在就別再這麼做了。」

他付了錢，到了人行道上，點點頭，轉過身去，走了。

他住在四站地鐵外，但是不管刮風下雨，他都用走的，這是個原則問題。杜普雷是個有原則的人。

他反覆回想自己剛剛匆促做出的決定。越想，就越相信自己是對的。一個銀行代理人，她說，一個民主聯盟議員，在在都像極了佩瑞庫爾貼現及產業信貸銀行，幾個月前剛破產，害好幾百個小儲戶血本無歸，可是國會裡一個和瑪德蓮同姓的議員卻僥倖逃過一劫。至於《巴黎晚報》的記者，這份每天都出刊的反動報，管他哪個記者，都罪有應得。

毫無疑問，就像瑪德蓮一樣，您也想知道，爲了什麼奇怪的理由使得杜普雷這種工人願意接受這種提議。因爲，您知道嗎，他曾經跟其他不少人一樣滿懷信念上戰場，全身奉獻在打這最後又最後的一場仗[87]。他響應國家號召從軍，遵守保家衛民的承諾，結果，國家呢？國家卻沒有遵守諾言。在戰場上過了兩年半多的煉獄生活，痛失兩個弟弟和自己擁有的一切（他土生土長的北方被夷爲平地），他覺得這場仗會緊接著另外一場，似乎越來越有可能。復員後，他投身於瑪德蓮・佩瑞庫爾的丈夫亨利・德・奧內—博戴勒麾下工作，這個墮落敗壞的貴族，爲達目的不擇手段，剝削工人，也剝削屬下，首當其衝的就是他的副官杜普雷。博戴勒可以送前者去死，當然也不會對後者留情。有錢無所不能、資本家恬不知恥、社會不公不義，在飽受一九一七年蘇聯革命新聞震撼的杜普雷耳邊嚎叫。復員時期雪上加霜，法蘭西對大戰英雄不聞不問，想找份差事比登天還難，外加他在亨利・德・奧內—

博戴勒公司當工頭的經驗又令人喪氣，所以杜普雷感到自己隱隱約約向共產黨員靠攏。一九二〇年，他加入共產黨，一年後退回黨證。經過四年戰爭洗禮，他再也受不了等級制度，再也無法遵守紀律。他滿懷摧毀一切的慾望，於是轉而投向相當個人化的無政府主義形式。問題是，他太理性了，沒辦法像從前別人那樣到處放炸彈（他不相信造成傷亡有實際用處），或者刺殺共和國總統（他不相信象徵）；他太個人主義，沒辦法在組織裡積極活動（他不相信集體）；他一個人過日子，沉默寡言，因爲他很難找得到與他意見相同的夥伴。他幾近自私的個人主義，使得他與世隔絕。他經常這麼想，我沒變得更暴力，算這個社會好運。他心靈深處其實是個自由主義者，殊不知跟其他人一樣，他也是個信徒，他自己的信徒，不需要表現給別人看。就連私有財產不存在、受自由聯盟統治的世界前景也沒能說服他。並不是說他不贊同無政府主義理論，而是因爲他被戰爭和戰後經歷掏空了，他的精力是純負面的。

他經常換工作，因爲他一逮著機會就支持人民討回應有權利，擁護罷工，反對政權，永無休止。說到底，幫忙毀掉銀行家、消滅資產階級議員、解決反動派記者，對杜普雷來說，宛如一種使命，跟其他使命沒什麼不同，一種能造成動盪、不穩定的使命，一種溫和的破壞行動，不帶英雄主義（他不相信英雄），就是完全能讓他感受到自己的參與可以激起混亂、做出貢獻的那種使命。

---

87 la Der des Ders：為la dernière des dernières guerre（「最後又最後的一場仗」）的簡稱。意指歷經慘痛戰爭，沒人願意再受到戰爭洗禮，所以就成了法國大兵口中「最後又最後的一場仗」。

這個房間相當小，不過狹窄不是主要不便，不是的，問題在於噪音。來自鄰居的噪音，所有住戶都是不准擾鄰的。

房間還沒完全整理好，保羅已經迫不及待開始把唱片放在留聲機上（《杜蘭朵》88，第二幕，索蘭姬唱著：「幾千年前，絕望的吶喊聲在這座宮殿裡響起。」），克雷韓伯先生拿掃帚猛戳天花板。兩分鐘後，他按了門鈴。薇拉娣開了門，咧嘴大笑，跟歡迎婚禮行列進場似的。

Witam!（嗨！）

克雷韓伯先生嚇壞了。

W czym mogę pomóc?（有什麼需要幫忙的嗎？）

他又下樓回家去了。瑪德蓮下去跟他賠不是，「我哪會跟波蘭妞一般見識！」他要她放心。保羅一放唱片，克雷韓伯先生就抓起掃帚，瑪德蓮就慌張。搬動保羅的輪椅雖然很麻煩，但並非無法克服；禁止他聽音樂，則完全無法想像。

「沒……沒……沒關……係的，媽……媽媽……」保羅說。

薇拉娣和瑪德蓮只能眼睜睜盯著閣上的留聲機、那一大排唱片、牆上貼的海報和照片，看了好久，無能為力。

Chyba znalazłam rozwiązanie...（我有辦法解決。）薇拉娣食指朝天說道。

一整個下午，大部分時間她都不見人影。瑪德蓮只得自己抱保羅去浴室，毫無疑問，他重了。約莫傍晚六點，薇拉娣才帶著一個年輕工人回來，褐髮，穿著一身滿是灰塵的藍色工作服，兩手搓來搓去，一股緊張勁兒。薇拉娣滿意地直盯著他瞧，下巴使勁一扭，這是要他自己解釋的暗號。他卻寧願打開放在地上的水手包，拿出一片有拇指厚的軟木板。

「這個可以貼在牆上。還有天花板。」

瑪德蓮認爲這眞是個好主意，可是她擔心錢的問題，每次問題都出在錢。要他打個折是甭想了，而且……需要相當多的板子才……這還沒算膠水和人工……

這名年輕工人（他叫雅克，前一天他回去的時候說的）張大了嘴，薇拉娣比他高上半個頭，抓住他的手，壓在自個兒的胸脯上，還衝著他笑，得意得很，簡直把他當成兒子，而她則在鼓勵兒子背誦自己寫的詩。

「我跟她都說好了。」他說。

他記不得薇拉娣的名字，不過已經安排妥當。

一貼就貼了兩個星期。

房間看似小了一平方米。一進去，滿滿棉絮的環境，聲音聽起來不太美妙，不過隔音效率沒話說。保羅又在留聲機放上《杜蘭朵》。

保羅要不是和索蘭姬通信通得那麼勤，或許他永遠也不會跟索蘭姬說他搬家了。她問他：「你在新家嗎？我猜你的房間更大了，對不對？」她很驚訝保羅竟然沒告訴她細節。

米蘭那晚過後，他們沒再見過彼此，不過索蘭姬先邀他去倫敦，一九三一年十月，她在那演出，四個月後又到了維也納。保羅婉拒，每回都剛好有事，他沒細說是什麼事，反正就是有妨礙他不能再

88 *Turandot*：義大利作曲家賈科莫·普契尼的三幕歌劇。

像之前那樣出遠門的不便之處。保羅從沒跟母親說過。幾個月前，他的父親，亨利・德・奧內－博戴勒，剛出獄，就正式來「跟兒子道別」，實則要錢，他要去殖民地，看看「他這個更生人能否東山再起」。他得知前妻可稱貧困的現狀，臉上露出一抹幸災樂禍又自命不凡的詭笑，彷彿他早已預見高於塵世的正義得以實現。瑪德蓮羞憤之餘，痛哭不止。從那以後，保羅儘量避免提到有關金錢的話題，如此一來，突然許多東西都不能談了。錢的確是個問題。

索蘭姬則心生納悶，只不過她的不踏實感完全不切實際，因爲保羅寫的信越來越有趣，他長大了，他成熟了，他的歌劇知識令人驚艷，可是她發誓自己的預感沒錯，因爲他越來越少買樂譜，雖然每回索蘭姬寄給他音樂會海報，他都歡天喜地，再三感謝，但卻不再主動跟她要了。難道說他對上回義大利之行失望？他母親是不是不高興？話說回來，當初保羅提出來他媽媽不能去的理由就相當含糊不清……索蘭姬之所以沒意識到保羅不再買新唱片，那是因爲他都去「巴黎－留聲機」聽，那邊的店員很隨和。

與此同時，索蘭姬的職業生涯也發生了奇怪轉變。從米蘭開始，她都坐著唱，這對人的生理定律來說是一大挑戰，也始終是個謎。就技術方面，坐著唱，一股氣被擋住，無法產生像她這樣的聲音，這是不可能的。然而，她的獨唱會每回都越來越成功。索蘭姬的聲音的確極其細微地沙啞了一點，但這只讓她的聲音更帶個性，由於這名女伶體重之故，呼氣較短，促使她的花腔具有眩目震耳的效果，她詮釋的歌曲也染上一抹獨特色彩。索蘭姬跟大教堂一般令人敬畏，既難以歸類又深具悲劇性。她那張大臉，空洞的眼神，下垂的臉頰，包覆著整個身體的珠蘿莎湧浪，使得她分外莊嚴，這麼一尊大佛，卻唱出假聲男高音[89]，實在令人詫異。

舞臺上，起初圍繞她身邊的鮮花很快就被布景取代。米蘭演出幾週後，她央請設計大師羅伯・馬萊－史蒂文斯創作布景，造成轟動。如今這種做法已然成了慣例，成爲表演的一部分。索蘭姬到倫敦演出，向史蒂芬・歐文貝瑞訂製布景；羅馬舉行獨唱會，邀請瓦西里・康丁斯基繪出巨幅畫作；馬德里，則請出畢卡索。這幾個月來，從勞爾・杜菲到麥克爾・澤格，許多藝術家都提供了作品。如今樂界咸將索蘭姬奉爲「加里納朵女神」，這位女伶的獨唱會每次都造成轟動，而上述這些畫作就成了她演出時的布景、她的最佳陪襯。她選擇藝術家時，表現出偏好女性。索妮亞・德洛內幫她做了一片藍色紗海，在幕後風扇的吹拂下，呈現出輕柔波浪的效果，她的這件作品不啻爲一種信號彈，開啟了如假包換的裝置序幕，諸如薇奧蕾塔・高梅茲、勞拉・馬茲科維奇、卡蒂亞・諾若，這幾位女藝術家同登創造系列大型新藝術圖案頂峰，並在一九二三年紐約大都會歌劇院整場演出期間，從凡妮莎・紐伯設計的布景架上，一幅又一幅降下來[90]。

玩這種神祕遊戲逐漸成了索蘭姬演唱會的藝術設計傳統。新聞界只收到獨唱會節目單；受邀設計布景的藝術家和布景性質則比德國重整武備還更機密，不等帷幕揭開那一刻，沒人知道會是什麼樣子。偏偏每回消息都走漏，這種新聞在地方報賣得相當好，於是偷照片或打探相關資訊就成了一整門另類學科，害表演廳負責人頭痛不已，索蘭姬倒是挺樂的，她喜歡消息走漏，這樣她才能成爲紅角兒

89 haute-contre：音域約相當於女低音（Alto）或次女高音（mezzo-soprano）。

90 上述這些藝術家虛實參半。有些藝術家如史蒂文斯、康丁斯基、畢卡索、杜菲、德洛內和下一段的雷捷等真有其人，有些（例如幾位女藝術家）則應該是作者虛構的。

嘛。演唱會結束後兩天，表演和布景的照片就成了明信片、折疊畫冊、手冊，出售牟利，索蘭姬每回都會寄一整套給保羅，不時加上伴有驚嘆號的評述。一九三二年初，甚至還在里斯本拿費爾南．雷捷爲獨唱會設計的作品，爲黃河氾濫受災戶舉辦了一場拍賣會呢。

一九三二年九月，索蘭姬在巴黎嘉禾音樂廳演出（羅傑．哈特[91]設計布景）。保羅和母親有權和高官、閣員一起坐在第一排。索蘭姬在洶湧的淡紫、淺綠縐紗波濤中現身，好似唐璜[92]雕像那般令人驚嘆，而且，她透過忠於自己的形式，以清唱《富貴如浮雲》開場，這已然成爲她演出時的經典橋段，而且開始有別的競爭者爭相仿效，一時蔚爲風尚。

大家都知道索蘭姬感情豐富。她給人一種眼裡只有她自己的感覺，儘管她正坐在這裡受到眾人尊崇，但依然旁若無人，渾然忘我。不過她的眼睛尖得很，半秒鐘不到，就瞥見保羅和母親進了來，一眼瞧出他們的社經地位大不如前。瑪德蓮精心打扮，穿著高雅，但已失去千金大小姐雍容華貴的氣度，走起路來少了點氣勢，眼神少了點自信，這些幾乎都不復再見，索蘭姬當場就懂了。她立即放棄已經安排好的盛宴，佯稱疲勞，卻邀請瑪德蓮和保羅在她下榻的麗池大酒店的客房裡「隨便吃點東西」。明明已經夠奢侈的了，她還覺得這麼短的時間，沒辦法臨時張羅到一些稱頭的餐點，感到抱歉。

這一切瑪德蓮都看在眼裡。雖然她看不下去索蘭姬的乖張行徑，卻也對這位女高音歌唱家儘量克制自己別太高調感到欣慰。這兩個女人首度在毫無較勁的狀況下交談，感受到之前一味在保羅面前爭寵有多悲哀。瑪德蓮看出這個行事怪誕荒謬的胖女人，眼中不時暗藏陰影，所以她那哀傷的聲音才刺得穿您的靈魂。也許，在彼此並無交心的情況下，她倆共同感受到自己面前的這位姐妹，必定也歷盡滄桑。

於是索蘭姬開始從世界各地寄來唱片、海報、套裝專輯，而不再寄樂譜、照片。

母親過的日子既艱難又緊繃，但是保羅並不會不開心。這是瑪德蓮的新發現：一個人錢雖然變少了，卻可以更快樂。保羅卸下家道中落的沉重祕密，過得幸福又快樂，搞不好這段時間，是他這輩子最幸福的一段時光。往昔如此頻繁的噩夢，如今鮮少造訪。薇拉娣是個可愛討喜又有活力充沛的同伴。保羅博覽群書，整個下午都泡在圖書館。薇拉娣將他在大廳裡安置好，把他要的報紙、書籍都準備好，然後眨眨眼，對他說：「A teraz pójdę na zakupy...」（我要去逛街囉。）

保羅閉上眼睛假裝沒看到，就像原本該看好妹妹的小哥哥，反而幫著掩飾她的瞎胡鬧。

91　Roger Harth（1927-1982）：法國劇場設計師。但他出生於一九二七年，故事背景為一九三二年，此時哈特才五歲……若非作者寫錯，就是作者僅取其名，並不見得真的指這位設計師。

92　*le Commandeur*：指的應該是莫札特音樂劇《唐．喬凡尼》（*Don Giovanni*）二幕歌劇的主人翁。

21

女士優先。身為無政府主義分子，畢竟還是個男人。女人永遠是杜普雷的罩門。一發現這名輕佻女子，他對女人的見解就被證實了一千次。光看她的背影就夠了。美極了。他尾隨她來到計程車招呼站，毫不費力就將這名女子列入公害，每個人碰到她都危險，得隨時擔心發生連環車禍。有的男人渾身散發出錢的氣息，她則渾身散發著性。她不是用走的，她用扭的。光在聖奧諾黑街逛了兩個鐘頭，就花了十個工人的工資。對杜普雷來說，工人的工資是他衡量價值的一把尺。不難知道她為什麼嫁給她先生——前佩瑞庫爾銀行代理人——他的財產，她能吸就吸。換句話說，他的財產還多得是。光這棟豪宅就是個天價，裡頭各樣物事加起來，價值該有豪宅本身兩倍之多，兩輛車，一大堆家僕，一間漂亮的公司，裡頭有嶄新的機器，工人領的是工會規定的最低薪資，朱貝爾一家過得極好，還眞的讓人想找點碴。

早上十點左右，他看到蕾昂絲·朱貝爾往勝利街走去，他沒堅持跟下去，轉而走進一家咖啡館，點了一大杯啤酒。她走到朱貝爾街，找她的姘頭，那個羅伯·費航，鴨舌帽歪到眼處，瘦得好比棺材板，一看就是吃軟飯的，沒出息的廢物，杜普雷恨不得賞他一拳，不過這不是他的工作。他把這名女子送他的東西全都賠到賽馬上頭，話說杜普雷去過賽馬場看他賭馬，幫他算了算帳，欠的帳還眞不少……可眞悲哀。有錢人有錢的確不公平，不過合乎邏輯。像羅伯·費航這種一看就知道出生在陰溝裡的下三濫，自甘被資本家的蕩婦包養，結果卻跟這些人平起平坐，簡直就是天道寧論。

他抿著啤酒，心想，八成得從另一頭來處理這個問題。他沒辦法向佩瑞庫爾女士報告一個小流氓的祖宗八代和朱貝爾夫人包養情夫的證據就算交了差，這些遠遠不夠。佩瑞庫爾女士對他的期待也遠遠不止於此。

他看了看錶，買了單，朝第十三區區公所方向走去。

一直以來，安德烈．德勒固爾都是瑪爾桑特夫人沙龍忠實的座上賓，他習慣直呼其名，叫她瑪麗─安娜兒。打從他還不是個咖，她就開始接待他。如今他成了氣候（根據聖日耳曼大道的標準，不過這種標準是相對的、比較出來的），他已經從她沙龍的鮮嫩寵兒，搖身一變成了吉祥物，隨後又成了沙龍的靈魂人物。

他在《巴黎晚報》的專欄擁有眾多讀者，頗受大眾期待。由於他囊中羞澀，所以剛進新聞界不久，就因扮演苦行僧知識分子這個角色而大放異彩。晚宴他提前離席。他認爲開夜車工作的人很難得，早起工作的人則很優秀。他吃得少，又不喝酒，飲食節制到幾近禁慾，讓許多人對他印象深刻，可他偏偏又對所有邀約來者不拒，有時甚至一週六場，以免錯過任何有助於他職涯發展的機會，從而維持他出類拔萃的地位。他雖然有一本非常厚的聯絡簿，可是舉凡律師、參議員、部級高官，沒有任何一人能說自己幫忙過安德烈．德勒固爾。不欠任何人情債，他這人做事向來一絲不苟。生活平靜。大家當他是個遁世的隱士，心靈純潔，不出入風月場所，這種說法可說離眞相不遠。他手淫得十分厲害。

儒勒．紀佑托也是瑪爾桑特夫人沙龍的常客。她喜歡新聞界、記者，交際應酬是她的強項。萬一碰到老闆，安德烈就視而不見，還以迂迴方式回應老闆說的俏皮話，從而大肆宣洩積恨，紀佑托則置若罔聞。至於安德烈爲何如此怨恨老闆呢？還不都是爲了錢。儘管他已是巴黎最暢銷大報的當紅明星專欄作家，從他第一天寫稿以來，每篇稿費只增加了四法郎。

這天晚上，安德烈在席間看到亞德里安．蒙特－布薩斯，一九三〇年，兩人曾同赴羅馬參加紀念維吉爾和密斯特拉[93]的慶祝活動。這位法蘭西學院院士當時發表的致詞精彩萬分。有關義大利文藝復興、米開朗基羅的藝術，以及卡拉瓦喬的諸多淫穢關係等講演，安德烈都儘量參加，從而令他留下了痛苦回憶，他覺得自己在各方面都何其平庸。如今自慚形穢成了慣例。即便安德烈此行帶回名爲「今日義大利之我見」的系列報導，文章也造成轟動，但是正如我們所見，他因爲過於謙虛，未能藉此大放異彩。

用餐期間，這位老院士提及義大利那段時光，但對安德烈而言已毫無意義，昔日那種知識盛會，如今在他看來已然是俗不可耐、小鼻子小眼睛的場面。

「否則在下又能如何呢？既然大會將頌揚維吉爾的大任託付予我，代表團全體勢必都衝著我一個來嘛。」

跟蒙特－布薩斯一同前往義大利的唯一好處僅在於擁有稍微寬敞一些的酒店房間、名列大使府邸用餐座位表上（不過座位安排對他不甚禮貌），還有優先簽署留言簿的權利。瑪爾桑特夫人清楚得很，安德烈視院士這些評述爲侮辱，因爲如此一來，顯得他自己的義大利之旅和他的專欄無足輕重。於是她一逮著機會就拉他一把：

「您呢？親愛的安德烈，您以爲義大利如何？」

如此一來，他剛好藉機搬出自己最愛說的那套：

「西方文明乃是古羅馬文明之女……」

一涉及這個主題，他整個人都幾乎變得抒情了。

「而所謂的『拉丁陣營』，法國－義大利，則是對抗日耳曼威脅的最佳防禦！」

安德烈堅決反對共產主義不亞於納粹主義，身爲法義委員會積極成員，他認爲嚙食歐洲，導致其沒落的是沉痾頑疾的代議制度，而義大利法西斯則可提供解決之道。有關法西斯制度效能頗佳的談話，每回都引得這一小群人亢奮，當前的趨勢果眞便是如此。

「有沒有我們親愛的瑪德蓮．佩瑞庫爾的消息？」儒勒．紀佑托問道。

他倆在人行道上等計程車。

「相當少。」

她不時會寫張便條給他，約他在某處喝茶。在安德烈的生命中，瑪德蓮只作爲紀念品而存在。他原本希望她完全別再來撩撥他，不過她八成對這種屬於她當年好日子、滿是遺憾的回憶難以割捨，她需要這些才撐得下去。後來他又去過她家一次，幸虧小保羅出去了，公寓慘澹淒涼。新窮的家，正如新富的家，一眼就看得出來。他的社會地位蒸蒸日上，瑪德蓮卻江河日下，這一點觸及他的痛處，

---

93 Frédéric Mistral（1830-1914）：法國詩人，一九〇四年諾貝爾文學獎得主。維吉爾（Publius Vergilius Maro, 70 BC-19 BC），則是奧古斯都時代的古羅馬詩人，被當代及後世譽為古羅馬時期最偉大的詩人之一。

讓他想起自己曾經需要她。而這正是他唯一擔憂的事。一看到她就想起自己不堪回首的當年。更糟糕的是，萬一她拿來到處說嘴，消息傳開來……他爬到目前這個位子，樹敵並不多，但少數的那幾個敵人會很開心對他這個「被包養的小白臉」的過去說三道四，對好幾個月裡，他待在佩瑞庫爾家裡無所事事，只是被豢養在與傭人同一樓層的小情人生涯惡意議論。想從這種局面脫身何其困難！所以還是小心爲上，稍微敷衍她一下。在她堅持之下，他雖然不時會去她家，但待的時間儘量短，儘量少去。瑪德蓮從沒責備過他，她沒有任何要求，沒有，她只想看看他，跟他談談，她老了、胖了，她談到保羅，他應該長高了吧。安德烈假裝對她、對他感興趣，一有機會，便稱說還有約、還有要事，連忙逃離，邊生著悶氣，氣他怎麼把自己搞到這種狀況。

「我說，儒勒……」

「什麼事？」

紀佑托探身往街上瞧，狀似在等候想像中的計程車。

「我建議……」安德烈進一步說道。

「啊，又來了！您這會兒出了名，我的小報快要容不下您這尊大菩薩啦！」

「這不是問題。」

「算了唄，這當然是問題。虧了您，報紙才大賣，而您覺得自個兒那份過於微薄！您可知道報社的帳務狀況嗎？」

紀佑托抽屜裡老是擱著幾行動過手腳的數據，一有人跟他提工資，他就拿出「證據」，以這種不容爭辯的方式證明《巴黎晚報》入不敷出，離賺錢還遠著哪。幾個月來，他連工資都快發不出來，他這個社長花了多少精力，連自己的老本都賠了上去，才能持續出報。要是這只關乎我一個人，我向您保證，二話不說，立刻關門大吉，可是我又能怎麼樣呢？這家報社養活百來個家庭，我狠不下心來，害這一大堆人露宿街頭啊，等等等。

「這不只是錢的問題，也是原則問題。」

「我的媽喂！從什麼時候起，咱們這行有原則啦？」

「我有資格領更高的工資！」

「那就請您另謀高就吧，我啊，一毛錢都沒有。不然您想怎樣？現在有經濟危機。」

安德烈咬緊牙關。他老闆知道自己立於不敗之地：即使安德烈炙手可熱，很多報社願意付他更高工資，但沒有一份報像《巴黎晚報》擁有這麼多讀者。換報社，就算換到工資最高的，對他來說也是一種退步。

他成了動彈不得的禁臠。他不禁恨起紀佑托。

中午都過了，蕾昂絲並不算早到。

她每次經過馬塞・佩瑞庫爾大幅肖像腳下都打著哆嗦，呃，這傢伙這樣盯著您瞧，不可一世，威嚴莊重……朱貝爾付了兩千法郎買下這個鬼東西，換作是她，一毛錢也不會出。他唯一要求非保留不可的東西就是這幅畫。

當他提到這件事的時候，一想到往後住到她的前密友（也可說是她的前東家，從另一種角度來看）的屋裡，她就飽受折磨。她對自己這麼沒良心始終耿耿於懷，簡直想對瑪德蓮解釋，可是千言萬語，有那麼多東西好說……何況面對一個對自己破產伸出援手的女人，瑪德蓮應該不會想聽她的理由，也不會覺得她有理。

蕾昂絲正要出門，居斯塔夫的聲音自底樓傳來，我的天哪，他怎麼會在家？他不是一個鐘頭後才會到家嗎？她溜進樓梯平臺，等他進了書房，這才下樓，匆匆來到廚房，拉了傳喚繩。

「跟老爺說他還沒回來我就出去了，好嗎？」

女傭拿來她的外套、帽子、手套。蕾昂絲塞給她一張鈔票。她從下人專用的服務門出去，招了輛計程車，到普若尼街。她眞氣自己，每次都得求下人跟她串通，永遠也成不了貨眞價實的老闆娘。居斯塔夫對她的一舉一動了然於心，常常提到要請女管家。這顯然只是一種威脅，一種手段，警告妻子從他這兒竊取東西得注意著點，就這方面來說，其他所有方面也一樣，不能太過分，他意有所指，影射她鬼鬼祟祟的鬧劇場景，當年她還是瑪德蓮貼身女祕書的時候，八成也在瑪德蓮面前演過這齣。朱貝爾親自逮到過她手腳不乾淨，都怪羅伯手頭老是很緊，有時候她眞不知道該拿他怎麼辦。其實根本沒必要偷雞摸狗，朱貝爾帳算得比誰都精，想瞞也瞞不了。憑著非常肯定的直覺，她感覺到在朱貝爾嚴肅、死板、生硬的態度下，實則掩蓋了他幾乎完全沒有性經驗的事實。不到一個多鐘頭，就可以讓他像氣泡酒的軟木塞那樣噴向空中。之後她遵照他的指示，扮演她的角色，對付瑪德蓮，糟糕透頂的回憶，當時她一臉懺悔、哭泣、羞愧，瑪德蓮則因爲尷尬，兩隻手絞來絞去。蕾昂絲背叛了瑪德蓮，卻拿到雙倍工資……至於朱貝爾，他那扇奇思異想的大門一開，就再也沒關上。於是蕾昂絲走上了被包養的女人的康莊大道上，羅伯則從此每天都去賽馬場。

後來，原本說好的一切都不算數，朱貝爾看待事情的方式整個變了。他要求舉行婚禮。蕾昂絲臉發白。她爲了當完美的情婦，什麼都做了，如今竟要她淪落爲人妻。她只得派上最佳論據，想堵住朱貝爾的嘴。她向朱貝爾解釋，許多情婦可以做的事，換作是他的妻子，就再也不能做了。結婚一事暫時緩下來。豈料，過沒多久，他重新提起，想法竟然沒變，要麼她就當居斯塔夫．朱貝爾的夫人，要不就立刻滾蛋。她一直小心翼翼不讓羅伯知道朱貝爾要跟她結婚的事，否則他一分鐘也不會放過她，絕對會纏到她讓步爲止。他也有直覺。三天後，他欠下五千法郎的債。蕾昂絲同意嫁給朱貝爾，要求他提前支付六千法郎婚禮費用。

這場婚禮，甭提了，她一想到就……！羅伯不僅想參加，還假裝是受邀賓客。銀行家、名媛閨秀、股東、政界人士都在場，他穿了一套格紋西裝大搖大擺地來參加，我發誓眞的是這樣……羅伯喝起酒來像個無底洞，大家還以爲他是來白吃白喝的，最後被扔出婚宴，一臉嬉皮笑臉，衝著新娘擠鼻子弄眼。蕾昂絲不由得偷偷笑出來。好在朱貝爾在花園另一頭，什麼都沒看見。下午一點。蕾昂絲吸了口氣。不到半個鐘頭，她就會在朱貝爾街，而羅伯則已躺在床上抽菸。

居斯塔夫從客廳窗口望見計程車開上庫爾塞勒大道，認出蕾昂絲在車上。

從一開始，他就找人跟蹤她，不是爲了更瞭解她都幹了些什麼好事，這算他們合約默許的部分，而是爲了確保將來有一天這些荒唐事不會害他陷入窘境，成爲眾人取笑的對象。

他知道有雷納．德勒卡斯這麼個人。就讓她去找雷納．德勒卡斯吧。在她養得起的所有情夫中，他是最好用的，因爲他永遠都身無分文。有人向他報告說此人專搞詐騙，不過還是個窮光蛋。這樣最好，只要他需要錢，就不會離開蕾昂絲，而居斯塔夫必須有一個穩定的妻子，不能換來換去。從前，他還能稍微容許一些不利於自己的流言蜚語，可現在，他成了另一個男人，身分地位已不可同日而語。

沒錯，他成了另一個男人……連他自己都不免驚訝。

比方說，鞋吧……之前他從沒把心思花在上頭。可是現在，他喜歡鞋。量腳訂做。一雙兩千法郎，甚至有人專門幫他擦鞋，一個小黑人，每週到他書房三次。套裝也是，還有襯衫……他沒想到自己竟然也能像個高雅紳士。說起來這個娘兒們對這些東西倒是品味絕佳。要不是她，恐怕當他累積起如貴格派[94]般的資產，黃金多到連羅斯柴爾德家族[95]看了都臉色發青，身上八成還穿著十年前的三件式套裝。她這頭母貓，爬上他的床，敏捷妖媚，以煙火般的速度「解決他」，煙花令他屏息。跟她在一起，他真的中了大獎。他大可著實吹噓自己得到巴黎數一數二迷人的美嬌娘，上流社會的應對手腕無懈可擊，隆重晚宴時又低調不愛炫耀，任何場合都帶得出去，至於其餘時間嘛，又淫蕩到沒人消受得了。

財富飛快累積，社經地位令人艷羨，外加一位擺著好看的瓷娃娃妻子……天哪，甚至連佩瑞庫爾豪宅都被他買下。他每回出門，總是看著馬塞·佩瑞庫爾的大幅肖像。這個男人的豐功偉業，跟朱貝爾即將成就的大業相較之下，壓根兒算不了什麼。

為了謹慎起見，蕾昂絲在柯馬汀街角就下了車。發布結婚預告前，居斯塔夫派了一名偵探黏在她屁股後面，就近打探跟他交手的是何方神聖，自以為她永遠也不會發現……朱貝爾在財務方面可能是個金頭腦，在生活上嘛，剛入門，他還嫩得很。

偵探相當魁梧，鼻子像個大蘿蔔，一把又黑又厚的大鬍子，活像《臭皮匠》裡面的好好先生嘻哺嚕旦哥[96]。她讓他在商店、博物館窮兜圈子（害她無聊死了，說眞的，繪畫有啥好看的，她實在想不通），還不得不放慢速度，以免偵探把她給跟丟了。她帶著他到處晃了一兩天後，又把他帶到巴克街旅館，她和雷納關在房裡。雷納．德勒卡斯是羅伯「旅行」（羅伯都這麼稱呼蹲苦牢的那幾個月）時認識的兄弟。蕾昂絲對假冒她情夫的人選挑得很，她可不願意未來的丈夫以爲她誰都行，第一個碰上的蹩腳貨就當上她的情人。當然更不希望他發現羅伯。

雷納同意了。這個帥哥專門從事不正經的勾當，不少行業都摻一腳。事實上，他的不法行徑掩飾得相當好，他專精僞造文書，據說是巴黎一等一的好手，但他並不勤快。他們一整個下午都在旅館房間抽菸、聊天，完了以後，蕾昂絲才跟做賊似的，偷偷摸摸，貼著牆溜出去，東轉西轉好幾回，還得裝出一副擔心害怕的樣子，順便確認一下「嘻哺嚕旦哥」有看到她。

居斯塔夫生性懷疑，她被跟蹤了兩個多星期。

隨後他才安心。「嘻哺嚕旦哥」才轉而跟蹤起另外幾對男女、別家旅館、別的客戶。這樣剛好，她眞的開始有點受不了。畢竟雷納還是會跟她收一下午一百法郎的「打盹費」。這還沒算上房錢呢。

---

94 quaker：十七世紀成立於英國的基督新教派別，又稱公誼會或教友派。

95 Rothschild：十八世紀六〇年代因銀行業務致富的家族，到了朱貝爾那個年代，依然是全球首富。

96 Les Pieds nickelés：路易．福爾通（Louis Forton, 1879-1934）於一九〇八年推出的系列漫畫，描寫三個騙子的故事，嘻哺嚕旦哥（Ribouldingue）就是其中一個，他蓄著一把大鬍鬚，個性溫和。

22

勒普雷—聖熱爾韋每個車間都忙得不可開交。工人站在梯子上，豎起一塊大招牌：

「振興法蘭西」

航空工程研發中心

朱貝爾將二十來位通訊員聚集在樓上，一行人繞了一大圈通道俯瞰碩大的機庫，還有玻璃窗後的辦公室，有人正把桌子、扶手椅、黑板推來推去，大夥兒看著都覺得新鮮。大車卸下兩大臺機具，原來是嶄新的列斐伏爾—斯楚達勒工具機。

「法國航空業，」這時朱貝爾解釋道，「差不多擁有一百多架飛機，這些飛機上共裝備了來自十家不同品牌、十五種不同種類的引擎，毫不一致！」

現場記者搞不太清楚狀況，不太明白自己幹嘛來聽這個。

「好吧，」朱貝爾說，「本『航空工程研發中心』是法英兩國最重要的航空企業聯盟。」

這個問題猶如烏雲繞頂，眾人無不困惑：聯盟？要做什麼呢？

朱貝爾燦笑著回了話。

「怎麼樣？什麼啊？」某人大叫，「我沒聽到，您可以再說一遍嗎？您倒是再說一遍啊，拜託。」

朱貝爾左右張望，瞥見一口大木箱，就這麼剛好，箱子剛好放在那，他站上去，全場靜了下來。朱貝爾語帶平靜，儘量言簡意賅，再回答一遍：

「我們要在這裡製造出全世界第一架噴射機引擎。本『研發中心』即將掀起一場航空業大革命。」

沒人眞的懂何謂「噴射機」。大家唯一聽進耳裡的就是：到目前爲止，飛機都仰仗螺旋槳飛行，而「研發中心」設計的這種「噴射機」，不但沒螺旋槳，飛行起來還快得多。

三天後，圍著丁香園咖啡館的大餐桌，人人嘴上都掛著「噴射機」三個字。眾人胃口大開，朱貝爾在夫人陪同到來的時候，現場氣氛已相當熱絡，夫人之所以大受歡迎，正因爲她不像個人妻。

朱貝爾緊緊握著一雙又一雙的手，尤其對列斐伏爾－斯楚達勒的大老闆暨總裁列斐伏爾先生更是殷勤，這家公司占了朱貝爾機械公司營業額的百分之六十。

就連安德烈．德勒固爾也按捺不住，依約前來。雖然他向來不喜歡老找他麻煩的居斯塔夫．朱貝爾，不過遠距離旁觀「振興法蘭西」成功崛起，他也想展現自己成了號人物，因爲他隨時隨地都需要再三驗證，才能消除自己的疑慮。

「德勒固爾！這邊，老弟！過來呀！」

居斯塔夫站著，雙臂大開。

安德烈予以婉拒，擺手表示坐在桌角的位子就行了，不，不，不行，居斯塔夫誇張地揮手回道。

大夥兒讓開，椅子嘩啦聲，刀叉叮咚聲，還翻倒了玻璃杯，朱貝爾尷尬得頭都縮進肩膀裡去了，一夥人見狀大笑。服務生在居斯塔夫鄰座放上一副餐具，如此一來，薩契蒂和紀佑托就坐在他正對面，蕾昂絲在右，安德烈・德勒固爾在左。

「喲，我說朱貝爾老弟，」紀佑托在餐桌上方大聲嚷嚷，「所以說，您打算單兵作戰，打贏這場仗！」

這句肯定他的玩笑話逗得全場哄堂大笑。朱貝爾也和顏悅色欣然接受。

《費加洛報》記者接著問道：

「依您之見，法國航空業表現得不怎麼樣？」

朱貝爾放下叉子，雙手平放在餐盤兩邊，看似正在思考該以哪種方式解釋比較妥當。

「政府兩年前下訂單買了一架飛機，到現在連樣機都還沒起飛。您知道政府總共訂了幾架嗎？五十架！可是人家德國，希特勒正在整軍經武，一心求戰。法國軍隊需要飛得非常快的飛機啊。」

這種速度概念在所有人心中都引起共鳴。十年，十五年來，速度持續飆高，不論是汽車，還是火車，地球轉得越來越快，看不出來有什麼理由天空可以逃過這種全面競速的紀錄。衝突一觸即發，武裝競備好似聖米歇爾山的潮水，以駿馬奔騰的速度狂奔而來，這種想法大家都不陌生。

「最理想的速度是接近音速，」朱貝爾說。「不過，要是能做到時速七、八百公里就值得安慰了。」

這番自傲復自誇的聲明一出，朱貝爾邀來的賓客群立即分成兩派，有人認爲他傲慢，有人認爲他瘋了。

「難不成您有祕訣？您就辦得到！」《果敢報》通訊員脫口而出，語帶諷刺。

「本公司擁有極其可靠的英國專利……」

這項專利原屬於一位英國物理學家，因爲忘了繳交延長時效的五英鎊而失去專利權。朱貝爾撿了現成的便宜。他以個人名義買下，這是最基本的預防措施。既然「振興法蘭西」的是他，專利，當然也是他的。這很合乎邏輯。他專程創立這家美其名爲了發展國家航空工業大計的航空工程研發中心，還不是爲了能夠善加利用這張專利，如此而已。合作夥伴提供資金，政府又補貼，「研發中心」下了好幾張大訂單給他獨資的朱貝爾機械，後來算過帳，賺了錢，於是分了一些權利金給股東，政府大表讚揚，盈利也入袋。且讓這些人等著領教出身銀行界的工業家有什麼能耐吧。

「萬一政府不支持您呢？」紀佑托問道。

朱貝爾清澄的目光慢慢移到這位列席的新聞界人士身上。

「那就自己幹。我們是爲了法國才這麼做。政府是暫時的，遲早會換。可是法國，永遠都在！」

一開始掌聲稀稀落落，隨後就愈漸熱烈。

有人起身，帶動其他人，在場賓客全都起立鼓掌，朱貝爾指了指他的合作夥伴，這會兒輪到他們謙虛地垂下雙眼。

「我說，小老弟……」

朱貝爾的手擱在安德烈前臂上。宴席都開始了一個半鐘頭，這一餐吃得酒酣耳熱，記者諸公拿著杯子，坐到其他在場的工業鉅子身邊，還不是爲了多收集一點情報。

「……我等著您公開支持我們的運動，您會吧？」

「沒問題，」安德烈回道，「我許多同事準備好要在報上『公開』支持您的行動。」

朱貝爾點點頭，很好，好的，我明白了，他嘆了口氣，稍顯意興闌珊，但又突然饒有興味看著對座，好像他把自己的賓客給忘了，這才想到似的。隨後又靠向安德烈。

「您有我們親愛的瑪德蓮的消息嗎？」

「很少……我們只碰過幾次。」

「我說您在佩瑞庫爾家住了多久？」

安德烈嚥下口水。

「不，算了，」朱貝爾立即說道，手又放回年輕人的前臂，「純粹出於好奇，一點都不重要。」

隔天，瑪德蓮在《巴黎晚報》頭版頭條看到居斯塔夫·朱貝爾在「丁香園」振聾發聵的重大宣示。她一看到頭版登的照片，忍俊不住，笑了出來。只見居斯塔夫·朱貝爾謙恭虛己，假得要命，一邊站著嬌豔更勝以往的蕾昂絲，她頭戴鐘形帽、胸前掛著一條三串式項鍊，另一邊則是安德烈·德勒固爾，他一臉冷漠，這個年輕人看起來像是碰巧才出現在這種場合，跟這些事並沒多大關係。

瑪德蓮開心不已。這輩子從沒抽過菸的她，竟然樂於點根菸抽抽。

她小心翼翼折好報紙，喚來服務生，付了飲料錢，走出去。

是時候該去找這位親愛的蕾昂絲了。

23

他們每星期都會討論一番，杜普雷先生非常期待匯報，以證明他的工資不是白領的。起初他們約在咖啡館見面，可是太吵了，還有就是，晚上，一個女人在咖啡館……她不希望約在她家，因爲家裡還有保羅和薇拉娣。他建議乾脆去他住的地方。於是，每週三晚上薇拉娣陪著保羅，瑪德蓮則去位於尙皮歐內街一棟樓房四樓的小公寓跟杜普雷碰面。

王老五的家讓瑪德蓮怪不好意思的。小公寓相當乾淨、整潔、沒個性，四周連個相片框也沒，牆上連幅複製畫也沒，聞起來稍微有地板上蠟的味道，兩三個碗盤，沒書，跟斯巴達人般刻苦，毫無特色，彷彿置身旅館房間。

規矩一成不變。他向瑪德蓮致意，她摘下帽子，他接過她的大衣掛到鉤上，煮咖啡，然後他們面對面坐在桌子兩邊。桌上鋪著油布，上頭擺著兩個杯子、糖罐、咖啡，很可能是專程爲了這個場合才買的，跟公寓裡的擺設並不搭配。杜普雷先生邊喝咖啡邊報告，咖啡永遠也喝不完。他身上帶著一股磐石般堅忍卓絕的感覺，無法想像他生病、跟鄰居爭吵，或者會碰到解決不了的狀況。

有時受情勢所逼，他們在別的地方碰面。由於她太習慣在他家看到他，換了另一種背景，感覺好怪，好像在路上碰到某個每次都是在店裡才看到的商家。好比說今天吧，瑪德蓮在查澤勒街的茶室裡，看到他越過大廳，穿過鋪著白桌巾和罩著絞絲花紋燈罩的高腳檯燈，感覺好突兀，他不像會出入這種地方的顧客。

「障礙已經摒除了，」他稍微倚向瑪德蓮，如此說道。「您需要我留下來的話……」

瑪德蓮已經站了起來。

「不用了，謝謝您，杜普雷先生。一切都會很順利。」

他們在人行道分手，瑪德蓮往庫爾塞勒大道方向走去，杜普雷先生朝反方向。

又見到這棟依然被稱爲「佩瑞庫爾公館」的大宅邸寬闊厚重的柵欄，她無動於衷。其實就像被大火燒毀的樓房，還是留著舊名，大家繼續以原名勒布朗博士府稱呼它，問題是接連搬進了三戶人家，或是像二十年前就被夷爲平地的貝爾尼耶十字路口。

屋裡重新裝潢過，瑪德蓮覺得品味甚佳。女傭帶她去書房。就在此時，她聽見一小聲尖叫，她面帶微笑，轉過身去。

「您好，蕾昂絲，但願我沒打擾到您？」

蕾昂絲沒動，她想擺出一副毫不在意、雲淡風輕的樣子，但她辦不到。她靈光一閃，突然有了個好主意：

「居斯塔夫快回來了！」

這句話看似威脅。瑪德蓮笑了笑。

「不，不會的，別擔心，居斯塔夫剛剛出門，不到晚上不會回來。他有『振興法蘭西』的董事會要開，不開到夜裡十一點不會結束，這個您知道的。搞不好還更晚呢！搞不好他決定帶幾個朋友上巴黎咖啡館坐坐，他這個人您也知道，他啊，一向喜歡吃生蠔……」

她這麼回話簡直打了蕾昂絲一槍。不僅因爲瑪德蓮對朱貝爾的行蹤瞭若指掌，比蕾昂絲還清楚，尤其是她的措辭讓人覺得她才是朱貝爾的妻子，蕾昂絲反而只是個訪客。

「過來這邊坐啊，蕾昂絲，來呀……」

女傭又走過來，問瑪德蓮：

「夫人想喝點什麼？」

「她喝茶……」

蕾昂絲忍不住又加了這句：

「不是嗎？瑪德蓮？」

「喝茶，再好不過。」

兩人並排坐著，各自暗暗揣度三年多來的跌宕起伏。今日衣著華麗的是蕾昂絲，瑪德蓮一身小市民的樸素打扮。不再配戴珠寶，不再一副昔日令蕾昂絲恨得牙癢癢的高高在上的德性，不再篤定地球永遠都圍著她們兩個同方向旋轉的樣子。如今旋轉的方向變了。等傭人端茶過來的時候，蕾昂絲盯著自己修剪齊整的指甲，看到瑪德蓮眼中好奇多過怨恨，正從頭到腳，上下打量著她，心中不免納悶，她想怎麼樣？兩人各自想著心事，一片死寂中，蕾昂絲想到保羅。

「他很好，謝謝您。」瑪德蓮說。

蕾昂絲暗自算了算他幾歲。她怎麼從沒寄零花錢給他呢？她好想知道有沒有人跟小男孩說她賣主求榮。

「我沒跟他說我來看望您，他準會吃醋，我敢肯定。」

茶上了。蕾昂絲鼓起勇氣：

「您知道，瑪德蓮……」

「不用自責。」瑪德蓮打斷她。

她放了一份官方文件在小茶几上，蕾昂絲立即認出來，隨即平靜地幫自己把茶斟滿。

卡薩布蘭卡市政府。

蕾昂絲・皮卡爾小姐和羅伯・費航的結婚證書。

「我知道我們都愛男人，」瑪德蓮說，「愛歸愛……同時嫁給兩個男人嘛……」

瑪德蓮是從哪拿到這個的？

「這並不難。畢竟不比弄一張假公民身分證明結第二次婚那麼困難。您重婚，蕾昂絲。法官不喜歡這樣，會判一年徒刑和三十萬法郎罰鍰。」

蕾昂絲當場愣住。這就是她最害怕的事。窮，她經歷過，她知道窮是怎麼一回事，可是吃牢飯……

「羅伯・費航也是。」

瑪德蓮立刻就看出來了，這套說法正中目標。蕾昂絲絕對不想賭上自己和羅伯的自由。蕾昂絲看了看門。

「您該好好想想。逃嘛，得花很多錢。您有多少錢？您以爲拿著從朱貝爾這邊偷來的幾千法郎，夠買新證件、支付去外國的船票，可以過上幾個月？蕾昂絲，您跑不遠的……不，我不建議您逃跑。尤其是因爲您得飽受被通緝的驚嚇，還得選一個不會被引渡回國的國家，隱姓埋名躲起來，這些都得花大錢，逃到天涯海角都不得安寧。這種事唯有經驗老道的江洋大盜才做得來。說的也是，爲了防止您做出這種傻事，您的護照還是擱我這兒吧。」

沉默。蕾昂絲起身，走出書房，上樓到她房裡，衡量當前形勢。朱貝爾從不給她大筆錢，他比較喜歡她常常跟他討，比較像銀行家而非丈夫的作爲。她手邊只有不到一千法郎，而且還得給羅伯四百，去還他欠的不知道誰的債，他老是亂編故事，到頭來，壓根兒就弄不清楚哪件事才是眞的。瑪德蓮準會向她獅子大開口，不過她絕不會冒著殺雞取卵的風險，永遠也不可能要求超過蕾昂絲能力範圍外的數目。蕾昂絲帶著錢包又下了樓，打開護照，遞給瑪德蓮。

「您這張照片上不怎麼漂亮，不太上相。」

瑪德蓮看起來很開心。

「包包給我，麻煩您？」

蕾昂絲照辦。美麗的拉瑪爾特翻皮皮包。難道瑪德蓮想要？沒想到她只有掏出小錢包、名片。

「英國貨[97]可眞美，奢華得咧。」

說完她就站了起來。

「您是我在這屋裡的眼線，蕾昂絲，朱貝爾的一切我都要知道。要是您隱瞞我該知道的東西，我不會打電話給您，我不會寫信給您，我不會過來找您，我只會直接把您還有您的結婚證書往警察局那麼一送。我說的清楚嗎？」

97 Lamarthe：一九三〇年由Alfred Lamarthe創立的高級皮件品牌。應為法國貨才對。

蕾昂絲有所遲疑。

「您指的……究竟是什麼？」

「一切。他跟誰說話，跟誰晚餐，跟誰簽約，送給客戶什麼禮物，傳給政界什麼文件，收買哪些日報報社記者，一概都要，您不需要挑揀，由我來決定。聽好他的電話交談，查看他的工作日程簿，全都記下來，地址、電話，全都抄下來。我們每星期挑一個下午，四點鐘的時候約在王家街的『拉杜麗』喝茶。萬一哪天您不來，我就……」

「好，我知道，我懂了！」

「您可別氣啊，蕾昂絲！」

瑪德蓮拉緊大衣。竟然沒要錢就走了，蕾昂絲簡直不敢相信。但突然間，問題從另一個新角度浮現腦海：

「您總不至於害他破產吧？」

「這年頭日子不好過，蕾昂絲。您沒辦法留著您的第二任丈夫、他的錢，又留著您的第一任丈夫、又保有您的自由。聽我的準沒錯，您擁有的這一切中，畢竟還是自由最值錢。」

「您得先跟您的丈夫羅伯．費航提一下。因爲我也需要他。」

蕾昂絲杏眼圓睜。瑪德蓮溫柔一笑。

「沒錯，這就是婚姻。不論好壞……夫妻禍福與共囉。」

她們面對面站著。瑪德蓮稍微歪著頭觀察著蕾昂絲，她走過去，嘴唇貼上她的。時間相當短，但還是足以感受到蕾昂絲那甜蜜、濕熱、細緻的香氣。瑪德蓮這麼做不是出於愛，而是因爲她想做個了斷，一了百了，就像硬幣撿完了，從此不再想起。她倒退一步，盯著蕾昂絲，跟媽媽看女兒似的，心滿意足。隨後走到門口，轉過頭來，含笑說道：

「別以為這樣我們的帳就清了。」

她立刻就知道，自己在聖方濟各沙雷氏教堂告解的時候，絕不會跟神父提到當前這個狀況。

24

夏爾確信自己很省，因爲每筆花費，每盒雪茄，每頓在「大維富」的珍饈佳餚，每個在妓院的春宵，他都認爲是例外，可他從沒想到例外加例外的總和有可能超出自己能力範圍之外。針對手頭始終不方便這點，就跟在政界一樣，派上他奉行不悖的替罪羔羊之術，總得有人負責嘛。他的妻子荷當絲就是個完美目標。

在夏爾眼裡，再沒什麼比他和她的婚姻更能表明他有多不幸。這樁不幸事件，他確信自己毫不渴望，卻誠如天命般成了他的生活重擔。荷當絲害他活得好累。幸虧他還有兩個寶貝女兒，不過女兒也沒帶給他多少天倫之樂就是了。牙科醫生輪番爲玫瑰和風信子看牙，試圖鎮住暴牙之亂，最後得出結論：通通非拔掉不可。那些在牙醫診所的日子，每拔一顆牙就得送一份禮，外加兩副品質絕佳的漂亮假牙，付出這麼高的代價，哪怕是純金都打得出來。如今兩個女兒展示出光潔似雪、整齊到可疑的一口白牙，有如格雷萬博物館的蠟像般令人尷尬。整個童年時期，微笑慘遭剝奪，如今復仇心切，露齒笑個痛快。話說青春期將盡之際，姐妹倆已是一張嘴只見一口假牙的模樣，唉，不幸的是，偏偏她們牙齦發育不良，歪七扭八，向下退縮，冷不防就往嘴巴外竄，我們可以感覺到，想讓一口假牙乖乖待在它該在的地方，是一場隨時都得面對的戰鬥。姐妹花如今芳齡十九，骨瘦如柴，還帶外八，面色泛灰，兩只乳房跟她們媽媽一樣，又尖又高高吊著。夏爾覺得兩個寶貝女兒從沒這麼漂亮過，不明白追求者為什麼這麼少，從來沒人上門求親。怪都怪她們的妝奩不夠豐厚。說來說去還不都是錢的問題，每次都回到這上頭。

荷當絲傾注全副精力，幫女兒尋找未來夫婿。跳舞茶會、舞會、晚宴、邀請會、郊遊、聯誼會，樣樣俱全，啥都沒漏，圖的就是讓玫瑰和風信子找個好歸宿，結果卻從失望到沮喪。然而，夏爾琢磨著他的「掌上明珠」握有的王牌不容小覷。她們舞跳得並不好，這是真的，可她們的吃相斯文秀氣，不過特例不少就是了。舉止方面，經過老師調教，不像以前那麼愛駝背了。社交生活呢，夫妻倆買了會話大全，姐妹倆把內容全都熟背在心，唯一的難處是說話不看場合，還選錯主題。玫瑰日來積極投入背誦〈出埃及記〉篇章，以應談到教會之需，可惜還沒有場合好好表現。今年姐妹倆瘋狂迷上鉤流蘇花邊，家裡充斥著餐墊、窗簾、桌布，花邊製品一件比一件更精巧迷人。即便如此，也從無任何一位男子登門拜訪。「搞不懂！」夏爾說，這超出他理解範圍。由於她們是一個模子裡刻出來的雙胞胎，也許男士們認為必須「娶一送一」……這是荷當絲的說法。

夏爾閉上眼睛，她怎麼能笨到這種地步，簡直不敢相信。

二月中旬，荷當絲向夏爾宣布，經過她一番使計操弄，明示暗示了老半天（由此不難想見她行事有多細膩），克萊芒—傑罕夫人的兒子阿爾方斯終於上鉤，總算注意到他們家的雙胞胎女兒。這個男孩子今年二十歲，正在準備高等學校入學考試。夏爾相信終於來到隧道出口，光明就在眼前。

說好某天晚上見個面。夏爾不急著趕回家，而是採用未來岳父經過算計的漫不經心，刻意讓那小子苦等他點頭答應。

荷當絲迎他進門。

「他在……」她低聲說。

她因爲肚子疼，稍微有點佝僂著腰，但還使勁想掩飾，因爲她知道這會惹惱丈夫，不過瞧他一臉興奮，樂得很，也稍帶三分憂色就是了。

爲了跟這個年輕人見面，夏爾事先沙盤推演了一番，他對這位素昧平生的阿爾方斯寬宏以待，發自內心同情他，因爲他得在一模一樣的雙胞胎之間做出選擇，可眞難爲他啊，換作是他，他也不知道該如何是好。

荷當絲也意識到這份難度，特別說服總是拒絕做不同打扮的玫瑰和風信子，要她們別戴同一種顏色的髮帶，以方便阿爾方斯識別，他選擇起來，才不會成了齣高乃依的悲劇[98]。歷經漫漫長談，姐妹倆終於達成協議，玫瑰戴綠色，風信子戴藍色。

前者用頭巾纏出一大個髮髻，湯匙似的渦狀髮帶，寬到連髮髻都不見蹤影，使得玫瑰活像精神病院的清潔女工。風信子的髮型則宛若婚禮蛋糕，滿滿一頭的髮夾用來固定捲曲的絲帶，以示有別於她姐。她現在頭髮高高豎起在頭頂上，彷彿始終處於驚嚇狀態。

夏爾進入。

才剛踏進客廳一步，就被眼前景象給震懾住，只覺胃部一陣痙攣，愣在原地。

那個年輕人坐在扶手椅上，雙腳併攏，雙手置於大腿。

他對面的軟墊長椅上，玫瑰和風信子並肩坐著。

夏爾目帶驚慌，掃過登門求親的乘龍快婿，再掃到盛裝出席的兩個女兒，眼前這位阿爾方斯身形清瘦頎長，褐色鬈髮，雙眼清澈，唇型性感漂亮，坐在對面的是他的那對雙胞胎女兒，兩人穿著同款珠蘿莎澎澎裙，超低胸大禮服……

此一發現有如晴天霹靂。

因爲這個小伙子帥得跟什麼似的。

他從沒見過兩個女兒像現在這樣，如此明顯地想奉獻自己，如此渴望取悅他。

他這才意識到她倆奇醜無比。

兩人咧嘴大笑，露出一大口假牙，雙頰和胸部低陷，膝蓋瘦到見骨。因爲這位求親者的到來而亢奮不已，如同兩隻火雞般扭來扭去，噗哧笑聲不時從雙唇間漏將出來，跟被誰掐了脖子似的，笑聲害她們的性渴望露了餡，加上兩姐妹相似到令人難以置信，醜上加醜，益顯淫穢。

夏爾之前怎麼沒注意到呢？他昨天的盲目誠如今朝開了天眼，其實不難解釋：他愛她們，愛她們入骨。他眞想趕走這個小伙子，緊緊摟著兩個女兒。新發現令他心碎，只差沒哭出來。她們表現得太荒謬了。他想死。

相親大會成了場苦難。

荷當絲建議女兒四手聯彈，演奏一小段鋼琴曲，阿爾方斯親切地笑了笑，卻一個字也說不出。旋律被她們糟塌得體無完膚，沒人聽出來是哪首曲子。年輕人默默鼓掌，女孩們報以屈膝禮，玫瑰差點跌倒在地，幸虧即時撐住，隨後兩姐妹便奔回原位，宛如母雞般棲息在長椅上，身上散發出椰子香水味，掀起廳裡好一陣浪潮。

98 皮耶・高乃依（Pierre Corneille, 1606-1684）法國古典主義悲劇作家。

「怎麼樣？」荷當絲問。

她笑得露出滿口大牙，她也不怎麼漂亮。歹竹焉會出好筍？夏爾心想。

阿爾方斯走了。

「謝謝您，先生，」他說，「我度過了一段非常……非常愉快的時光。」

夏爾這回看得更仔細了些，他不僅俊美優雅，還很有禮貌。正是他夢寐以求的乘龍快婿啊。

「好啦，年輕人，」他說，「回家去吧，這一切折騰得夠久嘍。」

兩人握了握手。此時夏爾突然福至心靈，他也搞不清楚這種直覺是打哪來的：

「阿爾方斯，您對政治感興趣嗎？」

年輕人那張俊臉頓時一亮。

「那好，」夏爾說，「我再瞧瞧能爲您做點什麼。」

荷當絲認爲一切都很順利，她寄予厚望。這樣最好，夏爾心想，這樣妳才有事忙。荷當絲跟著他走進他房裡。他寬了衣，他沒吃東西，沒胃口。

「這個阿爾方斯是獨子，眞可惜。要是他有兄弟……」

「好啦，荷當絲，」夏爾邊脫內褲邊說，「少在這裡囉唆。明天我還有事。」

荷當絲舉起一隻手，我知道，我知道，走出房間。

她度過何其美好的一天啊。

居斯塔夫．朱貝爾擺明了要他支持他的航空創舉，安德烈憂心忡忡。他不禁想起當年跟在瑪德蓮・佩瑞庫爾身邊的事……他需要擔心有人惡意中傷他，編排他被富有的女繼承人包養，從而宣揚出去，致使他蒸蒸日上的名聲掃地嗎？

他覺得還是接受朱貝爾的請託比較安全。

法國值得擁有更好的政治管理階層

領導階層將更懂得傾聽來自全國的蓬勃力量。

一群工業家，受到無私的愛國熱誠感召，準備好要研究國家有燃眉之急的重大問題，以期提出解決方案，簡言之，就是菁英分子起而行。吾等向他們致敬。

面對威脅我國的危害，這些菁英分子旨於打造出第一架噴射機引擎，足以抵禦窮兵黷武的強敵。他們靠著滿腔熱情，凌雲壯志，秉持著愛國情操，大膽投入此一冒險事業。他們需要政府支持，也就是國家的支持。難道國家不會支持他們嗎？我們連一刻都無法想像。

好了。有人要他寫，他寫了，安德烈這下可以交差了。

而且第二天他還收到一張有「振興法蘭西」標誌的名片，因爲「這篇出色的文章，如此公正」而恭喜他，實則是想謝謝他。

安德烈與居斯塔夫・朱貝爾站在同一邊。但前者是被後者逼的。

朱貝爾則確認，萬一麻煩上身，往後在他的這條路上，肯定找得到安德烈。

25

保羅一進攻新書，就開始寫筆記，薇拉娣雙眼望天，啊，這些知識分子！她經常從他的肩膀上方看著他閱讀或記錄，保羅覺得很好玩。

其實這有點算是跟他母親說好的，因爲幾個月前，瑪德蓮想過，既然薇拉娣全面照顧保羅，應該也可以協助教育保羅。

「我不知道欸，至少她可以聽你背課文。雖然她不會說法語，起碼可以盡點力，對吧？」

「不，媽……媽，她沒……沒辦法。」

保羅想換個話題，可他母親一旦有了某種想法就……

「她只要會唸就好！就算看不懂，至少可以幫忙檢查。」

「不，媽……媽，她沒……沒辦法。」

「我想知道她爲什麼沒辦法？」

保羅勉爲其難，只好不甘不願地說：

「因……因爲薇拉娣……不……不識字。」

保羅經常要求薇拉娣唸《麥提國王執政記》（有關麥提國王一世的故事）給他聽，瑪德蓮看到不下十次，卻什麼都沒注意到。保羅的耳朵訓練有素，比她的耳尖，他早就發現薇拉娣唸到某幾頁，總有幾個字每回都唸得不一樣。就像一個人在說故事，老是重複某幾個慣用語，其實薇拉娣根本沒照書上唸，而是邊隨便亂翻頁，邊跟他說這個她看不懂的故事。

他上圖書館的時候，薇拉娣拇指和食指間夾著他要借的讀物，懶洋洋放在桌上，一臉不解，她不懂怎麼有人會對這種東西感興趣。

保羅經常光顧巴黎好幾間圖書館。我之所以說好幾間，那是因爲保羅確切知道自己要看什麼，不得不經常換圖書館才能滿足他的求知慾。沒有一間可以讓他的輪椅輕鬆進入，薇拉娣只得先搬上去，再把她的小男生抱進去！他不再僅限於大肆搜刮架上的音樂和歌劇，他的興趣廣泛得很。他一跟員工混熟，絕不會忘了問對方他可不可以把沒人看的報章雜誌帶回家，他要剪報，保羅變得好用功。

瑪德蓮注意到這點時，既開心又驕傲。他該不該去上學呢？可以坐輪椅去上大學嗎？

「不用……謝謝，媽……媽媽，這樣……就……可以了。」

這種紈褲子弟的態度令瑪德蓮不快。憑他們現在的條件，保羅不能指望靠她的租金過一輩子，何況總有一天她會走……順道說一句，其實她不太明白他在忙什麼。她看著他借來的那一大落書，彼此之間毫無關聯。保羅的確是個興趣廣泛的孩子，但他的好奇心帶著某種癡狂，令她摸不著頭緒。

某天下午，保羅去聖日內維耶圖書館，瑪德蓮打算做某件事，在客廳窮打轉了好久，她雖感羞愧，卻抗拒不了。

她進了保羅房間，找著他的筆記本，翻到化學公式，還有從報章雜誌上剪下來的廣告集。一看之下，瑪德蓮大驚失色，因爲她發現女性用品廣告（「想到齒若編貝，就想到牙寶貝」），而這些廣告有一個共通點：都以穿著暴露（「現代時髦女性都穿妮拉連身襯裙」）、自我感覺良好（「多虧佳而通，她變苗條了！」）的年輕女性來做展示……還看到一個叫「潔哈樂多姿呵護女性私密處」的產品，她當場呆掉，廣告上那個女孩正在寬衣（一有訊息需要傳達，這些女孩就開始脫衣服），還有一則寬多寧的廣告，寫著：「春天掀起您的愁思？您鬱鬱寡歡、提不起勁嗎？」啊，廣告上那個百無聊賴的女孩，她的模樣可有多悲傷，完全符合這種情況！她那一頭金髮，她那小小的鼻子，她那放空的凝視，誰不想安慰她？帶給她生活樂趣呢？「有了寬多寧，小女生蛻變成少女」。才怪！

瑪德蓮淚流滿面。

不是因爲保羅把腦筋花在這上面，他畢竟快十三歲了，是啊，年齡也該到了，不是因爲這樣，而是因爲他不能像其他男孩那樣……瑪德蓮遲早得操心保羅的性慾問題，可是她現在還沒心理準備。怎麼辦？大自然宣告自己的權利，處於正常狀態的男孩總會遇到比他懂的女孩，或是年齡稍大、風韻猶存的女人行行好，教他，他當然也可以打破撲滿……可是保羅坐在輪椅上，又能怎麼樣呢？這種事，從前她身邊有蕾昂絲可以幫著出主意，現在只剩下薇拉娣。

薇拉娣……

瑪德蓮搖搖頭，使勁揮去剛湧上心頭的齷齪想法……

繼續從事間諜活動是沒用的，她正想把筆記本收好，但是來不及，薇拉娣剛進了房間。瑪德蓮手裡還拿著一幅海報，上面的曼妙女子袒胸露肚，狀似埋怨長痘痘，有人可以提供她仙丹妙藥。瑪德蓮遞給薇拉娣，一言未發。這位護士顯然早就知道了，一點也不大驚小怪。

「您……」瑪德蓮怯生生地說，「您不認爲……那個……」

薇拉娣秒回，毫不猶豫：

「Nie, nie, to jeszcze nie ta chwila!」（沒啦，沒啦，還不到時候！）

她爲了證明自己說得沒錯……瑪德蓮在保羅床前，很不高興，比了個手勢，不可以！不過爲時已晚。這個年輕女人，偌大的手背一揮，將鴨絨被和毯子推到一邊，指著下面的床單，潔白、無斑點……

「Sama pani widzi!」（您自己看！）

瑪德蓮羞紅了臉，彷彿現在說的是她自己的性事。薇拉娣搖搖頭，靠到床邊，嘀嘀咕咕，斷然說道：

「Nie, nie teraz! Jeszcze nie!」（沒，現在還沒開始！）

瑪德蓮沒像她這麼淡定。在波蘭，十三歲男孩想的可能是別的事，可是保羅，絕不是因爲對性感睡衣好奇，才收集這些廣告！

她第一次覺得需要前夫。這種事，至少她可以指望他。如果有必要再舉出需要前夫的別的理由，那就是，他可以阻止保羅去短期旅行，因爲她覺得他很快就要去了。索蘭姬邀他去柏林。她吹噓自己跟理查．史特勞斯私交甚篤（雖然可能是眞的，但她這副自賣自誇的德性！）。猶有甚者，保羅似乎是「加里納朵女神」的「瘋狂崇拜者」[99]。瑪德蓮納悶，難道德文裡的「崇拜者」要寫成「崇拜者」嗎？保羅聽過她演繹《莎樂美》，整個人爲之傾倒，可憐的小傢伙。總歸一句，原本索蘭姬已經接受二月前往德國參加華格納逝世五十週年紀念活動，「可是我窩病在床」[100]。這個女人說的比唱的好

99 admirrateur：應為admirateur（仰慕者、崇拜者、樂迷），索蘭姬拼錯。

100 allitée：應為alitée（臥病在床），索蘭姬拼錯。

聽，誰知道是不是眞的。她沒去，那邊那些條頓人[101]好像還很失望呢。看了索蘭姬的信，不禁會這麼想：當紅女伶未能大駕光臨，眞不知道德國那邊怎麼還有勇氣繼續舉辦紀念活動！可是，史特勞斯寬宏大度，不計前嫌，立即又發出邀請，索蘭姬終於俯允九月分出席參加，「敬祝[102]德國音樂。我的小皮諾丘，你想想看：節目單上有巴赫、貝多芬、舒曼、布拉姆斯、華格納。這麼重大的日子，你總不會拋下你的老朋友吧！」

音樂會將於九月九日在柏林歌劇院舉行。

自從一九二七年七月在斯卡拉大劇院那次以後，索蘭姬數度邀約保羅去國外聽她演唱，保羅都沒去。這回他終於提出要求，瑪德蓮差點就答應，但是不能讓保羅在對性如此好奇的狀態下一個人去……至少得買兩張火車票，旅館也得住上幾晚，還有餐費……瑪德蓮感到良心不安，這筆必須花的錢她有，她原本已經決定動用這筆款子幫保羅付旅費，可是還得支付杜普雷先生……

她拒絕了。

「我……懂……媽……媽媽。」

今秋索蘭姬將在柏林舉辦系列獨唱會的消息在報上造成極大迴響。女歌唱家大聲宣告「即將跟有著音樂靈魂的德國人民相會」，令她欣喜若狂。德意志國新政府方面則宣稱——現在是二月下旬，希特勒先生當上總理才一個月——熱烈歡迎這位偉大的藝術家到柏林獻唱，以她清亮的嗓音頌揚德國的音樂天賦。也稍微帶到一點帝國以鐵腕手法對付猶太人和被視爲低下的猶太文化。擁有索蘭姬・加里納朵這麼一位不可多得的德國音樂仰慕者，帝國政權深以爲傲，並將爲她鋪上紅地毯，總理也將親自出席首唱。索蘭姬這邊則公開聲明她既開心又受寵若驚。

瑪德蓮這輩子沒看過太多工人，這是眞的，不過眼前這位實在不符合她心目中的工人形象。這條圍在脖頸上的圍巾，這條皺摺長褲，這雙漆皮鞋……蕾昂絲倒是覺得很好。

「羅伯已經不算眞正的工人，他現在有領……年金。可是他當過學徒！」

瑪德蓮雙手交叉置於身前，跟我說說吧。

「在文森市的杜蒙那邊，」羅伯說。

坐他對面的杜普雷放下啤酒杯，一副聽不下去的樣子。他盯著這張以羅傑·戴爾貝克這個名字做的身分證，扔到羅伯面前。

「爲了做這一張，我們給了你六百法郎。找人做這個屁玩意兒，你在中間撈了多少？」

羅伯撇撇嘴。是的，他的確有點誇張，因爲雷納·德勒卡斯幫他做這張，只收他一百三十法郎。

蕾昂絲忙不迭幫他說話：

「沒錯，做的是不怎麼樣，都是因爲太急。匆匆忙忙，當然做不好。我們要他重做就是了！嗯，我的小公雞？」

小公雞說好，但這並沒多大意義，反正他什麼都說好。如果蕾昂絲有護照和足夠的錢逃離法國，她八成會把羅伯當成一件額外的行李，隨身攜帶。

---

101 les Teutons：條頓人原為古代日耳曼人分支，後世常以條頓人泛指日耳曼人及其後裔，或是直接以此稱呼德國人。但經常帶有貶意。

102 céllébrer：應為célébrer（慶祝），索蘭姫拼錯。

瑪德蓮想到截止日期。三天內就會把求職者面試完。她覺得這件事出師不利。

「我說費航先生，您在文森市杜蒙那邊都做些什麼？」

羅伯面露難色。

「嗯，什麼都做一點，您知道……」

瑪德蓮不太知道。杜普雷先生的想像力比她豐富許多。有那麼一會兒，他好像還想站起來扁他。

蕾昂絲覺得還是介入比較好：

「親愛的，佩瑞庫爾小姐要你說得更具體一點，你的工作都包括哪些。」

「啊！好吧，換換引擎，用強酸擦掉車牌號碼，重新幫汽車上漆之類的。」

「什麼時候開始的？」

羅伯摸了摸下巴，一臉尷尬，我想想看……

「差不多有二十年囉……嗯，沒錯，我一九一三年旅行回來，一四年去打仗，這麼算算……」

瑪德蓮看了看蕾昂絲，又看了看杜普雷先生，然後又看回羅伯。

「費航先生，可以請您迴避一下嗎？」

「沒事兒，我可以回答，」羅伯雙臂抱胸說道。

「寶貝，」蕾昂絲饒有耐心地說，「佩瑞庫爾小姐希望你走開一下，麻煩你。」

「啊，好吧！」

寶貝起身，稍事猶豫。吧檯？還是彈子房？他選了彈子房。

蕾昂絲也承認：

「對，我知道，他的工作表現有點靠不住……」

她清楚得很，自己很難幫羅伯的候選資格講話。他只有床上行，雖說千金難買床功好，可她不得不承認這跟機械關係不大。

杜普雷先生什麼都沒說，前一晚，他又把蕾昂絲抄給他的文件仔細檢查了一遍，她的筆跡甚美。文件是她趁居斯塔夫睡著時偷來的，一張關於面試謀職者的提問清單，不過並不完整。

瑪德蓮原本希望把羅伯．費航弄進去「振興法蘭西」的研發中心，可是羅伯的工作經驗還得回溯到戰前，面對跟那些真正夠格的工人競爭，她看不出自己有什麼機會。

失望之情籠罩著他們三人。此時，彈子房傳來羅伯的哈哈大笑聲，他嚷道：

「啊！兩顆星[103]，看到沒！老子是冠軍吧，嗯！」

杜普雷先生看了蕾昂絲一眼。

「皮卡爾小姐，我不想造成您不愉快，但是……您想讓我們拿您這口子怎麼辦？那邊是一支由精英工程師組成的團隊，他們在找經驗豐富、高度專業的工人。如果現在要找的是打彈子高手，包管羅伯能勝任。否則……二十多年來，他連工具機都沒見過，他去應徵會笑掉別人大牙。」

這正是現在發生的事。

第一位考生是義大利工程師，搞笑是他的祕密武器，另外兩個等待面試的考生也感染他的歡樂，

103　Deux bandes：指的是開侖撞球（Carom），最早流行於法國，球桌沒有袋口，特點是用球桿去撞擊母球，令其在彈子桌上滾動並撞擊其他球，以達成特定目的而得分。「顆星」（取自英文cushion的音譯）代表球碰到球檯的次數。

就連考官居斯塔夫也不禁露出微笑。

「得了，各位先生，有點同情心。」他說。

這傢伙是眞傻還是假傻？居斯塔夫想知道。他提出的履歷表洋洋灑灑，滿是無法驗證的參考資料，偏偏八個問題裡有七個答不出來，連掰都沒辦法。要是帶他去機器前面當場測試，豈不更羞辱他？這麼做未免太壞心。何況還有八個考生得面試，居斯塔夫也無能爲力，闔上檔案。

「您理解這份工作……」

羅伯噘了噘嘴，聳了聳肩，是的，當然……

居斯塔夫度過美好的一天。美好的一天已經持續了好幾個星期，這輩子還沒這麼開心過，他接觸的東西，無不手到擒來。

眼前儼然已經見到渦輪噴射引擎堂堂出廠。

兩個月前，朱貝爾通過重大考驗。一九三三年二月十日，工業和航空部長在記者和通訊員簇擁之下到廠參觀。他一個個介紹團隊成員，這位是空氣動力學家、這位是燃燒裝置專家、點火系統巨匠、鼓風機大師、型鋼大神、合金兀兒肯[104]，嘮叨這一大串朱貝爾煩不勝煩，但他還是撐過來了。兩天後，政府宣布必須「積極參與」此一重大計畫云云……補助款即將撥下。這幾個月來，居斯塔夫正是巴望著能將政府在航空機械方面絕大部分補助預算全數吸過來。此一宣布令他著實欣喜。

團隊步上軌道兩個月後，必須請一些工人，將設計好的零件生產出來。

朱貝爾起身，好吧，下一位。羅伯跟考官握了握手，不帶怨懟，始終笑臉迎人，很難想像有任何東西能影響他的心情。

居斯塔夫和顏悅色，送他到門口。

「好吧，至少我們知道您喜歡車。」

「這是一定的。」

「我跟您一樣，也愛車。您最夢寐以求的是什麼車？」

「嗯，您知道，我開過『藍色列車』[105]，從那以後……」

居斯塔夫止步，頓了一秒鐘。

「您……可是，怎麼會呢？什麼時候的事？」

「二九年的時候，我有朋友專門製造車身。他把『藍色列車』重新烤過漆，得交到芒特拉若利，當時就是我開去交車的。」

朱貝爾愣住。一九二八年，賓利推出Speed Six六缸跑車，巴爾納托開著這款轎跑車跟坎城－加萊線的特快車競速。沿途兩造你爭我奪，互不相讓，歷經這段漫長旅程，結果他比火車快四分鐘抵達！爲了紀念此一事件，下一輛賓利六缸跑車就被命名爲「藍色列車」，排氣量六五九七立方厘米，一百八十馬力，是一輛神級跑車。而且當時總共只打造出……一輛！沒人知道它現在何方。

義大利工程師走了。

104 le Vulcain：羅馬神話中的火神，相對於希臘神話的赫菲斯托斯（Hephaestus）。拉丁語中的「火山」一詞便來自於他。

105 Blue Train Special：官方型號為Bentley Speed Six，一九二六年賓利推出的極致豪華超跑車款。一九三〇年，知名賽車手伍爾夫．巴爾納托（Woolf Barnato）駕駛這款跑車與火車競速，比賽誰先由坎城到倫敦，結果由他獲勝。此後這款車又稱為Blue Train Bentley。

「您還得面試下一位考生，朱貝爾先生，時間不多了。」有人提醒他。

居斯塔夫激動得臉發燙，不禁掉過頭來，衝著羅伯說：

「這輛『藍色列車』，怎……怎麼樣？」

羅伯張開嘴，正在想該怎麼說：

「您無法想像，先生……」

羅伯靠著這種「藍色列車」進了「振興法蘭西」附設研發中心，不過幹的卻是清潔工。

兩個多月以來，瑪德蓮都上杜普雷先生家討論調查的事，同時做個小結。他見過什麼人，他問過哪些人，他去過哪些地方，他等了幾個鐘頭，他花了多少錢，鉅細靡遺，所有細節全向她報告。瑪德蓮聽得頗不耐煩，可是跟以前自己是家族銀行代理人時相比，她越來越覺得自己沒權利打斷這名工人，晚間會面也因而越拖越長，久到連杯子裡的咖啡都涼了。

杜普雷先生調查蕾昂絲調查得十分成功，對夏爾的一舉一動也瞭若指掌。他按照規矩，將大樓看門的和牙醫祕書一一打點得妥妥當當，此外，國會有個執達員，三杯黃湯下肚話就多，所以杜普雷先生才能告訴瑪德蓮，阿爾方斯．克萊芒－傑罕上夏爾家求親一事徹底失敗。他同時也花了多到不行的時間在安德烈．德勒固爾身上，卻一無所獲。安德烈每天去報社，晚上在城裡用餐，不賭不嫖。回到家就埋頭苦寫，一寫就寫到大半夜。

「拿他一點辦法都沒有？」瑪德蓮不屈不撓。

杜普雷不想這麼說，不過他的確擔心在這個男人身上很難找到見縫插針的地方。

「我不認爲這個人買得通，」他補上這句，說得好像瑪德蓮有辦法買通任何人似的。「他不常光顧特種行業，也不怎麼看女人……」

「或許不該從這個地方下手。」

這句話說得露骨，瑪德蓮紅了臉。杜普雷先生調查的時候相當慎重嚴謹，想必知道安德烈曾是瑪德蓮的入幕之賓，使得瑪德蓮提醒他的這點帶著私密告解的色彩。

杜普雷聳聳肩，不置可否。瑪德蓮立即恢復鎮定，說道：

「聽著，杜普雷先生，我可以……」

「他會抽自己鞭子。」

「什麼？」

杜普雷先生進去過安德烈家。

「您怎麼進得去？」

「我是專業的鎖匠。」

「啊……您說他……」

「他家裡有條鞭子，來自殖民地，充滿異國情調。看得出經常使用。」

瑪德蓮雖驚訝，卻不詫異。安德烈的確像會做這種事的人。要是安德烈透過鞭笞這個出口發洩，平息自己的性衝動，那就很難抓得到他的把柄。

儘管如此，瑪德蓮仍保持冷靜。她唯一最擔心的問題是錢。她省吃儉用攢下來的錢燒得很快。不出意外的話，應該可以撐到十二月。十二月以後就……

針對蕾昂絲，杜普雷先生像往常一樣，交上一大篇又穩當又詳細的報告。之後，瑪德蓮站起來。杜普雷去拿她的大衣，遞給她，她穿上，轉過來對著他，兩人擁吻，他抱她到床上，親了她好久好久，從容不迫，親遍她每寸肌膚。

26

保羅瞭解他母親。花每一分錢都精打細算，他們簡樸度日，柏林之行想都別想。但他更想再次聽到索蘭姫獨唱，她已經越來越少開演唱會了。「你的朋友累了，我的小狼，她拒絕別的日期，推掉其他演出，這個索蘭姫啊，成了個只能原地打轉的老陀螺囉，你知道嗎？」

她喜歡自艾自憐，於是保羅安慰她：「休息是對的。您覺得累，那是因爲您想取悅每個人，不論哪個地方請您去唱您就去。拒絕有時候不算壞事。」

這個句子在他腦海裡窮打轉，他不自覺就這麼寫了。但卻有一樣不知名的東西，自他內心深處升起。

報上刊出選舉前夕，二月二十七日至二十八日夜裡，有個姓范・德・盧貝[106]的荷蘭工聯分子，放火燒了柏林國會大樓，保羅這才開始弄懂那樣不知名的東西是什麼。他看到國會大樓在烈焰中的影像，讀了高官赫爾曼・戈林[107]針對共產黨策動的大規模恐怖計畫而發表的報復性言論。

106 Marinus van der Lubbe（1909-1934），荷蘭共產黨員，一九三三年二月二十七日，在德國柏林國會大樓縱火。總理希特勒宣布全國進入緊急狀態，趁機剷除德國共產黨勢力。

107 Hermann Wilhelm Göring（1893-1946）：納粹德國權傾一時的高官，是希特勒最重要的左右手。

保羅並不清楚那裡發生了什麼事，但不難看出氣氛沉重。大選前幾天，社會民主黨報遭禁兩週，兩百人被捕，有關個人自由的憲法條文遭到暫停，還派了三萬名戴著卐字臂章的臨時人員維持順序。早上發給他們臂章和一把裝滿子彈的手槍；晚上發給他們三馬克。三萬人聚集體育宮，聆聽希特勒總理大談種族主義政策，這種理論顯然在歐洲另一邊的德意志帝國，得到大幅進展。

奇怪的是，還有兩件小事令保羅大為震驚：一齣喜劇和一場由某個荷蘭俱樂部主辦的化妝舞會，竟然也遭到柏林禁止，他很難將這些訊息和滿心歡喜的索蘭姬做連結。目前她正在瑞士琉森休養，從那邊寫信給他：「我每天都泡溫泉泡上一整天。可是我繼續練唱，你知道嗎？準備柏林這場偉大的獨唱會都有點完了[108]。順便問一下，你確定你親愛的媽媽不准你去嗎？我希望不是因為錢的問題！你對我這個老朋友，不會隱藏這種祕密對不對？因為這次去柏林演出，我正在哭思[109]曲目，所有最能代表德國的歌曲，加上意想不到的東西，不是每個人每天都聽得到的東西。可是我得快一點。何況還得訂布景呢！」

她隨信附上法國報和外國報宣揚她秋季德國行的版面：「加里納朵女神將為希特勒高歌」、「索蘭姬．加里納朵將在柏林歡慶德國音樂」等等。

三月中旬，保羅進一步得知納粹德國頒發法令，宣布解散許多不討新政權歡心的音樂協會，他的疑問越來越深。這麼一個愛音樂如癡的國家，竟然會將音樂活動視為攻擊對象，令他無法理解。

而索蘭姬喜滋滋要去登臺演出的正是這個國家。

保羅不禁自問，他是不是忽略了什麼？通常在這種情況下，他都會轉而請教母親，不過這兩個女人之間注定爭寵不休，永無寧日，除了這點外，還有什麼原因讓他忍住沒問呢？不得而知……他擔心索蘭姬去德國演唱不是個好主意。

安德烈拖拖拉拉，終於上了蒙特—布薩斯家門。這種邀約難以拒絕，好一樁苦差事。同時也是對他的一大試煉，因為安德烈進到一間大到不行的豪奢公寓，裡頭有宏偉的大書房，還有猶如業餘愛好者的古玩陳列室，裡頭到處都是收集來的藝術品、雕刻、書籍、小飾品，令人無比豔羨。這一切，在在向他展示他有多想身處其間，擁有這一切，這就是他的夢想，偏偏離他如此遙遠。

他只有半邊屁股挨在長沙發上，一逮著機會，他就閃。

「啊，義大利……」

蒙特—布薩斯話匣子一開，旁徵博引，長篇大論，聖維塔教堂塔、巴洛克藝術家貝尼尼、塔爾奎尼亞教區的聖母像……這個枯燥乏味的矮冬瓜胖老頭，滔滔不絕的百科全書大雜燴跟陳腔濫調大全沒兩樣，安德烈慘遭疲勞轟炸，宛如置身煉獄。敬愛的天主，我在這幹嘛啊！

我們這是在和煦宜人的四月初。春天翩然到來，老院士壓根兒沒放在心上，隨著年齡增長，四季更迭成了樁小事。他像貓一樣瞇起眼，不時轉身向著半敞的窗戶，呼吸飄進屋裡的新鮮空氣，旋即又沉浸於他的文件之中，嘆了口氣，似乎不無懊悔。

「於是我們想到您。」

108 tart：索蘭姬拼錯，應為tard（晚）。
109 caugiter：索蘭姬拼錯，應為cogiter（苦思）。

安德烈正在想自己的心事，完全沒跟上。

「想到我……？」

「對。」

安德烈沒聽錯吧？莫非他指的是一份期刊？

「不是，是日報！出刊更密集，這您懂的。要想宣揚理念、有說服力，非日報不可。」法義委員會重量級人士、工業家、幾大顯赫家族決定出資辦一份報紙，旨於傳達重建義大利為當今拉丁大國的相關論述。

蒙特－布薩斯費力站了起來，走了幾步，來到躺椅處，跌坐其上。拍拍自己身邊，您倒是過來啊。

「法西斯主義這種學說還相當新，這您同意吧。」

老作家的手既冷又粗，安德烈差點想抽出自己的手來，不過殘存的敬意，制止他這麼做。

「巴黎，文筆優美的人比比皆是，也樂於跟以說服群眾為目的的政治機關合作，為其喉舌，促成此美好大業蓬勃發展。」

他轉向安德烈。領導一份巴黎日報！

「我們在邁西尼大道上有辦事處，我可沒信口開河！」

蒙特－布薩斯噗哧一笑，笑聲相當女性化。起初只會有三四名記者，不過畢竟……

「您得見見慷慨解囊、捐助辦報的各方人士。我們可以從九月分開始。如果您有興趣的話，當然……我們還沒想到報名，不過總會想到的。」

「《執法吏》[110]。」

突如其來，「執法吏」就這麼自己現身。

「頗有奧義……可不是嗎？我們再看看吧。」

話還沒說完，蒙特—布薩斯已經站起來，重新闔上晨袍對襟，談話結束。

安德烈樂不可支。

幾週內，他將成爲眾所矚目的新聞焦點，成爲一份新日報的頭頭，雖然目前還沒成氣候，但精彩可期。

賺得絕不會比紀佑托這邊少。

羅伯總是邊道再見邊說：「媽的，我說你看到這個天氣了嗎？」無論天氣怎麼樣，就算夜裡，都可以派上這句話，而且都沒人回他。這天晚上也不例外，道完再見後，羅伯上了車，邊看路，香菸邊一根接一根地抽，眼神放空，一臉暈陶陶，杜普雷想把他從車門踹下去。

午夜時分，兩人抵達沙蒂庸鎮。

出了城，杜普雷關掉大燈，開得非常慢，就這麼一路開到工廠。他原本打算把車子停得遠一點。關於行動注意事項，面對羅伯，他全都試過——沒用——羅伯的腦袋老是少了根筋。啊，是噢，是這樣沒錯，我忘了！羅伯說得嘻嘻哈哈，對他來說這又沒什麼。在車內昏暗的光線中，杜普雷又試了最後一遍。

110 *Le Licteur*：原為古羅馬執法官身邊、手執束棒的侍從官之意。

「啊，是嗎？」每句話羅伯都這麼回覆，好像第一次聽到，簡直氣死人。

這時杜普雷做了他最不想做的事。他不得已，只得掏出一張紙，上面用大寫字母寫著行動指示，每個詞都間隔得清清楚楚。把這種證據留在這傢伙手中，就杜普雷的個性來說，簡直就是找死，可是，他又能怎麼樣呢？

羅伯盡其所能看出內容，大聲唸著。永遠沒人能確定他到底懂不懂自己在唸什麼。

「好，來吧，開始吧。」杜普雷說道，他絕望了。

他想過和羅伯互換角色，但是這樣就得把車交給羅伯，只要警報一響，他九成會拋下杜普雷不顧，自己先開溜。

「好，」羅伯說。

他不是個愛唱反調的人。下了車，打開後車廂。

「你在幹嘛啊？亂來！」杜普雷衝下車嚷道。

「這，我拿……」

「該死的笨蛋，紙上是怎麼寫的？」

羅伯翻遍所有口袋。

「我放哪去了？這張破紙頭……啊，在這！」

天色甚暗，羅伯掏出打火機，杜普雷一把奪了過去。

「你怕沒人發現我們!?」

杜普雷無奈之下，只能跟著他重複一遍指令。羅伯點點頭。

「啊，對，就是這樣，我現在記得了啦。」

「是這樣沒錯。好了，快去吧，杜空[111]。」

羅伯把老虎鉗當燭臺握在手中，杜普雷看著他走遠。一出麻煩，他就當場把他給甩了，他心想，但心知肚明自己才做不出這種事。他一想到羅伯・費航就有氣，甚至感到不屑，但工人階級團結的價值依然蟄伏在他心中，即使他明明知道在羅伯這種小混混身上，這些價值壓根蕩然無存，不過依然無法貶抑這些價值的重要性。

工廠圍牆的昏暗輪廓依稀顯現在遠方，他直勾勾盯著前面。

羅伯進了廠區。右邊？還是左邊？他記不太清楚。紙上一定有寫，可是他得先找到紙才行，誰知道放在哪個口袋？何況還得看出紙上的鬼畫符，在這種環境下，沒光線……算了，他決定了，左邊。

過了一會兒，他心生懷疑，正打算向後轉，卻看到柵門。自己的直覺還挺可靠的嘛，他安了心，繼續往前，老虎鉗一咖嚓，柵門開出一條通道，現在他來到工廠天井。稍稍被雄偉的廠房嚇到。

杜普雷相當緊張。這件事本身並不複雜，但是因爲這個蠢蛋，任何事都無法確定。所以聽到腳步聲，看到羅伯笑咪咪走回來，他才這麼驚訝。

「好了？」他問道，語帶擔心。「有看到守夜警衛經過嗎？」

「好了啊！」

杜普雷嘆了口氣。

111 Ducon：原意為du con（傻瓜），刻意將這兩個字連起來，成為一個令人不屑的名字。

「你打開閥門了？稍微打開一點？」

「對啊，照你告訴我的那樣。」

杜普雷難以置信。

「好，來吧，開始吧。」

兩人卸下兩個汽油桶，瞄了路上一眼。

到了柵門口，羅伯又偷偷鑽了進去。杜普雷把汽油桶一個接一個傳給他，他拎著桶跑進車間，剛剛第一趟已經用萬能鎖打開車間的門。杜普雷連著三晚觀察過這個地方，知道不到一點，守衛不會巡到這邊。

「好吧，你在那等我。」他低聲說。

「好。」

「別抽菸！」

「好。」

杜普雷無聲無息摸進車間。一股燃料味。他走向燃料槽，閥門果眞的略微打開，汽油滴滴答答，落在水泥地板上。他慢慢把兩個汽油桶清光，四下倒了一點，氣味濃得嗆鼻。接下來他將兩個空汽油桶放在門邊，又觀察這個地方好一陣子，才從口袋裡掏出被他捲起來的報紙，點燃，扔進一灘汽油裡。他匆匆走出去，用鑰匙上鎖，回到柵門邊。

爆炸距離汽車三十來米。沒啥大不了的，只不過火焰八成迅速隨著汽油痕跡蔓延，因爲他們在回巴黎途中，大老遠就看到火災的微光。

27

瑪德蓮提供的安德烈性偏好參考，早就在杜普雷腦海中翻來覆去。莫非這就是她大發雷霆、對安德烈窮追不捨的原因？而他自己是否能夠以「不帶偏見的眼光」去看待德勒固爾呢？

他又開始跟監安德烈，監視任務跟安德烈的生活一般無趣。

他又跟著他去報社、進去他吃晚餐的每家餐廳、去盧森堡公園、去聖梅里廣場、去聖馬塞圖書館（安德烈有時候會去那寫稿）。某天早上，他才剛到這所學校前面守候……有了。

下午一點左右，德勒固爾來到聖梅里廣場，在一張長椅上坐定，每回都是同一張，他一走，杜普雷先生做了實驗，也坐在同一張長椅上，原來從這邊可以看到聖梅里小學出口，這間男校的校門半小時後開。至於盧森堡公園，他則坐在靠近水池處，每個小男生都傾身往小船那邊歪[112]。司克里布街，他最喜歡的位置恰好正對著舞蹈學校，德勒固爾比誰都清楚該校班次時間表，可是小女生放學時，他從沒待在那過。

一週後，德勒固爾回到聖馬塞圖書館。杜普雷坐在離他不遠的地方，手上拿著一本有關中國文化的書（他抓到哪本算哪本）。整個傍晚，德勒固爾都望著年輕的圖書管理員，同時雙腿交叉，一隻手

112 盧森堡公園有一個大水池，向來是男孩玩小帆船的地方。

置於桌下……

「八九不離十，他準是……」杜普雷先生說。

「沒錯，」瑪德蓮答道。「所以我們必須採取完全不同的策略。」

這時他就是忍不住：「您之所以怨恨他是因爲……這些傾向嗎？」

她假裝沒聽到，但立即明白這種沉默會遭到誤解。什麼？難道杜普雷先生竟然以爲她是這種女人？只因爲情人比較喜歡男人而惱羞成怒？未免太小看她了。瑪德蓮對德勒固爾的確有成見，但不是這些。

每回碰到這種尷尬的情況，杜普雷先生就只管盯著湯匙。

瑪德蓮說：「是因爲保羅，您懂嗎？」

她泣不成聲。他起身走近她。

「謝謝，杜普雷先生，不用安慰我。」她請他不要過來，一邊說。

她繼續哭，哭完才娓娓道來，這番交心，痛徹心扉，原來傷口向來都在，始終未曾癒合。她好痛苦，恨自己對保羅疏於照顧、漠不關心，這一切不幸都重重壓在她肩上。

「不，」杜普雷先生說，「這傢伙是個王八蛋，就這樣。」

他說得沒錯，沒別的好說。

瑪德蓮吸了口氣。「王八蛋」一詞粗俗歸粗俗，卻表達出一個單純的事實。他們兩個坐在計程車後座，都想著小保羅。除了同感憤慨外，兩人想的點顯然不一樣。

讀者諸君還記得，運氣不好這個問題始終對夏爾．佩瑞庫爾陰魂不散。據他說，有好幾回，他都自以爲打敗了總是壓倒他的命運。這天晚上，這種感覺從未如此強烈過。

今天是重要的一天，就是現在，一小時前，已經結束了，可惜爲時已晚，要是當時他手上有把左輪手槍，他會打得自己爆漿。他聽見自己的吸氣聲，短而嘶啞，他覺得自己在垂死掙扎，準備受死。

「就快了！」貝爾托密厄說。「算了，夏爾！甭擔心，這些事情都需要時間。」

他邀請貝爾托密厄共進晚餐，此君是個消息靈通的眾議員，不幸的是，他沒帶來半點消息，只帶來好胃口，一個抵四個。

「政府要把所得稅提高百分之十，」貝爾托密厄終於說了，一邊忙著進攻黑森林蛋糕，「您好歹也得表示一下，安撫安撫納稅人。」

這點夏爾也知道得很，謝您！

四年來，國家舉債暴漲一百四十億法郎。爲今之計，只有想辦法豐盈國庫，調降公務員薪資，國營企業裁員，可想而知，也會針對汽車、火石、計程車徵收間接稅，此外，既然每個人都認爲自己所得稅繳得比鄰居多，所以也會調整所得稅，政府承諾加強財政控管，如此一來，預計將有七億五千萬法郎進到國庫。

而這……正是夏爾可以好好表現的機會。

政府正準備提出一項針對逃稅的法案。屆時國會將成立委員會研究、修改，以期讓計畫更完備。有鑒於民主聯盟[113]已經掌握海軍部，基於平衡各政黨勢力，政府傾向將委員會交由其他政黨帶領，而且還提到夏爾．佩瑞庫爾的名字！

因爲當時各個委員會大權在握，意志足以左右政府，所以夏爾才會這麼興奮。對各部部長來說，到委員會報告，有時候一列席就得浪費好幾刻鐘，故而全都避之唯恐不及。

對夏爾來說非同小可。

委員會將選出主席，原則上反對派不參加競選。兩天來，盛傳他可能是該委員會主席的唯一參選人，議會同僚紛紛前來祝賀，夏爾神經緊張，掉頭就走，這些傢伙會帶衰我。

他決定守口如瓶，唯有一次例外。

再也不見阿爾方斯．克萊芒－傑罕登門拜訪，大出荷當絲意料之外，也讓雙胞胎姐妹花大失所望。克萊芒－傑罕家族出過兩個眾議員。阿爾方斯的母親對制服抱有幻想，非要他念綜合理工學院[114]不可。他則期盼進政治學院[115]就讀。她要的是將軍，他想當的是部長。甚至比部長級別更高。「啊，總統，」他母親說，「當總統自然另當別論。」她讓了步，同意他去念政治學院，並且立即開始忙著上下左右打點家裡的一些老關係，以助獨生子打開進入權力內幕的那扇門，她爲達目的不擇手段，有時不免令人不屑。母親表現得就像如假包換的特魯貝特斯考伊公主[116]，她的行徑，阿爾方斯頗不以爲然，但當他受荷當絲之邀登門拜訪時，他承認，母親這麼辛苦堅持沒有白費。有夏爾．佩瑞庫爾這麼一個經驗豐富的眾議員庇佑，未來政治前途想必一片大好，這點令他無比期待。這個年輕人歷經那晚「一打二」的雙胞胎見面會之後，去過夏爾在國會大廈的辦公室好幾回。值此同時，當選委員會主席的可能性越來越清楚明白，夏爾再也按捺不住，拍了通電報給阿爾方斯：「政治問題——句號——來見我——句號——夏爾．佩瑞庫爾」。

阿爾方斯忙不迭奔了過去。

「所以呢？您的課業準備得怎麼樣？」

阿爾方斯「正在準備」。自學成才的夏爾，唯一的文憑是銀行家哥哥，並不知道文憑實際有什麼用處。

「有人推薦我參選委員會主席。」

年輕人驚呆了。

「重大機密！」

阿爾方斯聽得魂不守舍，舉起手來，隨時準備好以他母親、憲法、聖經立下重誓……

「如果一切按計劃進行，我需要得力助手，您明白嗎？」

阿爾方斯面色當場變白。

現在既然這個詞說出來，夏爾順勢說道：

「內子說您有一段時間沒來探望我們的兩個女兒……」

阿爾方斯跌跌撞撞出了辦公室。

---

113 Alliance démocratique：一九〇一年創立的政黨。

114 Polytechnique：創立於一七九四年，隸屬於國防部，創校以來始終被視為是法國最頂尖的工程師大學。所有學生（法國和外國籍）都擁有一套該校特有的制服，在校或畢業的「綜合理工人」，遇上軍事儀式或學校重大場合都會穿上制服。

115 Sciences po：創立於一八七一年，也是法國的菁英名校。簡稱「巴政」。

116 la princesse Troubetskoï：指的是Sophie Troubetskoï（1838-1896），她是拿破崙三世同父異母的弟弟夏爾・德・莫爾尼公爵（Charles de Morny）的妻子，對他在拓展社會關係方面幫助甚大。

再想到這件事時，夏爾感到後悔。還沒能將這小子納爲囊中物，自己的牛皮倒先吹得比誰都響。都晚上十點半了，貝爾托密厄正在品嚐白蘭地，儘管夏爾預先跟部裡打過兩次招呼，整晚都能在撒拉森餐廳找到他，還是毫無動靜。

服務員恭恭敬敬排在入口大門，藉以強調入口也是出口。他不得不離開。貝爾托密厄心滿意足，打了個大飽嗝，臨走前，對燉肉評論了一番，他認爲稍鹹，又從餐廳奉上的盒子裡抓了好幾根大雪茄揣進內袋，夏爾一結完帳，他就過去找他。

「會來的，老弟，會來的。」貝爾托密厄說。

「都幾點了……」

夏爾愁容滿面。

首先，候選人不止一個，就是一大失望。大家還提到布理亞爾、賽內夏勒、默爾德赫、費利佩蒂全被點名。原本他還以爲躺著選也會上，只怕會變成一場得跟眞材實料人士硬碰硬的障礙賽。貝爾托密厄，這位仁兄吃了滿滿一肚子，巴不得趕緊上床睡大覺，他拍著口袋，得了，擔心個什麼勁兒，您還有機會……

「好啦，夏爾，那就再見啦。」

他攔了輛計程車，上了車。隨後，基於殘餘的幾分人情世故，車子正要開走，他拉下車窗，他認爲這樣表示一下甚好，大聲嚷道：

「別任由其他候選人打擊您，該死的！他們全是笨驢，差您十萬八千里，準會被您打趴在地上！」

確實，夏爾比這些競爭對手擁有一個相當大的優勢：從政以來，稅務問題一直是他最關注的核心問題。然而，其實他反對的不是逃稅的人，而是繳稅，譴責「稅務稽查」才是他的本意。萬一真的當選追查逃漏稅犯罪委員會主席，自己這種立場大轉變頗難擺平，不過，反正這又不是他首度政治轉向。他挺想提醒大家：拿破崙戰功彪炳便是有賴改變策略之功。

他走回餐廳，敲了一下「撒拉森」的玻璃大門，服務員過來開門，夏爾想確認有沒有誰傳消息給他。沒，什麼都沒，餐廳員工都急著想回家睡覺。

夏爾非常沮喪。阿爾方斯已經問過他的祕書，「恭恭敬敬」地請教有沒有什麼新消息。對這個年輕人食言，夏爾並不在乎，問題是，這會進一步殃及兩個寶貝女兒的未來，這點害他難過得要命。

「啊，你回來啦！」

沒人知道為什麼，荷當絲總在爐子上熱著鍋湯，她的十八代祖宗裡肯定出過農民。

「喝碗……」

「少拿妳的湯來煩我！」

夏爾掛好帽子，推開「老跟在他屁股後面打轉」的黃臉婆，進了房，砰地一聲關上門。徹夜未眠，布理亞爾當選，他在委員會裡連個臨時座位都沒落到，選舉結果出乎意料，他被打敗了、筋疲力盡、全盤皆輸，終於流落街頭……

凌晨四點，他驚醒，渾身大汗淋漓，接下來的時間都用來盯著天花板的裂縫。約莫七點，他走出臥房，由於兩個女兒十一點才起床，所以家裡不准發出一丁點聲響。

客廳裡的荷當絲一見到丈夫，便奉上一個最驕傲的笑容。

「睡得好嗎？我的寶貝？」

夏爾連應都沒應一聲。

「啊，對了，昨天晚上……」

荷當絲遞給他一封氣壓傳送信[117]。前一天晚上八點送到的。

「昨晚瞧你累的，我不想拿工作煩你。」

就這樣，夏爾・佩瑞庫爾發現自己當選國會反逃漏稅委員會主席。

28

天剛亮，居斯塔夫就到了「研發中心」。這樣更能安定緊繃的情緒好好做點事。他花了點時間跟清潔工聊了一下，要他再說一遍「藍色列車」從巴黎開到芒特那段路，可惜這傢伙缺乏詞彙，說來說去，只會說「好棒」和「快得要命」、「什麼感覺啊！」、「舒服得咧！」……怎麼有人這麼蠢！就算他搭的是「東方快車」，也可以說同樣的話。

事實上，這輛天殺的車羅伯只看過一回，甚至離他還相當遠，他只看到它從路上飆過。每次朱貝爾提到這個話題，他都得絞盡腦汁找話說。

他很喜歡航空工程研發中心的工作。清潔工都夜裡打掃，所以他能一大早跟蕾昂絲親熱，下午去賭馬。樓上研究室由一個女的負責，他負責底樓車間和儲藏室。朱貝爾堅持：「我們這裡做的是高級精密機器，我要每一寸地方都乾淨得像新硬幣般啵兒亮。」羅伯拿掃帚隨便揮兩下，把灰塵掃到機器下頭，就當做完了。拖把來回拖過兩趟，把清潔劑整瓶整瓶倒在地板上，氣味到處飄散，一進到廠裡，

117 un pneumatique：寄信人把寫在專用紙上的信件放進小筒，郵局通過專設的地下壓縮空氣管道，將信件發送往指定的郵局，發送速度為每秒五至十米，對方郵局收到信件後，由專人投送給收信人。巴黎和法國的其他一些大城市都用過這種郵遞方式，巴黎直至二十世紀七〇年代才停用。

還眞的有無可挑剔的感覺。殊不知，羅伯大部分時間都忙著和夜班警衛一起打牌，等著早上工作人員一到，就拍拍屁股回家。

爲了打發等待的時間，紓緩緊張情緒，朱貝爾上到二樓通道，看著「研發中心」。

工業界比金融界暴力許多。他管理佩瑞庫爾銀行，也對員工施壓、辭退員工、拒絕加薪、加快勞動節奏，但這一切都安靜進行，沒人在走廊大吼大叫，沒人砰地關門。銀行打字員被炒魷魚，可以聽到廁所傳來抽泣聲，水中激起漣漪迅速消失，淚過水無痕，這件事就這麼了了，其他人繼續埋頭苦幹。機械這個行業完全不一樣，一切都攤在陽光下。這幾週的詭譎變化並沒能持續保密，每組員工光在談論這些，感覺得出整體士氣消沉，方向舵開始往錯誤方向偏去。

前不久列斐伏爾—斯楚達勒那兒發生火災，對朱貝爾是沉重打擊。

警方調查發現是蓄意縱火，但沒有進一步結論。

這家占了「朱貝爾機械」一半以上營業額的工具機供應商，立即遣散技工，取消所有訂單。碰上這種不可抗力的情況，朱貝爾也無能爲力，資金流動從而出現漏洞。

渦輪噴射引擎八字還沒一撇，已經放手一搏的他不得不增貸二十萬法郎，偏偏技術出錯接踵而至，生產計畫一延再延，一週、兩週，生產進度和預算開支，拖延的拖延，增加的增加。

羅伯有多討厭工作就有多喜歡搞破壞。名副其實，「研發中心」開始生產以來，好幾個騷亂事件都出自他手。他算了算：五件，每一件都離前一件幾天。最近一件是把三個沾滿灰塵的頂針扔進燃料槽。灰塵落到槽池底部，好像魚兒在睡大覺。某天有人加滿槽池，灰塵就浮上來。週末測試受到嚴重干擾。又少了四天。

「人爲破壞？」朱貝爾問。

這個詞，他已牢記在心，揮之不去。當今國際局勢緊繃又爾虞我詐，這個詞嚇壞所有人。朱貝爾正在思量這些破壞事件……所以說，是「研發中心」內部員工幹的好事，怎麼監控每個人呢？幾位流體專家立即做出反應：

「人爲破壞？哦不，朱貝爾先生！我們還能怎麼樣？都已經過濾又過濾了，還是會有雜質。」

其實說這話的人認爲雜質未免也太多了點，但他什麼都沒說，因爲負責過濾的正是他，當然不希望討論太多細節。

就像嫌這些麻煩還不夠，工程師還必須承認：使用徑流式壓縮機可能是錯誤的抉擇。研究表明，只有軸流式壓縮機才能有效改變葉片輪廓。沒人進一步追究最初爲何犯這種錯，可是生產進度一下子又延了快三個月……

這個消息耗盡了「振興法蘭西」的耐心，決定……派專家訪視。非這樣不可。五人代表團要求查看登記簿、進度計畫表、帳目、進貨、人事檔案，朱貝爾不相信自己的耳朵，這簡直是在稅務稽查！他是「振興法蘭西」這家企業創始人，是這個運動的靈魂人物，現在竟然把他當成涉嫌逃稅的納稅人對待，竟然要來稽核他！

羅布卓極其看重自己這個稅務稽查員的角色。

「這筆十二萬法郎，告訴我，居斯塔夫，這是怎麼回事？」

「『航空工程研發中心』需要增加預算。」

「這個案子是個無底洞，你試圖隱瞞！」

一看就知道居斯塔夫侷促不安。

連在隔壁間佯裝打掃的羅伯，也意識到老闆情況不妙。一整晚，居斯塔夫像剪指甲那樣，把好幾顆粗大的內胎割成小塊。倏忽聞到一股燒焦橡膠味，每個人都頭昏腦脹。

充斥著「研發中心」的渦輪機隆隆聲突然變慢，莫非機器沒電？朱貝爾站起來，朝過道走去。濃煙直往上衝，漫天黑雲，一聲爆炸巨響。

保全人員急忙拎起兩桶沙子，技術人員和工程師奔出辦公室，跑上天橋，往下望去，渦輪機的景象慘不忍睹，跟報廢的機器沒兩樣。朱貝爾三步併作兩步衝下樓。

渦輪機因為加熱又加熱，所以……

「內燃機管道接頭的軟管撐不住，解體了。」有位工程師說。

說著，邊戴上一副降落傘布手套，擰開外殼。大家在他身邊圍成一圈，滿臉憂心。目前唯一能說的就是：橡膠融化。至於軟管解體是前因或後果，還有待釐清，現在還無法確定。沒人高聲說話，每個人都知道進度落後，也揣度這回機械故障造成的後果不堪設想。又少了十一天。

混合著燒焦橡膠、汽油、熱潤滑油的刺激氣味從渦輪機逸出，煙霧相當擾人，跟著朱貝爾巡視的五人代表團忍不住想揮去噁心的氣味，手背跟揮蒼蠅似的在拍著空氣。

「嚴重嗎？」有人問道。

「一場意外，」朱貝爾回得含糊不清。

但他很蒼白。代表團組成分子都是專業工程師，不需要多做解釋，都看在眼裡。

朱貝爾不想轉過身去，但他感覺得到羅布卓在他背後偷笑，猶如匕首般尖利。

爲了跟知名人士會面，安德烈投注大量精力準備，他們有意資助辦一份以法西斯主義爲依歸的新日報，今秋他應該可以接下總編的位子，負責文章、專欄、活動報告、書評等等。出席支持辦報的人數眾多，安德烈大受鼓舞：法西斯主義還虛無縹緲，但他接觸過的知識分子、作家都無比亢奮，面對征服野心昭然若揭的希特勒，眾人咸信法西斯是防堵納粹的最佳壁壘。

安德烈的新聞工作幹得有聲有色，既令人信服，又足以吸引讀者。辦報一事目前祕而不宣，不過資金已經到位。他得招募三名記者，他會挑剛入門的菜鳥，才方便掌控，同時也因爲他不想付太高工資。由於日後必將大肆宣揚法西斯理念，在此之前，他先利用《巴黎晚報》將這種思想散播出去。

犯罪

墮胎，此一可怕的禍害，犯了雙重錯誤：政治與道德。

首先就是政治錯誤。在垂垂老矣、需人孔急的法國，國人能否容忍女性扼殺新生兒性命？針對這一點，我們的德國鄰居做得很對：他們期待成為因活力充沛年輕人而壯大的強國。在這條壯大國家的路上，壯丁稀少的法國會是德國的同路人嗎？

不過墮胎尤其是一種道德錯誤，令人無法容忍，因為這種行為侵犯人類基本權利：生存權！

別國對殘忍和預謀血腥犯案的罪人有何懲罰？極刑論處。為什麼我們法國就不行呢？將心懷墮胎這種最卑劣做法的兇手處以最嚴厲制裁，已是刻不容緩，因為此乃奉無人能詆毀的至高無上力量之名：愛的力量。

墮胎罪犯不僅是一種普通法犯罪，也因危害至高無上的愛而有罪，愛，凌駕一切，勝過機緣、命運、不幸……

天主創造萬物，而萬物之中最神聖的就是愛。

29

這是我家！瑪德蓮幫自己壯膽。她嚥了一下口水，往六樓爬的時候，默默複誦她按順序排列好的論點。同時也提醒自己，討論時必須冷靜，但果決。她按下電鈴。

蓋諾先生親自應門。

「蓋諾律師！」他立即糾正自己的名諱。

相當高大的一位男士，肩寬體魁，童山濯濯，面色略微偏紫，臉頰上方掛著兩個皺巴巴、顏色難看的大眼袋。眼神因爲嚴重斜視而額外引人矚目，就像一首歌唱的那樣「一眼看向埃勒伯夫，一眼望向科爾馬」[118]。身上穿著一件飾有絲條的晨袍，八成是當年過好日子的時候留下來的。

「我可以進去一下嗎？」瑪德蓮問。

「不可以。」

斬釘截鐵，不難猜出蓋諾心浮氣躁，急於爭辯。瑪德蓮心想，靜下心來，顯示出自己有誠意好好

118 un œil à Elbeuf, l'autre à Colmar：埃勒伯夫位於屬於魯昂區，科爾馬位則在上萊茵省的首府，兩地相差七百公里，在此當然是形容斜視的誇飾用法。這句諧趣的歌詞出自法國詩人作曲家皮耶．佩雷（Pierre Perret, 1934-）寫的一首勸戒兒子擇偶須謹慎的通俗歌曲〈我爹跟我說〉（*Mon père m'a dit*）。當然故事發生時，這首歌尚未出現，作者在此「跨時空」刻意引用，也藉書末〈人情債〉篇向皮耶．佩雷致謝。

解決，避免衝突。

「我來是爲了……」

瑪德蓮確定同一樓層另外幾戶門上貼著好幾對耳朵。眼前的情勢不太妙。一想到有可能白來一趟，她就有了衝勁：

「我寫了三封信給您，您都沒回，我只好親自上門一趟。」

他一昧盯著她，決意讓她此行的任務難上加難。瑪德蓮鼓起勇氣。

「您晚了兩個月，蓋諾先……律師。」

「完全正確。」

她擔心的就是這個。假裝驚訝的尷尬房客會推說沒付房租是特殊狀況，會承諾、承擔，但面對爽快承認的住戶，這可怎麼好？

「我今天過來……我希望……我是說……我們可以商量一下這個小問題嗎？」

「不行。」

她本該表現出態度堅決，卻感覺自己語帶躊躇，於是她說：「承租戶的權利歸權利，法律可是站在我這邊。」她找過擬定租約的公證人，這點她很肯定。

「所以，」她續道，「您若是不想討論遲交房租的事，那麼就得做個了結。並且付清租金。」

「不可能。」

他還是沒動，儘管表面顯得很平靜，實則滿腔怒火，臉色變得暗沉，眼袋腫起。他的極簡回答只是一座水壩，抵擋一心急著吞噬堤壩的詞語浪濤。

「那麼我只好不得不把您從我家攆走了！」

「您是說『我家』吧！我有租約，佩瑞庫爾女士！所以，我是在『我家』。」

「您想在您家，就得付租金。」

「才不用。租約不會因爲不付租金而作廢。」

沒錯，公證人在這一點上也講不清楚，總之，必須將住戶權利與支付租金義務分開，這是兩碼事。

「可是……您得付租金啊！」

「理論上是這樣沒錯。但是我沒錢可付，您也只得接受。」

這筆租金是瑪德蓮唯一的經濟來源。

「先生，恐怕我只能強制您付錢！」

他笑了笑。瑪德蓮立即明白，他就是想把她引到這上面，他得逞了。

「您爲了逼我付錢得開始進行勒令遷讓程序。有得好等。熟悉箇中蹊蹺的人士——諸如退休律師——有很多手段刻意推遲遷讓期限。曠日費時，只怕您想都想不到。搞不好會拖上好幾年。」

「不可能！我需要這筆錢過活！」

他鬆開門，騰出雙手裹緊晨袍。

「彼此彼此，佩瑞庫爾女士。您把錢押在一間很長時間不會帶給您任何收益的公寓，我則把我的錢存進一家去年十一月破產的銀行……」

瑪德蓮氣炸了。

「何況，您還跟這家貼現及產業信貸銀行熟得很。」

「我跟這家銀行毫無關係！」

必須堵住他的嘴，讓他無法反駁，瑪德蓮心想。

「那家銀行不是也被稱爲佩瑞庫爾銀行嗎？您的家族破產，害我一切都沒了。占用這個地方乃是合理補償，我死也不搬。我要傾注全副精力，讓自己留在這，因爲我一搬離這間公寓，就得流落街頭。對您或許完全沒差，對我來說則大大不同。」

瑪德蓮才張開嘴，正準備說點什麼，門已經關上了。

一片死寂籠罩這層樓，猶如航空器造成漩渦般無聲震動，她的太陽穴拚命跳動，眼見她就快不支倒地。

她指著門鈴，但又放棄，她不知道能說些什麼。門上貓眼暗沉不明。蓋諾先生在門後偷看她。

這件事比她想像得到的任何事都更糟。現在是五月中旬。她可以撐到十二月。如果算上她得支付杜普雷先生的工資和雜費開銷，九月分，她就沒錢了。

沒能很快找出辦法，她和保羅的生活不堪設想。

但她突然不氣，因爲她明白了，她這個時代的特徵就是：心狠手辣。

每週二，蓋諾先生都去支杜街市場賣東西。他穿過一整排垃圾桶的小院子，來到樓梯[119]底下，聽見後面傳來聲音，他轉過身去。

「傑諾？該諾……先生。」

一名男子，雙眼距離甚近，雙唇微張，正在看報，一副根本看不太懂的樣子。

「蓋諾！別叫我先生，叫律師！」

羅伯滿意地咧嘴一笑，把報紙塞回口袋，看起來樂得很，好像他的任務就在於確認有沒有把對方的姓氏說錯，一時之間，蓋諾先生還以爲此人就要走了。

「我可以幫您拿嗎？」

羅伯拿過蓋諾先生的蘇格蘭布提包，動作殷勤體貼，小心翼翼地將提包放在樓梯第一階上。他手裡拿著一根非常粗的手杖，杖頂有顆大大的木頭疙瘩，就是有時候「戰鬥十字團」[120]或「法蘭西運動」[121]示威者拿的那種。

大頭棒擊中律師右大腿骨，發出難聽的乾澀聲。蓋諾先生張大嘴，痛到連聲音都發不出來。年輕人一個箭步，讓他在第一階、自己的提包旁邊坐下，邊說，好啦，坐這您會好一點。

蓋諾先生，冷汗直流，一個勁兒看著自己的大腿，他正準備奪下棒子，第二棒又落下，正好落在同一個地方，精確得有如製錶師傅。聲音不太一樣，這回沒那麼響亮，比較低沉，但力道遠勝第一棒。還有就是，他的大腿骨現在彎成了四十五度角。

痛得要命的感覺終於傳到大腦，可他叫不出聲，因爲羅伯摀住他的嘴，還邊噓啊噓的，叫他安靜。

119　ascenseur：原文為電梯，但從上下文可以得知，應為樓梯才對。此處應為作者疏忽，所以改成樓梯。

120　des Croix-de-Feu：一九二七年由退伍軍人成立，是兩次大戰期間的法國民族主義政黨，一九三一年起，開始鼓吹建立個人獨裁，反對議會制度，逐漸轉向擁護法西斯主義。

121　l'Action française：成立於一八九四年的法國君主主義的右翼組織。

「沒事。打點石膏就結了，您等著瞧吧。」

蓋諾律師，雙眼鼓起，目光一會兒掃向自己歪到另一邊的大腿，一會兒又掃向那個笑咪咪點著頭的年輕人。

「想也知道，您再不付房租，另一條腿就會完全不像現在這樣囉。等我打爆您的兩個膝蓋，您就再也沒法走路囉。要是您上警察局報案，我就再打斷您兩個肘關節。往後您上床睡覺，就可以像毛巾那樣摺成四半了呢。」

羅伯瞇起眼睛。使勁回想自己有沒有落了什麼。沒。一切照章辦事。他站起來。

「好啦，租金。非常重要喔，嗯！」

他指著律師的腿。

「這算是個小小的提醒，免得您忘記。」

他穿過天井，蓋諾先生的慘叫聲響遍整座樓梯間。

兩位女士圍坐在茶室圓桌旁。

「都順利吧？我的小公雞？」蕾昂絲問。

每回她和羅伯說話，說完總會送上鼓勵的笑容，跟瑪德蓮一樣，保羅拚命想說出某句話的時候，她也會報之鼓勵一笑。

「跟裝了輪子一樣順。」羅伯說。

蕾昂絲轉向瑪德蓮，看吧，我不是跟您說了他行嘛。

「謝了，費航先生。」

羅伯用手指頂了頂鴨舌帽，表示不客氣。

「聽您吩咐。需要我再回去的話……我跟他啊，我們兩個處得挺好的。」

杜普雷先生的公寓聞起來有亮光蠟的味道，八成有人來打掃。一想到竟然會有女人進到這麼不帶個人色彩、跟修道院似的地方……瑪德蓮就覺得怪。豈料，星期天早上，卻看到杜普雷先生自己拿著鋼絲刷地、幫地板打蠟，跟她的想像實在差太遠了。

「羅伯是個很願意幹活的大笨蛋，」杜普雷警告過她。「這種爆走砲很難控制。」

自從「研發中心」錄用了羅伯，瑪德蓮最怕的就是他過分熱心和暴露身分。從而給他的指示都非常嚴謹，向來不忘即時更新，同時還威脅他，如果不遵守，可能會被警察逮住，送進監獄，只有這樣，他才會乖乖聽話。

瑪德蓮看了看錶。九點三十分，有的晚上，比較快就討論完。她還有點時間。她轉過身去。

「杜普雷先生，可以麻煩您幫我把緊身褡的帶子解開嗎？」

「當然可以，瑪德蓮。」

不管性事或任何事皆然，杜普雷先生的效率都很高，跟幾年前年少氣盛的安德烈完全不一樣，但不知何故，跟杜普雷先生在一起時感覺更好。她從他這兒才瞭解到前戲的樂趣。無論是她那萬人迷的丈夫，或是被動的安德烈，都從沒對她這樣過。越來越多的事，她沒法向聖方濟各沙雷氏教堂的神父坦白交代……她和杜普雷親熱的時候很少說話；然而，臨了，瑪德蓮總會說：

「謝謝，杜普雷先生。」

「樂於效勞，瑪德蓮。」

不過這天晚上，她穿回衣服，到屏風後頭稍微梳洗一下後（杜普雷先生去另一個房間的窗邊吸菸），她沒像平時那樣逕往大門走去。

「有件事您可能知道，杜普雷先生……男生從幾歲開始……我的意思是說幾歲？」

「因人而異。有的人十二歲就成了名副其實的小男人，有的人都十六歲了，對這種事還很陌生，每個人不一樣。」

這番話對瑪德蓮並沒幫助。

「事情是這樣的……就這方面，我有點擔心保羅……」

杜普雷先生噘了噘嘴。

「就他的情況，的確有點……敏感。」

他很容易想像瑪德蓮面臨的困難。但他不知道萬一她要他幫忙，他該怎麼做？他能帶一個自己從沒見過、坐輪椅的小男生去連他自己都鮮少光顧的妓院嗎？有難度。

過了一會兒。瑪德蓮等著杜普雷先生表示一下，可是他不想表示；她等著他說點什麼，可是他不想說。

「您會不會擔心得太早了點？」

「或許吧。」

她決定跟保羅談談。

天哪，怎麼談？從何談起？還有，她又能幫得上保羅什麼忙呢？明天，就是這樣，明天她要跟保羅談談，見到他的時候，再即興發揮吧。

她回到家，保羅還沒睡，正在聽音樂。她立刻先去浴室，她不想馬上親他，得先……徹底洗乾淨。即使光她一個人，她也因爲想到這些而臉紅。

她脫下衣服，站在大大的全身鏡前。嚴格來說，她並不胖，稍微有點肉，沒有男人會討厭這點。偏偏時下容不得這種圓圓的身材，這就是問題所在。瑪德蓮並不會因此而氣餒，她只感覺到自己過時了。現今流行的風格是苗條的女人，甚至瘦瘦的，看看廣告就知道，瘦到沒比小指頭粗多少，瘦得只剩下臀部和小而挺的乳房——不像她的。她吐吐舌頭，叫了一聲，雖然她全身都光著，還是急忙遮住胸部。原來保羅在那，透過半開著的門看著她。看到母親的反應，他笑了出來。

「妳……妳……媽媽……」

瑪德蓮匆匆抓住浴袍套上，走向兒子，像平常一樣蹲在輪椅旁邊。

「你在這做什麼哪？親愛的。」

保羅拿起石板，寫道：「薇拉娣說妳回家了，我想祝妳晚安。」

她看著兒子。他也胖了。一張小臉現在圓滾滾的，該注意他的糖分和脂肪攝取量。

已經很晚了，整棟樓陷入寂靜，斷斷續續，一再被暖爐的隆隆聲打斷，樓梯間傳來腳步聲，街上有輛車……適合私密談話的一刻，瑪德蓮覺得這是跟兒子談談的大好時機，但也發現自己缺乏勇氣。

她選擇逃避：

「我好胖……」

保羅立刻回她：

「才……才不……會！」

「會，我要節食。」

他笑了笑，拿起石板。

「妳該試試瘦身霜，雖然很貴，可是……我還是建議妳擦。」

瑪德蓮還沒來得及問自己需不需要擦，保羅已經向後轉。

桌上放著好幾本廣告集，他抽出一本，她有點不自然，這本她沒看過，他耐心十足，一頁一頁往下翻。突然停住。

「告……告訴我，媽……媽媽……」

「告訴你什麼？親愛的。」

他再度求助石板：

「妳晚上去找的那個男人……為什麼是祕密？」

瑪德蓮的臉漲得緋紅，張開嘴正想回答，保羅已經說到另一件事。他指著一個廣告：

「這個！」

相當有分量的女人，一臉沮喪。廣告寫得振振有詞：「肥胖是一種荒謬又危險的疾病，是唯一一種會引來譏諷嘲笑和招致惡意批評的疾病。您只能兩者擇一：陷入抑鬱或求助於美泰兒藥丸[122]」。

保羅一臉燦笑。瑪德蓮還沒從剛剛他問她的那個問題回過神來，感到一絲眩暈，好不容易才想到這句話：「肥胖是一種荒謬又危險的疾病」。不知保羅是什麼意思？她有所遲疑。

「你說媽媽得買這個？」

「或者……這……」

保羅一頁一頁翻過去，有波塔勒教授調製的藥丸：樂非肥瘦身霜、聖歐蒂兒香膏、維爾泰軟膏。根據是否使用過廣告推薦的各種補救藥物，廣告上的女性時而纖細、容光煥發，時而肥胖、不堪重負。

「我……我有……一大堆……」

瑪德蓮只找到一本廣告集，他卻總共翻了三本，一臉認眞又得意。牙多樂：牙齒潔白又健康；貝洛克活性碳膠囊：永保口氣清新，愛吃什麼就吃什麼；契森堡凡士林：要選就選品質……還有最厲害的：光一個克風熱就可以止咳、祛風濕、抗流感、舒緩腰痛。

「很有意思。」瑪德蓮說。

當年居斯塔夫・朱貝爾跟她談到抵押貸款、精算債券費率，她就是這麼回他的。

保羅現在翻到瑪德蓮看過的那本廣告集，不過她不再像上次那樣被嚇得花容失色。她偷偷瞅著保羅俊俏的側影，他正在思考，一臉……她找著該怎麼形容……心滿意足。

「告訴我，兒子，這都是些什麼東西？」

保羅推著輪椅到衣櫃前，帶著另外一本筆記本回來，更厚、更大本，好像市政府登記冊。原來都是些數學公式。

---

122 pilules Mattel：應是作者杜撰的減肥藥，或許皮耶・勒梅特故意取製造芭比娃娃的「美泰兒」（Mattel）作為藥廠名稱，藉以嘲諷。

「不……不對……是化……化學的。」保羅說。

他拿起石板：「這些產品都成千上萬個賣，媽媽。」

「我知道……」

「可是妳知道它們是什麼嗎？」

「新產品，用於……」

「不是的，媽媽，這些東西裡面根本就不新！絕大部分的成分，大家早就知道，只不過添加了某些植物，某種香料，某些讓產品看起來質地比較好、顏色比較漂亮的東西，就這樣而已。」

「兒子，你說的，媽媽跟不太上。」

保羅指指他的筆記本。

「所有這些產品只不過是『藥典』的配方，連改良一下都沒有。」

「喔，『藥典』啊……」

「『藥典』是醫學院批准的配方彙編，是公開的，每個人都可以使用。這些藥商就是這麼做的。」

好的。瑪德蓮終於弄懂了。她很高興。首先令她感到欣慰的是保羅對這些產品感興趣純粹基於科學方面，還有就是，他的知識範圍並不僅止於歌劇。

「唷，我說啊，你還真的教了媽媽好多東西呢。」

保羅疑惑地盯著她瞧。

「對啊，好有意思，」瑪德蓮加上這句。「可是現在已經很晚了……」

「妳知道這些產品為什麼賣得這麼好嗎？」

「這些我們明天再討論，保羅，該上床睡覺囉。」

「都是因為廣告促銷。這些產品什麼價值都沒有，很容易製造，廣告做得好，大家就會買！」

瑪德蓮笑了笑。

「都是些奸商，沒話說。」

「這些產品很貴，媽媽，因為每個人都把身體看得很重要，沒人在意價格。」

瑪德蓮嗤地一笑。

「媽媽很高興你終於找到一樣東西，我的意思是說，一種職業……化學這行是個好主意。」

「哦，才不是，媽媽，我對化學一點都不感興趣！」

「是嗎？那你想做……廣告，是不是？」

「不是，媽媽……」

他指著剪報。

「他們，他們……做的是……單張宣傳。我……我要……做……做的……是全面性的現代廣告。」

夏爾．佩瑞庫爾聘用阿爾方斯．克萊芒—傑罕擔任助理，將他正式介紹給同事。

「各位有任何需要，別客氣，直接跟他說，他非常有效率。」

介紹完後，夏爾對年輕人說：「多來我們家坐坐，我們全家都會很開心。」

隔週，阿爾方斯回道：「主席，我不想麻煩您，但我樂於前去向尊夫人和您那對迷人的雙胞胎致意。」

邀請阿爾方斯上門，害荷當絲七上八下。阿爾方斯會挑上哪一個呢？而且，附帶說一句，沒中選的那個又會怎麼反應？

「夏爾，你不需要再聘一個助理嗎？」

夏爾沒搭腔。

阿爾方斯來吃晚餐。他又不是白痴，早看出夏爾．佩瑞庫爾的心思，可他的兩個女兒如此醜陋，以至於他的大腦不知何故僵住，遲遲無法定奪。

雙胞胎姐妹花衷心盼望簡化他的任務。她們當然知道眼前只有一個男生，儘管她們在算術上並沒比其他學科更出色，但也知道他只能選一個。玫瑰覺得身為姐姐的她享有優先權，一直都聽命於姐姐的風信子接受了，自己等下一回合再說吧。

於是由玫瑰負責張羅糕點，奉上有如耍雜技般、令人提心吊膽的接待。面對這位年輕女子了不起的絕技，客廳裡人人無不讚賞有加。

夏爾快撐不住。他愛玫瑰，也瞭解阿爾方斯，不啻為雙重痛苦。

不如討論政治，轉換一下心情。

自從夏爾．佩瑞庫爾主持的委員會成立以來，受到民眾廣泛談論。評價不見得都是好的。選民眼裡，搞政治的人早已威信掃地，即便他們說的是真的，選民也置若罔聞。然而，政府這回打擊逃漏稅的意圖，民眾卻毫不懷疑。國會諸公真心誠意關心國家負債累累這件大事。法國可以回到經濟健全的當年，許多人抱持著這種相當異想天開的想法，還以為大家正在經歷的是一場危機（就定義而言危機是暫時的），卻不明白經濟不景氣這種全球新狀態，已然長駐不去。

報紙一面倒，全都提到「佩瑞庫爾委員會」。

「令人鼓舞的好消息。」阿爾方斯說。

玫瑰，手肘支在桌上，雙手撐著下巴，咯咯一笑，以示仰慕。

「您認爲？」夏爾問。

「抓逃漏稅一事已深入人心。甚至有人迫不及待等著看成效如何。如此一來，您提出來的措施，政府很難拒絕。您的位子穩如泰山。」

夏爾嘆了口氣。目光精準。啊，他多想有這麼一個女婿。

30

好幾天來，蕾昂絲都直接躲著他。羅伯也會出手打她，但他是羅伯，她允許第一任丈夫這麼對她，她並不打算忍受第二個。朱貝爾並不暴力，至少不會太過分，比他愛打老婆的男人多得是。不過他太易怒、暴躁，有時候說要就要，他抓住蕾昂絲，把她轉過來面對他，他幹活的時候，還死盯著她，彷彿他恨她，要不就是問東問西，等她回答，毫無耐心。他連眨都沒眨一眼，哼都沒哼一聲，冷不防就對她破口大罵，這點讓蕾昂絲有點害怕。

這個壓力奇大的男人，甩開大衣、扔掉帽子，腳跟在地板上喀地一聲，一言不發，沒瞧她一眼，把自己關進書房。

蕾昂絲走到門口偷聽，傭人經過，斜眼瞄她，只見她彎著腰盯著鎖頭，她才不在乎傭人看笑話，她豁出去了。

居斯塔夫打電話、發出氣壓傳送信。召見了好多人。瑪德蓮問他都召見了誰。這並不難回答：所有人都召見了。當天晚上就開會。非來不可。

介於發兩封急電之間，居斯塔夫有足夠時間反覆思考。從克利希到勒普雷—聖熱爾韋，烏雲倏忽越積越密。

檢查結果不久就會出爐。「振興法蘭西」裁斷金援，「明確結果」出來之前，不願意再掏錢包。

他掛下電話，剛發了最後一封氣壓傳送信。他站了起來，蕾昂絲剛好來得及假裝剛剛經過走廊。

「叫他們送點冷盤上來，」他把她當成廚娘。「我馬上要出去。」

同一時間，羅伯．費航閉上眼睛，又聽到玩牌戲的聲音「皇后、國王、加十分」。心癢難熬。

「你就讓他們贏幾把！省得又多了幾個敵人！」

這是蕾昂絲奉瑪德蓮之命對他下的命令之一。

說的也是，現在不是惹毛大家的時候，因爲氣氛已經非常緊繃。絕對是。起初羅伯幾乎誰也碰不到，他上工的時間，別人剛好下工，可是過了幾星期後，大家加班越加越晚，他的拖把還得在車間障礙滑雪，比起之前，想假裝打掃也更難了。

「哀！」警衛嚷道，算他好運，剛好趁著兩盤牌戲間的空檔上個廁所。

一輛車開進天井，警衛連忙跑回去。大夥兒搶著掛上名牌，七手八腳扣好制服，羅伯溜進儲藏室。老闆走過門口，他在地上潑了一大桶水，使得朱貝爾不得不跨過這灘水才能走到樓梯。

「對不起，老闆……」

朱貝爾理都不理。他越來越不友善，他進進出出，要不就悻悻然，要不就心事重重，疾言厲色，發號施令，聽起來眞的很刺耳。羅伯沒把這當回事，他甚至懂他爲什麼會這樣，因爲日復一日，麻煩層出不窮……

晚上十一點光景，開會的人全都到齊，圍著會議室大圓桌坐了一圈。

自從「振興法蘭西」上回來檢查以後，原本有二十三人開會，現在只剩下十三個。合夥公司紛紛召回人員，有的召回一名工程師，有的召回兩名技師。是的，沒錯，朱貝爾當然跟合夥人這麼說過，送他們回來吧，「研發中心」運作一切順利，甚至還比預定計畫提前……才怪！

由於報章雜誌刊出好幾篇文章，懷疑「研發中心」現金儲備明顯不足，殺傷力甚強，供應商突然要求先付款才出貨。政府也暫停補助。信心危機愈發嚴重。朱貝爾在銀行界混了這麼長的時間，他心知肚明，如今想跟任何單位協商貸款，自己都再也沒那個分量當擔保。他在懸崖邊上，而且獨自一人。

「政府的決定，」他對在場團隊中僅存的幾人說道，「造成我們的狀況比預期中更糟。」

他不是傲視群倫的心理學家，但是老闆的應變能力，他還是有的，深知不好好對待員工，員工就會工作不力。

「如今發生的這些事，是任何具有雄心壯志的大膽投資都會碰到的狀況。我請各位過來，就是爲了向大家證明我信心十足。在艱難困苦的環境下，才能考驗出一個人的堅強意志，即所謂的疾風知勁草。」

他對這句箴言相當滿意。只見眾人不再垂頭喪氣，重新在椅子上坐正，抬頭挺胸。

「我們即將面對檢查結果，大家會看到聳人聽聞的總結報告。不過在此之後，就可以清靜好一陣子。」

大夥兒做了最壞打算，搞不好得被迫關閉「研發中心」，沒想到朱貝爾反而再度推遲最後交期。

唇邊泛出一絲笑意，補充說明：

「做出小尺寸渦輪噴射引擎模型，作爲全尺寸製造的樣機。九月初發表，各位辦得到嗎？」

十週。

「可以！」有人脫口說道。

與會人員輪流發表意見，各自對自己部門進行評估，外包的新葉片一個月內會送到，確定渦輪葉片級數六週可以完成，之後渦輪機還需要調校，再加上三週，混合燃料、空氣動力方面的問題可以晚點再解決……

好，十週就十週，沒什麼是不可能的。

會很拚，但很快就能測試新合金，還差兩步路就能解決。十週期限內，公開測試小尺寸渦輪噴射引擎模型並非無法想像的。

就是這樣，朱貝爾心想。加強控制力道，但別讓工作人員灰心喪氣。

杜普雷先生心想：安德烈・德勒固爾的把柄還是「很難抓到」。他經常偷偷溜進他的公寓，小心翼翼，比印地安人還警醒，看看他的信，挪動他的書，詳細檢查床單、水牛皮鞭的狀態，然後才離開，有時候帶走幾篇安德烈特別喜歡的文章，有時候則是他捲起來扔進垃圾桶裡的舊家居袍（一進門的掛衣勾上掛著一件新的，綠色、襯了棉裡，伏爾泰式的，完全符合自視甚高的他），一枝鋼筆，從筆上積的灰塵可以看出他已經不用了，舊墨水瓶被新的取代，廢紙簍裡找到一封揉皺了的信的草稿，這些沒多大重要性的次要物件，杜普雷先生都以手帕包住，塞入袋中，回家後再把它們整理好，收進自己床下的小箱子裡。

「遲早會抓到的。」瑪德蓮說。

簡直像她在安慰他。好像這是他的事，而不是她的事。

兩個人都仔細閱讀安德烈的專欄，希望找到對他們有用的訊息或者任何蛛絲馬跡。徒勞無功。好幾週來，安德烈專門寫些逢迎拍馬、討好未來股東的文章。瑪德蓮倒是趁這個機會好好看了報，追蹤新聞，她現在對時事比以往更感興趣。

「『法國政府和蘇維埃大使多夫加列夫斯基閣下針對當前政治情勢交換意見。法蘇關係日漸親密似乎指日可待。』這倒新鮮！」

「難道您寧願往德國那邊靠？」杜普雷先生回道。

「當然不是！但是跟一九一七年出賣法國的叛徒結盟[123]，謝了！」

「法國的敵人是法西斯政權，瑪德蓮，不是共產黨。」

「反正我啊，杜普雷先生，我可不想在自家門口看到他們！野蠻人，他們就是這樣沒錯！」

瑪德蓮雙臂抱胸，隨後又說：

「難道您想讓無產階級到我們家散播革命種子嗎？」

「他們能從您這拿走什麼呢？」

「您說什麼？」

「我說就算無產階級上您家門，您有什麼好搶的？錢嗎？您早就沒了。難道您怕他們搶了您的鍋子？還是地毯？」

「可是……可是杜普雷先生，我不想布爾什維克赤化我的國家，搶走我們的孩子！」

「您這說的是法西斯和納粹才對，他們自然另當別論。」

瑪德蓮氣得不可自抑。

「但是那些人唯恐天下不亂。有了共產黨，道德不再，天主不再！」

「天主？難不成您認爲您的天主對您很照顧？」

杜普雷先生又看起報來。瑪德蓮沒回他。

這類談話經常發生，杜普雷的理念，對瑪德蓮來說很新鮮，經常讓她陷入沉思。看得出來她試著思索這一切。

「杜普雷先生，可以請您幫個小忙嗎？」

已經很晚了，他送她去搭計程車。每回計程車都停在拉封丹街另一頭，以免鄰居閒言閒語。

「樂意之至。」

「我想請您來跟保羅聊個幾分鐘。他有東西不懂。」

「聊什麼呢？」

瑪德蓮差點笑出來。杜普雷先生回得這麼快，語氣反映出他感到焦慮。她禁不起故弄玄虛的誘惑，僅僅回道：

「算是……個人問題吧。如果您感到困擾……」

「哪兒的話，瑪德蓮。一點都不會。」

可是他的聲音透露出一副倒大楣的感覺。就像他面對羅伯．費航時，一看就知道他恨不得踹他屁股兩腳。

「晚安，杜普雷先生。」

123 請參閱頁113注58。

她笑著推開車門。

「晚安，瑪德蓮。」

杜普雷先生穿了套裝。他第一次到瑪德蓮家。

薇拉娣立刻迎上前去，殷勤接待，好像她是家裡的女傭。

「Miło mi pana poznać!」（很高興見到您！）

「我也是。」杜普雷先生回道。

三人朝玄關走來，保羅也推著輪椅過來。

「保羅，這位是杜普雷先生。」瑪德蓮說。

男孩一聽就伸出手，不過大老遠的，因爲輪椅過不來，所以杜普雷先生走到保羅那。

「你好，保羅。」

每個人都愣在那，瑪德蓮化解尷尬：

「杜普雷先生，要不要喝杯咖啡？」

他不要。自從瑪德蓮拿所謂的幫保羅忙這個請求害他中計，他就一直七上八下，原本平常都睡得非常好，現在則是夜裡帶著許多原本他不關心的新疑問醒來。此刻他就在這，迫不及待想做個了結。他不會迴避。仔細想過之後，他心裡有數。他完全不怪瑪德蓮，一個女人家帶著孩子，遇上麻煩，逮到誰算誰，可是她的做法不對，她不夠坦白，他氣的是她這點。

杜普雷先生指了指保羅。

「我來是爲了跟這個年輕人聊聊，應該是這樣沒錯。」

薇拉娣關上門，瑪德蓮對大家說「我剛好可以去買點東西」，杜普雷先生沒再起身……這點也是，她未免太沒承擔的膽量。

他看著保羅，跟他想像中不一樣。他差不多十四歲，比他媽媽口中的他稍微胖一些，而且八成還剃了上唇，這樣他幾天前剛修過的小鬍子才能加速成形。問題是他那雙腿瘦到不行。臉蛋俊俏。他父親也是名美男子，壞胚子，但富有魅力，懷裡永遠抱著女人，但從不是自己的那個。小房間推滿了書、檔案夾、成堆唱片，因爲輪椅的關係，地毯有好幾處都磨損了。

「您……請……請坐……」

茉莉絲特，弗若德沃街上的一個妞兒。號稱十八歲，但不超過十六。漂亮，眞漂亮。一笑起來……因爲她有一張雅緻的小臉蛋，杜普雷先生才下定決心。沒錯，臉蛋雅緻沒任何意義，搞不好她有著天使臉龐，卻是個如假包換的害人精，問題是好歹得相信一些東西吧。說起來她並不算正式下海，而是打工性質。聰明伶俐。一上床，邊閒話家常，邊立即脫下吊帶襪，不像別的女人（他找過區區幾個罷了）。她還善於察言觀色，看到他只有坐下，而不是一副猴急的模樣，她就嗅到這位客人另有所求。

「你到底來幹嘛？」

她站在床腳邊，下定決心絕對不讓這個客人爲所欲爲，一想到這種情況就傷心，她八成見識過十幾回，有特殊要求的可不容易打發。

杜普雷先生掏出錢，該付多少就付多少，一邊解釋說他不是爲了自己來的。她一步一步討價還價，一毛一毛算得清清楚楚，不過尚稱順利。

「怎麼樣？保羅，」他說，「據我所知，你需要幫助。」

男孩臉紅了，杜普雷後悔自己說話太直接、不委婉，他不想傷害他。

「媽……媽媽告……告訴您了？」

「大概說了一下。不過我應該有掌握到重點。」

那好。保羅看似鬆了一口氣。

「您……您……我可以嗎？」

他指了指石板。

「當然可以。」

「我想到三個問題，」保羅寫道：「找到合適的人，還有地點和錢的問題。」

「你想得很周到。」杜普雷笑了笑。

這孩子腦筋清楚得很。跟茉莉絲特在一起，有得學了。

「錢的方面，媽媽說，只要不過分，她有辦法。」

「她說得沒錯，這個問題應該解決得了。」

保羅點點頭，對，這個問題害他挺苦惱的，不過他母親說會找得到錢。不論透過什麼方式，總會有的。「如果在合理範圍內的話！」她補了這句。

好消息。

「至於地方，」保羅繼續寫著，「我不太知道什麼地方最適合。」他面露困惑，寫起字來更爲焦躁。

「其實，我不太知道這是怎麼一回事。」

他看看杜普雷先生，繼續寫著：

「我是說……具體而言。」

他因爲自己的無知而羞紅了臉。

「地方不一定要多大，保羅。重要的是，你要能覺得放鬆、感到安全。我想我已經找到一個好地方了。」

保羅兩眼驀地發光。

「眞……眞的嗎？」

「應該是。」

他們相視而笑。一切進展順利。這個小傢伙好可愛，很高興能讓他開心。

「現在，合適的人嘛……我想到可以在報紙上登廣告。比方說……」

他轉身想拿筆記本。

「哦，沒必要，保羅，我有你需要的人選。」

「啊……是嗎？」

這個小保羅，驚呆了。高興得哈哈大笑，發自內心的喜悅。他興奮莫名，在石板上寫著：

「您有地方可以當實驗室，媽媽又有可以開始進行實驗的錢，您又認識厲害的藥劑師……這樣進行起來就會很快了，對不對？」

這回輪到杜普雷先生笑了笑。笑得有點勉強。

「通常是這樣沒錯。不過，這一切，你最好還是從頭再跟我解釋一遍，我的意思是說……用你自己的話說。」

保羅同意。他非常願意詳細說明他的計畫：

「好，那我就說囉，我打算創立一家藥廠……」

31

帕西街轉角處塔街上的私人宅邸，一棟豪宅，左鄰右舍完全沒法比，家僕在人行道快步通過，來去匆匆。這則刊登在《時報》[124]的廣告是保羅第一個發現的。

「媽……媽媽……」

他寫道：「這很奇怪，不是嗎？」

「奇怪什麼，寶貝？」

「廣告詞。」

保羅這點很在行，他拿歌劇當背景音樂，成天花在看廣告上，精讀促銷文案、分析宣傳標語。

「看到這種廣告詞，就會很想知道他們在賣什麼，妳覺得呢？」

瑪德蓮揉亂了保羅的頭髮，你啊，你這個小機靈豆。

廣告沒提供地址，只有電話號碼。女人的聲音，帶有輕微口音。

「這……您是……？」

「朱貝爾。蕾昂絲・朱貝爾。」

124 *Le Temps*：二戰前法國最著名的上流社會報紙之一。《世界報》（*Le Monde*）前身。

「方便在哪跟您見個面？」

對方沒直接回覆，隨後卻打來電話，委婉驗證她的身分。蕾昂絲三天前打過電話給瑪德蓮：

「他們給了我一個電話號碼。我照您的吩咐做了。」

「好極了，請說。」

「雷諾先生。帕西二十七－四十三。」

電話立即轉給一位男士，聲音富有磁性，熱情，幾乎稱得上諂媚，電影裡的那種聲音。

「何諾，如何的『何』，不是雷諾汽車的『雷』。」

爲了赴約，她向蕾昂絲借了燈芯絨套裝，差點穿不上。

「妳……這，妳……妳好美，媽……媽媽。」

保羅嘴巴眞甜，不過她沒繫金屬扣腰帶以凸顯腰身就是了。好，重點是要能讓別人以爲她是朱貝爾夫人。

何諾先生本人比聲音老十五歲，長得像省府公務員。就銀行家而言，頗令人失望。他的禿頂有如樓梯飾球般光亮。來客令他著迷，不過幹他這行的，跟誰會晤都開心。

茶水已經奉上，他這間辦公室其實算是接待廳，裡頭擺著長沙發、扶手椅、獨腳小圓桌。朱貝爾先生不克親自前來，從而委請夫人代勞，何諾先生完全理解。小圓桌上放著一張她的名片，精美雅緻，上有浮雕的大寫字母。

「佩瑞庫爾銀行走到這一步令人不勝唏噓。」

他的難過看起來眞心誠意。對銀行家來說，任何信貸機構倒閉都像自家出了喪事。

「倒是『振興法蘭西』，眞是一大創舉……還有『航空工程研發中心』，好一家雄心萬丈的企業！」

「然而，這年頭做什麼都不容易。」

是啊，他在報上看到了。這種公司竟然遇到麻煩，世道之嚴峻，令人無法忍受。

「正因如此，何諾先生，我才登門拜訪。」

他懂，他沉痛地閉上雙眼，好一會兒才重新睜開。

「萬一事情……對尊夫不利，他總不希望政府……」

他因自己魯莽直言而心慌，連忙改口說道：

「請注意！批評貴國政府絕非敝人本意！」

瑪德蓮點點頭，毋須抱歉，我們知道不能仰仗政府。

場面話剛說完，雙方氣味相投，彼此理解，擁有相同價值觀。破產前夕，朱貝爾先生力圖把錢藏到別的地方，以免遭稅務機關強取，而何諾先生正可排除這種障礙。

位於瑞士溫特圖爾的瑞聯銀行，透過它唯一且低調的廣告向潛在客戶保證：瑞士銀行的保密工夫譽滿全球，在本行開的個人帳戶「百分之一百機密」，絕對不會攤在陽光下。該銀行同時還保證定期派專員來巴黎及法國各地「與客戶碰面」、「就近爲客戶分憂解勞」。就是因爲這樣才引起保羅注意。

爲了瑞士銀行存款的利息，存款戶還得親自去瑞士領。回國時，還得冒險把利息帶回來。最近幾年，旅客被迫打開行李箱解釋，因爲夾帶大量現金有逃稅之虞而遭逮補，委實令人不快。

溫特圖爾瑞聯銀行服務無比周到。省去客戶舟車勞頓之苦，直接將客戶的利息送到府上。這就是「傾聽客戶需求的專員」所扮演的角色。客戶一報出名，銀行專員立即準備好利息，親自將白花花的銀子雙手奉上，稅務機關什麼都不知道。

「我們有一種系統……敝行首創的全新系統。」

何諾先生這個人並不會自卑，但會自滿，只不過這回有點得意忘形。瑪德蓮沒問，唯有靜靜等他自己說。

「帳號號碼。」

她稍微皺了皺眉，代表她搞不清楚這是什麼機制。何諾先生歪過身子靠向她。

「客戶在傳統銀行以自己的名義開戶，不論存款、提款，所有操作，都以客戶的名義蓋上戳章。萬一有人找麻煩，再容易不過，查查帳冊就得了，客戶的一舉一動全都攤在大太陽底下。」

「銀行不是都會保密嗎？」

「此言甚是，親愛的女士！但這種保障是有限的，無法面面俱到。敝行提供的保護滴水不漏。您把錢存在敝行，恕我用詞低俗，就等於腰帶加吊帶，儘管放一百二十個心吧！」

他就是忍不住，非說幾句輕薄的話不可。他清清嗓子，以抹去這個略帶顏色的笑話可能造成的不良印象，隨後又開了口，這回語氣堅定：

「敝行開設不記名帳戶。帳冊公開在光天化日之下，可是帳冊上只有一個號碼，查了等於白查。」

他端起茶杯，恢復原先坐姿。

「要是我告訴您120537，您哪知道是誰？不可能嘛。」

瑪德蓮表示贊同，接著問道：

「但是爲了操作起見，總得知道哪個號碼對應哪個人吧？」她感到好奇。

「我的小冊子！唯一一個能將號碼帳戶與客戶身分對應的文件。說是說，唯一一個……其實還有一本，不過那本小冊子鎖在瑞士總行保險櫃裡，向來都不拿出來。謹慎，再謹慎。至於我的小冊子嘛，要不就鎖在保險箱裡，要不我就隨身攜帶。最高機密，沒有任何打字員知道，也絕不會有複寫紙的副本亂扔在字紙簍裡。全世界只有兩個人能將敝行的號碼帳戶和客戶身分進行對照。」

他嘿嘿一聲奸笑，就像酒店業者提到獨家自製果醬那般得意，自以為這種屁話大家會買單，每年都說上三百次。

瑪德蓮聽了讚嘆不已。

「必定會令外子印象深刻。眼看樣機發表期限即將到來，他不得不儘快作出安排。以防……這您懂的。」

「請轉告他，時間和地點，他說了算。」

瑪德蓮笑著表示感謝。銀行家最難啟齒、偏偏又最想問的問題，總是一樣的：客戶打算存多少？要怎麼探口風？每位銀行家各有巧妙不同。何諾先生則將此一棘手難題作為細節來處理：

「這筆金額……」

「先存……嗯，八十萬法郎。」

何諾先生暗自竊喜，八十萬法郎，很好。他笑了。天哪，從客戶口袋轉進您的口袋，鈔票的味道聞起來可真香。

呼！瑪德蓮如釋重負，抽掉腰帶、脫下套裝，一大解脫。小心翼翼把套裝折好，收回大盒子，她不會不甘願歸還，因為太緊了，看來她得稍微減點肥了。

四月初，日報頭版刊出德國商店的照片，櫥窗繪有大寫字母，店門口還站著士兵。顯示出這是「抵制猶太奸商的大日子」。

《畫報》[125]說明如下：「大半夜的，有人在櫥窗上畫骷髏頭，寫下這些文字：『危險！猶太商店！』」。保羅深受震撼。

大多法國新聞從業人員同聲譴責納粹輔警[126]暴行。「希特勒一心想建立一套冷酷無情的體系去對付猶太人，其殘暴前所未見。」

四月四日起，德國人想出國，護照上必須有「良民」註記，否則休想離境。

同一天，德國《戲劇》日報的標題則是「索蘭姬．加里納朵：德意志國新繆思」。

要是索蘭姬沒提起柏林這場獨唱會，要是她沒堅持非去不可，保羅肯定不會對德國特別感興趣。自從開始注意德國，他就發現這個國家受到大家嚴正關切，很多文章都提到德國現況。

《小巴黎人報》[127]單刀直入寫著：「希特勒這個宗派極其凶悍，非我族類，一概憎恨，伺機打壓任何反對其意志及理念的人。」

索蘭姬與高采烈前往演出的就是這個國家嗎？她寄來剪報：「德意志國對索蘭姬．加里納朵的柏林之行甚感驕傲，國民教育暨宣傳部長約瑟夫．戈培爾如此宣告：希特勒總理將以國家元首規格接待『加里納朵女神』。」

「我的小公雞，好了，我快樂得不得了，我的曲目單排好了，已經寄給對方，一定會大受他們歡迎！你到底去不去呢？」

保羅自覺沒權利去評判大人做的事，僅僅在一封信中大膽問道：「索蘭姬，去德國演唱是件好事嗎？尤其是這個時候。」

「可是，我的小人兒，要去德國當然就是現在去啊！現在正是這個偉大的音樂國度最需要藝術家共襄盛舉去演出的時候！」

五月中，索蘭姬回信告訴他：「索蘭姬・加里納朵要爲德國文化大業盡心盡力」；然而，就在幾天前，報上才剛刊出一張照片，柏林歌劇院廣場篝火高高堆起，照片附說明文字：「焚書儀式盛大展開！昨晚兩萬本反德意志著作遭到焚毀！」

保羅對篝火的瞭解，都來自於他學過的聖女貞德[128]和喬爾達諾・布魯諾[129]的歷史，兩位先人的遭遇令他更加擔心。「人山人海聚集在篝火周圍，她有如置身聖殿，以莊嚴聲調高唱愛國頌詩。德國是世上唯一一個國家，利用神祕形式來包裝野蠻行爲，藉由虔誠喜樂激起愛國情操。」《果敢報》如此寫道。

野蠻行爲、篝火、音樂家慘遭槍殺、猶太人遭到箝制……保羅沒能力辯論，但他知道這一切都是錯的。

---

125 *Excelsior*：創立於一九一〇年的畫刊式日報，一九四〇年就結束營業。

126 les miliciens：協助正規警察，提供額外警力的人員。

127 Le Petit Parisien：法蘭西第三共和國時期的日報，一戰期間發行量高達兩百萬份。一八七六年創刊，一九四四年因不受納粹德國認可，終告停刊。

128 Jeanne d'Art（1412-1431）：天主教聖人，法國民族英雄，英法百年戰爭期間，她帶領法蘭西軍隊力抗英國軍隊入侵，最後被捕並被處以火刑。

129 Giordano Bruno（1548-1600）：文藝復興時期的義大利哲學家、數學家、詩人、宇宙學家和宗教人物，其泛神論思想深受教廷關注。最後終因宗教裁判所判他「異端」，而被燒死。

「我不告訴你詳細的節目單，我希望你因為太想知道，而來柏林聽我唱！在我的職業生涯中，在柏林演出會是個偉大的時刻，也許是最偉大的，你想想看哪，總理本人，偉大的德意志國部長閣員和所有社會名溜[130]！我要讓你再多流一點口水。我找哪位藝術家幫我設計布景，我故意先不告訴你，反正你一定會喜歡就對了，我只能告訴你這些。我保證，準會跌破大家的眼鏡！」

索蘭姬興奮成這樣，保羅好難過。

「要是德意志國提出要求，我願意唱遍全德國。」她如此宣告，這不可能僅僅出於天真、盲從。他在報上看到的消息，每個人都看得到。索蘭姬當然也可以。

六月十日，喜劇演員、演奏家、歌唱家共八百名猶太音樂人「被辭職」，國家歌劇院前指揮奧托．克倫佩勒也包括在內。

到了月底，所有音樂會節目一律禁止演出孟德爾頌、梅耶貝爾、奧芬巴哈、馬勒[131]的作品。現代音樂被視為是傳統音樂的一大墮落，巴赫、貝多芬、舒曼、布拉姆斯、華格納、史特勞斯等人才代表真正的德意志傳統音樂，索蘭姬．加里納朵雀躍無比，期盼前往柏林演出的正是這些音樂家的作品——為她聲稱的「偉大的德意志國」福祉而唱。

這封信保羅寫了又寫，信尾尤其令他難以下筆：

親愛的索蘭姬，

您決定去柏林演唱，我好擔心。我在報上看到那邊好多人都不快樂，而且很多都是音樂家！

我知道得不多，但這是真的，那邊有人燒書，還有人搶猶太商店，我看過照片。讓我感到痛苦的不是您去柏林演唱，而是看到您對那些做出這種事的人這麼熱情。我不知道怎麼跟您說才好。我的腦袋轉了又轉，想了好久，才終於拿起筆來。您對我這麼好，我虧欠您的實在很多。我第一次聽到您的聲音，彷彿得到重生。多虧有您，我現在才會活著。可是您在那邊做的事，我這一輩子都不能接受。

所以我才寫信給您。為的就是向您表示我發自內心深處的感謝。但我也要告訴您，我再也不回您的信了，因為愛這種德國人的那個人，她只管自己不管別人，已經不是我曾經好愛好愛的那個人了。

保羅上

悲觀浪潮一波又一波，吞沒了「航空工程研發中心」，倏地，誠如我們在商場上有時可以看見的那樣，情勢大變，地平線雲開霧散，幾乎又像開業之初那般光芒萬丈。

發布九月初測試樣機的消息，非但沒讓整個團隊懷憂喪志，反而激發工作夥伴同仇敵愾的志氣。大半個夜晚在「研發中心」度過，一大早又回來繼續幹活，這種情況並不少見。週末或週日全泡湯。

130 grattin：應為gratin（名流），索蘭姬拼錯。

131 Mendelssohn, Meyerbeer, Offenbach, Mahler：四位音樂家均為猶太人，其中除了奧芬巴哈為法籍外，其餘三人均為德籍。

但哭臉的曲線倒了過來，因為成果就在眼前，觸手可及。重新測試燃料、鼓風機、耐熱性。朱貝爾白天都跟工作人員一起打拚，他無處不在，凡事親力親為，精力之充沛，令人欽佩。總是稱讚這個，鼓勵那個。要是他辦得到，他還挺想要點幽默呢。

方向舵儼然轉向，順風高飛。

渦輪機效能超乎預期，尤其啊尤其，新合金更是帶來無比希望。十天前，完成首度測試。噴射引擎一啟動，所有人都不敢相信。推進力量既猛又強，全場爆起如雷掌聲。朱貝爾，我們知道他有點情緒化，淚水盈眶，他擤擤鼻子，為了轉移大家注意力，下令再做另外兩個測試。四天後又測試了一個噴射引擎，比第一個還更令人滿意。現在朱貝爾確定自己壓對寶了。

話說回來，情勢緊急，他非押對不可。

支持他計畫的財源從各方湧入。一週好幾回，朱貝爾都得滿足「振興法蘭西」提出的種種要求。統計圖表、研究進展、技術人員規劃、可用庫存、雜費支出，他得一項一項交代清楚。薩契蒂說：「不然你想怎麼樣？他們又不像你這麼雄才大略，稍微一點風吹草動都嚇得半死！」朱貝爾只能打落牙齒和血吞，盡全力保護團隊不受干擾。你們只要全心投入主要任務，其他的我來應付。

最近一次風洞測試大大成功。他決定本週一開始製造生產用的正式機身，生產進度表排得太完美了，甚至還有時間解決突發狀況，因為每次都會碰到。

「研發中心」全體人員等不及想看新渦輪葉片，「兄弟夥伴」做出來後只有四公釐誤差，這可是歷經數週研究、計算的心血結晶，他們外包的這些葉片是最精密的，也就是說最貴的。光這些就值二十多萬法郎。

羅伯比他們更等不及。因爲他收到瑪德蓮明確、幾近強制的命令：

「萬一您失手，費航先生，我就去警察局交出結婚證書，到時候，只怕您還來不及穿上外套，警察就上門了。」

蕾昂絲和瑪德蓮一樣擔心，因爲除了床上，她很少見到羅伯連著三次成功。

「你會辦到的，嗯，我的小公雞？」

「當然囉。」

他做任何事都信心滿滿，這點完全無法令人安心。

除了他運氣好以外，令人意外的是，他也都能好好把握住運氣。

羅伯剛打掃完，走出車間，早班的已經到了，他朝他們瞄了一眼。那個印著「兄弟夥伴」字樣的大包裹就在那。他想都沒想（他也沒能力想就是了），拎起那包就回家了。

第二天早上，他發現「研發中心」處於一種難以形容的狀態。

每個人都在找那個包裹，就是找不到。警衛非常確定，他指著自己暫時存放包裹的地方。整個廠區翻來覆去找遍了，跟用梳子篩過似的，連辦公室和儲藏室也沒放過。包裹不會憑空不見！廠區安全措施滴水不漏，每位訪客都得登記，沒工作人員陪伴，「沒半個外人」可以在「研發中心」走動，公布包裹遺失的消息兩天後，又聽到大家最怕聽到的那個詞：人爲破壞。

眾人面面相覷，團隊裡有五個不同國籍的技術人員，開始低聲議論，謠言傳到這個人耳裡，再傳到那個人耳裡，這一切都令朱貝爾頭痛不已。

暗自議論紛紛的環境，令人不舒服的感覺，鉛般沉重的氣氛，使得工作節奏減慢，有人甚至連

「德國人」都說出口，大家讀過有關他們在航空研究方面的文章，莫非「研發中心」有內奸？朱貝爾一走進辦公室，對話頓停，殊不知交頭接耳比大聲說出來讓人更難受，人人相互監視，也監視別人。

十天後，羅伯奉瑪德蓮之命，奇蹟似在收貨處牆的旮旯裡，就在大家明明檢查過好幾次的電解槽下面，找到滿是灰塵的包裹。

他被當成英雄，可惜為時已晚，公司已經向「兄弟夥伴」訂了新葉片。

安德烈徵詢過兩位年輕記者的意願。每週三晚上，他都去金主家中聚餐，向他們介紹這份新日報的樣稿（最後因為想不到更適合的名稱，所以股東接受了《執法吏》），他也親自登門向顧問蒙特—布薩斯請益。

位於美西納大道的辦公室，原本屬於一位女貴族所有，她去了托斯卡尼安享天年。這裡十分寬敞，安德烈已經買好傢俱，他還去過印刷廠，請他們報價。錢永遠都不夠用，不過安德烈還是幹得比誰都起勁。

發行日期一延再延。現在計劃十月中旬推出創刊號。安德烈急得像熱鍋上的螞蟻。

他在《巴黎晚報》的專欄越來越受他發行新日報的計畫和他對法西斯的信念影響。

「我說，老弟，」紀佑托問得直截了當。「這篇用詞未免強烈了點？您專欄的轉變挺有意思的。」

法國需要獨裁者嗎？

自從國富兵強的義大利打算奪回領導拉丁歐洲再起的韁繩，「獨裁者」，這個大名鼎鼎的詞彙便長駐眾人心中。

切莫忘了獨裁乃是共和制度之產物。獨裁者絕非臭名昭彰的漫畫人物，而是民選的行政官員，萬一遇到緊急狀況，在某段時間內，獨裁者受到全民全權託付。

面對我國完全不夠格的政治水準，以及成事不足、敗事有餘的代議制度，鄰國的解決方案為我們打開了另一扇窗。全權授與一個有能力的人，讓他得以貫徹振興國家政策，完全不會有任何招致臭名滿天下之虞，殊不知，誠如法國曾經擁有的輝煌時代，民主國家也需要能人奇才，千錘百鍊的靈魂。

倘若明朝此人出現在你我眼前，難道不是我國從錯誤中汲取教訓、從義大利令人振奮的成功場景中好好學習的大好時機嗎？

凱洛斯

「可是，瑪德蓮，我們三天前已經討論過。」

她沒辦法有話直說，總是有藉口。

「我知道，杜普雷先生！但這並不妨礙……我需要做個小結。」

非常好。瑪德蓮是老闆，出錢的是她，沒問題。所以我們才會看到他們兩個在杜普雷家的小飯廳裡面對面坐著，誰都沒說話，因爲從上次見面以來，並沒有新進展可以交代。瑪德蓮若有所思，攪了攪咖啡，先開了口：

「好吧，該說的都說了，對吧？」

「對對對，瑪德蓮，該說的都說了。」

於是她開始脫襯衫，眼睛盯著鈕扣，寬衣解帶的時候，她不想看著杜普雷先生。他靜靜走向她，他從來不會讓她覺得尷尬。

至於他跟保羅的談話，他不想解釋細節，因爲他們之間的那一點點誤解並不算眞的誤解。保羅十四歲，膚色白皙，輪廓分明，至於瑪德蓮希望排除的保羅青春期問題，其實是到了最近才眞的開始。杜普雷每週和他見一兩次面。反應很快的男孩，很上進，以他的年齡來說算相當早慧，知識豐富。

他好不容易才找到一位藥劑師，阿爾弗雷德·布羅茨基先生，一年到頭都感冒的德國人，因爲他的「猶太診所」遭到毀壞，一個月前剛到法國。他只從老家弗羅茨瓦夫帶來讓家人得以保暖的衣物。出人意料的是，某天，他竟然收到離德前寄出的三箱東西，當初他心想恐怕再也回不去了，所以準備了整整三大箱的蒸餾器、缽盆、小爐子、小管子、秤子等，這些東西總算逃過一劫。

在藥學方面，布羅茨基先生是藥物的忠實信徒，對其力量深信不疑。他認爲任何疾病都有藥可醫，只不過有時候那種藥還不存在。

保羅向他提出自己的計畫和他從「藥典」上看來的配方，對對對，非常好，得先試試看，一千法郎，杜普雷大著膽子提出這個數目。對對對，非常好，布羅茨基先生走了，沒人知道還會不會再見到他。結果過沒幾天，他帶著一個小缽回來，缽裡裝滿以蜂蠟製成的綠色物質，不怎麼好聞，此外他還證明這種物質什麼效用都沒有，「效果差不多像溫開水」，他這麼說，讓大家心裡有個底。

對保羅來說，不要有味道，他理想中的產品就是這樣。此時布羅茨基先生正在解釋，氣味這點很遺憾，因爲「該有的都有了，或者差不多都有。質地，還差一點；顏色，還差一點。最要緊的還是味道。一打開，聞起來很香，客人就會買。」現在需要的是「同樣的產品，不過是給女性用的」。

「所以應該加上香味。」他說。

「不行，布羅茨基先生，」保羅在石板上寫著，「千萬不可以！藥膏絕對不能有香味，必須有怪味。一定要聞起來像藥，但是聞起來又不討厭。」

布羅茨基打了三、四個噴嚏，好吧，他又走了。

杜普雷擔心的是後續。瑪德蓮任由兒子一頭栽進做減肥霜這門生意，少說也得花五萬法郎；他看不出來保羅哪可能做得出來。

杜普雷感覺自己有點上當。他以爲要幫一個他覺得友善又非常聰明的男孩一點小忙，結果卻變成參與創業。要是他沒及時踩煞車，最後搞不好他還會當上家族工廠人事部主任，他離開共產黨可不是爲了這個。

藥劑師的問題解決了，地點還沒解決。不需要大到不得了的空間，至少剛起步的時候，不過誰知道往後會演變成什麼樣？布羅茨基先生估計，一開始，他本身擁有的器具足以應付數量不多的小型製藥，但之後……杜普雷則因爲祕密監視德勒固爾、朱貝爾、夏爾·佩瑞庫爾，現在又加上保羅的製藥計畫，已經忙得團團轉。有時候，自己都不知道自己在往哪轉。

「我能理解您覺得負擔太重，杜普雷先生。」

瑪德蓮說著說著，邊脫下長裙，轉向他，他看著她，不會，不會，他愣愣盯著暗濛濛的那一點，不由自主地回答。瑪德蓮則因爲自己的魅力而得到某些東西，讓她自我感覺良好，非常之好。

她跟他不一樣，她信心滿滿。保羅有好點子，杜普雷有大量消息來源，是得花點錢沒錯，但自從她去拜訪過溫特圖爾瑞聯銀行，是的，她有預感，情況有可能轉向有利於她。再加上看到杜普雷賣力四下奔波，保羅做事這麼努力，薇拉娣讓每天的日子都過得熱熱鬧鬧，她問道：

「您覺不覺得，杜普雷先生，我該……我的意思是說找份工作？」

出乎意料。連她自己也嚇了一跳。她竟然突然這麼問自己。基本上，她不是繼續過著千金大小姐的生活嗎？事實上失去社會地位的她，是不允許再過這種日子的了。

她之所以想到該找份工作，其實另有隱情，因爲她讀了一本令她臉紅心跳的書《巴黎青樓一月記》。記者瑪麗絲・喬伊斯佯裝妓女，親自下海體驗妓院生活的調查報導，讀起來既暢快又有罪惡感。「我毫無保留寫出屎尿、屁股、性。這些都是直白、高尚、坦誠的詞語。」瑪德蓮還不至於把作者的這些觀點分享出去，但是覺得她很勇敢，也對職業婦女刮目相看。她當然不太可能當煙花女子，女工也不可能，她的出身比較容易將她導向以飛行員、記者、攝影師爲範例……可是她偏偏沒上學。她早就注定要走入家庭。

「我什麼都不會。」她補了這句。

杜普雷先生很難集中注意力處理這個敏感問題，因爲既憂心自己能做什麼、又正在忙著做些什麼的瑪德蓮，她邊說，邊終於把衣服脫下。現在她赤身裸體站著，雙手負在身後。

「告訴我，杜普雷先生，怎麼做才能討您歡心？」

32

夏爾一直認爲眾議員這行主要在於接觸群眾：「我們就像神父，提供信徒建議，承諾幸福美好的未來；我們的工作也跟神父一樣，得吸引大家回來望彌撒。」最要緊的是跟選民保持密切關係，夏爾的唯一工作就是寫信。儘管如此，他還是被阿爾方斯放在他桌上那厚厚一大疊卷宗給嚇壞了。「天哪，」他嘆道，「議會應該成立一個浪費資源委員會才對！」

沒人看好夏爾會對自己負責研究的逃漏稅問題感興趣，他自己就第一個不看好。這種事從沒發生過。不可否認，他心想，稅捐本身就是一種既不公正又有爭議的措施，打從有繳稅這種事存在的那一刻起，就有人繳、有人不繳，不公平到了極點。前者是天眞的冤大頭愛國者，後者這些寡廉鮮恥的傢伙占盡便宜卻不受懲罰，大犯眾怒。

他是眞心誠意這麼想的。

他問金額，沒有。

「金額咧？怎麼會沒有？」

「因爲……很難評估。」委員會祕書說。

逃稅總金額上看四十億，說得更確切一點，約莫是六十到七十億。數字龐大。

夏爾下令祕書將現有管控誠實申報和懲罰逃漏稅的措施都研究一遍。

「逃漏稅這檔事，跟瑞士乾酪一樣，千瘡百孔。」清查兩週後，他如此總結。

立法疏漏確實不少，只需知道竅門，逃稅並不難。因此，專門幫人「避稅」這種相當新的職業應運而生，最常從事這行的就是財政部前官員。

「這些人開的是『稅務爭訟事務所』。」祕書詳細說明。

「可不是嗎，他們爭訟的對象是政府！好歹這種事務所總有納入規範管理吧？」

毫無規範。因爲客戶自己沒能力，這些前政府高官不擇手段，使盡渾身解數幫客戶解套，所以他們可有得好忙了。

於是夏爾約了各類專家過來委員會「喝咖啡」。很明顯，當下非做不可的就是：嚴加控管。

「爲什麼之前都沒這麼做過？」夏爾問財政部總監察，一個身材魁梧的西南部人，此君之所以沒以打橄欖球爲終生職志，乃是因爲他擁有一雙細皮嫩肉的奶油桂花手，有十根天生就該翻頁的春蔥手指，不停翻著一頁又一頁的報告，所有報告內容他都讀了，而且全記得。

「什麼都可以管控，主席先生，只要符合下面這條我引述的條款『不違反銀行家與客戶之間的保密關係』。但大多數財稅出狀況的人士都選擇遠避瑞士，所以一切回歸原點。」

夏爾左看看、右看看。委員會其他成員都跟他一樣困惑。

「畢竟還有票據憑證清單哪。」

他指的是將欠稅納稅義務人姓名自動通知各單位的程序。

「一九二五年二月就取消了。銀行家拒絕，以『確保政府措施不破壞銀行的保密性』。」

「所以說，如果我沒理解錯的話……政府什麼都沒做！」

「當然是這樣。大家都認爲管控有錢人，他們就會把錢放到別的地方。容我引述一句話：『法國變成窮國，我們怎麼辦？』」

「少引述來引述去，聽了就煩！」

「報告主席，這句話是您自己寫的。一九二八年，您的競選口號。」

夏爾咳了一聲。

政府財務狀況愈形吃緊，因爲一九三三年政府開支連續出現第四次赤字，從損失六億到六十億，又從六十億來到四百一十五億。經濟學家憂心國家負債狀況，從而怪罪政界人士，政界又反過來責怪公民不盡納稅義務。一連串憂心歸憂心，臨了還是得找出財源。納稅人的口袋依然是最容易下手的地方，但好多反稅協會從未如此窮凶惡極，阿爾方斯不禁擔心不已。

「反稅運動免不了都會有。」夏爾回道，他本人就支持了不少。

這天是星期六。阿爾方斯誆稱委員會工作忙得不可開交，每週只花一個下午去向姐妹花獻獻殷勤。星期六是「跟阿爾方斯出遊日」。兩姐妹總是形影不離，沒人說明理由。

事實上，兩個女孩陷入同一個可怕困境：她們無法決定誰嫁給阿爾方斯。風信子並沒質疑玫瑰身爲姐姐擁有的權利，可是某晚，在她們房間，她稱讚這個青年往後會當上部長，搞不好還不止這樣，而她的英文比姐姐好，尤其是她會用「現在完成式」。玫瑰同意。那麼，怎麼向追求者解釋她們重新考慮過這個問題呢？萬一她們再度改變主意，又會怎麼樣呢？兩人決定了，換妹妹嫁給他的這個決定只屬於姐妹倆，絕不跟任何人吐露她們已經交換了位子。阿爾方斯挎著風信子出門，自己還以爲挎著的是玫瑰。對他來說，沒有任何足以看得出誰是誰的蛛絲馬跡，他向來都辨識不清，她們的醜，絕對隸屬同類，更不用說，同時跟雙姝共遊，可以避免麻煩狀況，以防他的未婚妻一時「性」起，想跟他調情親熱。

他們去了羅浮宮，連波提且利和巴爾多維內底的《聖母與聖子》都分不清的兩姐妹，事先特地惡補一番，唱雙簧似地大發厥詞，分析得……跟這幅畫毫無關係。

下一週，姐妹倆又改回原議。這會兒她們又覺得玫瑰嫁阿爾方斯爲妻比較好，身爲獨生子的他，應該是只想要一個孩子那型的，可是風信子想多生幾個，至少六個（有時候又增加成九個）。

阿爾方斯還是沒看出有何差別。

上回發生珍貴葉片包裹失而復得事件，朱貝爾就做了利弊對照表以權衡得失。壞消息是，損失將近二十萬法郎；好消息是，只落後預定計畫十天。他慶幸自己保持冷靜，並沒「公開損失」，殊不知他只是缺乏公開的勇氣。這下子，一切又變得可能了。他不等檢查結果出爐，便逕自宣布九月初舉行模型發表會，「振興法蘭西」、所有媒體、政府官員，均在受邀之列。屆時展示的模型完美到足以生產出史上首臺渦輪噴射引擎。八個月內，便可看到全球首架噴射機在法國空中翱翔。

總之，隧道盡頭就在眼前。終於。

政府高官佯稱公務繁忙，委派二級官員出席。朱貝爾心情不受影響。一旦成功，他們全會飛來搶收成果。

扯進召回人員人事案和投入大量資金的各大企業，現在紛紛回應，卻難掩他們依然抱持著懷疑態度。唯恐天下不亂的新聞界，卯足了勁兒，等著看好戲。

朱貝爾有預感一定會成功。難道他一直這麼有信心？他忘了自己也曾軟弱，如今在他眼裡，之前完全是瞎操心。

從一開始，他就把「研發中心」營造成一種自己首次登臺處女作的表演氛圍：從歡天喜地和信心滿滿出發，甜酸苦辣的週期已然轉過一圈，「研發中心」曾經有過苦日子，現在則以堅定的步伐邁向成功。

索蘭姬一接到保羅的信，立刻從馬德里打來電話。看門太太爬上樓來，臭著一張臉（「門房又不是郵局！」）。保羅拒接，她又爬下樓去，臭著一張臉（「門房又不是話務員！」）。

不到一個月，索蘭姬就寄來一大堆包裹、禮物、樂譜、唱片、海報，多到都快比保羅高。可是他全都沒拆開。薇拉娣每天早上清理時，邊說：

「Szkoda nie otworzyć tej przesyłki... W środku mogą być prezenty, naprawdę nie chcesz otworzyć?」（不打開實在太可惜了啦。搞不好裡面有禮物欸，你眞的不想打開？）

保羅搖搖頭。他原本該丟掉，可是他還辦不到。就像求愛不成的情人，他決定斷捨離。牆上還是貼滿了索蘭姬的照片做裝飾，但他不再聽她的唱片。薇拉娣瞭解保羅需要一個藉口，一個託辭，她窮追不捨，又說：

「Skoro nie chcesz otworzyć, uprzedzam cię, że sama to zrobię!」（我跟你說，你不開，我就自己開！）

八月中旬，保羅終於讓步，好吧，開就開，他拿起一只散發著藿香味的粉紅色大信封，瑪德蓮老說這種香水味很難聞，我不明白，怎麼有人會喜歡這種東西。這是索蘭姬回的第一封信。他不免擔心她會幫自己、幫德意志國說話。更糟糕的是，她宣布取消柏林獨唱會，不過是出於不好的理由。她去或不去那邊演唱，對保羅並不重要，重要的是，她內心深處，是不是認同國家民族社會主義[132]的價值觀？

她的筆跡很潦草，比平時更龍飛鳳舞：

好，小魚兒，全是我的錯！我想搞神祕，因為我希望你決定要來，我好笨，我害你相信一些讓我臉紅的東西，要讓索蘭姬這個老太太臉紅可得有兩把刷子喔，我向你保證！我打電話給你，你不想跟我說話！你也不回我的信了！你繼續沉默下去，那我就專程去巴黎看你，我沒差，我一結束已經排好的幾場獨唱會，我就出發去看你。當面跟你解釋。

你知道理查．史特勞斯有多崇拜我嗎？

索蘭姬並非無緣無故自吹自擂，史特勞斯的確再三對她——他口中的這位「謎樣的加里納朵」——表示仰慕。這個又高又魁的女人坐在椅上，一開口卻如黃鶯出谷，輕而易舉就讓聽眾沉浸於《托斯卡》或《蝴蝶夫人》氛圍，感動得落下淚來。所以備受戈培爾信任的史特勞斯才會是第一個想到請索蘭姬來柏林參加此一盛會的人，而戈培爾則是第一個想到藉此達到政治宣傳的人。兩人深受索蘭姬本人多次公開發表的言論鼓舞：「我不吝於分享別人對我的讚美！戈培爾先生親自寫信給我，對我去柏林演出一事深感光榮，我在任何地方都再三這麼說，而且每回都要加上一句頌揚希特勒先生的話，他的盛情邀約，令我無比開心。」

索蘭姬的演出曲目完全符合德意志國的期待：巴赫、華格納、布拉姆斯、貝多芬、舒伯特。德國各大報早在六月分就大肆宣揚場場客滿，座位已預訂一空。

索蘭姬等到七月中旬才通知理查．史特勞斯，她要加上洛倫茲．弗洛迪傑寫的〈失去的家園〉和〈我的自由，我的靈魂〉。「瞧他們緊張得咧，小鴨子，你無法想像！」

想也知道德方會怎麼反應。弗洛迪傑是艾爾福特音樂學院院長，他是一位相對不爲人知的音樂家，三月分，因爲拒絕幫圖林根邦的納粹寫歌遭到音樂學院解聘。〈失去的家園〉和〈我的自由，我的靈魂〉這兩首歌，完全不受德意志國歡迎，將成爲音樂會一大污點，史特勞斯忙不迭派上外交辭令，向索蘭姬表示：「我親愛的朋友，」他寫道，「這兩小條歌配不上您的才華。更不用說，沒必要在我方視爲歷史盛會的音樂場合留下陰影」。

「歷史盛會耶，我的小兔兔，你想想看！」

保羅看到她寫的這句，不禁露出微笑。

「Mój Boże... ale... co to jest?」（天哪……這……這是什麼啊？）薇拉娣問道，手裡拿著隨索蘭姬信件一同寄來的大紙板。

保羅沒回她，拿過來一看。

「史特勞斯寫了兩封信給我。」之後，他就變成只管下達命令，不擔心索蘭姬不從，反正德意志國拒絕她加唱這兩首歌，而且還以爲這個問題已經解決了。

「我回史特勞斯說我非常理解德意志國的作法，那麼就當這場獨唱會已經去消[133]了吧。」

132 national-socialisme：即「納粹」之意。「納粹」（Nazi）一詞為德文Nationalsozialismus的縮寫。

誰知道不少政府高層的風向又轉了。史特勞斯勇氣十足，爲索蘭姬選唱的曲目辯護，但他的分量不夠，影響不了最終決定。因爲當局已經宣傳東宣傳西，而且索蘭姬本人也多次大肆宣揚，如今取消演唱會比照計畫舉行更令德方難堪。樂見索蘭姬爲德意志國演唱的戈培爾不禁自問，他是不是不夠謹愼，畢竟，取消這場音樂會將在歐洲造成強烈情緒波動，還會把這個弗洛迪傑和其他一些人推到聚光燈下，受到萬眾矚目。充其量只是兩件微不足道的音樂小品，沒什麼大不了的，身在柏林的他心中這麼想。

「他們還是擔心。我繼續大肆宣揚，大風吹[134]德意志國的功績。至於布景，隨信附上我已經同意的設計。」

「Mój Boże... ale... co to jest?」（天哪……這……這是什麼啊？）薇拉娣邊把板子遞給保羅，再度問道。

保羅需要整整一分鐘，才能表達自己的想法，最後他只說：

「怎麼……怎麼會這樣？令……令人……憤慨……」

原本保羅強勢拒絕去柏林找索蘭姬，現在不顧一切想去。

七月以來，布羅茨基先生進行得很順利。

「你們要的東西沒多大用處，不難做。」

他執意這麼說，不過他已經拿到五百法郎，就他的情況，是筆可觀的數目。

八月底，產品質地穩定，觸感柔軟，稍帶油性，好吸收。色呈乳白，幾乎像奶油。至於味道，經過多次反複試驗，保羅評估後，只剩下兩個選項：樺樹或茶樹油。

「我們現在必須進入實測階段，」他在石板上寫著。展示有蓋小瓷罐給大家看。

蕾昂絲氣急敗壞：

「啊，不要，瑪德蓮，我不是白老鼠！您不能要求我擦！」

「這又不會有害！」

「誰說的？」

「藥劑師！」

「您的德國人？謝了！何況，他還是猶太人。」

「我看不出來兩者有什麼關係？」

「我沒信心。」

「是保羅要求您這麼做的。他每天都用這個按摩兩條腿，他又沒死。」

「還沒死而已！」

「噢……」

蕾昂絲邊爲自己出言不遜道歉，邊說：「好吧，那該怎麼做呢？」

瑪德蓮也沒法解釋得多確切，反正測試目的在於檢視看看擦了以後不會出現痘痘、膿皰、膿腫、淋巴結等等副作用。

133 anulé：應為 annulé（取消，兩個 n），索蘭姬拼錯。
134 venter：應為 vanter（吹噓），索蘭姬拼錯。

「您按摩腿部直到乳霜全部吸收。一天用白蓋子的，一天用灰蓋子的。再告訴我您喜歡哪一個。」

「好吧。」

全體總動員：保羅、薇拉娣、布羅茨基、杜普雷、瑪德蓮。不過測試並沒完全受到控制。布羅茨基確信擦這種香膏就像腿上塗了燒灼劑一樣，他不擦。杜普雷經常忘記擦，不過問他結果如何？他說都很好。瑪德蓮棄權，她害怕反應，「我的皮膚太敏感，受不了。」至於蕾昂絲，她發明了一種招數，完全符合她的性情：幫羅伯提供「最具壯陽效果」的按摩，只要能讓產品徹底滲進皮膚，人體任何部位一定都可以取代腿部。茶樹油以五票對一票戰勝樺樹油，雖說是壓倒性勝利，但也算相對勝利，因爲事實上只有保羅—薇拉娣雙人組認眞參與。話說那位波蘭女子從腳到肩膀，毫不猶豫擦了個夠，茶樹油味如影隨形，她走到哪飄到哪，Ach, uwielbiam zapach tego kremu!（啊，我好愛這個香膏的味道喔！），逗得瑪德蓮都笑了。當初她被迫不得不雇用她，其實從沒喜歡過她。不過她和這個波蘭女郎之間的關係進步甚多，而且三個禮拜前，對瓦萊乳品店那邊發生的事，她還是第一個震驚到無法接受的人。

密涅街乳品店的老闆費爾南德・瓦萊是個庸才，講話倒比誰都大聲，因爲他喜歡賣弄。那天早上決定不再爲薇拉娣服務：

「我們店不賣波蘭佬！請他們回華沙老家，少在這邊占我們法國人的工作！」

薇拉娣感到羞愧，於是去別的地方買。瑪德蓮注意到換了別家，問她原因。薇拉娣臉一紅，因爲自己是波蘭人而有罪惡感。瑪德蓮打破沙鍋問到底，非問出個所以然。

「Nie mogę już tam chodzić. Nie chcą mnie obsługiwać.」（我不能去那家買了，他們不賣給我。）

還是不清不楚。瑪德蓮拉著薇拉娣，拎著菜籃，衝去乳品店問個清楚。費爾南德・瓦萊照常搬出一堆大話。

「不是的，這位太太，」他喊道，火氣十足。「我們這是法國人的店！只為法國人服務！」

這個時候店裡有很多客人，他邊說出這點，邊拿客人當見證，以證明他這麼說有憑有據。大家都同意。瓦萊雙臂抱胸，斜眼瞄了瑪德蓮一眼。

她不知道自己怎麼會有這種直覺？也許是因為薇拉娣臉紅了。或者是乳品店老闆那種自以為是的大男人德性。

「我看是因為這位小姐不肯跟您上床吧？」

在場客人無不受到驚嚇，同聲齊「噢」，由於這件事只跟婦女、家庭主婦、樣樣都得做的女傭有關，這聲「噢」其實更代表對乳品店老闆的譴責，他結結巴巴向薇拉娣解釋，她則雙唇緊閉，一昧看著自己的腳。幾乎所有人都聽過瓦萊開黃腔，薇拉娣完全不是凶悍的女人，事實上，他藉著她人好，大吃豆腐，經常騷擾她。不過人家薇拉娣可是很挑的，瓦萊先生不在名單上，惹得他惱羞成怒。

瑪德蓮把這件醜事掀出來，街坊鄰居議論紛紛，提出一連串問題：瓦萊太太知道嗎？難道說咱們這區又開始出現性騷擾？如果她是法國人，瓦萊先生還敢趕走這位客人嗎？順道問一句，他對別人也會這樣嗎？

隨著這些問題，在場女性某程度團結起來，紛紛離店。瓦萊先生氣歸氣，卻被打敗了，只得賣了點格律耶爾乾酪和半斤奶油給主僕倆，瑪德蓮好生盯著他秤斤秤兩、算價錢。

33

「研發中心」列隊歡迎。賓客已經不再是一月分在「丁香園」那些熱情捧場的支持者，而成了一些不苟言笑、道貌岸然的人物，硬從嘴角擠出「您好」兩個字，握個手也不甘不願。這些肯定是奉命前來的二等官員，謝絕留下來參加自助餐會。「振興法蘭西」的實業家們冷眼看著「研發中心」裡面波戴勒和夏保高檔外燴公司豎起的餐桌、潔白的桌布、香檳桶，似乎正在估算一盤盤奶油小點心的價錢和服務生的鐘點費。薩契蒂雖然態度冷淡，卻擺出一副外交官之姿，也就是說，開放而有所保留的熱情、佛羅倫薩人式[135]的殷勤。至於預先享用盛宴的新聞界同仁，通訊員、攝影師倒是全員出席，一個都沒少。

「研發中心」整個團隊都被召來。團隊也一樣，跟開幕典禮時浩大的陣容完全沒得比。人數少成這樣，稀稀落落，連安全和清潔人員都奉命前來充場面。羅伯像阿兵哥那樣站得直挺挺，就站在「樓上那個女生」身邊，他都這麼叫那個打掃辦公室的女工，而且一逮著機會就摸她屁股。他去找過服務生，好說歹說，討了兩瓶香檳，佯稱是爲工作人員準備的，其實打算帶回去跟蕾昂絲喝個痛快。他還拗了一盒奶油小點心，放在個人衣物櫃。

軌道占了「研發中心」三分之一空間，上面安裝了一輛鋼製軌道車，車上載著噴射引擎的縮小版模型。攝影師有權從禁止進入區的鏈條下鑽過去近距離拍攝。眼前是一個合金製的圓形物體，跟鋁合金一般鋥鋥發亮，看起來像側擺著的無底大鍋。

朱貝爾怯場，可是看不出來。他簡短說了幾句。反正，他要是眞的長篇大論，大家更聽不懂。

「各位先生，這個噴射引擎模型很快將用於裝備戰鬥機，屆時飛行速度可達到現有飛機的三倍。因爲上面裝置了噴……（他笑了笑），各位會覺得我說這些無聊！簡單地說，本中心向各位展示渦輪噴射引擎的巨大威力。等等生產團隊（他伸出手比劃了一下）很樂意爲各位帶來所有必要的詳細說明。」

通訊員的閃光燈劈啪作響，拍完後又鑽回鏈條後方，幫攝影器材充電。朱貝爾一轉身，戲劇化地一比劃，站在引擎旁一名身穿白工作罩衫男子，點燃手上的焊接噴火槍。噴射引擎開始啟動，強而有力的火焰，完全呈水平狀，從無底鍋後方噴出來，巨大噴槍似的東西發出好大聲響，氣勢驚人，現場貴賓甚至望而生畏，本能地倒退一步。

朱貝爾舉起手臂。

軌道上的推車啟動，奔馳如雷，現場聚集的人群中爆出驚呼。推車瘋也似地在鐵軌上運行，大家深怕它撞破「研發中心」最內側的牆壁。閃光劈啪作響。鏈條驀地擋住推車，噴射引擎熄滅，由於推進如此猛烈，即使已經靜止，全場依然瞠目結舌，愣在原地，連稍微動一下都沒有。

只有羅伯搔了搔頭。他經常碰到一些他不理解的東西，不過這次實在大大超出他的理解範圍之外，有什麼不對嗎？

這次展示令眾人驚艷，掌聲如雷般響起，在場貴賓頻頻投來讚許的微笑，團隊成員終於鬆了一口

---

135 florentine：指像佛羅倫薩王子或思想家馬基維利（亦為佛羅倫薩人）那般狡詐、權謀、有心機的人。

氣，彼此握手，相互道喜，我們全心投入是對的，團隊歡欣鼓舞，被賓客團團圍住，恭喜聲不斷，就是在諸如此類的情況下，一個人才感覺自己何其渺小。

朱貝爾狀似謙虛，接受慶賀，張開雙臂，伸向所有工作同仁，表示這是他們的功勞。隨後便優雅地離開原地，向前走了一步，掌聲加倍熱烈，他一條腿先跨過鏈條，隨後再跨另一條腿。他走近噴射引擎，轉過來面向攝影師，噓，你們給我閉嘴，朱貝爾等著，他準備了一份聲明，樸實無華，但堅定，言詞謙遜，卻足以凸顯他壯志凌雲。

通訊員拿起攝影機的這一刻，那個「鍋子」發出尖銳的嘶嘶聲。

朱貝爾朝噴射引擎望去。內爆劇烈，氣流噴出，瞬間將他推到一米外，跌倒在地，他坐在那兒，眉毛和頭髮半焦半枯，嘴巴張得好大，茫然不知所措。

羅伯笑了，好咧，這還差不多。他不懂自己倒了那麼多汞到鍍鋁槽裡，這個「鍋子」怎麼還能撐這麼久？不過一切恢復「正常」，他對自己十分滿意。

閃光還在劈啪作響。

這張照片——居斯塔夫．朱貝爾在他那熔成一團合金雜燴的漂亮渦輪噴射引擎模型前，屁股著地，嘴巴大開——在新聞界造成轟動。

漫畫家一下把朱貝爾惡搞成清鍋爐工人，衣服被爆炸噴出的氣體吹掉了一半，一下又變成騎著梅里葉[136]電影裡面那種火箭在空中咻地飛來飛去。

居斯塔夫從沒經歷過如此嚴重的挫敗，整個上午都關在房裡。

沒人敢問他怎麼樣。

萬一他死了呢？蕾昂絲想知道。那會怎麼樣？她會是繼承人嗎？她當然可以繼承豪宅，萬一他欠債，別人會找她還債嗎？

家僕開始找新工作。可以想見，大家的心情都很差。

朱貝爾離開窗戶邊，看著壁爐架上方大鏡子裡的自己，他靠過去，難以忍受的一刻。新長出鬍髭的雙頰，因疲累而生的眼袋，因憂心而冒出的法令紋，組成了這張臉，連自己都認不出來，他嚇壞了。連忙轉過頭去。

說到底，到目前爲止他的日子都過得挺好。他學有所成，職場得意，轉行順利，甚至還成功創造出讓他備受讚賞的「振興法蘭西」的這一切，還有他的渦輪噴射引擎計畫，招致諸多嫉妒，引來不少負評，在在確認他大有可爲。他刮著鬍子，絞盡腦汁，從記憶中挖出好幾位歷史人物的例子，這些英雄豪傑也曾一敗塗地，但又東山再起。喏，布萊里奧[137]！當他被迫跟拉瓦瑟爾[138]拆夥，不再使用他發明的引擎的時候，當時他的狀況也慘到令人不敢恭維。布萊里奧甚至改用羅貝爾・埃斯諾―佩特瑞[139]

136 Georges Méliès（1861-1938）：法國魔術師和電影製片人，被視為是電影特效之父。代表作有《月球旅行記》。
137 Louis Blériot（1872-1936）：發明家、飛機工程師、飛行家，一九〇九年成功完成人類首次駕駛重於空氣的飛行器飛越英吉利海峽。
138 Léon Levavasseur（1863 -1922）：法國航空先驅，首位製造出重量輕又有力的引擎，對航空工業發展貢獻良多。
139 Robert Esnault-Pelterie（1881-1957）：法國航天科學家。初期研究航空，後轉入航天，是法國航天事業的先驅者。

發明的引擎，從卡律布狄斯到斯庫拉[140]，歷經艱難險阻，最後還是在一九〇九年成功穿越英吉利海峽。然而，他也找到同樣多的失敗例子，這些人物跟他一樣，從高處重摔落地，就此一蹶不振，再也爬不起來。

他不需要任何人分析他的情況。身爲銀行家的他心知肚明，既然可以象徵性地用一法郎收購一家公司，就絕對不會借這家公司半毛錢。

十點左右，他下了樓，沒碰見任何人。蕾昂絲一聽到他的腳步聲，跑過去把耳朵貼到房門上，但沒打開門讓他進來。

他想走一走，理理思緒。他意志消沉，但內心深處感到有某樣東西，正在暗中抵禦他猛衝而上的抑鬱情緒，兩股力量在他身上交相搏鬥，朱貝爾深受拉扯之苦。溫暖的九月初，天空晴朗，漂亮的藍，不冷不熱。準備縱身跳入塞納河的人是不會這麼想的，他這麼告訴自己。

果不其然，「研發中心」全體工作人員週日都收到電報通知，週一早上各自返回工作崗位。

第二天，薩契蒂在電話中解釋給居斯塔夫聽，辭去「振興法蘭西」總裁的職位是個好主意。

「這是權宜之計，居斯塔夫，你也知道。誠如西班牙小說家塞凡提斯說的『得給時間時間』。得了，這你懂的。」

「振興法蘭西」新領導人薩契蒂先生剛走馬上任。的確，前總裁朱貝爾先生已經沒資格再領導大家。新舊總裁交接典禮，薩契蒂總裁沒忘記提及（各位知道他們兩人都是航空愛好者）上個月法國飛行員羅西和科多斯從紐約起飛後五十五個小時就飛抵黎巴嫩，打破直線飛行距離的正式世界紀錄。

飛行員挑戰成功實令人欣慰。

凱洛斯

朱貝爾在書房整整待了兩天，幾乎沒出房門，他叫人送咖啡上去，蕾昂絲覺得自己該親自端給他。

「謝謝，親愛的。」他的頭連抬都沒抬。

「親愛的」不屬於他的慣用詞。

「我們有很多東西都會改變。」

蕾昂絲待在門口。她挺想放下托盤，因爲這種姿勢站在這兒好像下人，不過說實在的，她還眞的是，而且朱貝爾正在提醒她。

「啊……」她說。

「很多東西都會改變」？她心想還會是什麼原因？不就是因爲錢嘛。瑪德蓮建議她找個新老公，說得很有道理。

「我要關掉我個人的公司，轉賣機器，不再承租克利希的廠房。這棟房子也要賣掉。林林總總加起來差不多可以拿到一百五十萬法郎。」

儘管事實擺在眼前，他的聲音卻不像破產男人該有的聲音，依然從容而堅定，這種他跟合夥人、

140 de Charybde en Scylla：希臘神話中的奧德修斯必經的考驗。卡律布狄斯是大漩渦怪物，斯庫拉則是專門吞食水手的女妖。

打字員共事多年說話的聲音，這次的對象是他的妻子，不過這算同一回事，都是以上對下。他並不是在徵求她的意見，而是告知。

「我們能夠拿回來的一半，夠我們搬到體面的地方。另一半，我留著自己繼續幹。渦輪噴射引擎的研究已基本完成，只剩下合金問題需要解決，我會找到有能力的人來做。接下來，就只需要製造樣機了。」

蕾昂絲沒有反應。居斯塔夫停了下來，或許他正在等她說句話，諸如鼓勵之類的。

「這畢竟……」她說。

就只有這些好說。好傷人。

「您說什麼？」

每次他賞她巴掌，都會說這句話。

她確定自己不在他手掌所及範圍之內，才加上這句：

「這畢竟有點是……最後一搏。」

這下好啦，他心想。她也把他看成是個陷入絕境、無藥可救的男人。他從沒拿自己的妻子當伴侶看，不過好歹她也該表現出對他有點信心……

「蕾昂絲，無論是第一個還是最後一個機會都沒關係！重要的是機會來臨時要抓住。而機會，就是現在。」

算了，現在不是發脾氣的時候。

「歸根究底，這種生意十分有利可圖。我的合作夥伴幫我做了模型，我將獨享所有利潤，因爲專利在我手上。不到一年，妳就會成爲擁有好幾百萬的大富翁的妻子。」

「很好……」蕾昂絲低聲說道，毫不熱情。「很好。」

朱貝爾去了「研發中心」。他在廠區大門前按喇叭，空無一人。停車場是空的，「航空工程研發中心」的大型看板還是全新的，他冒險投入這行，連六個月都撐不到。

他自己打開大門，車停在辦公的地方。他進到廠區，驚訝地發現羅伯・費航竟然在拖地。

「您……您在這做什麼？」

「老實說，朱貝爾先生，我也不知道，因爲從今天早上起，我連條老鼠尾巴都沒看到。」

「您不知道『研發中心』關門了嗎？」

絕大多數的材料已經被搬走。銅線圈、型鋼和接頭、壓縮機、焊槍、工作臺、工具，全都沒了。一切都毀了。

「是嗎？」

「您明明看到整個都空了！」

「哦，對耶，說得也是，我沒注意。」

「好吧，中心已經關了。永遠結束營業。您回去吧，您會收到郵局寄去積欠您的工資。」

「啊，如果就是這樣，那就謝啦。」

居斯塔夫上樓進辦公室，也是空的。一令一令的紙、用品、繪圖桌、椅子，就連百葉窗，全都消失不見。

他四處轉了一圈，收好本子、簿子、圖表，到處亂堆的每樣東西，光這些就收了八個紙箱。接著打開保險箱，拿走設計圖、管理檔案、工作日誌、專利聲明，懷裡抱著滿滿一大堆，又下了樓，羅伯幫他拉住門，方便他出去。

朱貝爾離去前，回頭瞄了幾乎淨空的碩大車間一眼。

「我之前不覺得它這麼大……」

羅伯幫他把文件暫時放進後車廂。居斯塔夫出乎尋常地跟他握了握手，象徵眞的結束了。

「不，不用關門了，朱貝爾先生，我去拿我的東西，我走的時候再關，您別擔心。」

「好吧，那就……祝您好運，老弟。」

「您也是，朱貝爾先生。」

羅伯邊說這話，邊拋去艷羨的一眼：

「好車……」

羅伯關上車門。

哇，好險。

他等汽車引擎聲遠去，才去建物後方找那三個幫他忙的狐群狗黨，因爲從前一天晚上開始，所有可以轉賣的東西，已經被他裝了好幾卡車。

第二天，各家公司派來代表，要收回租給「研發中心」的機具設備，除了後門牆角那邊有水桶和拖把忘了沒收，整個廠區空空如也。

34

委員會事務進展順利，夏爾信心十足。可他萬萬沒想到即將翻轉這種狀況的，竟然來自於一處大家聽都沒聽過、名不見經傳的小村莊。小村莊位於索姆省佩羅訥區附近的拉庫德林，村民索沃爾·畢榮拒絕繳稅，因爲他跟許多農民一樣，對「爲巴黎大老爺們增肥」深惡痛絕。

一九三三年八月十六日星期三，經過無數次催繳未果，執達員帶著兩名警察來扣押相當於畢榮積欠國庫九千法郎的財物，他們敲了他家大門。附近幾個農民過來伸出援手，破口大罵，警察不得不先行撤退。之後又帶著增援警力回來，農民也是……正常情況下，這種社會新聞只會局限於該省的這個小角落，誰知道卻催化了全面不滿，非表現出來不可。

抗稅鐘聲響起，暴動隨時到來。

各地都有示威遊行。光八月下半，全國就不止四十四起。一下這邊愛國青年同盟和退伍軍人也加入示威，一下那邊又是工會、企業，還有些地方則是反共和國活動分子，不滿、騷動四起，人人都覺得自己被搶劫、被剝奪、被盜用。罪魁禍首是捐稅；全民公敵是政府。

政府憂心忡忡，看著這場來自四面八方、五顏六色的大火，火勢猛烈，一發不可收拾。色當、埃皮納勒、魯貝、格勒諾勃、勒芒、訥韋爾、沙托魯等市鎮，都聚集了成千上萬人。每個地方，警力都必須介入。汽車被燒毀，商店也是，救護車來回穿梭。

貝濟耶鎮集體做出決議，人人都這麼想：「納稅人簽署呼籲集體總動員組織起來，如有必要，拒繳亦在所不惜。」

這麼嚴重的詞都說了出口，何況不是共產黨說的，而是商人、工匠、藥劑師、公證人、醫生！許多納稅人表示要將還沒繳過的稅單退還給該區選出的眾議員。

災難排山倒海而來，政府身陷絕谷，飽受來自各方的動亂威脅：全國全面性抗稅大罷工。

「他說他所有東西都要賣掉？」瑪德蓮問。

「對，通通，連他的狗窩……哦，對不起。」

蕾昂絲說的是她兒時的家，他父親請人蓋的。瑪德蓮平靜地揮揮手，不用道歉。蕾昂絲猶豫片刻，又說：

「您要我做的我全做了，我想……」

「想怎麼樣？」

「我想拿回我的護照。」

「不可能，很遺憾。」

蕾昂絲急於逃離法國。她知道要去哪、透過什麼方式，這些她都籌備已久。缺的只有錢。她沒錢。她唯一可以弄到錢的對象是朱貝爾，可是他也沒了。偏偏瑪德蓮又掐著她的咽喉，羅伯則是只要有人幹壞事，他就樂得坐不住，卡在這兩個人中間，蕾昂絲看不到這件事的盡頭。

喏，說到幹壞事，剛好就有一樁。

兩天後。

羅伯站在梅爾克蘭和迪耶特林公司出的精鑄大保險箱前。這只佩瑞庫爾於一戰前安裝的保險箱固若金湯，因年久而呈古銅色，綴有石墨和黃銅飾物。居斯塔夫一直都知道這個保險箱的存在，他買下豪宅，並沒想到要換。因爲這種舊型的保險箱，經驗再豐富的賊也很難打得開。

羅伯身手大不如前（如果他曾經有過身手的話），顯然拿它沒辦法。他貪婪地跪在保險箱前，拿出幾樣精巧工具，一把抓住鎖頭旁的金屬片。蕾昂絲懷疑地看著他，因爲連最簡單的任務，他也很少一下子就能完成。

「這樣就夠了吧？親愛的。」

「再一點點。」

他又額外刮上幾道，這才回過頭來看著自己的傑作。他喜歡。

與此同時，蕾昂絲已經打開了那顆地球儀，她偷看過無數回，所以知道朱貝爾將保險箱那把又大又扁的鑰匙藏在裡面。她打開沉重的箱門。兩人將保險箱裡的設計圖、檔案席捲一空，又照著瑪德蓮的命令，清光了書房每一個抽屜，羅伯喜歡玩這套，興奮得簡直像在打枕頭大戰的青少年。蕾昂絲藉機摸走一只信封，晚上打開一看，大大失望。她原本希望會在裡面找到一筆不少的錢，足以買護照、船票、飛機票，然後遠走高飛，撇下瑪德蓮和她自己這些私人恩怨。結果裡面只有兩千法郎。她沒跟羅伯說，怕他等不到週末就全部抖擻在賽馬道上。

瑪德蓮託付給他的任務輕鬆，換了任何人也都辦得到，大功告成之後，羅伯噢呀啊的，邊驚呼連連，邊在屋裡到處亂逛。

「誒，妳看哪！」他喊道，好像蕾昂絲沒來過這個地方似的。

他找著銀器，將整把整把刀叉往身上好幾個口袋裡塞。

「你這……親愛的，這些我們帶不走，太重了！」

他想了一下。餐具的重量摧毀了他的信念，但是蕾昂絲一轉過頭去，他忍不住，又將一包攪咖啡的摩卡小匙[141]塞進夾克口袋。

蕾昂絲將珠寶、現鈔搜刮一空，甚至連通常作爲傭人日常工作所需的零錢包也不放過。羅伯跟未來買家似地邁著好奇步伐，繼續在屋裡閒晃，終於晃到一張帶華蓋的大床，一頭栽進去，自從蕾昂絲和居斯塔夫分房睡後，這張床從沒用過——也就是說從他們結婚以後。乳白天棚，雕有翹臀小天使的床柱，繡著月牙形花邊的床罩……羅伯讚嘆不已。

蕾昂絲過來找他的時候，他都還沒想出來該怎麼形容呢。

「親愛的，你在這做什麼？」

她還張著嘴巴，羅伯就抱起她，往床墊一扔。

「不行，羅伯，不行啦！」她大聲嚷道。「我們沒時間。」

他把夾克扔在地板上，小匙哐啷一聲發出巨響，可是蕾昂絲還沒來得及注意到這點，羅伯已經跳到她身上。

「現在不行，羅伯！」

萬一朱貝爾回來就完了。蕾昂絲喃喃說道，不要，不要。卻抬起身子，好讓他脫下她的裙子，天哪，每次他都把她搞得欲仙欲死，他拿繩子纏著她，她無法呼吸。居斯塔夫隨時都可能進到房裡，她不僅會聽不見，也絕對沒半秒鐘可以拆掉這條害她痛得流出眼淚的繩子。她發出一長串嘶啞叫聲，雙眼凸起，癱倒下去，整個人空了，毫無血色，立刻就睡著了。

「不是該走了嗎？」羅伯問。

她保持這樣多久了？幾點了？她靠手肘撐起來。哦啦啦，你怎麼搞得，把我折騰死了。她只半睡半醒了幾分鐘而已。把我的裙子遞給我，好嗎？她嬌笑嗔道，你呀……兩人拿起搜刮來的戰利品，下了樓。

「羅伯！」蕾昂絲指著落地窗。

「啊，沒錯，可惡！」

他忘了該怎麼做。

「她是怎麼說的？」

瑪德蓮全都解釋過。羅伯用手肘往後一頂，一塊玻璃四散紛飛，隨後兩人就從傭人專用的小門出去，小門在屋子後頭，花園最裡面，對著一條小路。蕾昂絲的兩條腿還軟綿綿的。

傍晚時分，快晚上七點的時候，朱貝爾突然飆了回來，他們沒碰到。啊，老爺，老爺，廚娘驚慌失措。她剛進來，老爺，老爺，緊張得喉嚨發乾，老爺，她盡全力幫自己開脫。

「夫人呢？」他問。

---

141 cuillères à moka：最小的咖啡攪拌匙。「摩卡」一詞來自葉門的摩卡城，最早將咖啡當商品出口的港埠。

她從早上就沒見到她（「可怕，好可怕」）。他順著半開的落地窗走，看到玻璃破了，只有他的書房才這樣（「我沒有馬上想到……」），他明白災害影響範圍有多大。保險箱大敞（「說實話，我看了就怕」），抽屜散落一地……震驚的是他竟然無法好好爬梳自己的思緒（「所以我打了電話報警」）。

「什麼？妳打電話給誰？」

他自己當然也會打，但他受到驚嚇，來不及反應。他反應慢了一兩分鐘，但爲時已晚。

「有人嗎？」

有聲音從樓下傳來。朱貝爾推開廚娘，靠在樓梯欄杆上。只見巨大渦形樓梯腳下站著三條大漢，一個穿便服，另外兩個穿制服。

「費雪探長。有人報警說貴府被偷……」

朱貝爾花了點時間回答。這位警官，雖然上了年紀有點駝背，但身強體壯，身著米色大衣，邊嚼著煙[142]，轉身朝落地窗前走去，對著被砸破的玻璃。

「沒錯，就是這。」

廚娘從欄杆往下看警官，跟面對響尾蛇似的，嚇得拳頭緊握，擋在嘴前。

「依我推測，竊案現場在樓上，」探長說。

他向隨行的兩名警員比了個手勢，其中一名去客廳，另一名去廚房，他自己慢慢爬上樓。

朱貝爾努力佯裝冷靜。每秒鐘都讓他更接近一種新情況，他才剛剛摸到邊。

樓下安然無恙，書房卻很凌亂，慘遭開膛剖腹的大保險箱吸引了所有人的注意力。

「大白天的，屋裡都沒人？」探長轉過頭來，對著朱貝爾和廚娘。

「今天是員工日。」她說。

「可是妳，妳不是在嗎？」

「這……其實我不算在……」

探長要她解釋清楚。終於有人願意聽她講，廚娘又鼓起勇氣，細說端倪。

「夫人給了我一張比手臂還長的清單，我一整天都在外面買東西。」

「好了，」朱貝爾說，「妳可以下去了，泰瑞絲。我自己跟探長談。」

考慮到警方的權威比老闆還大，她還是等探長叫她走她再走比較好，偏偏探長全神貫注，他跟拿長柄眼鏡似的扶著自己的圓框眼鏡，仔細端詳保險箱的門。

「妳可以下去了，泰瑞絲。」朱貝爾不耐煩。

「保險箱裡有很多錢嗎？」探長問道。

「很少，幾千法郎，我會再算算看。」

「或許有值錢的東西？」

「有，嗯，沒有，值不值錢？取決於何謂值錢。」

「跟錢一樣有價值的東西。」

「我得先確認一下才知道。」

142 將雪茄煙氣吸入口腔，密閉雙唇，嘴巴微動，讓煙氣充盈整個口腔，感受雪茄香氣。這個動作有點像我們吃東西的時候咀嚼的狀態，所以稱作嚼（雪茄）煙。

「申報失竊、提出告訴等等，都需要知道這些。想必夫人還有些珠寶。」

「我會再問她。」

「朱貝爾夫人不在嗎？」

挑了傭人不在的日子，支開廚娘，除了她還有誰？蕾昂絲剛剛捲款（好歹是家裡僅剩的錢）而逃。

「她可能去朋友家，很快就回來。」

探長回到走廊，模擬竊賊的可能路徑。

別間廳室都不像書房如此慘不忍睹，除了一間相當女性化的臥房外（「應該是夫人的吧？」），房中所有抽屜都被打開，珠寶盒翻倒在梳妝臺上。探長隨後邁著重重的步伐，又走回落地窗前，眼鏡已經塞回口袋，搔了搔頭。

「這可怪了。竊賊通常從外面進來，打破玻璃，碎片應該在室內。可是這邊，情況正好相反，眞奇怪。」

朱貝爾走上前來，撇了撇嘴，表示對探長這番推論感到詫異。

一名警員從廚房那邊過來。

「廚娘說連家裡的零用金也被拿走。」

探長看著朱貝爾。

「我們給她的，日常開支可以用。向來不會太多，頂多幾十法郎。」

探長若有所思走了幾步，來到寬闊的餐廳，餐具櫃抽屜也都是開著的。

「廚房有被翻過嗎？」

「啊，沒有，長官，整齊得不得了，正相反！」

「怪吧，不是嗎？」

他看著朱貝爾。

「竊賊似乎知道東西放哪，找都不用找，就知道珠寶、廚房的錢放哪，直接下手。」

在這兩個男人的思維中，各個跡證差不多以同樣方式一一就位。

「還有就是，保險箱有好幾道刮痕。」他指了指樓上，對朱貝爾說。

朱貝爾兩手一攤，表示不懂對方的意思。

「強行撬開保險箱，工具會滑動，有可能劃上一兩道。笨手笨腳的竊賊，可能劃上四五道，您懂嗎？但是十幾二十道……很少看見。根據我的經驗，工具拿不穩、滑成這樣的竊賊是打不開這種保險箱的。得有點本事才行。保險箱刮得亂七八糟，好像是故意的，佯裝成闖空門。」

「您指控我……」

「完全沒有，先生！我只是陳述事實，我只想搞清楚，就這樣。指控您？才沒有，先生，千萬別這麼想。」

然而，很明顯，他正是這麼想。

「您想想看，想對這種豪宅下手，大白天的，所有人都不在，很難會這麼好運，竊賊帶著好幾口箱子過來，卡車停在附近，才方便載走所有值錢的東西。」

他走近抽屜。

「沒人拿廚娘的零用金而不拿銀器。」

探長看出朱貝爾已經不再眞正參與討論，似乎他心中已有定見。

「好吧，我們會寫份報告。您這邊列一下遭竊財物清單，交到警察局。越快越好。」

警察出去的時候，居斯塔夫還在苦心思索這整件事。他搖搖晃晃奔進屋裡，飛快打開所有廳室的門，眞的，別的東西都沒消失，他回到書房。

蕾昂絲來偷錢，但沒找到。他大步在房裡走來走去，踩碎了散落一地的東西。可是她爲什麼要拿走檔案、設計圖呢！太荒謬了！這些對她來說毫無價值，她永遠也沒辦法把這種東西變現！除非她已經跟競爭對手接觸過，萬一眞的這樣，那就更糟糕，因爲人家只會給她三十分之一的價值！難道是情夫逼她這麼做的？朱貝爾搖搖頭，幹嘛管她有沒有情夫，得專注在重要的事情上。

情勢危急。

老婆跑了。他賤價出售公司。隨著他的設計圖和專利被帶走，他的生財工具剛剛也飛了。

唯一只剩下這棟佩瑞庫爾宅邸。値不了幾個錢。

這一切怎麼會土崩瓦解到這種地步？而且這麼快。

如此戲劇性的變化令他憂心。他想不出來這代表什麼意思？也不懂自己處於哪種新狀況？

瑪德蓮將沒多大用處的東西放到一邊。最要緊的是兩大份檔案。朱貝爾在第一份上的字跡潦亂（那天他八成心情不佳），寫道：「假設不成立」，應該是跟五月半途而廢的研究相關。第二個檔案：「研究進行中」。

瑪德蓮小心翼翼將文件放在身邊長椅上，克制住別露出滿意的樣子，好極了，但她小心翼翼，別在蕾昂絲面前喜形於色。羅伯無所事事，正在發呆。看到蕾昂絲跟這種人在一起，眞不知道這兩個人怎麼可能是一對？甚至還結了婚？每個人就是有好多外人無法理解的東西。

瑪德蓮僅僅微微一笑。

「您得躲起來避避風頭，蕾昂絲。換一間旅館。」

「爲什麼？」

「我們住朱貝爾街！」羅伯說。

她語帶驚慌。瑪德蓮先是逼她對自己老公行竊，這會兒還害她成了逃犯……

自己竟然住朱貝爾街的這個新發現，始終令他感到不可思議。

「別說啦，親愛的。」蕾昂絲纖纖玉手擱在他前臂上說，其實她相當生氣。

直視瑪德蓮的眼睛。

「要我們去別的地方住？首先就是：哪來的錢？」

「啊，就是說嘛，這還眞是個問題。我正想問您呢，蕾昂絲，除了設計圖，您另外那個老公的保險箱裡，難道沒別的東西？」

「眞的什麼都沒有！」

蕾昂絲幾乎是用吼的。一看就知道，她很失望，因爲沒找到錢。

「什麼都沒有？『沒有』是多少？」瑪德蓮窮追不捨。

羅伯把氣呼在玻璃杯上，再用鼻尖畫出各種形狀。

「多少什麼？」他問。

「親愛的！這是我們女人家的事！」

羅伯舉雙手投降，啊，女人家的事，神聖得咧。他轉向服務生又點了一杯啤酒，有彈子臺就好囉，他就可以去碰碰運氣。

瑪德蓮笑咪咪看著蕾昂絲。

「所以呢？」

蕾昂絲盯著自己的手。「兩千。」比出兩根手指，邊答道。

「您確定？」

「啊，當然確定！」

「確定什麼？」

剛被支使到一邊的羅伯又回來了。蕾昂絲轉過頭對著他。

「親愛的，可以請你給我們兩分鐘嗎？」

她們要談女人家的事，羅伯一心想表現出自己是個眞正的紳士，於是站起身來。

「如果兩位不覺得冒犯、不怪罪的話，我就不打擾妳們，兩位，我去抽點小菸。」

「去吧，」瑪德蓮說。

他一走：

「蕾昂絲，首先，拜託您告訴我（瑪德蓮握住她的兩隻手），您怎麼能跟這麼一個自走砲過日子？」

關於性這個問題，她知道瑪德蓮抗拒不了，她大可不回答以作爲報復，但想到自己對瑪德蓮做過的曖昧行爲就有罪惡感，於是她又和顏悅色了起來。於是，她跟數數兒似的，將瑪德蓮的手指一根一根扳開。

「親愛的瑪德蓮，因爲……姑且說房事方面，要是您找到一個像他這樣的，我向您保證，您就不會問我這個問題。」

這很殘忍，而且兩人都心知肚明，雙雙把手抽回。

「把我的護照還我。」蕾昂絲說。

「再過幾天還您，不過到時候它就沒多大價値了。更糟糕的是，還會將您直接送進監獄。」

蕾昂絲臉色大變。一切都完了？沒護照，就沒得逃，沒得逃，就沒希望。彷彿已然溺水的她就快淹死在這家咖啡館裡，她再度以驚人速度重蹈覆轍，走上這條路，從童年開始就一直把她引到今天這個地步的不歸路，種種苦難、她的父親、卡薩布蘭卡、傷痛、餓肚子、性、一個個男人、逃跑，還有羅伯，還有巴黎、瑪德蓮・佩瑞庫爾、朱貝爾……

「您什麼時候才放我走？」

「很快。再幾天，您就自由了。」

「自由？！哪兒來的錢可以自由？」

「是啊，我知道這年頭日子不好過。我沒送您進監獄，您就該高興了才對。」

「誰能保證您不需要我的時候會不會這麼做？」

瑪德蓮盯著她看了良久。

「沒人。此外，我可從來都沒答應您我會放您走。爲了避免我忍不住想送您進監獄的這種想法，建議您還是合作一點。」

瑪德蓮進到保羅房間。

「我說，我的小貓……」

好一個甜蜜的夜，每扇窗戶都開著，清新空氣隨著波波微溫碎浪悠悠蕩了進來，彷彿要來對您耳語。

「媽媽好好想過。你想去柏林聽索蘭姬演唱嗎？」

保羅喊道：

「媽……媽媽！」

他緊緊抱住母親，引得她哈哈大笑。

「喂，你媽快被你悶死了，讓媽媽呼吸啊，我的老天爺。」

保羅又一臉正經，抓起石板。

「可是錢呢？我們沒有錢！」

「我們真的沒有很多錢。不過自從我們搬到這後，我逼著你做出很多犧牲，你再也不能買唱片，儘管索蘭姬邀你，你也都沒去過。總之……」

她盯著他，一臉想討他歡心的樣子。

「所以咧？去柏林？還是不去柏林？」

保羅高興地尖叫出聲。薇拉娣連忙衝進來：

「Wszystko w porządku?」（一切都好嗎？）

「好，一切……都很好……」保羅大喊，「我們要……去……去柏林！」

他突然有個疑問，撲到一頁東西上，同時抓起石板：「媽媽，後天開唱！我們永遠也趕不上！」

瑪德蓮摸了摸袖子，掏出三張火車票。頭等艙。保羅皺皺眉頭，母親到最後一刻才決定這趟旅行，八成有原因。她買最貴的位子更令他驚訝。可是媽媽的車票上面卻是蕾昂絲・朱貝爾夫人的名字，眞令人摸不透。保羅撓著下巴，百思不解。

「正式說起來，」她說，「陪你去的不是我，是薇拉娣。」

「W porządku!」（好耶！）

「她說什麼啊？」瑪德蓮問。

「她……同意。」

「可是我得跟你解釋一下，因爲，媽媽需要你幫忙。」

35

東站人潮洶湧。保羅好興奮。

薇拉娣兩手高高舉著他，進了車廂，他想起米蘭之旅那段時光，天哪，可有多遙遠啊……索蘭姬親自去車站接他，他彷彿又看到大批記者和通訊員，還有出現在火車頭煙霧中的那個薄紗漩渦……他怕再見到她。

儘管經濟狀況大不如前，花錢得精打細算，公寓簡樸，鄰居七嘴八舌，噩夢雖然做得少了但猛烈如昔，即便如此，保羅也只能說自己算是個快樂的小孩。母親愛他，薇拉娣照顧他，他有兩個女人全心全意護著他，還有誰更有資格這麼說呢？

索蘭姬嘛，她形單影隻相當久。他氣自己竟然懷疑她，竟然生她的氣，竟然以為她……天哪，我眞的要去柏林了！他又想起報上有關索蘭姬的標題……柏林之旅有如探險小說，令他既開心又擔心。他轉過頭，四處尋找母親，結果找著薇拉娣，滿臉燦笑，她永遠都笑咪咪的，他的心激動得揪了起來，他知道自己有多愛她。

一收到保羅通知她他會去柏林的信，索蘭姬立刻就回，他在動身前幾個鐘頭時收到了。一封電報：「什麼？你會來！（沒有拼寫錯誤，因為擁有初中畢業資格的電報員幫她改過）我好開心！可惜你親愛的媽媽沒來，唉，好可惜喔！我要求你們和我一起住同一家大酒店，你和你的看護，你們會很舒服的，這裡的工作人員最棒。（索蘭姬拍這封電報，一個字要四法郎，她卻跟寫普通信件似的，完全不算字數，令人瞠目結舌。）柏林發生好多事，我等不及要告訴你，不過你自己就會看到。這裡是一個世界，我的意思是說，另一個世界。啊，我的小皮諾丘，也許你是來看你的老索蘭姬死翹翹，因爲她好累，她現在一副破鑼嗓子，你會非常失望。可是我很高興見到你，我等你，我有好多好多事要告訴你。快點來吧！」

他們搭臥鋪。一趟超過十五個鐘頭。

薇拉娣看到天鵝絨帷幔、車廂地毯、有燈罩的燈，跟上次一樣驚嘆不已。還看到一位年輕的查票員。他不是波蘭人，不過畢竟還是個相當俊俏的小伙子。保羅當他們的口譯。因爲他已經會說波蘭話了！

「薇拉娣，幫妳……介紹一下……弗朗……索瓦。您……您貴……貴姓？」

「卡斯勒。」

薇拉娣咯咯一笑。

「我是波蘭人。」她用德語說。

「我是亞爾薩斯人！」弗朗索瓦大聲嚷道。

「那我們應該會談得來。」

直到用餐前，瑪德蓮都沒露面。她在餐車車廂看到保羅坐在自己那桌，她則坐在隔壁桌，母子倆偷偷擠眉弄眼，眞好玩。

保羅直視她的眼睛，笑著問服務生：

「麻……麻煩……給我一……一杯波……波爾圖。」

他捉弄了媽媽，從她的唇形讀出：你這小子！

他一喝立刻暈頭轉向，胃口全失。於是薇拉娣吞下雙份的湯、雞肉加洋蔥、奶酪、挪威煎蛋，完全沒有吃不下的問題。年輕查票員經過又經過。保羅點著頭，打起瞌睡，薇拉娣抱他回包廂，可是邊境就快到了，現在不該睡覺。爲了讓他保持清醒，她衝著他嘀嘀咕咕，保羅睏得直想睡，聽得有一搭沒一搭。

福爾巴赫，終於到了。

薇拉娣把輪椅搬下火車，旅客、警察、鐵路員工在月臺上沸沸嚷嚷。海關官員鮮少看到這樣的孩子，明明看起來非常高，腿卻很短，一定是生病或是長期坐輪椅的關係。保羅·佩瑞庫爾先生和瓦迪絲薇拉·安布洛哲維奇小姐。那名官員在護照上蓋了章。他們又上了車，海關人員要他們打開所有行李受檢，不過沒人要保羅站起來，檢查他坐在什麼上面，否則就會發現兩大本精裝的厚重檔案。

瑪德蓮也過了海關。蕾昂絲·朱貝爾夫人。

海關稍顯驚奇，本人跟護照照片差好遠，可是這種話是不方便對一位淑女說的，何況她還坐頭等艙，一看就不像作奸犯科之流，於是他沒多問，這位女士，請吧，祝您旅途愉快。

火車再度啟動。這回保羅沒榮幸聽到薇拉娣悶著吃吃偷笑、惹人愛憐的咯咯笑、她喘氣的聲音——因爲並沒有。她和年輕查票員在走道上待了好久，查票員邊說，邊聽她說。隨後薇拉娣下令：

No, a teraz już pora iść spać. Dobranoc, François...（好，現在該去睡覺了。晚安，弗朗索瓦。）

Gute Nacht dir auch…（妳也晚安。）

這趟旅行實在是太棒了。

索蘭姬想動都動不了，更何況去火車站，於是派了豪華房車去接保羅和薇拉娣。戴著卐字臂章的司機看到輪椅，不太知道該怎麼辦。這個男孩一臉稚氣，不像大家一樣用兩條腿走路，司機一臉狐疑看著他。薇拉娣先將保羅抱上後座，二話不說，一把拎起輪椅，折好，塞進後車廂，連吭都沒吭。

保羅透過車窗看見假扮朱貝爾夫人的母親正在排隊等計程車，覺得好心疼。法國報唯有報導納粹殘酷暴行宣傳事件，才會提到柏林和德國。保羅以爲等著他的是一座燒殺搶劫、血流成河、遭輔警分區控制的城市，誰知道卻相當恬靜。街上好多人，但沒他想像中那麼多士兵，假如他沒讀過最近事件紀要，他會以爲自己在歐洲北部的任何一座城市。政府機關大樓、火車站、大學、中央郵局的確掛滿了卐旗，但要不是有幾家商店空著、櫥窗塌了，大大的招牌字樣還在，油漆卻往下流淌，他不會相信自己身在柏林。

索蘭姬端坐廣場酒店大廳，好比一座紀念碑。

保羅一出現，她大叫一聲，酒店工作人員和客人全都轉過頭去。她那雙巨大而鬆弛的胳臂緊緊抱住他，她吻他，簡直想把他給吃了。保羅笑著，既因再看到她而欣喜，又因看到她變了好多而哀傷。她那張畫了妝、撲了粉、阡陌縱橫的大臉，近看就像怪誕又可憐兮兮的狂歡節面具。他好擔心她。她還能唱嗎？他記得她的電報，「你的老索蘭姬……現在一副破鑼嗓子」。

「你好嗎？我的甜心寶寶？」她問。「你總不至於擔心我吧？」

保羅放心了。她比任何人都更敏感，這一直都是她的藝術祕訣。

他們去搭電梯。索蘭姬走得既慢又沉重，她的手大到連拐杖手柄都沒入其中。她大聲講個不停，像鴿子那樣咕嚕咕嚕，r的小舌音比平日振動得更厲害，今天她帶西班牙口音，某些天則是義大利或阿根廷，她這個人就是無法預測。

「你不想去市中心參觀參觀？啊，布蘭登堡門！你非看不可，小皮諾丘，可是我不去喔，我都看過幾百遍囉！」

但是才剛提出這個建議，她立刻就忘了。

進了保羅和薇拉娣的套房，她一屁股倒在大躺椅上，波蘭女子打開手提箱、旅行箱，把衣服掛好，吹著口哨，整間浴室充斥著她那荒腔走板、沒人聽得出來是哪條歌的調子。

「還是原來那個？」索蘭姬問。

「還……還是。」

索蘭姬開始一一道來「她的苦難」。她看什麼都不順眼，哀聲嘆氣，長吁短嘆，怨天怨地是她的註冊商標，不過保羅不得不承認她這次有充分理由。

獨唱會明天舉行，直到最後一刻還在商量種種細節，因爲希特勒總理將親自出席，光納粹菁英就占了音樂廳一半的位子，這還沒算攝影師，也就是說，宣傳大隊。空氣中瀰漫著緊張情緒，她一再被要求、被詢問，令她不堪其擾，一切都必須百分之百按照計畫進行……或許索蘭姬心知肚明，現在她人在柏林，她捉弄他們好幾個月，如今這件事已經趨於嚴重、帶有政治意味，這裡的人可沒有幽默感。她怕嗎？保羅就是感受到這點。

「史特勞斯可害慘我了，你知道嗎？不過，他自己也介於鍾子和鐵砧之間，左右爲難，我能理解。可是我已經通知他我要唱的曲目，我不會改變主意。」

她有時壓低聲音，彷彿套房裝滿竊聽器。

「我擔心布景……」

當初保羅看到布景計畫的時候，還笑了呢。她遞給他一張翻拍的照片，跟之前的不一樣。

「這……這是……什麼？」

「裝裝樣子用的，我的小鴨鴨。」

索蘭姬看得出來他不懂。

「問題是，布景的祕密不可能都沒人知道，總會有腦筋動得快的攝影師爲了五十美金偷偷打開一扇門洩漏出去。」

保羅手中這張照片上有麥田和天空，彩色條紋本身並不難看，但這跟索蘭姬寄給他的演唱用布景完全不一樣。

「我的粉紅小兔兔，我現在跟你說的是天大的祕密。要是直接掛上我要的布景，未免也太不小心了，何況我堅持唱他們不想聽的歌，他們已經很不爽，要是他們看到布景，一定會馬上燒掉，換上帶國家民族社會主義色彩的圖案。」

兩幅布景，此計甚妙。

藝術家將繪有熟成小麥的畫布貼在眞正的布景上，只需要開幕前幾分鐘取下這幅，就會露出下面帶有眞正動機的那幅。

「但這就是讓我爲難的地方，我可愛的小牛軋糖，我連腿都站不起來，你覺得我能把離地三米高的布景拆下來嗎？」

拆布景有四大點需要克服：得有體力、肌肉發達，還得有把梯子，而且不會頭暈。

「總之，我的拜占庭小心肝（眞不知道她從哪兒找來這麼多意象化的比喻），我好像得在黃色斑點前面唱，眞悲哀！還有，那個西班牙年輕人，他爲了畫這幅布景忙得焦頭爛額，我又該怎麼寫信告訴他呢？」

最初那幅布景逗得保羅哈哈大笑，但那是來自巴黎的笑。在柏林這兒……一想到那個到車站接他、面無表情的司機就夠了。他靈機一動，有了：

「爬……爬梯……梯子，讓薇拉……娣去爬……怎麼樣？」

索蘭姬轉過頭去。只見那名波蘭女子爬上椅子，大窗戶的窗簾圓環鬆了，她沒叫酒店的人過來，而是自己把圓環掛回去。

離威廉大街不遠處有一棟碩大無朋的建築物，光帝國航空部就占了三層樓。山形牆覆蓋著納粹旗幟，兩名傳令兵，跟柱子般直挺，一雙眼睛，跟盯著家禽棚裡的母雞似的，注視著大家。瑪德蓮只得打起全副精神，才能以她希望的平靜又堅定的步伐走進去。

才到接待處就碰上困難。這位公務員不會講法語，得找別人過來幫忙。

「請出示護照！」

對方指指接待室長椅，她找地方坐下，腿上擱著檔案，她還沒抵達前都拿大衣遮住。牆上的掛鐘指著十點。

新成立的航空部全是戈林先生[143]的地盤，他是一戰期間頭戴勝利光環的飛行員，與希特勒總理交好。瑪德蓮從報上得知該航空部負責監督、做決策，以及控制民用和軍用飛機的設計與生產，她找不到更好的單位了。

「有……什麼事？」

二十出頭的小伙子，法語說得差強人意。

「我想見艾爾哈德．米爾希元帥。」

爲了讓他聽懂，瑪德蓮發音得刻意清晰。士兵專注地凝視她，拿著她的護照，看姓名和照片，但不知道對一個不會說德語的法國女人能說些什麼，何況沒事先預約，一來竟然就要求見次長。

「有……什麼事？」

「我想見艾爾哈德．米爾希元帥。」

談話繞著圈子。年輕人拋下瑪德蓮，跟接待處同事討論許久。

「坐。」他終於說道。

他走上大樓梯，瑪德蓮又開始等。

143 Hermann Wilhelm Göring（1893-1946）：納粹德國黨政軍領袖赫爾曼．戈林，在納粹黨內呼風喚雨。戈林於一戰期間戰功彪炳，為著名的「王牌飛行員」。

時鐘幾乎正好指著中午十二點，此時，一名身著納粹制服、五十多歲的軍官出現在她面前。手上拿著她的護照。

「請原諒，朱貝爾夫人，您久候了，可是沒預約……」

他輕輕併了一下腳後跟，以示歉意。

「君特．迪特里希少校。有什麼可以爲您效勞的嗎？」

瑪德蓮心想出師不利，大廳廣眾的……她要談的是私事。

「有點私事，迪特里希先生。」

「所以呢？」

少校非常清楚這種情況有點尷尬，但由於瑪德蓮僅止於平靜地看著他，於是他補充道：

「私事……您是指非常『私』的私事嗎？跟尊夫有關？朱貝爾夫人？」

說到重點了。瑪德蓮失了先機。他們知道她是誰，居斯塔夫是誰，至於她打算跟他們談的這件事，搞不好他們知道得還比她多。弔詭的是，處於劣勢卻讓她不再擔心，因爲她毫無退路，豁出去了。她表現得越篤定，就越有機會成功。

「外子派我來找你們。」

迪特里希掉過頭去，向留在他身後的年輕人下了命令。隨後，對瑪德蓮說道：

「請隨我來。」

他指著樓梯。兩人並肩上了樓。

「昨天巴黎天氣可好？朱貝爾夫人。」

他們知道她什麼時候到了柏林，八成也知道她住哪家酒店……她的事，他們還有什麼不知道的？

「極其宜人，少校。」

一條寬闊的走廊，隨後又一條。同樓層傳來嘈雜聲，打字機的顫動聲，腳步從石板地面匆匆走過的喀嗒聲。辦公室相當寬敞，設有一方休憩區，他指了指長沙發。

「我不會建議您喝本部的茶或咖啡，以免侮辱到一位法國淑女。不如還是喝杯水吧？」

瑪德蓮揮揮手，表示不用。迪特里希在她對面的椅子坐下，比她高出兩個頭，他就這麼居高臨下看著她。擺出一臉惋惜狀。

「朱貝爾夫人，所以說眞的破產了？」

「可以這麼說，少校。外子盡可能撐，但是……」

「太遺憾了。他的航空計畫十分傑出！」

瑪德蓮雙手交叉，刻意放在大腿的檔案上。

「是啊，進行得差不多了。」

「可惜最近幾次測試還沒多大說服力。」

語帶諧謔，狀似開玩笑。

「外子經常說測試只是爲了……試驗。渦輪噴射引擎建模因爲這些失敗而取得驚人進展。出錢投資的金主得更有點耐心，甚至，我敢說，還得有點勇氣。」

「朱貝爾先生不願意看到工作成果被扔進垃圾桶，希望繼續研究下去？」

「爲了科學界著想！」

迪特里希點點頭，他明白這種企圖心堪稱崇高。他指了指瑪德蓮大腿上的檔案。

「這是……」

「對，的確是。」

「好好好。尊夫絲毫不想從這個計畫中獲利。」

「絕對是這樣，少校！」瑪德蓮語帶不快答道。「法國的知識研究不是一般商品。在我們法國，創造是非賣品！」

「既然如此，尊夫在哪些條件之下，才打算與科學界共享他的研究成果呢？」

「這……無償分享，少校，無償！當然得先扣除一些次要費用。」

「大約多少？」

「外子估計約有六十萬瑞士法郎。我跟他說過：『居斯塔夫，這樣未免多了點。無可否認，你的確有不少開支，可是大家還是會認爲你從中牟利。』我這一番話，他聽進去了，少校！於是他又算了算，結果證明我說得沒錯：只有五十萬瑞士法郎。」

「他的開支還眞不少呢。」

「沒錯，少校，這年頭研究成本高得可怕。」

「我的意思是，夫人，太高了。」

瑪德蓮點點頭，我懂了。她站起身來。

「老實說，少校，我寧願來柏林而不是越過大西洋，外子原本要我渡海，可是我啊，船哪……謝謝您的招待，您實在太好了。」

她朝門口走了三步。

「一切都取決於這些文件值不值得。」

瑪德蓮轉過頭來，看著迪特里希。

「告訴我，少校……您自己，我的意思是說輝煌的德意志國航空大業，貴國的渦輪噴射引擎不知進行到哪兒？」

「這個嘛……我們的確還在反覆摸索，這倒是。」

瑪德蓮拍拍檔案。

「這足以讓反覆摸索搖身變成尖端研究。偉大的德意志國總不至於想展示給全世界看，貴國還在反覆摸索的航空大業奇觀吧？少校！」

「我同意。不過要下這個決定相當棘手，這個您懂。而且十分重大。考慮到費用……」

瑪德蓮將檔案遞給他。

「這是一些摘要。草圖、設計圖、幾個測試結果，還有最新那份報告中提出的建議，這裡有四頁。說實在的，但願您能省掉我搭船去紐約的麻煩。」

她用手搧風，彷彿正飽受暈船之苦。

「還得請專家鑑定。可以留到下週一嗎？」

瑪德蓮沉默不語。迪特里希露出微笑。

「那就同一時間，好嗎？啊，還有一件事。不用麻煩到我酒店去找，或者以爲可以嚇唬我……所有文件都放在安全的地方，而且……」

其實剩下那些重要的部分，的確在廣場大酒店，在保羅和薇拉娣的房裡。

「朱貝爾夫人，這些不是第三帝國[144]的作法！我們非常文明。」

「既然如此，那就下週一見，我很樂意冒險一試貴部奉的茶。」

36

安德烈很快就在一角注意到電報是瑪德蓮·佩瑞庫爾拍來的，他看了很久：

「親愛的安德烈——句號——從朋友處得知——句號——蕾昂絲·朱貝爾會去德國——句號——怪吧，不是嗎？——句號——鍾愛您的瑪德蓮」。

他首先想到的是騙局，因爲這個消息來自於瑪德蓮，不太可能，可是消息又如此令人震驚。就算是眞的，她是怎麼知道的？誰是瑪德蓮電報上指的「那個」朋友，她早就沒朋友了。

安德烈倏地停住，他深知這代表了什麼：這是個天大的消息。

他想到自己的報《執法吏》，預定一個月內發行……不能等。剛出爐的消息一放就涼掉了；打鐵要趁熱。

他迅速翻遍手邊所有聯絡人資料，請接線員打給蕾昂絲·朱貝爾。總而言之，她是首要目標。要是她在，消息就是假的，要是她不……等待接通的時候，他想像後果。他是唯一知道的人嗎？當然是。他很高興始終跟瑪德蓮維持關係，即使是有距離的關係。接線員回報，沒人接。

安德烈匆匆下樓，招了計程車，來到瑪德蓮家。

144　第三帝國、德意志國、納粹德國、德意志帝國，均為一九三三年至一九四五年希特勒和納粹黨統治下，對德國的稱呼。

「他們前天走了。」門房太太說。

這個年輕人長得挺體面的，她遺憾自己幫不上忙。門房太太是個寡婦。

「他們去諾曼第泡湯，」她補充道。「要是您問我諾曼第的哪裡……」

她看到安德烈一臉驚訝。

「爲了小傢伙，水療好像對他身體很好，醫生是這麼說的。」

「他們什麼時候回來？」

「這……她說兩個星期。」

安德烈在人行道上待了一會兒，猶豫不決。這是他最不樂見的作法，但他也看不出還能怎麼樣：

二十分鐘後，他來到報社。

儒勒．紀佑托粗大的手指將那封電報揉來揉去。

「她先生派她去柏林的？」

「罪魁禍首一個或兩個並不重要。如果消息是眞的，那就是叛國大罪……對法國來說，這……」

「誰管他對法國來說怎麼樣，」紀佑托說，「對報社來說，這可是天大的好消息！」

「得打電話通報……」

「呸呸呸！我們誰也不通報，這位小兄弟，您想讓消息走漏還是怎麼樣？」

計程車裡，兩人各忙各的。安德烈寫著專欄，卻激動地想衝著紀佑托大叫，因爲過不了多久，這種獨家大頭條就會不受控制。紀佑托一如往常，還在打探消息正確性。

「您確定？」維特雷爾問道。

一名相當瘦的男子，出身於政府高官家庭，自文藝復興以來，全家都是「綜合理工人」，他是內政部長的親信。

「老兄，」紀佑托說，「我們要是確定消息無誤，就不會到辦公室找您，消息早就登在《巴黎晚報》上了！」

「您也知道茲事體大！不，不成，我得打通電話給一位同事。」

從這邊開始，消息像春日瀑布流瀉而下，低調卻一發不可收拾，從中央部會一直流到地下工作間諜組織。

「先別刊登任何東西，紀佑托。有進一步消息，我第一個通知您，作爲交換。」

「這樣還不夠。」

維特雷爾報以沉默，先別掀底牌，這是他在行政事務中學到的技巧。

「我不要當第一個，我要當唯一的一個。否則我立刻就登！」

「除非……您既是第一個也是唯一的一個！這樣行嗎？」

紀佑托哈哈大笑，太大聲了點。

安德烈回到住處，又開始振筆疾書，卻心不在焉。

搞不好他手中握著一個天大的醜聞。更好的是，他還可以藉機報復。從前朱貝爾瞧不起他，現在，他等不及要把他釘在高柱上公開示眾。

德方決定讓保羅從幕後欣賞獨唱音樂會。德意志國當局夢想優化人種，也勉力將自己塑造成這種形象，坐輪椅的殘疾孩童並不符合，再者，這場獨唱晚會已經夠複雜了，不需要節外生枝。保羅想和他朋友薇拉娣在一起，因爲她也熱情接下一項任務，卻沒衡量到這項任務的影響範圍有多廣。

演出前二十多分鐘，索蘭姬費力爬上舞臺就定位，再也不動，服裝師、化妝師忙進忙出，她在帷幕後面依然不動如山，整個人陷入恍惚狀態，唯有節目全部表演完才能恢服清醒，彷彿天主親自將兩根手指「啪」地一彈，回到凡塵。理查．史特勞斯想來向她祝賀，但除工作人員外，任何人都不准上臺。

開場時間到了，除了還在靜候達官顯貴的小包廂外，大廳爆滿。保羅的輪椅被推到兩片邊幕之間，他盯著薇拉娣，薇拉娣呢，一副宛若自己是晚會大明星似的，打扮妥當，等著走到臺前。

廳裡響起一陣掌聲，保羅鼓起膽子偷偷瞄了一眼。總理來了，後面跟著隨扈、身著制服的男士、幾位優雅的女士，保羅舉起手，薇拉娣旋即抱著一把有她四個高的長梯，毅然往前一步，將長梯架在充當布景的大型彩繪油畫框前。

後臺工作人員忍住沒叫，硬將驚呼聲壓在喉底……

三名舞臺監督意識到場面即將失控，衝上舞臺，可是薇拉娣已經分開梯腿，爬上七八根小橫桿。三名男子抬頭對著她，驀地停住。薇拉娣，高高在上，剛用指尖抓著畫布一角，使勁往自己那邊拽，畫布撕裂，慢慢落在地上，好像巨大的果皮在地上滾著，眞正的布景露了出來。那幾個舞臺監督好像被催眠，只管看著她拉啊扯啊，沒做出任何制止的動作。她的裙底有什麼東西？還是沒有什麼東西？使得這三個人被石化，愣到這種程度？保羅不禁自問，薇拉娣正是選了這個時候，稍微轉向他，衝著他頑皮地眨眨眼，引得他噗哧一笑。

才幾秒鐘，她就扯下一半布景。她一階一階慢慢走下橫槓，慢慢挪動梯子，再爬上去，扯另一半。怪的是，這三個大男人，沒有一人出手阻止她。他們在梯腳下，恢復之前的打雜樣，雙眼朝天，彷彿鉚定在進天堂的門邊。

第二部分布景墜落在地，薇拉娣又爬下來，一一拾起畫布碎片。

這時開場鈴聲響起，三名男子好似觸了電，其中一人一把抓住梯子，隨後他們全都消失在幕後，三人完全都沒看到剛剛顯露出來的新布景。如雷掌聲中，帷幕升起，新布景的圖案驀地被照亮。

大廳陷入黑暗，臺上燈火通明，舞臺正中央，在大量薄紗、織物、緞帶包覆中，又高又魁，女王般威儀的加里納朵女神端坐其間。

一整廳的人還來不及反應，第一個音符已然飄起，清唱，全體聽眾側耳聆聽，這個傳奇的音符預告著世人為之癡狂的這三個字：

我的愛……

無比寬敞的柏林歌劇院大廳受到這位名伶的魔力吸引，她的聲音鏗鏘有力、波瀾壯闊，卻又悽楚斷腸，鑽進人人心坎裡傾吐細訴，但全場聽眾同時也因為令人不解的布景而感困惑，這些圖案既缺乏想像力亦不鮮明生動，唯有一片俗不可耐、大打安全牌的黃，跟之前歌劇院宣布的農事和勝利主題毫不相關，虧它還通過審查。

我倆又來到此地，這處傾頹了的宮殿

我倆初相逢的舊地……

布景上畫的確實是廢墟，不能用的大提琴斷了兩條弦，積滿塵埃，褪盡昔日光華，彷彿從閣樓裡逃出來似的。定睛一瞧，這把樂器也可能是吉他……音孔邊上那圈玫瑰花飾整個被張著大嘴的牡蠣吞噬。

我們所在的這些廢墟
莫非便是你我殘存的
一切？

原來那位二十九歲的西班牙青年畫家，某程度上將索蘭姬複製成了兩個，她面對著代表她的大提琴，畫布另一端，一隻碩大無朋的母火雞則面對聽眾，她正在學孔雀開屏。其實這隻「母火雞」完全是一隻隨便什麼雞形目都有可能的鳥，總之很像火雞就對了，雖然她兩眼無神，尖喙大開，卻帶著某樣東西……跟家禽飼養棚中其他成員（布景深處上看得到幾小隻而已）全然不同，她那呈開屏狀的尾上覆羽，顏色鮮豔，光彩奪目，豔麗逼人。

可是您瞧瞧，您讓我的生命
陷入何等混亂……

索蘭姬有史以來唱得最好的一次開場，她的信心從未如此堅定，然而所有聽眾卻陷入混亂。開場唱完後，全場有所遲疑、擔憂，掌聲稀稀落落，人人都緊盯總理包廂。

按照節目單上的安排，樂團演奏了巴赫的〈我的心在血泊中〉前幾小節，卻遭索蘭姬的聲音強行打斷。不知如何是好的指揮，轉頭望向她，只見她右手手掌朝前，直直對著樂池，索蘭姬權威地說道：「停！停！」

音樂家一陣慌亂，紛紛放下樂譜。有那麼幾秒鐘，聽眾還以為他們在調音。沉默又起。全廳寂靜無聲。索蘭姬閉上雙眼，開始高歌，又是清唱，唱的是洛倫茲·弗洛迪傑的〈*Meine Freiheit, meine Seele*〉（〈我的自由，我的靈魂〉），曲目中不該出現的歌，卻被她拿來當成獨唱會的眞正開幕曲。

索蘭姬閉著眼睛唱到 *Ich wurde mit dir geboren*（我與你同生）。

一分鐘過去，總理站了起來，人人隨之起立，索蘭姬還在唱 *Ich will mit dir sterben*（我與你共死）。

保羅在幕後激動落淚，高官離開包廂，大夥兒旋即也跟著紛紛離去。

索蘭姬還在唱 *Morgen werden wir zusammen sterben*（明日你我共赴黃泉）。

整廳幾乎淨空，音樂家起身，樂器發出一點響聲，喝斥聲、噓聲大作，淹沒了索蘭姬的歌聲……只剩下三十幾個聽眾四散廳內。他們是誰？不得而知。他們站著鼓掌。這時劇院陷入絕對黑暗，唯有震天撼地的笑聲迴盪其間，那是索蘭姬·加里納朵的笑聲，依然帶著音樂性的笑聲。

回程列車上，保羅硬撐著不睡，他怕這一切都會像夢般消失，他想全數保留。

柏林歌劇院表演廳的燈已經熄了，引起少數幾個還在現場的聽眾一致抗議。索蘭姬可怕又絕望的笑聲迴盪又迴盪。一兩分鐘過去。保羅在幕後聽到廳裡有人正在摸黑找出口，倏忽間一束強光亮起，就在索蘭姬上方，她抬起頭，一盞聚光燈居高臨下直射而來，猝然將索蘭姬．加里納朵瘋婆子似也的薄紗和頭髮照亮。

保羅抓住輪椅的輪子。薇拉娣現身，是她，她找到舞臺監督，開了一盞燈。偌大的舞臺，很快就只剩下他們三人，這場連二十分鐘都不到就結束的獨唱會，最後這一刻卻令他們永誌不忘。

薇拉娣在索蘭姬面前跪下，保羅也推著輪椅趕過去。三人緊緊相擁，抱了好久。

「好啦，皮諾丘，我們走吧！」

但索蘭姬並沒想站起來，而是捧起薇拉娣的臉。

「妳呀，妳的靈魂好美。妳是個美麗的靈魂。妳有美麗的心靈。妳這個美麗的可人兒。」

她俯下身去，聲音輕到幾乎聽不見，溫柔唱出《瑪儂》[145]的前幾個音「啊，好一顆美麗的鑽石」，然後親了親她。嘆了口氣。

「好啦，這次演唱會的高潮終於來啦：索蘭姬．加里納朵要站起來了。」

她正是在這麼做。

這就是我們站在柏林歌劇院空蕩蕩舞臺上的三號人物：右邊是瓦迪絲薇拉．安布洛哲維奇，亦稱薇拉娣。她閱歷豐富，但從沒任何事情能夠左右她對生而爲人的信念和她對享受生活的渴望，她對別人加諸於她的看法不屑一顧，她愛男人，性，她愛突如其來的擁抱，她愛欲仙欲死的高潮，她快三十歲了，身強體健，有著一張貪婪的嘴，燕子般溫柔的心，還擁有今晚她剛剛才辦到、卻尚不自知的某樣東西。

左邊，坐在輪椅上的保羅．佩瑞庫爾。從出生至今也發生過好多事，我們看過他從三樓窗戶一躍而下，摔到外公靈柩上。我們剛認識他的時候，他緘默、神經質，一心求死，隨著一九二九年十二月某夜的那聲尖叫，一個人於孩提時期可能遭遇到的最齷齪場景的回憶，如今我們看到他愛上一枚星子，披上音樂這件大氅，星子的歌聲已然穿透他的生命。

在他們兩人中間，雙手持杖、舉步維艱的是索蘭姬．加里納朵，繼她職業生涯中最令人難忘的獨唱音樂會後，走下了舞臺。

三個準備爆發的靈魂。

今晚將改變他們的一生。

後臺出現一個小小的身影，原來是管弦樂隊指揮，整場獨唱會，他指揮不到四小節。這個人，他還在這做什麼？

「謝謝。」他感動得淚流滿面。

「少來，謝什麼謝？」索蘭姬回道。

其實她知道。

那兒，在她身後，舞臺上有三名男子在祈禱，求老天爺保佑，隔天不要有麻煩。他們撕毀西班牙畫家畫的布景，將這件前所未見的作品殘片，塞進好幾個大袋子。

---

145 *Manon*：改編自法國作家普雷沃斯特神父同名小說的歌劇。這裡指的是普契尼譜曲的那齣（請參閱第402頁）。

「可以開亮一點嗎？」索蘭姬問。

通常她的化妝室都擠滿了人，歌迷、官員、樂評，明明興高采烈的她還得假裝謙虛。今晚，什麼都沒、什麼人都沒。索蘭姬卻無比開心，這是她一生中最美好的夜晚。她經常都因爲一些次要原因而感到開心，今晚的她，則是感到驕傲，這又另當別論了。

「看到沒？皮諾丘。」

她開始卸妝，薇拉娣遞給她棉花、乳液。這正是保羅坐在駛往巴黎火車上，浮現眼前的影像。他有多希望當時母親也在場……

「來吧，」他對薇拉娣說，「妳八成餓了。」

「Oczywiście!」（當然！）

火車持續奔往巴黎。

保羅終於睡著，發出輕微鼾聲。薇拉娣好喜歡，她就喜歡這種鼾聲。對她而言，這代表睡得無憂無慮，不像那個年輕的查票員，弗朗索瓦……弗朗索瓦姓啥來著？管他的……卡斯勒！對。他們在走道上以德語交談。他說他代同事値班，說著說著自己都笑了。他沒說出來的是，他爲了再見薇拉娣一面，刻意跟同事換班，因爲他沒她的住址，連她的姓，他都不知道，而且他不久前才查到她回巴黎搭哪班車。

索蘭姬．加里納朵前往阿姆斯特丹。她沒得選，非經過漢諾威不可。當晚德國士兵闖進她酒店房裡，身著軍服的女兵幫她收拾行李……可想而知，她們是怎麼「收拾」的。不過倒是沒對她暴力相向，八成上頭有交代，最要緊的是她得立刻離開柏林，那就去阿姆斯特丹吧，出德國後的第一站，好吧，索蘭姬心想週末前可以回到米蘭，她哪兒都不住，尤其不想待在柏林。她對這位西班牙青年畫家感到抱歉，但他會置之一笑的，她見過他一回，是個愛開玩笑、反傳統的小帥哥。

至於史特勞斯，他沒來跟她道別，連隻字片語都沒寫給她，他氣壞了，我們可以理解。

索蘭姬想到皮諾丘。還有爬上梯子的波蘭女子，這個女人，眞有她的。

索蘭姬累了。

她沒料到突然離開柏林，什麼都沒準備，身邊連本書都沒得看，於是她就睡了。您瞧瞧這個場景。火車頭等艙，午夜列車，一整個包廂都預留給這名傳奇女子，胖到無法起身，因爲身邊沒人幫她。通常情況下，她都是眾星拱月，大家忙著討好她、讚美她，是夜她獨自一人，從柏林這座城市被趕了出來，這座她曾經掀起旋風、成功征服的城市，這座理查·史特勞斯從沒喜歡過的城市，這可是他自己在信中這麼寫的。一名鐵路員工輕輕敲了包廂的門。誰？他打開門，原來是查票員，他被嚇到了，不好意思，他又關上門，索蘭姬讓人看了就怕，她喘得像條鯨魚，好好的人成了被扔在長椅上皺巴巴的一大團。

事實上，此時的她是個小女孩。

她七歲，跟保羅跳窗時的年齡一樣。父親終於回家，渾身酒氣，廚房裡的椅子紛紛應聲倒地，她下了床，她習慣了，母親躺在餐桌上，父親壓在媽媽身上，但這並不妨礙他對她拳打腳踢，小女孩衝過去，想拉住父親，但他力氣好大，肌肉像葡萄藤那般盤根糾結，他在外面幹粗活，鐵打的肌肉，她的一隻手臂高舉至頭頂上方，摸到唯一一樣她摸到的東西，平底煎鍋，跟鐵砧板一般重，她使盡宰牛的力氣，狠命打他的後腦勺。他滾到一邊，渾身是血，母親去跟幾個小孩一起睡，任由他血流不止，巴不得他死，一而再，再而三，總是這樣，一直都這樣，她父親是頭困獸。每天都家暴，全家生活在恐懼中，幾個孩子全身青一塊紫一塊，學校裡沒人說半句話，這就是鄉下，要是身上出現瘀青的孩子都得管的話……

現在幾點？我在哪？她拚命想記起來，但感到痛苦來自遠方，痛苦的源頭，隨著火車駛進她五臟六肺的聲響帶來了影像。阿姆斯特丹，她和莫里斯．格蘭德同在，他跟神一般俊美，幾乎算媚，那座城市下了整整一星期的雨，他在那兒寫下《富貴如浮雲》。他們在酒店落腳，憑窗俯瞰運河，原本可以在床上做愛做一整個星期，結果卻成了莫里斯作曲，索蘭姬斜倚看著他，呼吸他的氣息，他閉著雙唇，不時喃喃唸著，一個個音符整齊排在五線譜上，一個鐘頭一個鐘頭就這麼過去，他一頁一頁地撕，索蘭姬耐心相伴，最後莫里斯終於上了床，癱在她身上，筋疲力盡，她想要他……兩人終於沉沉睡去，但她醒來時，他又俯在小桌子上，面對窗戶，面對運河。大功告成時，他們一整個下午都待在酒店大廳，莫里斯坐在老舊的直立式鋼琴前，索蘭姬手執樂譜哼著唱著，臨了，酒店請他們安靜，可是賓客們卻都笑了，跟他們要簽名。有一天，在墨爾本，一名男子來到她面前，向她展示那家旅館附設餐廳的菜單，菜單上有她的簽名，還有莫里斯的，索蘭姬當場淚崩。

還有一扇窗俯瞰大海，面對蔚藍海岸，莫里斯如此帥，永遠這麼帥，她買了勞斯萊斯送他，她為愛癡狂，警察來了，按了房間門鈴，她還光著身子，警察轉過身去，讓她先套上浴袍，隨後輕描淡寫地告訴她……莫里斯死了。

她將自己的才華盡皆歸功於傷痛，因為這是從她出生以來就跟著她的印記，她是痛苦的孩子，自始至終，而現在就是終點。

現在是凌晨兩點，火車傾倥傾倥，奏出平靜安詳的旋律，令人昏昏欲睡，引人入夢，索蘭姬邊睡邊做夢，即將駛進阿姆斯特丹火車站，年輕的查票員用票剪扁平的一頭一一輕拍包廂窗玻璃，先從頭等艙開始，他很重視區別各個客層。這位女士?再幾分鐘就到了喔。

索蘭姬還在柏林，「停，停!」她大叫出聲，她不知道自己竟然可以如此粗暴，竟然有這種勇氣。她很開心辦了這場演唱會，面對她每根心弦都痛恨的這群人。毫無疑問，她做的這些都徒勞無功，但是她做了。

她在唱歌。隨後成了哼，她輕吟低唱：

明朝你我……

火車駛進阿姆斯特丹火車站。

……共赴黃泉。

索蘭姬．加里納朵，本名貝兒娜黛特．特拉維耶，出生於侏羅省多勒鎭，一代歌劇名伶從此成爲絕唱。

37

「迪特里希先生，您怎麼沒問我要不要喝茶？」

瑪德蓮在大玩高來高去的遊戲，其實她已經兩天沒睡。

那天從航空部出來天都黑了，她在萊比錫大街一家餐館用了晚餐，恰好是索蘭姬開演唱會的時刻。那邊不知怎麼樣？這個瘋婆娘索蘭姬又玩了什麼新花樣，好讓自己成爲萬眾矚目焦點？餐後她在柏林大街小巷走了走，讓自己平靜下來，她看看錶，十點，十點半，好吧，該回酒店了。

幸虧保羅沒在酒店留言或打電話給她，否則就太不謹愼了。她注定處於這種沒消沒息的狀況下，心裡七上八下，難受得要命。

她在床上輾轉反側。早上，筋疲力盡。還有漫長的一天好等。今天是星期天，保羅和薇拉娣應該已經在回巴黎的火車上。

「是的，睡得好極了，迪特里希先生，謝謝您。德國旅館業眞的沒話說。」

「有沒有利用星期天在城裡參觀參觀？」

「您說得對極了。貴國令人讚嘆。」

她沒有出酒店大門。酒店大廳、人行道上，君特・迪特里希的部下一個接一個，哪怕她只走上一步，都有人會向他匯報，還不如待在房裡，她申請客房送餐，經歷驚魂動魄的時刻，有時也不免氣惱。

想像自己跟兒子一起回巴黎，不知該有多好。

「長官評估後，覺得金額過高，朱貝爾夫人，十分遺憾。」

迪特里希倒了茶，說了一樁聖日內維耶圖書館的軼事，突然又切入問題核心：

「工程師對您帶來的文件興趣不大。」

瑪德蓮吸了一口氣，如釋重負。他們並沒進一步查證蕾昂絲·朱貝爾的身分。也許他們派駐法國的代表證明蕾昂絲她人的確不在巴黎，因爲她叫她躲到別的地方。至於其他部分，兩國各有各的盤算；談判到了這個階段，倘若迪特里希爽快接受她的條件，反而是非常糟糕的跡象；而他拒絕的原因，反倒證實了她要賣的東西的價値。

「迪特里希先生，我很失望，不過我明白。既然我們都談到這個份兒上，我就坦白告訴您吧，外子一直認爲該跟義大利人談談。」

「他們沒錢！」

「我就是費盡唇舌，跟外子這麼說的！可他這個人就是這麼固執，一旦有了某個想法……『全歐洲沒人有錢，』他這麼對我說，『但事實上，刮刮抽屜最裡頭，總歸能刮出幾個錢，只要是自己眞正想買的東西，總歸有辦法買。』據他說，墨索里尼先生才不想當希特勒先生的傀儡！上個月巴爾博[146]元帥駕著他的水上飛機從羅馬飛到芝加哥，可不是爲了引人注意！而是因爲法西斯政權在軍事航空方面有野心！我啊，迪特里希先生，不瞞您說，所有這一切都讓我覺得有點高來高去。這些都是男人家

146　Italo Balbo（1896-1940）：義大利空軍將領，法西斯四巨頭之一。一九二九年至一九三三年任航空大臣，此時已升任空軍元帥。

的事。」

瑪德蓮起身。

看得出來迪特里希一臉爲難。

「容我問一下，還有唯一一個問題。萬一長官們改變主意……」他壓低音量，以推心置腹的腔調繼續說道：「您知道長官就是這樣，今天說東，明天，又成了西。關於『那些開支』，您希望怎麼支付朱貝爾先生？」

瑪德蓮坐回原位。

「我和外子在付款方面意見不一致，迪特里希先生。他想透過轉帳，我寧願拿現金，現金比較……方便流通，您懂我意思。您要是爲了我們家庭和睦著想，最好是一半一半，皆大歡喜。」

她翻翻包包，拿出一張紙。

「這是銀行帳戶資料。萬一您有需要……當然囉。」

迪特里希拿過那張紙。忽然心生疑問。

「這個帳戶不是以您先生的名義開的。這樣正常嗎？」

「也就是說……對，沒錯。這是……怎麼說呢……靜止戶147。居斯塔夫行事謹慎。以防有人不懷好意，這種人比比皆是。」

這種說法未能說服迪特里希。

「恕我唐突，倘若您的上司改變主意，」瑪德蓮繼續說道，「支付款項低調一點，那是最理想的。無論是來自，比方說來自外國公司，或是以支付訂單形式……」

「我明白了。所以說這個帳戶有一半（他用指尖捏著那張紙頭）是您的，是這樣嗎？」

「是這樣。」

她起身。

「我今晚離開柏林。您認爲您的上司有可能很快改變主意嗎？」

「非常有可能，朱貝爾夫人。只不過現金嘛，比匯款複雜得多。何況時間又這麼短。」

瑪德蓮笑了笑，一臉淘氣，彷彿在戲弄他。

「您該不會想跟我說，像第三帝國如此輝煌的政治實體，沒在什麼地方藏著小金庫吧！」

下午三四點，瑪德蓮急得像熱鍋上的螞蟻，時間一分一秒過去，行李都準備好了，她站在窗邊守候，檢查房裡的電話通不通。終於，酒店總機通知她公家機關派人來，正在接待室等她，可是她卻沒看到他過來。

她帶著檔案下了樓，那名士兵夾在腋下，面無表情指著街道，隨後又指了指旋轉門，一副想趕她出去的樣子。這時，一輛黑色大房車向前開來，年輕人語帶權威，狀似堅持。

酒店服務人員翻譯。

「這輛車在等您，夫人。」

「可是我的……」

「您的行李稍後送過來，他說不用擔心。」

147 un compte dormant：指帳戶未達起息金額，且滿一定年限無存提紀錄的戶頭。

他將外套遞給她，她機械式走出酒店大廳，那名士兵打開車門相迎，她上了車。從車窗望出去，她看到好幾個客房服務員搬下她的行李。她身邊的後座長椅上，擱著一只非常厚的信封，內有轉到她指定帳戶的轉帳單，還有像她手一樣大的好幾大沓現鈔。

叩叩叩，是那位大廳服務人員，她找到把手，搖下車窗。年輕士兵坐在她旁邊，用德語說了些什麼。服務人員傾身翻譯給她聽：

「迪特里希少校祝您回巴黎旅途愉快。」

蕾昂絲跑了，擺脫掉她正好，這個女人不值一文，闖自己家空門太不上道，令居斯塔夫厭惡至極。他申請了專利副本，但研究團隊日復一日一絲不苟記錄的工作日誌，包括實驗室做出的全部研究、測試結果、建議、未來方針也不翼而飛，損失慘重。想必蕾昂絲匆忙帶走文件，根本就不知道這些有多重要，這個笨女人。

朱貝爾打算將賣房子、賣公司的錢拿來當資金，擘畫捲土重來的藍圖。他的主要挑戰在於重建半途而廢的研究工作，回到當初它們遭棄置時的狀態，重新開始，讓一切再度步上軌道。他搬進書房，又打開從勒普雷—聖熱爾韋廠區帶來的存檔，閱讀、整理、記筆記、研究及比較結果，花了他不知道多少個鐘頭，進行起來又慢，每每令他灰心喪氣。

佩瑞庫爾大豪宅成了穿堂風大宮殿。「闖空門」事件後隔天，家丁遭到解雇，朱貝爾只留下廚娘泰瑞絲，她每天送餐上樓兩次，不論什麼時候，都見到他身著家居袍，滿臉鬍碴，淹沒於紙海汪洋，小心點，泰瑞絲，您轉一圈，她得繞過電池，跨過紙箱，出房時，東家還埋首於文件，狂熱又專注，她送下一餐上來的時候，發現上一餐原封不動，這種情形並不少見。發財使人疲累，不過最令人心力交瘁的還是破產。

朱貝爾宣告中止勒普雷－聖熱爾韋廠區租約，開始銷售豪宅，以三分之一的價錢賣出工具機，以解迫在眉睫的現金流動困境，他手頭很緊。再也沒人打電話給他。他已不復存在。

九月十一日，蕾昂絲逃跑後五天，警察上門找他。由於他正在比較壓縮測試的日期和結果，所以很慢才下樓，不過也因爲他認爲闖空門一案已經沒指望了。他猛地抬頭。難道找到蕾昂絲了？搞不好警方來歸還他需要的文件？他一個箭步，衝到樓梯平臺。

這次這個警官跟上次那個不一樣。朱貝爾不免驚訝，兩名陪同人員沒穿制服，他們不是附近派出所派來的。他覺得不對勁。

「我是警察分局探長馬奎。朱貝爾先生，可以跟您談談嗎？」

居斯塔夫下意識覺得有了重大轉變；往不好的方向轉。他慢慢下了樓，朝俯視全廳的馬塞．佩瑞庫爾大幅全身肖像走去，有自己被逮到做壞事的感覺。

爲了彌補自己貌不驚人，探長兩頰蓄著鬍鬚，足足有豬排那麼厚，模樣有些滑稽。他遞上名片，居斯塔夫看都沒看。

「我很忙，很抱歉。」

「再忙，總歸有點時間可以談談尊夫人，朱貝爾先生。」

今天證實剛剛宣告破產不久的前銀行家夫人蕾昂絲．朱貝爾女士，目前人在……柏林！沒錯，您已經看過相關消息，她就在條頓人的首都！

她甚至挑了位於威廉廣場、納粹政權偏愛的凱塞霍夫大酒店，連希特勒先生本人入住總理府前也經常下榻於此。

難道她沒權力想到哪旅行就到哪旅行嗎？當然不是。但我方依然得瞭解為什麼有人於九月九日週六下午，看到蕾昂絲．朱貝爾女士進入一棟辦公大樓？因為，此處別無其他，正是德意志帝國航空部。

「怎麼會這樣？她跑去航空部？」

「千眞萬確，朱貝爾先生，我方間諜情報網十分確定。」

身為資深銀行家，各種不正當的舉動，他司空見慣，卻萬萬沒料到竟然會出這種事。蕾昂絲跑去德國賣他的航空計畫？他無法置信，依然強作鎭定。

「賤內於九月六日先將家裡財物襲捲一空，又帶走自己的珠寶和廚娘的零用金。我也告她了。她的一切行為，本人概不負責。」

「嗯……」

探長用指甲刮了刮鬢鬍，吱吱嚓嚓，好像是白蟻發出的聲音，聽了就討厭。

居斯塔夫越想越覺得這件事不可能。蕾昂絲既沒那份聰明才智，也沒那個勇氣敢冒這麼大的風險。八成是警方設下的圈套，他才不會往下跳。

「您在德國航空部有認識人嗎？朱貝爾先生。」

「沒有。」

「她也沒有？」

「我怎麼會知道？」

「她是您的妻子。」

居斯塔夫深吸一口氣。

「探長先生，我太太是個賤貨。嫁給我之前，她就已經是這樣，我假裝沒看見，婚後她依然故我，這是她的本性。我最近遇到一些……事業上遭逢巨變，想必您也知道，我太太只對我的財產感興趣，她認爲自己做得夠多了，於是笨手笨腳闖了自家空門，這些文件她半個字都看不懂，我很難想像她帶著它們去柏林！」

「但她就是去了……德意志─帝國─航空部。九月九號去了他們辦公室，十一號又去了一遍。」

警方感到困惑。首先，破產消息沸沸揚揚，不啻為壓倒朱貝爾一家的最後一根稻草。隨後又發生破窗入室竊盜案，航空計畫檔案同時遭竊，德方會樂於撿現成的便宜。最後還有，德方航空部兩度接見朱貝爾那位身在柏林的配偶。

姑且說出這個事關重大的詞：整起事件都有叛國的感覺。莫非朱貝爾先生向德國人兜售對其國土安全有直接影響的法國工業機密？

「您指控我……叛國？」

叛國指控的嚴重性嚇著他。有人甚至還不到叛國程度就被判處死刑。

「還不到這個地步，朱貝爾先生，不過一切事證的確令人不安。」

「應該由你們來證明我叛國，而不是由我來證明我是無辜的！」

「朱貝爾先生，最佳狀況就是警方能將您和您的配偶劃清界線，這樣才能捍衛您的清白。」

「她跑都跑了，我們早就沒瓜葛。」

「她回來了。朱貝爾夫人在回巴黎的火車上。我方情報人員證實火車已從柏林開出。過邊境後，她一下車，將立刻遭到逮埔。」

居斯塔夫暈頭轉向，茫然不知所措。蕾昂絲之所以從柏林回來，那是因爲她的確去過那。所以說，這是眞的？他六神無主。

「除非發生意外，」那名警官續道，「否則她明天會到。一抵達巴黎，您不介意跟她面對面對質的話……」

「我求之不得！」朱貝爾吼道。

雲開霧散，明天他就要跟她面對面，這個婊子只是一碟小菜，他絕對能證實自己清白。

「好，非常好，當面對質，我等的就是這個。」

邊境。

火車停了，夜已深，旅客下車，幾個邊防官員上了車，要大家打開行李。其他幾個留在月臺上站崗，過濾下車旅客。

瑪德蓮雇了腳夫，搬下行李，前往檢查站，手上拿著護照。

「瑪德蓮・佩瑞庫爾女士。」

他們在守候一位女性下車，一個叫蕾昂絲・朱貝爾的法國女人，但不是這位。

瑪德蓮微微一笑，邊防官員感到滿意，照片有時候不見得符合，不過這一位跟本人一致。好，下一位。

天氣很冷。瑪德蓮轉身看看腳夫是不是在後頭跟著。火車站前有幾輛計程車，大夥兒爭先恐後搶著搭。

有輛汽車的車頭燈閃了幾下，一名男子下車，迎上前來。

「晚安，杜普雷先生。」

「晚安，瑪德蓮。」

他拎起箱子，輕而易舉，瑪德蓮心頭爲之一顫。他打開門。她上車，坐好。

「一切順利嗎？」他邊發動邊問。「您看起來好累。」

「我快累死了。」

汽車駛離小鎮。

「杜普雷先生……」

她把手放在他大腿上，一隻柔若無骨的手。

「杜普雷先生，現在可能有點晚了，但我睏得要命。這附近會不會剛好有個小旅館或是一間可以……我的意思是說，一個房間。」

「我有想到這點，瑪德蓮，一刻鐘內到，您可以好好休息。」

車停了，她還在睡。

「瑪德蓮……」杜普雷叫她叫了好幾回。「已經到了。」

她睜開眼睛，不知身在何處，啊，對，謝謝您，對不起，杜普雷先生，我肯定腦袋有毛病。

她下車，好冷好冷，快，打開小旅館大門，杜普雷一切都安排妥當，鑰匙在這，二樓。他扶著她的手肘，她累到搖搖晃晃，您睡吧。

瑪德蓮歪過身子靠著他，別讓行李放在那，沒人看著，裡面有很多錢。

杜普雷立刻回頭去拿，瑪德蓮進了房間。很可愛。比她想像中奢華。她寬衣，梳洗一番。

他沒再上樓，她望望窗外，他在院裡抽菸。黑貓蹭著他的小腿，他彎下腰來摸牠，貓拱起背，八成還呼嚕呼嚕，瑪德蓮知道貓會這樣。

她上床去，她在等。杜普雷先生輕輕敲敲門，頭羞澀地從門縫探了出來。隨後進到房裡。

「您還不睡？」

他在床邊坐下，心事重重。

「瑪德蓮，我得告訴您……」

她覺得他不會留下來，一顆心隱隱作痛。

「我幫了您的忙，您要我做的一切，我全都辦到，但這回……」

瑪德蓮想說點什麼，喉嚨卡住，一個字都說不出來。

「就我這方面，我並不是激進愛國分子，這點請千萬瞭解，可是幫助納粹……」

「您在胡說些什麼啊？」

「您將重大研究結果交給他們，可能幫了他們大忙。」

瑪德蓮坐了起來，微微一笑。

「這……杜普雷先生，我永遠不會做這種事！您以為我是誰？」

瑪德蓮反應之激烈令他詫異。

「可是……那些計畫……」

「我給了迪特里希少校四頁報告，讓他可以評估我賣給他東西的價值，的確有這回事。可是我離開柏林的時候，給他們的是『假設不成立』的那份檔案。他們得花上好幾天才搞得清楚這些研究根本就沒用。」

這回輪到杜普雷微微一笑。她心想：從她認識他以來，第一次看到他笑。

「現在，杜普雷先生，您可以壓在我身上睡覺了吧？麻煩您。」

保羅一回到巴黎，就寫信給索蘭姬。「皮諾丘，答應我，你會寫信到米蘭給我？」她緊緊摟著他，他差點無法呼吸。他想對她說的話自相矛盾：索蘭姬所有獨唱會，他最難忘的……是她唱得最少的這場。

他開始寫，還沒時間寫完。

九月十二日，巴黎報紙刊出索蘭姬．加里納朵搭火車前往阿姆斯特丹途中過世的消息。

薇拉娣盯著手中的日報，跟被催眠了似的。光看隨文刊出的女歌唱家照片，就算不懂法文，也猜得出報上標題宣布她的死訊。

保羅沒哭，可是發起火來。他讓薇拉娣帶他去報亭，買下各家報紙，再上樓，提到索蘭姬的每一版、每一頁都鉅細靡遺看過，看完以後，他受不了，惶惶不知所措，把報紙扔了一房間。他該怎麼辦？發現這位歌劇名伶死在自己的包廂後，記者紛紛轉回柏林，想多探聽點消息。德意志國捏造了一大篇故事，新聞界深信不疑。精彩音樂會後，女歌唱家親自前往希特勒總理包廂向他致意，藉著這個場合，再度重申對偉大的德意志國充滿信心、期待、全力支持，於是總理大人邀她共進晚餐，遺憾的是，歌唱家因爲健康之故予以婉拒。她甚至還表示自己疲憊至極。當局對年邁體衰的她感到不捨，建議她取消接下來幾場演出，並且如她所願，第二天就安排她前往阿姆斯特丹。臨行前，她向戈培爾及史特勞斯兩位先生保證，這場柏林的獨唱會「是她職業生涯最重要的一刻，她永誌不忘」。因爲之前索蘭姬數度鏗鏘有力地公開聲明支持納粹新政權，所以大家全都相信德國新聞部發布的消息符合事實，全無造假。

保羅私下投書每家報社，一家又一家。到了晚上，氣力用盡，淚水潰堤。一哭就哭了一星期。

他不准薇拉娣放唱片，他無法聽到索蘭姬的聲音。好幾個月後，才終於能平靜地再聽到她的歌聲。

「忠實熱誠的納粹信徒長眠米蘭，身旁有至純至淨的義大利法西斯花朵相伴。」

對於保羅來說，這個謊言殘酷到無法忍受。他的憤怒與積恨跟他母親的一樣深。

還是同樣那幾位警官，他們寧願這件事僅限於他們幾個人知道，朱貝爾認爲這是個好消息。從柏林開來巴黎的火車向晚時分抵達，都晚上六點了，他急著想跟蕾昂絲面對面，他恨她。

從他知道她變節（和她做的傻事，這個笨婆娘想怎麼樣？），夜裡，他在夢中痛罵她，打她耳光，到早上，他想冷不防打開她的房門，把她從床上揪下來，拖著她的頭髮在地上爬，要是可以的話，順便把她扔出窗外。

萬一他的設計圖落在德國人手裡，就等於他的計畫泡湯，他百分之百毀了，但至少他毫髮無傷，全身而退，而她，絕對會鋃鐺入獄，搞不好還更糟。

他套上外套。警察感到他神情緊繃，隨時會爆炸。他們正打算出門。

「怎麼會這樣？你們沒攔到她？」

居斯塔夫還握著門把。

「沒有，朱貝爾先生。在海關和我們派到火車沿線的人員監視下，她竟然成功脫逃，沒人看到她下車，可是到了巴黎這邊，她又不在車上。」

朱貝爾被這個消息打敗，雙眼在這兩個男人身上來回轉了一圈。他倒退一步。

「請您跟我們走一趟，朱貝爾先生。」

一言驚醒夢中人。可是……既然蕾昂絲沒被逮捕，爲什麼要把他帶走？他上了車，坐在開車的警員後面。

碰到第一個紅燈，他望向窗外。

起初，他還沒意識到。他是在做夢還是怎麼樣？一輛停在附近的車子裡……他看到的可不是瑪德蓮・佩瑞庫爾嗎？匆匆一瞥，卻是如此突兀和出乎意料……「震撼」的一瞥，就是這個詞沒錯。

她在這做什麼？她又不住這一帶。她眞的只是剛好在這嗎？

他思緒紊亂，發現自己面對著一臉虯髯的探長，身邊有另一位優雅紳士，一臉威儀，他並沒有自我介紹，似乎是探長的上司。

「我們認爲，」探長說，「尊夫人的柏林之旅，您清楚得很。」

什麼？您跟我說我才知道的！」

「她極可能拿假證件下了火車，隨後去某處等您跟她會合。」

「您在開玩笑吧！」

「我們看起來像開玩笑嗎？」

接話的是另外那名男子。看起來像部裡的人。司法部？男子打開卷宗夾。

「您知道門澤爾—夫朗荷斐公司嗎？」

「聽都沒聽過。」

「瑞士公司。表面從事進出口貿易，其實只是個幌子。骨子裡，這家公司直屬德國政府，專門幫帝國進行一些它不希望被牽扯進去的祕密操作業務。」

「我不懂。」

「這家公司剛剛將二十五萬瑞士法郎匯入『法國航空工程研究』帳戶，您擁有的一家公司。」

朱貝爾慌了。

「我不懂……」他眞心誠意地說。

「我方情報單位十分確定。有人在德國航空部辦公室看到您的研究報告。」

「可能是我太太……」

「您幫我們找到尊夫人，我們自然會請她解釋。」

就在此刻，他也不知道爲什麼，一個鐘頭前他曾見瑪德蓮・佩瑞庫爾的那張臉，從腦海中浮現。

他還沒來得及多做探究，部裡派來的那名男子繼續追問：

「朱貝爾先生，目前我們手邊所有資料都直接指出在她同謀之下，您將和法國政府簽約共同進行的研究成果賣給德方，這在司法上是極其嚴重的叛國罪。」

「等等！」

「居斯塔夫・朱貝爾先生，您被捕了。」

38

通常何諾先生都在晚間八點四十五分離開溫特圖爾瑞聯銀行辦公室。其實，他也盡可能八點四十五分離開，這是個美學問題。爲了不遲到，司機八點四十五分前就到貝里尼街道附近等著，看到門廊燈光亮起，他就發動，慢慢往前，停車，下車，開車門，此時東家剛好出現在人行道上，搭配得正剛好，是的，跟瑞士錶一樣準，您要這麼說也行。

但是這天晚上，在歐仁．德拉克羅瓦街那邊，一名司機使盡全身力氣踩剎車，就是剎不住，有人正在過馬路，整個人被捲進車輪。那人先在空中轉了整整一圈，隨後飛上史都德貝克引擎蓋上，就在那一霎那，司機和被害者透過擋風玻璃面對面，隨後這個小伙子的身體才沿著車身慢慢滑到地上，兩隻手毫無生氣，連嘗試抓住點什麼都沒有，就消失在散熱器護柵前。司機衝下車，跪下，小心翼翼抬起他的肩膀，他毫無生氣，身體軟趴趴，我的天主啊……路人停住腳步。其中一人說，打電話報警，叫救護車，司機沒動，被他撞倒的被害者這張慘白的臉把他給嚇傻了。他死了？有人問。有個女人大聲尖叫。

何諾下了樓，竟然沒看到車。四年內只發生過兩次，這種情況雖然很少見，但並非不可想像。他照前兩次那樣，沿著塔街走向特羅卡德羅廣場。這時，他偷偷笑了笑。有時候意外挺受歡迎的呢。要是他上了車，他就不可能尾隨眼前這個迷人身影，走過之處留下一抹幽香，讓您有像獵狗那般嗅聞的慾想。他望著她那隨著臂部擺動節奏一搖一晃的小外套，腰肢想必纖纖一握，內心深處有個想法糾纏著他：好個美妙的翹臀。啊，要是他能超過她就好了。她的臉蛋是否能與身材匹配？

突然，她叫了一聲，噯唷，連忙靠在牆上，以免摔倒。在她失去平衡之前，何諾先生衝過去，及時伸出手。哦，沒什麼，鞋跟斷了，年輕女子邊單腳跳，邊找支撐……找到何諾先生的手臂。您就扶著我吧，他說。儘管她戴手套，依然感受得到她手指的溫度。她一瘸一拐一兩米，使勁靠著他胳臂，他快撐不住，難道想要他摔倒不成？他掉頭打算往回走，車子應該快到了，天哪，這是什麼情況，只見那名年輕女子跛著腳往愛梅花園住宅小區拐去，小區街道兩旁各有一排漂亮的小樓房，您別硬撐啊，他說。噯唷，她又叫了一聲，一拐一拐，他看她到了愛梅花園街，這也是他看到的最後景象，因爲就在此刻，頭頂挨了一棒，唯一的一棒，又快又準，他絕對會記住，很久都不忘。

不到一分鐘的時間，杜普雷就將他洗劫一空，同一時間，蕾昂絲從包包拿出備用鞋換上，不發一語，離開花園小區，匆匆從塔街往下走。

杜普雷全都拿了，皮夾、鑰匙、手帕、眼鏡、小記事本、零錢包、名片、手錶、婚戒、鐫有姓名首字母的戒指，連皮帶也沒放過，因爲帶扣是鍍金的。警方會說：「這位先生，您運氣眞不好，這一帶很少有人被搶。」

杜普雷很開心，這是他頭一回教訓銀行家。

他一把拉緊水手包，朝著跟蕾昂絲反方向的塔街走去。他走得雖然快，但並不急。那兒擠了一群人，一輛車停在路中間，護柵前躺著一個人。司機、旁觀的路人，全都緊張得大呼小叫。杜普雷繼續走，並沒放慢腳步，甚至連瞧都沒瞧上一眼。就在這個時候，有聲音傳來，兩名警察把自行車靠在車上，走上前去，「警察，讓開，發生什麼事？」大家馬上就說了。一聽到「警察」兩個字，躺在地上的那個人跟彈簧似的一躍而起，飛快瞄了兩名巡警一眼，一溜煙跑到街上，快如狡兔，在場每個人都愣住，沒人採取任何行動。

雖然他已經盡可能快跑，羅伯還是提醒自己，我該少抽點菸。

何諾先生頭痛欲裂，氣得要命，還是硬逼自己回想當時情況。

他在警察局說道：

「跟痛比起來，我還更害怕，那個人竟然什麼東西都沒搶。」

受理警員大吃一驚。

「他沒來得及搶，」何諾先生大著膽子說，「隨時會有人路過，這個您是知道的，他肯定也很怕。」

「您剛剛說他什麼都沒搶？」

何諾先生摸摸空空如也的口袋，邊說「我說沒有就沒有。沒任何損失。」

「除了這個以外。」他硬擠出一絲笑容，邊指著護士在他頭上包的那一大包，邊如此說道。

那名警員顯然不相信。不過，每個人都有自己的理由，這位先生可能不想讓老婆知道他人在哪，原本戴婚戒的手指現在只剩下一圈白白的痕跡，還有因爲腰帶不翼而飛，害他猛往上提的長褲，明明一看就知道他被搶了不少東西，不過那又怎麼樣呢？警方又不能逼民眾提告，他想把被搶走的財物全部拱手送給搶匪，他高興就好。

何諾先生立即發了封氣壓傳送信去溫特圖爾；他當然沒告訴警方。他不停問自己這個煩心的問題：怎麼會這麼剛好？他的司機撞倒一名男子，警察一到，那名男子又立刻逃跑，偏偏又剛好是他在巷子裡被打昏的時候？他將兩起事件湊在一塊，想著它們之間的關聯。他有被暗中擺了一道的感覺，不過他左思右想，還是想不出來怎麼會出這種事？也不知道自己又能怎麼樣。因此他並沒向總部提到司機出車禍的事，僅僅提到他被攻擊，而且還是因爲他沒法掩飾那本小冊子不見的事實，才不得不報告總部。

溫特圖爾總行每個人也同意。很難想像一本小冊子，上面只有幾欄毫無意義的數字和姓名，拿了又有什麼用？尤其是因爲何諾先生所有東西都被搶走，顯示出搶匪只對錢感興趣，不是衝著小冊子來的。再加上何諾先生爲人謹愼，既沒提出控告，也沒留下筆錄，於是該行面對客戶便對這件事守口如瓶，跟瑞士保險箱一樣。

然而何諾先生開始睡不好覺。夜裡，那名少婦尖尖的鞋跟刺在他心頭，他被車子壓過翻倒，他看見自己溺斃在井裡，井壁是會計欄目，裡頭滿是數字和姓名。

人民抗稅運動惡化成了反政府暴動，面對情勢失控，夏爾猶豫不決，搓了好久下巴。一方面，示威遊行爭取的正是他爲了當選連任而大聲疾呼了二十多年的訴求。另一方面，現在由他負責的這個國會委員會，偏偏又得確保人民確實繳稅納入國庫。

夏末，大規模全法巡迴抗議正式展開，最終提出全國抗稅大罷工之議，同時計劃九月十九日在瓦格罕大會堂舉行大型聚會，屆時再決定如何將決議付諸行動。

抗稅分子要全民起而抗稅的呼籲，堅定了夏爾的信念。總而言之，他在委員會公開聲明，拒絕繳稅就是逃稅，因爲這攸關「意圖剝奪全體人民受到國家稅收照顧」。因此，在他看來，提出建議政府立法保護國家財產，完全符合委員會使命。

雖然成千上萬示威者準備好要支持演說家大力揭發「稅務調查」、「議會制度敗壞」、「共和國領導無方」，夏爾還是在委員會辦公桌上放下建議立法計畫書，準備交給政府行政部門。這時「瓦格罕集會大聲呼籲」要人民「隨時準備掃除議會」，同一時間，委員會則批准了夏爾的計畫。

九月十九日瓦格罕集會，在吵得不可開交的喧鬧聲中，大會決定向愛麗舍宮總統官邸提出陳述詳盡的集體聲明，譴責「政府無能，掠奪人民財產」。在香榭麗舍大道和協和廣場一帶，這股人民怒潮和警方發生衝突。其中尤以「王黨分子」[148]和「法蘭西運動」的年輕成員最爲難纏，加上這些刁民裝備精良，不停騷擾巴黎防務單位，事後又指控因爲警方挑釁，先用槍托毆打他們，爲了自保，才突破路障，政府則派出騎警增援，鬧到夜裡才平息，事後經過清點，將近四十人受傷。

經過徹夜討論，第二天早上，委員會交給政府一項法律提案，「任何人，凡透過實際作爲、脅迫或參與策略、組織或意圖動員集體拒絕繳稅者，一律嚴懲」。

夏爾，累歸累，但是滿意。

面對當前騷動情勢，政府硬了起來，因為夏爾．佩瑞庫爾先生——這位可笑的白騎士提刀來救——提出立法嚴懲法國反動分子草案，當政者認為祭出此法甚為高明。

國會議員諸公向來最以身為法國大革命象徵為榮，毫無立場譴責為自由而戰的法國人民，因為「政府違背人民權利，人民起義乃最神聖職責」，這段話可是出於《人權和公民權宣言》第三十五條[149]。

凱洛斯

保羅希望召開全體會議，藉著開會這個隆重時刻，揭曉他的產品名稱、宣傳活動主軸、廣告口號等等。

除了由他母親、杜普雷先生、薇拉娣、布羅茨基先生組成的核心成員外，他還希望邀請蕾昂絲，以及「她的第一個先生」，他加上這句。

等這一對到來的同時，布羅茨基先生繼續高深莫測地對他的配方秤斤又秤兩；保羅，從沒這麼全神貫注過，正在修改他的小卡片；瑪德蓮和杜普雷先生，跟他們每次見面經常做的一樣，翻閱報紙。「總會找到破綻。」他邊說，邊想著安德烈．德勒固爾，偏偏沒有任何東西得以實現這個希望。

杜普雷讀著政府新政策，瑪德蓮熱衷於大型訴訟案，諸如維奧萊特．諾齊埃爾謀殺雙親事件預審結果，女傭帕賓姐妹虐殺雇主案重啟調查。此外，杜普雷還因聽到她這麼說而甚感驚訝：

「我不知道您怎麼樣，可是我啊，這個亞歷杭德羅．勒羅克斯，我不相信他。」

---

148 Camelots du Roi：成立於一九〇八年，原本負責在街上推銷《法蘭西運動》日報，後轉型成為準軍事組織，藉以抵抗反對「法蘭西運動」分子。

149 la Déclaration des droits de l'homme et du citoyen：亦簡稱為「人權宣言」，最初於一七八九年法國大革命期間頒布。作者引的這段出於一七九三年修改版。

她對西班牙政府新領導人的這種想法出乎他意料之外。

「天知道我對他前任多沒好感，他就是教會的敵人，沒別的！不過，這一位嘛，杜普雷先生，您倒是告訴我，他是不是正將西班牙帶往法西斯政體？」

杜普雷正要回答，蕾昂絲到了，身邊有羅伯相陪，瑪德蓮已經站了起來：

「過來，過來，蕾昂絲，我說保羅，你不過來親親她？」

蕾昂絲和保羅自一九二九年七月從沒見過面，都四年了。

這位少婦到來令保羅十分激動。彷彿又回到那幾年的親密時光，抱抱、親親脖子，但也因爲她的背叛，加速了母親的不幸。

這種讓他難過的印象，卻被保羅剛剛才讀完的《瑪儂．萊斯科》[150]的事實給抵消了。當然，他經常聽索蘭姬唱普契尼，但他從沒意識到，在他腦海中，普雷沃斯特的年輕女主角具備蕾昂絲的特點，對他來說，完完全全就是她。他看到光陰大神並未在她身上留下摧殘痕跡，她美麗如昔，而他現在又剛好進入會產生慾望的年齡，這種感覺令他又難受又難耐。他哭了出來。蕾昂絲則在想，兩週前索蘭姬過世，保羅傷痛的劑量已經夠了，他硬撐、他想超越傷痛，正因爲這些努力，她發現他長大好多。

她走過來，跪在輪椅旁，抱住他，緊緊貼著她胸脯，一句話都沒說，輕輕搖晃他好長一段時間。其他人也沒說話，讓他們獨處。保羅並沒因爲這個擁抱找回他一心想追回的兒時的寧靜祥和，因爲現在他將蕾昂絲的香水跟完全不同於兒時感覺的某樣東西連結在一塊。

蕾昂絲暗自思索，不知道坐在輪椅上的這個青少年過得好不好？她的心都碎了。

保羅不想自怨自憐，他輕輕推開她，說「我很好」，沒有結巴。

瑪德蓮注意到這次「開會」有點像拍全家福照片。古怪的一家。一小群人擠在客廳，女士們坐前排，瑪德蓮、蕾昂絲，還有雙臂環胸，一副天不怕地不怕的薇拉娣。杜普雷站在瑪德蓮後面，兩隻手老老實實地扶著椅背。蕾昂絲後面則是羅伯，手指繞著老婆的項鍊在玩，似乎在想自己怎麼還沒把它賣掉。至於布羅茨基先生，他則站在薇拉娣後面（他們一直都講德語，聲音很低，沒人知道他們哪有這麼多話好說）。

保羅把他想說的句子背得滾瓜爛熟，儘量避免說得結結巴巴。

他揭開一塊大看板，彷彿在爲現代商務光榮的里程碑舉行揭幕儀式，板上有名妙齡女郎，體型修長，側身呈四十五度角，伸出一腿，正在檢查鞋跟是不是掉了。

「『可惡』[151]！」看板上那名女子萬分驚訝，叫道。

看到板子上那個又圓又翹的臀部，眾人無不齊聲同意她叫得非常妙。

看板文案簡潔有力：

莫羅醫學博士的卡呂普索美纖香膏

150　Manon Lescaut：法國普雷沃斯特神父（abbé Prévost, 1697-1763）於一七三一年所作的半自傳式長篇小說，普雷沃斯特筆下的瑪儂是個貪圖享樂的美麗女子。

151　請參閱頁479注159。

保羅解釋說，「美纖」是爲了避免讓人有這種物質太像藥物的感覺。除此之外，「美纖」一詞也包含了「美」這個字，每個人潛意識中想必也察覺到了。

「卡呂普索」[152]聽起來兼具文化、神話、浪漫、愛情的感覺，強調這種產品可以促進女性魅力。

「醫學博士」則可爲這款香膏提供必不可少的科學保證。

問題就在於這位謎樣的莫羅醫學博士。

「他是誰？」蕾昂絲問。

「沒……沒這個人。產品不能……憑空……蹦出來。必須……出自……某人的發明……某個……權威人士。可以讓大家安……安心的人。莫羅，這個姓非常法國。很多……人會……會喜歡。」

他笑著補充：

「這比……布羅茨基醫生……聽了更讓人安心。」

每個人都同意，連布羅茨基先生也不例外。

其他論點都很具體：

您的體重讓您心煩？

您的曲線令您擔憂？

莫羅博士的卡呂普索美纖香膏

簡單有效的良方

醫學院批准，深受全巴黎美女歡迎

「醫學院批准」的用意則在於有它背書，等於有了科學保證，因爲這是一款有憑有據、經過驗證的產品，而且又香香的。

裝著香膏、蓋上印有「哇！」字樣的小瓷罐，看起來好像香水瓶。

「我聞過這個味道！」羅伯打開蓋子一聞，大聲喊道。

「你當然聞過，小公雞。」蕾昂絲臉蛋緋紅。

他們開香檳慶祝。布羅茨基先生和薇拉娣用德語交談。蕾昂絲祝賀保羅，女人會喜歡的，聽在保羅耳裡卻成了：女人會喜歡你的。

他們從沒碰過面，他們再也不屬於同一個世界。因此，當有人通知紀佑托說瑪德蓮·佩瑞庫爾想見他的時候，他立刻就懂了，她有求於他，便差人回她說他很忙。

「沒關係，我可以等。」

她在接待大廳找地方坐下，氣定神閒。十一點半左右，紀佑托怕拖下去未免荒謬，改口願意接見她。萬一她要求得太過分，他知道怎麼拒絕，就像面對加薪的要求一樣，他習慣了。

瑪德蓮變了好多。他有多久沒見到她了？他想了一下。

「都四年多囉，親愛的儒勒。」

152 Calypso：希臘神話的海之女神，扛起天穹的巨人阿特拉斯之女，她曾將奧德修斯困在她的奧吉吉亞島上七年。

他還以爲會看到一個乞丐婆，沒想到在他面前的卻是一位清清爽爽、笑容可掬的資產階級婦女，他放了心。

「好孩子，您好嗎？路易呢？他還好吧？」

「保羅。他很好。」

再怎麼樣，儒勒．紀佑托嘴裡都吐不出對不起和謝謝這兩個詞。他只點點頭，一副他現在全想起來的樣子，保羅，對，當然，當然是保羅。

「您呢，親愛的儒勒，您好嗎？」

「唉，生意比以往更難做。新聞界的狀況……這個您是知道的。」

「新聞界的狀況各有不同，不過我尤其知道您的。」

「什麼？」

「親愛的儒勒，我知道您是個大忙人，我不想浪費您寶貴的時間。」

她打開皮包，狀似焦急，在裡面翻來翻去，好像她怕自己忘了帶要給他的東西。隨後才鬆了一口氣，啊，找到了，原來是一小片紙，上面有好幾個數字。

紀佑托戴上眼鏡，看了看。這些不是日期、也不是電話號碼，他抬頭看她，滿臉不解。

「這是您的銀行帳號。」

「您說什麼？」

「您在溫特圖爾瑞聯銀行開的，將您多年來逃避稅務機關稽查的錢全存在那。相當可觀的一大筆數目呢。足以幫所有員工加薪或者買下半數競爭對手。」

儒勒反應雖快，但眼前這種情況前所未見，令人不安，顯然很危險。

「您怎麼知道？」

「重點不在於我怎麼知道，而在於我都知道些什麼。差不多該知道的我都知道吧，存提款的日期啦、利潤金額啦，全部。」

瑪德蓮說話的聲音平靜卻堅定，不過她這是走在鋼索上，其實她唯一只知道一件事：儒勒・紀佑托的名字出現在何諾先生的小冊子上。

這點，他不知道。

某人既然知道您的銀行名稱和極其私密的帳戶號碼，沒理由不知道其他所有內容。

「親愛的儒勒，我先告辭了。」

瑪德蓮走到門口，握著門把，指了指這張紙。

「您還有另外一個號碼……對，還眞的有呢。」她把紙頭翻到背面。

「該死的！少過分！」

「彼此彼此，我說您的帳戶還眞……」

「誰能保證您會到此爲止？」

「我說了就算，儒勒！我可是姓佩瑞庫爾的。如果您認爲『佩瑞庫爾』這個姓還有點價値的話。」

紀佑托看似安了心。

「我強調這件事很緊急，您不介意吧。留個信封在接待處給我……就明天早上吧。好啦，我煩您煩得夠久了，我可眞過分。」

「羅伯，可以請您迴避一下嗎？」

他很驚訝。

「什麼？爲什麼？」

瑪德蓮挺喜歡這傢伙。他毫不理性，就像七歲的小孩子，不按牌理出牌，行事作風令人耳目一新。累人的是，什麼都得跟他解釋。這回，她不想。

「羅伯，去打彈子，隨您想做什麼就做什麼，只要讓我們兩個能靜靜談話就好，麻煩您。」

羅伯一直都覺得瑪德蓮很了不起。他尊敬她。他站起來，跟雷納・德勒卡斯握握手，拖著步子，走了出去。

「所以說，這裡是您的總部？」瑪德蓮笑問。

「您要這麼說也行。」

一個帥哥，您等著瞧吧，蕾昂絲說過，他懶得跟什麼似的，白天都在睡大覺，眞不知道他夜裡都在幹嘛，不過他可是全巴黎最棒的僞造文書好手。瑪德蓮很擔心：那不是跟羅伯挺像的嗎？才不會，您放心！

「我需要複製一些手稿。」

「我什麼都能寫。」

這個男孩的蛻變驚人無比。他進來時步履輕快，笑逐顏開，帶著萬人迷那種膚淺卻迷人的男性魅力；這會兒他卻嚴肅而專注。我們談的是生意，這不一樣，一絲笑容都無，說話更是字字斟酌。他知道在他面前的這個女人不好對付。瑪德蓮打發走羅伯，就是不想讓他知道他們的合約條款，所以羅伯也無法要求她付他佣金。很精明，他不敢掉以輕心。

瑪德蓮需要驗證他是不是像蕾昂絲和羅伯說得那麼厲害，於是遞給他一封安德烈寫給她的信，她從柏林回來時收到的：

親愛的瑪德蓮，

您好心轉給我的消息非常正確，再次感謝您的一番好意。我迫不及待想知道您還握有哪些王牌。

但願溫泉水療對親愛的小保羅有益。

此致

安德烈

雷納．德勒卡斯故意不看她。

「一頁一百二十法郎。」

看瑪德蓮的臉就知道她嫌貴。雷納嘆了口氣。通常情況下，他扭頭就走，不過他原本要跟馬賽客戶簽下一紙頗有賺頭的合約，沒想到煮熟的鴨子竟然飛了，偏偏他又急需這筆錢……看來他非秀一下工夫不可。他彎下腰，打開小皮囊，取出一張白紙，一支蓄水鋼筆，把安德烈的信放在面前，開始抄寫：

親愛的瑪德蓮，

您好心轉給我的消息……

他只抄到一半，這樣就夠了。他把紙轉個方向，遞給瑪德蓮，她忍住別在緊要關頭做出佩服的反應。兩個筆跡相似的程度令人驚嘆。

德勒卡斯套上筆套，收起來。又非常輕柔地拿走他剛剛寫的那張抄本，撕成碎片，放進菸灰缸，雙臂抱胸。

「我需要……複製這個。」

她遞給他瑞士銀行家的小冊子。德勒卡斯一頁一頁翻過，專心致志。然後還給她。

「八千法郎。」

瑪德蓮搞不懂。

「等等，總共五十頁，一頁一百二十法郎，應該是六千才對，不是八千！」

「這個小冊子差不多有三四年了。這幾年來，寫下這些內容的人在不同的地方、用過不同的筆寫。何況還得先找到類似的小冊子，這不……」

「不用一模一樣。類似就夠了。」

「即使這樣，還是得先讓紙張老化，再用不同的筆、不同的墨水填滿，還得模擬各種不同時間，因爲時間對書寫有影響。這些値八千法郎。何況您會要求我修改某幾行，我都還沒算呢，我沒說錯吧？」

「只有一行。加上去。小冊子開始的地方。七千法郎。」

德勒卡斯毫不猶豫地說：

「成交。」

「什麼時候可以寫完？」

「兩個月。」

瑪德蓮心煩意亂。隨後就笑了。這傢伙眞聰明！

「如果我要求您十天完成，應該就會變成八千了吧。」

這回輪到德勒卡斯笑了笑。不說也知道。瑪德蓮假裝還在考慮，不過這筆交易並不差，她原本預估非一萬不可。她拿出一只信封。

「預付三千，就這樣。」

德勒卡斯收進口袋，悉心將小冊子放進皮囊，站起來。喝咖啡的錢讓瑪德蓮付，是她來找他的嘛。

「您和羅伯・費航的關係怎麼樣？」

「不怎麼樣。他不太是我這型的。他是個粗人。我們……有接觸，如此而已。爲什麼這麼問？」

「因爲如果您搞丟小冊子，或是您有意納爲己有，我會委託羅伯・費航……再跟您聯繫。」

雷納・德勒卡斯點點頭，這很合乎邏輯。

39

安德烈和他在巴黎晚宴上兩三度擦身而過，這個男人圓滑世故，手腕高超又善於表現，聲音輕柔到得側過耳去才聽得清楚。此君整個職業生涯都在司法部度過，位居高職，對該部的操作模式一清二楚。安德烈正是因爲這個原因才選了他，因爲處理這麼棘手的案子，這個人再適合不過。

幾天前，瑪德蓮．佩瑞庫爾給了他居斯塔夫．朱貝爾這個名字，安德烈．德勒固爾因而鞏固了他是全巴黎消息最靈通人士的美名，一時之間，只要有人想放消息，想找樂於聆聽的耳朵，都會找上他。可惜又是一條《執法吏》無法受益的新聞，因爲必須立即處理，延宕不得，但這證實了創刊那天到來的時候，他的《執法吏》將是全巴黎消息最靈通的日報，從而也最具影響力。

「我們現在談的可是一份新的日報，」這位法官說道。「我們對它所知甚少，但這畢竟……」

安德烈心想這是個好兆頭。走道、廳堂，都在對即將有新日報發行這件事議論紛紛。這幾星期，現在開場白說完了，跟他談話的法官雙眼大睜，顯出興趣甚高，鼓勵他，並且強調他之所以樂於接待安德烈．德勒固爾，不只爲了談他的新日報。

紀佑托都板著一張臉，毫不掩飾，這甚至是個大好跡象。

「這件事很棘手……一封信……」安德烈說道。

「讓我們先瞧瞧再說。」法官邊說，邊伸出手。

安德烈還是按兵不動。

「這是一封揭發信。」

「我們早就習慣了，法國人就是喜歡寫信給警方打小報告。」

「我又不是警方的人。」

「不管發信人是誰，所有告發信，警方都歡迎。那麼這回揭發了什麼呢？」

「某家瑞士銀行的法國逃稅大戶名單。超過一千人。」

法官臉色發白。他伸長了手去拿，不知道爲什麼，同時啪地一聲關上右邊抽屜，因爲太用力，抽屜反彈，還是略微開著一點。

「您就說吧，您就說吧。」他重複說了兩句，就像小學老師在糾正學童用詞不當。

「據我所知，共有一千八百八十四人。我手邊的清單只有五十幾個，不過裡面已經有企業家、藝術家、兩位主教，還有軍方的人……一位將軍和國防部總督察……此外還有三位法官（失禮了，老兄）、上訴法院推事……不少有頭有臉的人。」

「證明屬實的話……」

「還有一位知名實業家。曝光度相當高，最近常上報。堪稱愛國情操典範。這一大堆人物組成了一幅相當可觀的法國精英圖像，要是展開搜索，必可在那家瑞士銀行辦公室找到完整開戶資料。」

「消息來源？」

「一無所知。八成是因爲帳目問題擺不平。我手邊這些資料可以交給您做調查之用。不過，調查告一段落，我希望是第一個知道、第一個發布消息的人，作爲我提供消息的回報。」

法官深深吸了一口氣，縮進扶手椅。

「司法界不習慣這種事，」他撒謊。「您知道，司法是……」

「我也可以毫不查證就刊出，插入一堆意有所指的引號供參照用。萬一這些都是眞的，那家銀行辦公室當天就會閉門謝客，行員當晚就會搭火車回瑞士，這家銀行就此託辭小冊子一事乃屬銀行機密，躲到這把保護傘下。我的報導會引起騷動，這點我們很容易理解，大家會要求展開司法調查，司法界再也無法迴避。而且我會將我們今天的談話一併刊出，同時說明您認爲調查毫無用處，置之不理。」

法官送安德烈出門，又提到他的顧忌，我們現在採用的這種接受匿名信告發的形式絕對是個例外，是啊，就是說啊，安德烈笑道。如今他唯一希望的就是這一切都是眞的，而且很快能得到證實。

這份名單連同由署名爲「一個眞正的法國人」的告發信被悄悄塞進一只大信封。兩小時後，就到了檢調機關偵辦財務犯罪的主管手中，他立刻就看了（「天哪，大事不妙」）。當晚寫好預控書，預審法官準備展開調查，第二天一大早，七點左右，一輛塞納省安全局不帶檢警標記的普通車停在塔街拐彎處。一名警探負責監看，三名負責盯梢，下了車，進入匿名告發信上指示的那棟大樓。

夏爾站起來，走上前去，看了看窗外潮濕的林蔭大道。

「您在耍我是嗎？」部長吼道。「您是嫌我們被這些一無所知的白癡煩得還不夠？竟然迸出一條完全是在提油救火的法律！」

「但是，但是，但是……」

「但是，但是，但是個什麼勁兒？您想過嗎？您那份笨蛋加三級的立法提案，要是部裡眞的審議通過會怎麼樣？全國已經有一半的人走上街頭，您希望另外一半也加入？」

部長氣得把夏爾引以爲傲的那幾張紙一把扔在桌上。

「我拿您當這條法律的陪葬。兩天內，您的委員會就不復存在。出去，成事不足敗事有餘的『白騎士』！」

「什麼意思？」

「當初成立這個委員會是因爲情勢所逼。現在風頭過了，委員會也可以解散了。」

「憑什麼？」

夏爾大聲嚷道。在部長辦公室，這並不常見，但現在這個時候，每個人都不好過。

「您問我憑什麼？」

「委員會沒提交結論，就會一直存在！」

「已經交了。上個月，八月的時候，您交了一份報告，就等於結論。委員會完成了令人欽佩的任務，幾天之內，您就會收到來自各方的祝賀與……謝忱。」

對夏爾來說，不啻爲回到棋盤原點。當過委員會主席，再回去當眾議員，簡直就不可能。他未來的女婿也會另謀前途，而不是留在佩瑞庫爾家族。他原以爲解決了女兒一半的問題，玫瑰的那一半，但如今，又回復成一整個問題。

這一切都令人惱火，但最要緊的是，政府即將剝奪已成爲他命根子的委員會。這份重責大任。他的奮鬥。別笑，這就是他看待事物的方式。

委員會是他職涯巔峰，絕不允許任何人搶奪，但他又不知如何避免。他再三拍胸脯保證，向阿爾方斯宣告：「什麼都別想讓他低頭」，後者既崇拜又聽得一愣一愣的……他覺得好孤單，想知道這一切會怎麼結束。他將雙手深深埋入口袋。不，算了，他心想，我……

「爸……？」

玫瑰探進頭來，一臉擔心。

「怎麼了？」

「媽媽，她不太舒服。」

夏爾嘆了口氣，站起來。荷當絲窩在長沙發，跟平常一樣抱著肚子，除了她哀叫得更嚴重外，夏爾看不出來有什麼特別……有，的確有不一樣，她的肚子好像比平時更腫一些，不過這……

玫瑰和風信子兩姐妹怕得貼到一塊。

「我想，」荷當絲笑著說，她希望自己也能加入父女三人，「我該去醫院看一下。」

拜託，都晚上八點多了！夏爾叫來司機，兩個女兒幫母親穿好衣服，他披上長外套，全家去了「慈善」，荷當絲在這家醫院接受過治療，病歷也在這。

「夏爾，謝謝。」荷當絲緊握著他的手說道。

護士幫她脫掉衣服，她躺在昏暗病房的床上，躺在像假領一般僵硬的被單下。

「廚房裡有湯。」她緊抓著肚子，邊說。

「好好好，」夏爾說，「再說吧……」

他不得不回家照顧女兒。實際上，他只想離開，因為他一心掛念那個法案。

吃晚餐時，玫瑰和風信子有如修女般說話輕聲細語。夏爾讀到了不太好的消息。「白騎士」慘遭各方攻擊，外界對他、他的委員會、他的職業生涯毫不留情。他一拳打在桌上，他的努力明明就是對的，眞他媽的。

女兒抬起頭。他沒意識到自己罵得太大聲。他想表現出好爸爸的樣子：

「妳們還沒告訴我呢！上星期六，妳們和阿爾方斯一起做了些什麼啊？」

姐妹倆噗哧一笑。因爲她們又換了位置，這個男孩眞可愛，一點都分不出她們，完全沒發現。姐妹倆新想出一條妙計，其中一人嫁給他，可是兩人輪流跟他上床，這樣比較刺激。不過她們的笑聲中帶著憂慮，因爲每次這個時候，荷當絲總會說：

「乖女兒，再喝點湯啊，妳們總不會留這麼多湯給我吧！」

夏爾工作到很晚，又看了一遍阿爾方斯起草的委員會聲明，他寫得不錯，不過遣辭用語，夏爾還是得再看一下。

第二天，他起得很早，去辦公室前先去醫院。

他到醫院的時候，護士剛剛發現荷當絲在夜裡過世了。

40

塞納省安全局碰過更困難的跟監任務。每天至多三、四個人一組。一名警員留在車內，每隔兩小時開走，換另一輛車，順便換一下位置，以免引起懷疑，另外兩名隨時準備跟蹤。這是例行公事。

被跟監的經常都是些生活優渥的大人物，信心滿滿，缺乏警覺性，而且住在漂亮街區。跟蹤他們，有時候會跟到某個政府機關、某家大餐廳，有一次甚至還跟去了聖母院，不過最常跟去的地方首屬富人出入的帕西、第八區等等，對只領公家機關最低薪的員警來說，跟監有點讓他們憤憤不平，倒也駕輕就熟。

不過，話說回來，像眼前這位女士，大家倒是從沒見過。首先因爲是女性，幾乎不曾碰過（這位是他們跟監以來，遇到的第二位），此外是因爲她美豔絕倫，全巴黎找不出幾個。負責監視的員警目擊芳蹤，先穿過塔街，隨後消失在建築物大廳。

何諾先生也是。

他對她的姓名毫無印象，拖了好久才願意接待她。羅伯·費朗太太？一聽就像化名，他沒回她電話，她鍥而不捨又打來，好柔的聲音。他讓了步，正是因爲聲音。反正，他眼光甚佳，很會選客戶，他不要的人，永遠也甭想硬塞進來。還沒掀開底牌前，他講話的聲音已經輕柔許多，但堅守原則，凡是涉及銀行機密的問題，嘴巴始終閉得很緊，絕不鬆口。他必須知道什麼可以說、什麼不可以說，尤其是經歷過上回被攻擊的不幸事件。幸虧直到現在，沒人聽到有什麼後遺症，再加上他沒提告，警方什麼都不能做，看來的確是搶劫財物無誤，他又睡得著了。

這位年輕女士十分漂亮，不過這個姓，費航……他仔細翻遍幾年來的「巴黎上流社會名錄」年鑑[153]，全都沒找著。外交官夫人？還是哪位官夫人？不是，她沒戴婚戒，所以未婚。個人名下沒有絲毫財產，要是有，他一定找得到……面對她，他步步為營。

她拿出來的證件既不是護照也不是名片，而是結婚證書。卡薩布蘭卡。一九二四年四月。這種做法並不常見，看起來這位少婦不惜任何代價，只求將自己的身分合法化，而非證明自己的確是某人不可，有一大堆不可告人之事的人都這樣。

「我來是爲了……存錢，您懂的……」她摘下面紗。天哪，絕頂尤物啊。

「是您的嗎？」

「對。」

她臉泛緋紅，害他喉嚨哽住。

「這筆錢……是您個人的？」他冒昧地問道。

緋紅成了豔紅。

153 les annuaires du ToutParis：le ToutParis（或寫為le Tout-Paris、le Tout Paris，直譯為「全巴黎」）指的是巴黎上流社會。一八八五年，拉法爾（A. La Fare）以le Tout Paris為名出版了一本巴黎上流社會名錄，收集包括社會名流、藝術家、作家聯絡方式、高級餐廳、俱樂部等等，每年都會更新版本。

「錢……是我賺來的。」

他緊繃得像把弓。

「我有一些朋友……」

何諾先生喘不過氣來。這可是他第一個靠男人賺錢的客戶！他好興奮。這種女人得花上多少錢？絕對得揮金如土。他放了一百二十個心。對溫特圖爾瑞聯銀行來說，這種手段高明的交際花跟將軍、院士隸屬同一客群，保證沒問題。

他好整以暇，詳細說明銀行提供的服務，心情愉快卻也心蕩神搖，啊，知道她是幹哪行的，現在搞得他心猿意馬。不過，從她問的問題可以看出她頭腦清楚得很。想也知道，她從事的行業需要判斷力。

她小口小口啜著茶，連手指都好迷人。

開戶之約已定，她會帶現金過來。

「多少？」

「十八萬……一開始先這樣。」

天啊！何諾將預估存款金額往上修正，像她這種美人，八成得花上大把鈔票。

「可是身上帶著這麼大筆錢，未免有點危險？」她問。

靈光乍現的直覺使得他提出：

「倘若需要我到府上……以免您……我可以親自登門服務，我是說如果您希望的話。」

「那就太好了，何諾先生，」蕾昂絲嗲聲說道，「我求之不得呢。」

他嘴巴依然大張著開。難以將片段組合起來。去她家？當然是爲了去拿那筆款子，但她難道不想在諸多密友中加上一位銀行家？他能給她出主意，又有肩膀讓她靠，還能讓她利上滾利。

「下星期，您能過來一趟嗎？」

何諾先生抓過行事曆，沒抓牢，掉到地上，撿起來，打開一看卻是倒著的，翻正，我來瞧瞧，我來瞧瞧。

「星期二？中午左右？不介意一起用個便飯？」

何諾先生連聲音都沒了，因爲他連口水都沒能吞下去。

她留下一個地址，在第七區。要是何諾先生眞上那去，他會看到一間寵物美容店。

臨走之前，蕾昂絲漫不經心地問這裡有沒有……

「當然！」何諾先生叫道，指著通往盥洗室的走道。

他目送她走遠。我的天啊，她好……

他得趕緊坐下。

蕾昂絲進了盥洗室，觀察一下，稍事遲疑，戴上手套。

何諾先生聽到沖馬桶聲。那名少婦回到他身邊，何其優雅。一想到她竟然出身青樓，眞令人不敢相信。

她走出大樓，安全局員警緊跟在後。她帶著他來到「樂蓬馬歇」百貨公司女用內衣部門，一個大男人在這種視覺刺激如此強烈的地方閒逛，尷尬得要命……一轉眼，她不見蹤影，他跟丟了。

九月二十三日，像往常一樣，兩名員警占好位置，一個在塔街，另一個在帕西，等著跟點子第一次交手。

一名五十多歲的男子，氣質高雅，身著長衣，約莫十一點鐘到達。十幾分鐘後，監控小組，包括塞納省檢查機關財務部的調查員等六人，衝進大樓。

前來開門的職員看到搜查令，頓時倒退一步，彷彿看見鬼，他並沒有錯。

何諾先生聽見嘈雜聲從前廳傳來，迭聲向客戶道歉，探出頭去瞭解狀況，這時已有兩名警員守在門邊，第三名抓住他，其他幾個衝進辦公室，客戶站起來，拿起外套就走，他不想受到牽連。

「請您再多待個幾分鐘。」一位警員說。

「不行，我趕時間。」

他邁出一步。

「那您就遲到吧。」

「您好像不知道我是誰？先生！」

「這正是我的第一個問題：請出示您的證件。」

維利耶—維甘。波爾多葡萄園主，祖上有錢，家族超過三分之一的產品都外銷美國。

「請教您爲什麼來這？」

「這……我來拜訪……朋友。何諾先生。難道這年頭連探望朋友的權利都沒了嗎？」

「帶著十四萬小面額的法郎？」另一名警員問道。

客人掉過頭來，只見那名警員拿著他的外套，從中掏出厚厚一大疊鈔票。

「這不是我的！」

這麼回答極其愚蠢，每個人都明白，連他自己也低下頭，頹然倒在椅上。

何諾先生什麼都沒說。他腦筋動得很快。

自從他的小冊子消失以來，唯一一份登記表在銀行總部。說明白點，就算警察找到那些數字，也跟姓名兜不起來。情況如此危急，他還能保持冷靜，做出正確判斷，不愧爲銀行家本色。回想起來，他反而因這次被搶而感到慶幸。如果他沒受到攻擊，那麼現在這本小冊子就會在後車廂裡，萬一法官裁決逼他打開……那還了得？光想就……

他的訪客同意簽署簡短筆錄，提及他在現場，並從他外套裡找到大筆現金。

何諾先生剛剛失去了一個客戶，這是因爲造成維利耶－維甘先生驚恐必須付出的代價，話說回來，做生意向來都沒百分百穩賺不賠的。他又對著那幾個警務人員說道：

「我可以請教諸位……」

「來啦！」有聲音說道。

探長到了。同事把報表遞給他。

「會計紀錄！上面有存放在總行的票券紀錄。」

他們交換了個眼神。現在缺的就是那份客戶登記表，告發人向他們保證名單就在這。沒這份名單，不能採取任何法律行動。

大夥兒立即展開行動，翻箱倒櫃，辦公室、大廳、櫥櫃，地毯下、畫作後也不放過，何諾先生在他們中間走來走去，各位先生，要不要喝茶？他坐在沙發上，翻開雜誌，看似對鐵路廣告有莫大興趣。

午後一點，氣氛大大不同。

負責財務的那幾位警員留下一大堆不會有任何結果的工作，因為他們知道在瑞士銀行開戶這點無可指責。一旦無法證明這家瑞士銀行在法國領土幫助客戶逃稅並支付利息，銀行本身就不會受到損害。

「各位這麼快就要走了？」何諾先生問道。

警務人員將板條箱、紙箱抬上貨車。探長被這種婆婆媽媽的案子纏得快煩死了，他比較喜歡硬碰硬。

「好，我，我要撒尿……」

「那就請啊！」何諾先生說，因探長言語粗鄙而深感不屑，安全局的人真輸不起，差勁的玩家。不過，也不至於差勁到哪去就是了，因為幾分鐘後探長回來，手裡拿著一本小冊子。

「在抽水馬桶後面找到的。是您的嗎？」

何諾先生盯著小冊子，不，這不是他的……可是，「幾乎」是他的。乍看之下很像，但不是他的。他拿過來，打開看，是他的筆跡，毫無疑問，這幾行字都是他親手寫的，他認出好多似曾相識的姓名、帳號，他的記憶力有如磁鐵，黏著它們不放。他無法理解。他誠心誠意說道：

「對，應該說不才對，這本小冊子不是我的。」

「我沒弄錯的話，這是您的筆跡吧？」

關於筆跡這點，毫無疑問……這本小冊子怎麼會在馬桶後面？怎麼會出現在那種地方？霎那之間，他全想起來了，那個賤人！

她去過洗手間！他目送她走過去！

啊，天哪！

現在他想起那個臀部了！他見過，街上，就在他面前……那個摔斷高跟鞋鞋跟的女人！

「這是假的！」他嚷道。

「總之，上面到處都是您的指紋。」

何諾連忙甩掉小冊子，彷彿是條毒蛇。

「看看可不可以找到別的。」探長補充道。

銀行家腦中一片空白，跟木頭人似的無意識地簽了筆錄。

小冊子這件事本身就令人無法思議，絕對會引起公憤。溫特圖爾瑞聯銀行會被綁上高柱示眾，成爲眾矢之的，爲所有銀行同業付出代價。

有那麼一秒鐘，何諾先生想到自殺。

兩週前，保羅偶然問道：

「告訴我，媽媽，勒普雷—聖熱爾韋那邊會不會剛好有地方？」

租金並不貴，前一個承租的公司——「振興法蘭西」旗下的「航空工程研發中心」——忽然就不租了，房東巴不得趕緊把地方租出去。

「好大喔！」保羅這麼說過。

他喜歡這麼大的空間，他可以推輪椅推很久也不會遇到障礙物。最裡面有好幾張打開來的大桌子，布羅茨基先生已經把手邊的德國器具全放上去。其餘在巴黎新買的補充用具和製藥會用到基本產品還在箱裡。

基於迷信，瑪德蓮禁止羅伯．費航進到廠區。

杜普雷開了香檳，扯掉蓋在奶油小點心上的白餐巾，大家都站著，有點感動。杜普雷只倒了瓶底那麼淺的一點點香檳給保羅，害他好失望。

「孩子，得保持清醒。」

杜普雷一用這種語氣講話，沒人敢反駁。

大家說好，設備一裝好，布羅茨基先生從下週一開始就可以先做出三百罐。薇拉娣和保羅會幫他完成這種重複性的工作。

印有品牌名稱的標籤和包裝兩週內可以交貨。

一旦實驗室（入口大門看板正是寫著「佩瑞庫爾企業實驗室」）應付得來需求，立即在報章雜誌上展開宣傳。一開始採用大家習慣的方式，統統透過郵購，不過等產品廣爲人知後，保羅就要調查透過藥房擴大銷售的可能性，他不斷推出異想天開的廣告策略。

晚上八點左右，杜普雷突然一副很急的樣子，急著要關實驗室的門。他說，好啦，時間差不多啦，好吧，反正香檳也喝了，大家期待明天趕快到，就可以開始幹活。

「保羅跟我留下來。」計程車到了，杜普雷說。

「這……」

「別擔心，瑪德蓮，我跟他還有幾件實務方面的小事還沒解決，事成之後，我再送他回去。」

出其不意，她不甘不願，還是讓步。竟然有事瞞著她，她不喜歡這樣，決定明天馬上跟杜普雷先生談談。

沿途兩人都沒說話，保羅無法判斷杜普雷是不是在生氣，可是他的臉比平常更緊繃。他在杜普雷先生準備要做的這件事中犯了什麼錯嗎？所以他才這麼急著想跟他面對面私下解決？而且還要去他住的地方……

杜普雷輕而易舉抬起保羅，令他刮目相看。一股腦爬到五樓，臉不紅氣不喘，悶聲不吭。

「好啦。」他終於開口，人就坐在保羅身邊。

坐在床上。

明明還有一張桌子和幾把椅子，他偏偏不坐。

但是在房間一角，還有一張十六歲的可愛笑臉。

「保羅，幫你介紹茱莉絲特。她很……人很好，等等你就知道。那好吧。」

他拍拍外套口袋。

「我啊，竟然把鑰匙忘在實驗室了！好，沒關係，我回去拿，我先走開，你們兩個會找到話說的……」

他拉緊水手包，走出去。

荷當絲肚子痛不是一兩天的事，還因此住過好幾次院，醫生一個接一個到她病床邊，儘量別造成夏爾恐慌。從她有記憶以來，她就開始哀哀叫，有時是子宮（「我覺得子宮快爛了」她說），有時是腸子（「要是你知道它們有多沉重就好囉」），但在這次腹部臟器競逐賽中，顯然是卵巢拔得頭籌。對夏爾來說，這一切都回到一個過於女性化的現實，也就是說——生理器官——令他感到爲難。他認爲這裡疼那裡疼是專屬荷當絲個人的特徵或個性，既然不可避免，所以他得坦然面對，不過，自雙胞胎出生後，嚴重影響夫妻間的床笫之樂。

當他看到躺在臨終病榻上的那個她，已經不再是同一個人。雖然他覺得荷當絲她弟看起來很老，但是發現她卻年輕得令他詫異。他想起兩人初相逢的時候，他們才二十歲，當時她是個纖細的可人兒，輕盈到幾乎可以飄起來，好比精緻的瓷器。訂婚期間，兩人濃情蜜意，形影不離，可是荷當絲始終拒絕「走到底」，這種說法逗笑了夏爾，尤其是因爲荷當絲本人並不認爲好笑。他們在利摩日度過新婚之夜，荷當絲的家人住那，他們在市中心最大一家酒店，一間最大的房間，大歸大，卻不比別間貴，鑲木地板嘎吱作響，牆壁是用紙板隔的。荷當絲發出小而尖銳的叫聲，她說，求求你，她整個身體卻發出相反的呼喚，他們到清晨才睡著。夏爾看著她睡，看了好長一段時間，她在大床上顯得如此嬌小……

奇怪的是，這些記憶都回來了，雜亂無序，他以爲丟失的這些東西，從遠方再度歸來……是的，他很愛她，荷當絲也只愛他一人。無時無刻，她都視他爲英雄，這當然愚蠢無比，這是頭腦簡單的人的盲目信仰，畢竟她仰慕的眼神，深深吸引夏爾。她惹人厭，這是眞的，他也因爲她煩，從沒給她好臉色看過。

他沒意識到自己竟然哭了。和其他人一樣，他哭的是他自己。令他驚訝的不是眼淚，他的心原本就很軟，而是流淚的原因。他爲自己深愛的女人而哭。長久以來，這份愛早已成了回憶，卻是他唯一擁有的回憶。

荷當絲過世那天是星期五，星期一棺材先送到家裡，出殯隊伍再從家中出發。

他好怕雙胞胎承受不了這個打擊，沒想到兩人雖然淚如雨下，卻很有節制，這並不是她們的天性。姐妹倆比任何時候都更醜。阿爾方斯前來致哀，問她們有什麼需要效勞的地方，姐妹十分感激，但卻像對表兄弟那般以禮相待，謝謝，她們說道，邊把手帕偷偷塞進袖中。她們強忍悲痛，心情平靜，大人般的成熟態度，執起持家的這條韁繩，建議夏爾安排葬禮事宜，使得夏爾驟然想到，她們這輩子不會結婚，這輩子都不會離開他，這個可以預見的未來嚇壞了他。

夏爾通知整個家族。瑪德蓮沒來弔唁，但是發了一封相當正式的信函，她將出席葬禮。

爲了能夠繼續追查下去，「瑞士小冊子」事件必須繼續保密到家，這正是最困難的部分。

「想像一下，超過一千個人，這……」

這回逮到的可是條大魚。溫特圖爾瑞聯銀行擁有五億資金，不過銀行保險箱裡可能有超過二十億的法國存款。

預審法官和司法部、外交部同仁達成協議，下令保安總局的探長於九月二十五日黎明採取行動。由兩到三名警員組成的行動小組，準確無誤，全部都在同一時間展開行動，出現在巴黎和各省將近五十人的家中，是爲第三共和國史上查察範圍最廣的搜捕行動。

貝爾福市和上萊茵省的參議員都被警方從床上揪了下來，有位子爵在情婦家被警方吵醒。汽車製造大亨羅伯．波裘瓦先生、製造家具的列維坦先生、金融廣告經銷商莫里斯．密儂先生也不例外，警方客客氣氣要求他們打開大門、辦公室、抽屜，以及出示帳戶明細。一名軍隊總督察威脅要舉槍自盡，最後卻淚流滿面，扔下了槍。主教們表現得較為淡定，奧爾良主教好像在接待教徒，還問警方要不要喝咖啡。《晨報》社長大笑不已，妻子卻像被判了死刑，當場低下頭。安麗埃特・弗朗索瓦・科蒂，這位知名香水大師的前妻，大聲嚷道說自己跟前夫一點關係都沒有，八成以為這麼解釋便可脫罪。法蘭西科學院院士鮑德里亞特閣下，擺出一副道貌岸然的神情。

搜捕行動於清晨六點展開。到了九點，富人圈裡已經傳得沸沸揚揚，這個圈子裡的人可不需要看報紙才知道消息。

同一時間，載著荷當絲・佩瑞庫爾靈柩的靈車駛進巴蒂尼奧勒墓園。

瑪德蓮後悔帶保羅來。她一瞥見杜普雷先生在人行道上，那邊排了一長排車子，立刻懷疑自己這麼做對嗎？可是為時已晚。不到一分鐘，他就會打開某輛車的車門，偷偷將一個用繩子綁的包裹塞進乘客座位下方，一切隨之結束。瑪德蓮抓住保羅的手，緊緊握住，保羅感覺得到母親很難過，她的確是。

隊伍進了墓園，朝家族墓地走去。來送葬的人士在夏爾和兩個女兒身後排成一列緩慢前進……突然傳來吵鬧聲。隊伍後面有騷動。為了什麼？怎麼會這樣？是誰？難道不知道自己在哪嗎？送葬隊伍又開始慢慢蠕動，往前推進，鬧聲傳進阿爾方斯耳裡，不知如何是好。他遲疑片刻，既然人人開始議論，隱藏眞相也無濟於事，他往前走向老闆，輕輕拍拍他的肩膀。玫瑰還以為這是請他們節哀的表示，轉過頭去，眼裡滿是感激。

「什麼意思？」夏爾問。

靈柩安葬進家族墓穴儀式即將開始。夏爾既煩又累，說道：

「搜索？這是什麼意思？」

「搜索您府上。一小時前。法官、探長、司法部的人，我正在打聽一步的消息，可是……」

夏爾深受當前場景震撼，兩個女兒緊挨著他，他看見躺在棺材裡的荷當絲在對他微笑，他在心中默默流淚，他悲慟逾恆，偏偏傳來這個消息，宛若憤怒浪濤直撲而來。警方突擊檢查，爲什麼？送葬隊伍剛出發就上門？實在太不可思議，他想問問阿爾方斯，但他已不在身邊，人群紛紛走遠，好留下最後幾分鐘讓他一個人好好哀悼。墓園入口處，看到好幾個不該出現在這裡的身影。

瑪德蓮對保羅說：

「我們回去吧，小心肝。」

他們準備好輪椅，正想請別人讓他們過去，此時夏爾大步折了回來，女兒跟在後頭。在場這些人已經知道原因，忙不迭分開。夏爾就像戴了綠帽的老公，每個人都知道得比他更清楚。三名便衣刑警在場。

「怎麼？這是什麼意思？難道說連靜靜安葬妻子都不行嗎？」

「非常遺憾。您需要哀悼，我們可以等，一點都不急。」

「不必了，快點把事情做個了結！到底什麼事？」

大家讓出保羅輪椅前面的空間，因爲瑪德蓮到了，她正好站在叔叔背後。此時預審調查法官說道：

「佩瑞庫爾先生，我們懷疑您透過溫特圖爾瑞聯銀行逃稅。警方在銀行辦公大樓找到一本小冊子，上面有您的名字，我得請您跟我走一趟。」

全體一致驚叫出聲，情況不僅匪夷所思，還引起公憤！

「到底是怎麼回事？」夏爾喊道。

難道說他行事過於輕率？一點都沒有。他可曾藏過錢？正相反，他賺的每一毛都花在競選活動，他的選民已經把他榨乾了，他連一分一毫都不剩！玫瑰和風信子還是像貽貝黏著岩石那樣緊緊黏著父親。

「佩瑞庫爾先生，您最好還是跟我們去一趟回答幾個問題，如果回答讓我們滿意，您就可以回家。相信我……」

「簡直就是荒唐！我連一分錢都沒，哪來的錢存瑞士銀行？」

「這正是我們想釐清的，越快越好，佩瑞庫爾先生。」

「等等，您有逮捕令？諸如此類的東西嗎？」

預審法官嘆了口氣，大家湊上前來，他原本想低調進行，但上級已經下令：「最要緊的就是佩瑞庫爾。一準備好，立刻逮人！」政府需要殺雞儆猴，夏爾是個大好範例。法官拿出逮捕令。夏爾連拿都沒拿過來，他根本看都不想看。法官人在這，加上他又有逮捕令的這個事實是明擺著的，他，夏爾．佩瑞庫爾，只能乖乖跟警方走，這一切在他腦海中逐漸變得具體……他正在想應該怎麼說……想到了：「陰謀」。

「啊，沒錯，有人想要我閉嘴：政府！」

「請吧，佩瑞庫爾先生。」法官說。

「啊，是啊，是這樣沒錯！您奉命行事！我的努力卻妨礙別人！」

預審法官是名四十左右的男子，樸實又眞誠，上級委託他執行一樁絕非易事的任務，他一心想技巧地辦妥此事，夏爾．佩瑞庫爾偏不讓他這麼做。現場眾人議論紛紛、批評討論，再說這些人士可不是泛泛之輩，全是些政要、律師、醫生、有頭有臉的人物……其中一人挺身而出，裝腔作勢，說道：

「我說這位先生……」

現在得採取行動。

「佩瑞庫爾先生，我們搜索過您的住家，結果……」

「結果呢？結果什麼也沒找著，哈哈哈！各位覺得怎麼樣啊，嗯？」

夏爾拿這群人當目擊證人：

「哈哈！他們去過我家呢！」

「……結果，我們剛剛在您車裡找到二十萬瑞士法郎，都是大面額的，我得請您去我的辦公室說明。請。」

這麼大一筆數目，現場一片譁然。

法官拿著一個用牛皮紙包著的包裹，儘可能低調地展示給他看，爲數驚人的瑞士大鈔。

夏爾一看到，當場閉嘴，不再大放厥詞，眾人也不再大呼小叫，現場一片死寂。

「請。」預審法官說，語帶平靜。

誰知道爲什麼？就在此時，可能是基於直覺吧，夏爾轉過頭去。

目光落在瑪德蓮身上。

落在年輕的保羅、落在他的輪椅上。

他張開嘴。

「妳——?」

大家還以爲他當場中風。

朋友們趕緊衝過來幫忙。

夏爾・佩瑞庫爾兩個女兒瘋了似地放聲大叫，他朝她們揮揮手，離開墓園，身邊有兩名警察，後頭還跟著預審法官。

瑪德蓮愣在現場，兩手緊緊抓著輪椅的橫槓。

她本想逃跑，但希望叔叔親眼看到她在現場的慾望最後取得上風，現在她覺得自己好傻、好惡毒。她父親一定不贊成她這麼做。她低頭看著保羅，看著她每次看都感觸良多的保羅的後頸，前面則是他的兩條腿，毯子下面兩個膝蓋突出，不，她既不傻也不惡毒。她會這麼回她父親：「別摻進這件事，爸爸！我照我的意思做！」

保羅一個字都沒說，舉起一隻手伸到肩膀，覆在母親的手上。

41

不行，這回想都別想！蕾昂絲把紙揉皺，扔在地上，甚至還想踩它，實在是太荒謬了。她肯定會說不。她好氣瑪德蓮，現在想到吃牢飯不再讓她那麼害怕。她賣弄風情一番，總會有法官上鉤，她對付男人一向手到擒來。

這兩個多星期，因爲手頭緊，她被迫和羅伯住進三腳貓旅館。要不是羅伯因爲不能去看賽馬老是哇哇叫，他準會像花朵般綻放，樂不可支。瑪德蓮從柏林回來後，她滿懷希望，以爲即將重獲自由，結果並沒有，每回都推說時間還沒到！「就快了，蕾昂絲，很快。」瑪德蓮說，放她重獲自由的日期卻不斷延遲。爲了見小保羅，那就算了（老天爺，他長好大了。再次見到他，她的感動已經超越恐懼），可是去瑞士銀行家面前扮演妓女，就爲了把小冊子藏在廁所馬桶後面，這麼誘人的任務，還眞謝謝您呢！現在，瑪德蓮又在旅館留言給她：「今天下午到『拉杜麗』見我。四點。非到不可。」

不，蕾昂絲邊武裝自己邊對自己說，已經結束了。這回她打算放瑪德蓮鴿子，她才不去。她恨不得賞她兩耳光。因爲自己犯的錯而害她失去的一切，現在瑪德蓮非把她累死才算數。

「妳去哪，小菊花？」

羅伯也是，她也受夠他了。困在這裡，因爲必須保持謹愼，所以連一點聲音都不能弄出來，於是他們突然變成跟照片一樣乖，問題是，在聊天解悶方面，羅伯絕對不是個好對象。

眞的，一切都很糟糕。她坐在瑪德蓮對面，怒火中燒，甚至咄咄逼人。她沒給瑪德蓮喘氣的時間：

「我受夠了，瑪德蓮！」

「我贊成，蕾昂絲。您自由了。」

「什麼？」

「您可以走了，離開巴黎，離開法國，去您想去的地方，我再也不需要您。」

瑪德蓮說得斬釘截鐵，毫無一絲混淆，像打發家僕那樣叫她走路。蕾昂絲臉一紅。意識到終於自由了，她有想哭的衝動，也全然無助。沒錢，沒證件，羅伯又尾大不掉，連旅館的房錢都快付不出來，搞不好還得偷溜……

她突然覺得自由比任何事都糟。

瑪德蓮好整以暇端詳她，就像她正在看她收拾行李，耐心等著她把門關上。

蕾昂絲沒動。就這樣，什麼都沒，針對她倆的過往情誼，瑪德蓮一個字也沒說，一句話也不提。

「那好吧。」蕾昂絲說得期期艾艾。

她站了起來。就在兩人即將各分東西、永別的這一刻，她倆之間竟只有一片空，空得可怕。

在她面前的瑪德蓮是個受到冷酷復仇驅動、失去理智的女人，滿腔怨恨。沒有人性。

這時蕾昂絲站在原地，眼睛在桌上掃過來掃過去，瑪德蓮的頭卻轉向甜點店大門。蕾昂絲什麼也想不出來，不知該說什麼，她氣瑪德蓮故意這麼懲罰她，簡直就是羞辱。

「我再也不怪您了，蕾昂絲，」瑪德蓮終於開了口。「對一個女人來說，我經歷過不少事，但有時候，一個人是沒有選擇的餘地。」

她會對她伸出手來嗎？

她的確伸出了手。手上拿著一只信封。

「裡面有五萬瑞士法郎。小心一點。」瑪德蓮起身，繞過桌子，蕾昂絲張大了嘴。轉過頭。

瑪德蓮剛走出店門。

就差一個月，氣死人了！

再一個月，《執法吏》一發行就可以連續好幾天刊出這則聳人聽聞的消息，將安德烈痛斥的社會敗壞現象表露無遺！

這回他決定要把這個獨家新聞給《事件報》，這是一份保守大報，以其報導嚴謹與分析精闢著稱，尤以政治方面爲甚，而且面對引人矚目的眾大事件不會退縮。

大規模逃稅事件

某瑞士銀行在巴黎設立了祕密帳房，支付存戶利息卻沒繳稅。此等欺詐行為的金額上看好幾千萬……

前一天，安德烈在《巴黎晚報》老闆辦公室，當場提出辭職。

「幾天後，您將成爲新聞焦點。齷齪的逃稅案件將公諸於世，您逃稅一事會引起公憤。關於集體逃稅一事，我要寫篇報導，而且會是獨家頭條，因爲趕蛇出洞的人正是我。我不認爲《巴黎晚報》專欄是披露這一切的理想場所。這就是我遞上辭呈的原因。」

儒勒．紀佑托大驚失色。不僅因爲被安德烈這麼指控，而且還被瑪麗蓮．佩瑞庫爾擺了一道。

「您要多少？」他對安德烈說道。

「太晚了，儒勒，案子已經在偵辦中。我今天跟您說，那是因爲我光明磊落，也因爲我今天就恢復自由之身。」

「我付過您封口費！」

紀佑托立刻衝到瑪德蓮家，不請自來，他上了樓，推開薇拉娣，老板娘呢？他打開門，撞上保羅，他正在聽音樂，母親在他身邊。紀佑托連聲招呼都沒打，劈頭就說：

「您答應過我！」他吼道。

「是的，儒勒，」瑪德蓮笑答，「不過我騙了您。我從不打算遵守承諾。怪就怪您不夠謹慎，怎麼反而怪起我來了。」

因爲孩子在場，他忍著不爆粗口，不過從他的嘴形就看得出來。

紀佑托動起來，搬出所有地址簿，他的朋友、他的關係，可是眼看醜聞一觸即發，沒人想沾上他。好幾份報都希望跟他合作，結果安德烈．德勒固爾選了《事件報》，因爲該報的形象更偏向廣大人民和反代議制度。他把手邊有的重要元素都提供給編輯部，以便大家對這樁事件深入瞭解，他也寫出了一篇分析與評論俱佳的高水準文章：

大好的例子

服務周到的瑞士銀行家來到法國領土，幫助我們的同胞欺瞞稅務機關，大逃其稅。涉嫌人士不乏引人非議之處，說穿了，連在財稅上都偷雞摸狗，這種人大撈公眾利益油水，誰會驚訝呢？有一點無可置喙：政府治國不力永遠都拿納稅人開刀，不過，難道可以因此便振振有詞，推說逃稅這種竊盜行為不是竊賊的錯，而是……被竊盜者的錯嗎？被害人錢包空空，難道不能怪罪做壞事的人？

第一批詐欺犯嫌名單超過一千人，好一個我們法蘭西的墮落樣本。其中最具令人矚目的顯然是負責打擊逃漏稅的國會委員會主席夏爾．佩瑞庫爾先生。別笑。就在他妻子葬禮當天，警方在他車裡發現二十萬瑞士法郎，是他無法狡辯的明證。或許這筆款子是他打算在葬禮當天以現金支付墓地使用權吧！他遭到指控，不過當庭飭回。他高喊遭人陷害，對於一個如此顯赫的姓氏來說，這麼結束政治生涯十分不光彩。

經過這些是是非非，國家需要更堅定的政府把關，更多品德高尚的領導人，更容易理解的公正法律，有能力的人整頓秩序，難道國人會對這些要求感到驚訝嗎？

凱洛斯

42

「這件事有點意思。」

瑪德蓮猛地轉過頭來。

「是的，錫蘭茶，謝謝您，小姐。呃，不！有點晚了，還是請您給我一杯維琪礦泉水吧。」

杜普雷指著《果敢報》社會新聞版下方的一篇報導：

勒蘭西謀殺案

被害少婦懷孕四個月

完全是碰巧。瓦斯公司員工傍晚剛好去瑪蒂德．亞爾尚伯特小姐家查瓦斯，發現現年三十二歲的被害人陳屍屋內。已經死了兩三天。被害人跟攻擊她的惡徒搏鬥，抵擋不住，全身約莫中了十一、二刀。凶器還沒找到。被害者懷有「四到五個月」的身孕，使得這件凶殺案額外令人髮指。沒有破門而入的痕跡，顯示出被害人應該認識凶手。

一起謎樣的謀殺案。兩年前，亞爾尚伯特小姐自父親過世後，便在他們家位於勒蘭西市吉拉汀巷底的獨棟小屋安置下來。鄰居和周遭商家都說這名年輕女子相當潔身自愛，不過最近幾週來幾乎都沒見到她。

經過初步調查，該市警局將相關跡證轉交巴黎法醫鑑定實驗室。該名年輕女子的遺體也被送到太平間進行解剖。目前警方握有的被害人資料相當少，調查起來十分困難。據悉，該案已交給塞納省檢察官辦公室的巴西勒預審法官偵辦。

但《果敢報》下方腳註也特別強調目前事證不足，也就是說這則社會新聞變成有利可圖的刑事案件希望渺茫，因爲嗜血的報章雜誌越來越喜歡炒這種新聞。

瑪德蓮抬起頭來。

「對，搞不好可以……」

被逼到牆角的她無計可施，一直都很擔心，不知道該怎麼辦。她又慢慢讀了一遍，試圖把自己想像成這名女子。

「只能靠瑪蒂德，」她說。

「我看不出來還有別的解決辦法。」

安德烈．德勒固爾生活嚴謹，有如僧侶，毫無見縫插針之處。

「想解決這件事的話，他……」

「我知道，杜普雷先生，我知道！」

她神經質地拍打著桌子。他在等。她的礦泉水一滴都沒喝，反正她也不想喝了。她狠狠地把報紙重新折好。

「我知道，非做個了結不可，」她說話的聲音小到聽不見。

「隨您，瑪德蓮，但是……或許您該三思而後行。」

這個建議沒讓她退縮，反而激起鬥志。她回了他一個冷笑，一張臉頓時扭曲：

「想想保羅，杜普雷先生，有助於您下定決心。」

她語帶酸楚，但沒心軟，家族遺傳的固執又發揮作用。

杜普雷覺得她在指責他冷漠，也就是說指責他對保羅太殘忍，這是不公平的，他知道瑪德蓮經歷過哪些事情。就他對正義的定義，居斯塔夫．朱貝爾或夏爾．佩瑞庫爾倒下，並未讓他過於震撼，但安德烈．德勒固爾不該比他們兩個受到更嚴厲的懲罰，不過，其實他擔心的是瑪德蓮想對付安德烈，他就得祭出令自己良心不安的手段。

「原諒我這麼堅持，可是您自己得先確定，這個決定不……」

「很顯然，您正在推託……」

「我可以。」

他並沒垂下雙眼。她現在面對的是年初遇到的那個杜普雷，硬邦邦、無感、冷得像礦物。

「憑什麼可以？杜普雷先生。」

「您雇我幫您工作，但這（他指指報紙）不在合約之內。」

爲了保持風度，瑪德蓮拿起那杯「維琪」，眼睛轉向別處，喝了兩小口，才又回到他身上。

「如果這違背您的原則，您大可現在就把我一個人丟在這，您說得沒錯，我們的約定並沒想到會……走到今天這個地步。」

「您的良心……您問自己的良心，允許您這麼做嗎？」

「哦，當然允許，杜普雷先生。」瑪德蓮回道，語氣之真誠，令他心頭一震。她現在要跟我說的是最糟糕的事……

她狀似遺憾，哀傷地說出這句：

「您看得出來，我準備好了。」

杜普雷心中已有定見，他必須面對自己斷然做出的選擇。

「很好。」

瑪德蓮沒有站起來。他懂她爲何執意如此，但並不贊成。他們的關係剛剛已經發生兩人沒料到的嚴重變化。

很快他們就再也不會見面。總得說點什麼，可是他想不出來。

「好吧，」她說，「我得回覆德勒固爾先生的盛情邀約。共進晚餐，也許今晚吧。杜普雷先生，您方便嗎？」

「對我來說再方便不過。」

他站起來。再也無話可說。他向瑪德蓮點點頭，走出去。

「噢，杜普雷先生！」

他轉過頭來。

「怎麼了？」

「謝謝。」

瑪德蓮盯著桌子、玻璃杯、報紙，盯了好長一段時間。她打算要做的事已經先害自己心力交瘁；她的道德與顧忌、驅使她放手去做的憤怒和怨恨，兩者一直在她內心交戰。積恨戰勝了她。每回都這樣。

「瑪德蓮！」

發自內心的吶喊。半驚訝，半驚懼。

「我打擾您了嗎？」

「並無。」

幾個月來，安德烈一直小心翼翼地派上「並無」這種表達方式，他覺得這樣才優雅、才有教養。彷彿有誰揪著他的領子，安德烈倏地閃到一邊。瑪德蓮進入。杜普雷經常向她描述這個他常常摸進來的地方。她忍不住瞥了一眼五斗櫃，水牛皮鞭就在第二層抽屜。

「我們前天剛從溫泉做完水療回來，我經過附近，心想剛好可以答覆您寫給我的信。」

訊息多到安德烈快窒息。瑪德蓮在他家，她謎樣的電報，竟然造成宣告倒閉的佩瑞庫爾銀行前代理人居斯塔夫．朱貝爾那麼嚴重的後果。而這樣與她獨處，在如此親密、私人的地方，在這種讓他們想起昔日關係的曖昧狀況下……

架上有好多書，文件堆積如山，紙張一疊又一疊，整體構成一幅名爲「大作家安德烈．德勒固爾在新聞界雲程發軔時之寒酸公寓」的畫作。

「親愛的安德烈，您今晚有空賞光共進晚餐嗎？」

但願他有別的事，這樣比較簡單。他沒事。

「呃……好，也就是說……」

「那我不打擾您了。八點半，『利普』怎麼樣？」

情況急轉直下。他無法拒絕這個邀請，偏偏又約在全巴黎上流社會最紅的啤酒屋，所有人都會看到他們在一起……

「很好，呃，那就『利普』見。」

「我好幾百年沒去了。」

「所以囉，既然這樣……」

她留下一股香水味，安德烈把窗戶全打開。

跟上一次一樣，瑪德蓮一切入主題，雷納．德勒卡斯的臉立即掛上一層隱形簾幕。

「請您寫的範本。信的內容，還有會用到的紙。」

他跟上回不太一樣，今天他戴眼鏡。職業災害，瑪德蓮心想。快速瀏覽信件，又放回桌上。他張開嘴，瑪德蓮搶先一步：

「您寫的這種贗本跟正本的相似度有多少？我是說，警方……」

「說實話，警方的檢測儀器越來越精確，再說巴黎這個地方，有能力寫出眞假難辨贗品的人並不多……」

再怎麼迂迴，最後還是得回到談價碼這件事。

瑪德蓮沒回話，只是雙手交叉，置於桌上。

「一開始，毫無疑問，」德勒卡斯補充說道。「警方以爲文件是眞的。法官也跟進。問題會在很後面才出現，屆時辯方會要求覆核鑑定。從這時候開始，就沒人說得準贗本會因爲哪邊出錯而露餡。」

對瑪德蓮而言，這個短短的緩衝期就夠了。

「這封信，一千五百法郎。」他說。

「難道您又要搞這套？我討價還價，少付三百法郎，您接受，我請您寫，今晚就要，您又加回三百法郎。」

「不，這次不行。上次給我的那本小冊子，您付的錢不符合它該有的價錢。」

「您想矇我？莫非您轉行了？那可是您自己報的價。」

「不是的，是我低估了那份工作。」

「這是您的問題，不是我的問題。我付了您要求的價格。」

「是這樣沒錯。但既然您給我一份新工作，我就不得不稍微彌補一點上回的損失。」

「一點是多少？」

「一千法郎。我已經儘量低了。所以寫這封信才會變成一千五百法郎。」

瑪德蓮不禁納悶，他這麼大敲竹槓，還值得一試嗎？想到這點，突然有點遲疑不決。

德勒卡斯將瑪德蓮的沉默解釋爲：明明非請他寫不可，何必故作姿態，多此一舉。

「不過，」他說，「急件不加錢。今晚十一點，這裡見。」

「嗯，」瑪德蓮說。「哦，我帶的錢不夠預付……」

德勒卡斯搖搖手，表示不打緊。

「我們都是講信用的人。」

杜普雷看著安德烈．德勒固爾上了計程車，這位年輕人把利普啤酒屋的地址給了司機……當然是他猜的，他聽不到。

萬一他忘了什麼，還是出乎意料又跑回家，全都有可能。最謹慎的方法還是先等個半小時，等計程車開到聖日耳曼大道再說。

「我冒昧用您的名字訂位。」

安德烈點點頭，沒問題，當然。

他們穿過大廳來到左首那一大間，鏡子間點綴著綠色植物，好像從客人頭頂冒出來。

安德烈才不會選這個位子，選個最靠邊的位子講起話來比較不引人矚目。但瑪德蓮故意選這邊，她希望他越難受越好。服務生幫瑪德蓮拉開桌子，好讓她進去，坐在人造皮長椅上。

「對不起，親愛的安德烈，可以跟您換一下座位嗎？我最受不了長椅。溫泉水療過後，難得我好多了，我可不想害自己又腰痠背痛。」

「當然不會。」安德烈說，雖然他比較喜歡背對大廳，但這正是瑪德蓮硬要他坐長椅的原因。

「親愛的瑪德蓮，可以失陪一下嗎？」

她揮揮手，請便。

於是安德烈在各桌之間繞了一圈，跟認識的人打打招呼，這兒是反對派眾議員，那兒又是《事件報》社長阿爾芒．夏朵維厄，這位實業家對法西斯論點頗有好感，但還沒答應會出席安德烈日報的發行酒會。

回座位時，順便點了冰鎮白葡萄酒。

「親愛的，您在上流社會眞吃得開。」安德烈回到瑪德蓮身邊，她讚嘆道。

他表示不敢當。上流社會，上流社會……

「我說這份不得了的新日報，很快就會發行嗎？」

她知道這迷湯灌得他團團轉。

「外面都這麼傳呢。」

瑪德蓮放下菜單，她已經選好了，雙手交叉置於身前。

安德烈的注意力被在場的夏朵維厄吸引。他是不是朝他的方向，低調地向他舉杯致意？安德烈唯有眨了眨眼表示感謝。天啊！要是夏朵維厄終於決定參加發行酒會，他的新日報就等於成功了一半！

「您說什麼？」

「瞧您心不在焉的，安德烈。和老朋友吃頓飯，您這樣未免太不夠意思。」

「對不起，瑪德蓮，我……」

她大笑出聲。

「我故意逗您的，安德烈！」

她往他肩膀上方望去，看到夏朵維厄，她在報上見過，所以認得。

「今晚好像對您來說很重要，我沒說錯吧？」

服務生剛端來一大瓶冰鎮白葡萄酒，正在爲他們服務。瑪德蓮第一個舉杯。

「祝我們今晚聚會成功！」

「謝謝，瑪德蓮，一定會的。」

安德烈住的大樓裡面有好多公寓。杜普雷躡手躡腳上了五樓。鉤鎖很容易開，他來過幾回了？總有七、八回吧。這次是最後一次。

「溫泉水療怎麼樣？」

瑪德蓮放下叉子。

「太棒了，您眞該試試，安德烈，您這個人哪，隨時隨地都處於緊張狀態，我向您保證，溫泉水療效果奇佳。」

「『處於緊張狀態』，此話怎講？」安德烈笑了。

「對，我覺得。我一直都知道您緊張兮兮，甚至多疑。但是今晚我看到您，我們越來越少見，您承認吧？我感到您焦躁得不得了。」

「是的，也許吧，工作太忙。」

她整付心思都擺在海鮮上，正開始慢慢奮戰。

「水療期間，護理師告訴我，有些偏遠部落，治療緊張的方式……用鞭子！您想想看哪。」

她抬起頭來。

「眞的是這樣。那些人拿鞭子猛抽自己的背，抽到流血爲止。可眞野蠻呢，您不認爲嗎？」

安德烈並不傻。這則軼事聽得他一身冷汗，他一一解密每個字，把每個字都放入有待清償債務的欄位。

「您上哪水療的？」他冷冷地問。

「奧恩巴紐勒。您要的話，我再給您地址。」

他還在遲疑。她提到鞭子難道純粹只是巧合？除了繼續待著，安德烈看不出有什麼辦法解決，不過已經開始提高警覺。

「我讀了您那篇關於我叔叔夏爾的文章。」

安德烈感覺不到這句話有任何指責的意思，這樣最好，爲自己辯護總是令人不快。

「是的……令人遺憾。」

「我也是，我也爲可憐的夏爾感到惋惜。他原本領導一項立意良善的任務，現在卻爲了一樁最邪惡的事件倒下，您承認……」

安德烈聽出她話裡帶刺，他從沒聽過她這樣，在他看來不是個好兆頭。她爲什麼來找他？他起了疑心，偏偏又不知道該如何試探。

「對於我那不幸的叔叔，您相當不留情，安德烈，不過我能理解。您只是在克盡報導之責罷了。何況，正如他自己說的，反正他光明磊落！」

安德烈決定還是把心思放回今晚的聚會，等著瞧今晚是不是場鴻門宴：

「再次感謝您提供我蕾昂絲・朱貝爾的消息，我受益良多。」

瑪德蓮放下餐具。

「居斯塔夫哪裡想得到會落到這種下場！就連您，您的專欄就不知道祝他一切順利過多少回！稱讚他的計畫有多麼令人期待！這下可好，好像倒閉、破產不足以造成他一敗塗地，他還得把好點子賣給法國死敵雪上加霜才行。眞是的，我問您，安德烈，這年頭還能相信誰呢？」

「可是，您，瑪德蓮……」

「我怎麼樣？」

「您是從哪得來的這些……這麼機密的消息？」

「我可憐的安德烈，唉，很抱歉我沒權利跟您說。你們新聞界的術語都怎麼說來著？『保護消息來源』！我要是跟您說出此人的姓名，會害他陷入莫大困境。這個人爲法國提供寶貴服務，我們不該扔石頭攻擊他，您不認爲嗎？」

反常。就是這個詞沒錯，瑪德蓮用一種反常的方式來引導談話，句句意有所指。現在他能用什麼理由拒絕回她的話呢？他不知不覺往長椅後面坐了坐。胃口盡失。他覺得情況正在失控。

杜普雷去了廚房，空間不大，德勒固爾從沒在廚房準備過吃的東西。他的主餐是晚餐，因爲他經常受邀。其他時候，他就從放在窗下、對著窗外的盒子裡，所謂的小食品櫃，隨便找點東西果腹。杜普雷找著餐具，結果只發現幾個杯子、小湯匙、兩個盤子，而且都非常乾淨。

「我說啊，您這一路走來也夠辛苦的。」

這回輪到瑪德蓮往後坐了坐，把安德烈當成令她無比自豪的畫作仔細端詳。

「我還記得當年我介紹給儒勒．紀佑托認識的那個新手。」

不論聊到哪個主題，他們共同的過去都是他最難忍受的，問題是聊著聊著，聊到的每個名字都像是警告。繼夏爾．佩瑞庫爾和居斯塔夫．朱貝爾之後，又是儒勒．紀佑托……

安德烈迅速忖度了一下。他的文章明天會刊出，到時候就沒什麼機密可言。既然如此，他把自己知道的一切全告訴她才合乎邏輯。否則，她就有理由責怪他，您知道這些，竟然都沒跟我說？

「紀佑托先生麻煩大了。」

瑪德蓮睜大眼睛，興致高昂。

「他的名字跟您叔叔列在同一份名單上。他也是，司法機關也伺機要辦他。」

「儒勒．紀佑托？我們說的是同一位嗎？」

她的聲音……再一次，她說話的語氣和她說出的話互相矛盾。一聽就像她明明知道，故作驚訝。

「您怎麼知道的，安德烈？哦，對不起，這又牽涉到『保護消息來源』。」

他可以理所當然地說出因爲他收到匿名信嗎？

他確信瑪德蓮透過叔叔和儒勒．紀佑托，其實正在跟他談另外一件事。在她佯裝天眞的種種反應背後，她到底想跟他說什麼？

「我直接吃甜點，安德烈，您呢？」

杜普雷在工作臺上用手帕包起玻璃杯，就著透明的杯子觀察了一會兒才放進水手包。隨後又拉開五斗櫃第二個抽屜，拿出水牛皮鞭，塞進他帶來的小袋子裡。

然後就像他來的時候那樣出去了。輕手輕腳，關上門。

瑪德蓮吃完冰淇淋，輕輕擦了擦唇間縫隙。

「安德烈，我很重視您的意見，趁著今晚聚會，您可以給我一點建議嗎？」

「我不太喜歡給別人建議。」

「連未來報社總編的意見都不能請教，還有誰的可以！」

她說出這句話，嗓門是不是稍微提高了點兒？

「關於保羅。」

一聽到這個名字，安德烈當場呆掉。他就知道，百分百肯定，今晚所有這些人名，一個接一個，全都只有一個目標：帶出這個名字。他倏地一臉慘白。

「想像一下，打從您來看我們那次的難堪狀況後，保羅經常因爲做噩夢而驚醒，這個您還記得吧？這個嘛……這些噩夢不僅繼續經常糾纏他（現在還會！），我也想到，其實他從很久以前就開始做噩夢了，我說不太出來從什麼時候開始。您還在我家……我是說您還在那兒的時候，有沒有注意到？」

安德烈喉頭一緊。會發生什麼事？保羅的噩夢……跟保羅在一起的那幾年何其遙遠，他有做出什麼好責備自己的事嗎？那孩子現在多大啦？在這個節骨眼，問這個問題恰當嗎？

「我的身分不對……我是說，我……」

「可是我這是在問您，安德烈，因爲您很瞭解保羅。」

她滿臉燦笑，直視著他的眼睛。

「您曾經是他的家教。安德烈，沒人比您跟保羅更親近。」

她每說一句話都若有似無地頓一下。

「您好疼他，無微不至地照顧他，您無私奉獻，所以我才問您意見，要是您沒意見，那就算了。現在我得先告辭了（謝謝您陪我度過迷人的夜晚），不過我還是得告訴您，您對他做的一切我全知道。而且我向你保證（她輕輕拉著他的手腕，好像他們還是一對戀人），您做的那些好事，我永誌不忘。」

杜普雷搭車前往勒蘭西市政府，最後一段用走的，濃霧瀰漫，辨識方向並不容易。四十米外，所有東西連輪廓都看不清楚。根據報導，鑑識人員第二天一大早抵達現場，不過光憑勒蘭西的警力，不太可能派得出整夜留守屋前屋後站崗的人手，而且還眞的是這樣。

這棟樓房以磨石粗砂岩打造而成，蓋在四級臺階上，樓房到處都上了封條，一塊市府立的板子上有「禁止入內，否則處以監禁」字樣。杜普雷急忙攀上柵欄大門，跳進院子，繞樓房一圈，來到後花園。這邊也有封條。他仔細觀察底樓地形，看上一個小圓窗。他打開耳房，搬出梯子，爬上去，用手上的軟桿去勾小圓窗的長插銷。有兩次他差點從梯子摔下去。好不容易，插銷終於噠的一聲，勾開了。杜普雷將工具收回袋裡，緊緊貼在背上，再靠胳膊的力量，攀上窗臺。

他落在浴室瓷磚上。他靜靜站了幾分鐘，以防萬一，然後脫鞋，戴上手套，開始四下查看。

兩個房間長期沒人住，散發潮濕的霉味，每個抽屜都打開，也被搜過。走廊地板上有乾涸的血跡，他小心翼翼繞過去。

瑪蒂德的臥房有打鬥痕跡，床頭櫃掀倒，床頭燈倒在地上破了。凶手是不是拿著菜刀追趕這名年輕女子？爲了躲他，她把手邊所有拿到的東西都往他臉上扔？這時她已經受傷了嗎？

抽屜都是空的；衣櫃裡的衣服和內衣都被搜查過。小浴室裡面，沒有刮鬍子用的肥皂、沒有明礬石、也沒有刮鬍刀。杜普雷從水手包裡拿出一枝用過的筆和一瓶舊墨水，放進被翻得亂七八糟的抽屜裡。又在衣櫃裡掛上晨袍，再將紙團塞進晨袍口袋。

他點亮自己帶來的燈，走近梳妝臺，斜著照亮鏡子，仔細觀察鏡面。有抹布擦過的痕跡。好兆頭，凶手逃走之前，已經把一切跡證都擦掉，省了杜普雷麻煩。他檢查大門把手：擦過。窗框：擦過。樓梯欄杆：擦過。他回到瑪蒂德的房間，從包裡拿出玻璃杯，輕輕滾到床底，然後又回到樓下，小心別踩到一道道血跡，越往前，血跡就越濃。

客廳裡，清楚看出警方在哪發現屍體。他跪下去，觀察地板。好多腳印，但是不會有凶手的。一個會花時間清理指紋的傢伙，當然不會大剌剌在被害者的鮮血裡面亂踩亂踏，不，這些都是警察的。報上不停大聲疾呼，千萬不要亂碰犯罪現場的任何東西，根本就是白花力氣。所有犯罪現場差不多都像這樣，鑑識人員得自己想辦法，他們在警局不太受歡迎，可是這些實驗室的老鼠卻爲警察上課，因爲他們才是一年到頭到處走遍犯罪現場的人。鑑識人員當然不用對痞子流氓進行偵訊。正因如此，所以警界不只需要肌肉發達的員警，還需要一些專門拿著鑷子、駱駝毛刷、顯微鏡的人。

一扇門通向地下室。牆沿放著好幾個小木箱，箱裡有各式工具和五金用品。其中一個箱子是空的，杜普雷打開水手包，拿出放著水牛皮鞭的小袋子，把小袋子裡面的東西全倒進抽屜。然後檢查一下清掃狀況。桌子：清過。椅背：清過。餐具櫃上面：清過。壁櫥門：清過。

他又上了樓，依然踮著腳尖走。四角有小球的鐵床，樣式很普通。他擰下一顆小球，將德勒卡斯給他的那封信捲起來，塞進床柱，再把鐵球鏇回去。他猶豫不決，要不要鏇到最緊？要，最緊，瑪蒂德應該會這樣。但他不確定。

杜普雷穿回鞋子，穿過被他拉開的那扇小圓窗。利用他那根軟桿，將窗上的長插銷轉了四分之一圈，這樣就夠了。他看看錶。四點多一點。

第一批工人一小時後就會出門幹活。

對他來說，是時候該回去了。

快中午的時候，預審法官到了，小樓房擠滿了人。巴西勒法官，高大魁梧，略胖，但顯得孔武有力，臉色陰晴不定，目光敏銳，凡是他提出的問題，都必須有問必答。向來以難纏著稱。遭他逮捕的人數多到令人咋舌，此外，他還判處過一人死刑和八人終身監禁，又爲他在光榮榜上添了一筆。辦案效率高，遠近馳名。

鑑識人員在現場採集到兩種不同指紋。

隨後一行人去了花園，警方在這邊挖出一具約六個月大的死胎。

「根據身體腐爛的程度，這樁謀殺案可以追溯到一年半前。」

「不只這樣……」

說這話的警官一臉爲難。他說得沒錯。

法官俯身讀了攤平在桌上的信，當然小心在意，沒碰到信。

「在哪找到的？」

「這位小姐的衣櫃。一件男用晨袍口袋裡面。」

相當棘手。

法官認爲還是先請示一下上司比較穩當。

「我的天啊！老弟，這個案子千萬得謹愼！」

別造成人心惶惶，不到時候別洩漏案情，千萬別做出陳述，事後又否定。法官聽懂了上司的意思：他得自己設法解決，做出結論，又不掀起絲毫波浪。除了他自己外，別拉任何人下水，萬一案子辦不出來，才不會連累別人。

現場採集到兩種不同指紋造成辦案困擾，其中一種在四個地方都採集到（另外一種則不然），特別受到法官重視，而且警方手邊其他跡證也顯示，這極可能就是凶手的指紋。

法官權衡所有情況後，決定只向新聞界提供部分訊息，以規避上級提醒他的第一個要點，別造成人心惶惶：

警方在被害者床柱裡找到一封男性筆跡寫的信，根據內容，確認了由於年輕女子拒絕再

次墮胎而導致謀殺的假設。這封信，極有可能是事情惡化後，瑪蒂德・亞爾尚伯特刻意藏在那邊，或許她有預感兇手會求她別留著孩子，他軟硬兼施，要情人頭腦清醒一點。

辦案人員表示，這封信寫得文情並茂，顯示出自於具有相當教育程度的男子之手，即便如此，凶手還是毫不避諱地逐字抄襲了知名專欄作家安德烈・德勒固爾於去年八月刊登在《巴黎晚報》一篇文章的箴言「愛，凌駕一切，勝過機緣、命運、不幸……天主創造萬物，而萬物之中最神聖的就是愛」。

巴黎各地從一大清早就開始銷售最早送到的第一批報紙，不過安德烈等到中午前才會一一瀏覽。他信奉生活規律乃長壽之道，尤其是因爲律己甚嚴是他精心爲自己塑造的形象特徵，必須勉力維護。他經常因此聯想到一則趣事：康德就算聽到法國大革命爆發，也不會打破晨間散步的常規（德勒固爾和康德，讀者會喜歡這種連結）。

「怎麼回事？剽竊我的文章？」

《晨報》頭版寫道：「凶手抄襲知名專欄作家」；《小報》也刊出類似訊息：「凶手寫給被害者的信中，抄襲了凱洛斯專欄中的一段話。」

「您自己看。」報亭小販說。

他的報再過幾個月就要發行，偏偏自己跟令人髮指的謀殺案扯上關係！

《事件報》編輯部當然也跟其他報一樣得知這個消息，爲什麼沒打電話給他呢？安德烈連家都沒回，就直接去了該報報社。

社長不在巴黎，不過有封電報正在等著他：「爛透了的宣傳——句號——叫他閉嘴——句號——千萬什麼都別再回答——句號——蒙特—布薩斯」。

這該怎麼辦？可以打給誰求助？日報都登了！只能在晚報中闢謠？非這麼做不可。

社長一直都沒回來。

取而代之的是警察。

這則社會新聞的塵囂漸次升高，超出勒蘭西市界，蔓延到首都。法官指派一位名叫費雪的探長繼續偵辦。這位仁兄，各位讀者曾經見過，就是承辦居斯塔夫·朱貝爾家竊盜案的那位，一個老頭，滿臉皺紋，彎腰駝背，身穿米黃色外套，一張開嘴，滿嘴冷雪茄味兒[154]。

「這……這件事跟我有什麼關係？」

「這件事跟您絕對沒關係，德勒固爾先生！所以我才會來找您。想請您跟我確認一下您不認識這位瑪蒂德·亞爾尚伯特。」

「我百分之百不認識！」

安德烈轉過頭來。

「這邊請。」

他們在編輯部走道上，這兒人來人往，爲的就是左聽一句右聽一句，到處收集訊息，再四下散

154 雪茄沒抽完，冷掉後重新點燃再抽，會散發出強烈的尼古丁味，聞起來很臭，比第一次抽的雪茄難聞許多。

播。安德烈對新聞業太熟了，怎麼可能這麼不小心，在大庭廣眾之下談論敏感話題。他帶探長去他的辦公室。探長連外套都沒脫，他不想過於打擾，只待了幾分鐘。

「這件事簡直就瘋了！」安德烈說。「殺人前只要隨便抄一句報上看到的話，警察就找到報社來。話說回來，您有什麼好問我的？」

費雪臉一沉，清楚表明這就是問題所在。

「我必須承認，先生，我的確沒有任何理由。我這只是所謂的『預防措施方法』。畢竟任何人都可能是凶手，您說是吧？」

安德烈嚇得膽戰心驚。

「所以說……有可能是我？我有……嫌疑？」

祕書端來上頭擱著咖啡的托盤，她每天早上都會端杯咖啡給訪客。直到祕書離開，兩人都保持沉默。安德烈雙手顫抖，臉色像蠟燭那麼白，方寸大亂。杯子放在杯碟上，發出可怕的清脆聲響。費雪探長跟罪犯面對面得多了，他願意賭上自己的項上人頭，眼前這名男子跟這件凶殺案絕無任何關聯。他說話的聲音，一聽就知道他說的是事實，這是騙不了人的。不過，再怎麼樣，還是得把程序走完。

「有人留下一封信，信中引用您的話。換作您是警方，您該怎麼做？我們必須立即問話，以保全您不受任何臆測波及。」

「很好，」安德烈因為焦慮，聲音都啞了，「那就把這件事做個了結。開始問吧。您想知道什麼？」

儘管他心緒不寧，但他剛剛想到，如果警方立即證明他無罪，隨後晚報刊出消息，這件事也就解決了。

「所以說您根本不認識這個人。」
「一點都不認識。」
「她住勒蘭西。」
「我從來都沒去過。」
「警方推測這封手寫的信是兇手留下來的。」
探長拿鉛筆搔著腦袋，若有所思。
「是這樣的，先生，我想請您親筆寫一份東西給我，這樣豈不最好？當場解決問題。」
安德烈驚得呆掉，愣愣坐著，無法動彈。
「親眼比較一下，」探長說，「這件事就完了，再也不提。不過隨便您，您不見得非寫不可。」
安德烈的腦子慢慢運轉。
「我該寫什麼呢？」
他站起來，走到辦公桌，拿了筆。不由自主抽出一張紙，但他現在很驚慌，不知如何是好。
「隨便您，先生，寫什麼不重要。」
安德烈瞪著白紙。在白紙隨便寫上一個詞，讓他頭暈目眩，他有種寫自白書的感覺，好一場噩夢。他寫道：「茲要求警方即刻通知所有報社，敝人與此案無關。」
「您可以簽名嗎？例行公事。」
安德烈簽了。
「那我就先告辭了。先生，謝謝您的合作。」

「您會很快發布消息還我清白，不是嗎？」

「哦，是的，當然。」

探長滿意地看著這張紙，折疊起來，小心翼翼收進外套內袋。

「啊，對了，還有一件事，先生。」

安德烈整個人凍結，這種情況實在痛苦。費雪搔著下巴，望著窗外，整副心思都放在一件麻煩事上，不過他還沒決定要不要說……安德烈則恨不得給他一耳光。

「指紋……」

「什麼指紋？」

「我不想用太多技術性的細節來煩您，不過比較筆跡不算完全科學的方法。套句警方的行話，我們都說筆跡鑑定『全憑經驗』。可是指紋嘛，卻是百分之百可靠！」

安德烈理解這個概念，但看不太出來探長希望他怎麼樣。他已經提供了筆跡樣本……他意識到……現在還要……他的指紋？

「您究竟想要我怎麼樣？」

「好吧，比較您和現場發現的那封信的筆跡，要是每個專家都同意兩者毫無關聯，法官會通知各大報，關於您的部分就此結案。但是假設有人猶豫不決，說：『我不太確定，我可不願意背書』，那麼，兩個鐘頭後，您又會在您的辦公室見到我。要是我現在就帶著您的指紋回去，等實驗室拿我們在現場採集到的指紋比對完後，警方公布比對結果，大家都沒話說，因爲科學不會出錯，您懂我意思嗎？」

二十分鐘後，探長離開《事件報》編輯部，帶著安德烈．德勒固爾的指紋。

安德烈整個人癱倒。

費雪腕力超乎尋常，取了他食指的指紋，將指骨按在紙上，還從右轉到左，隨後又無預警地輪番取了中指和拇指的指紋，安德烈眼睜睜看著自己的手指一根根被墨水玷污。因爲他的筆跡樣本，他自己都覺得自己有嫌疑；因爲他的指紋，他都快認爲自己有罪了。

他隨這個條子對他爲所欲爲。

他該找律師。他出了辦公室，走到林蔭大道喘口氣，不行，他得保持冷靜。因爲他的筆跡和指紋會讓他從這個案子徹底脫身。

目前最需要的是，他是清白的這則消息趕緊上報。

他猶豫不決，該不該打給蒙特–布薩斯？不，等他確定警方何時公開闢謠，再打給他。

他大步往前走，心中越來越篤定，這些吃公家飯的顯然是出自好意，不過比較、鑑定這些事都有拖很久的危險，偏偏他最需要的就是時間。他得加緊辦事。

這輩子頭一回，他正要做一件他總是設法避免的事：找關係介入此案。時間不停流逝。他招了輛計程車直奔司法部，找辦公室主任。

「親愛的安德烈，您做得很對。我們不會坐視不管。我要親自打給預審法官。那個警察是什麼時候去找您的？」

「一小時前。」

「比對兩種指紋早就該比出來啦，我保證！最晚中午也該有結果！下午一到，我就叫部裡的人發個新聞稿。」

「謝謝，老兄，目前情況，您是知道的。」

「當然知道！老實說，不管是您還是我，我看不出警方有任何理由去打擾您。據我所知，文章被別人引用或抄襲又不是犯罪行爲！」

九月底。天氣溫和。幾天來的迷霧盡皆消散。林蔭大道聞起來還帶著夏日將盡的餘溫。樹木懶洋洋地落下葉來。安德烈終於鬆了一口氣。

下午一到，司法部就會發出聲明稿闢謠，下午兩點，三點也說不定。

他進了郵局，請郵局接通一個號碼。

「這件事很麻煩，」蒙特–布薩斯說。

「司法部向我保證兩個小時內就會發布新聞稿澄清。」

「好，那就再看看吧。」

「拜託！我可是被害人！」

「我知道，不過這是形象問題，您懂嗎？好吧，司法部一發新聞稿就傳給我看，嗯？」

這番談話再度讓他提高警覺。難道這場無端被扯入的戰爭他已經輸了？他簡直不敢相信。

他又能怎麼樣呢？

什麼都不能。只能等。

他回到家，因爲他匆匆出門，東西亂七八糟的，一早上就經歷了這麼多事，密度之高，害他好沮喪，也因爲自己束手無策而自責不已。

他不餓。

他脫下襯衫，他想哭。

他打開抽屜，立即跪倒在五斗櫃前。

一顆心高高吊起：鞭子不見了。

43

有人敲門。

安德烈發現鞭子不見恐慌不已，匆匆拿起襯衫，穿上。是誰敲門敲成這樣？都幾點了？他惶惶不知所措，扣子從手中滑掉，從頭到腳打了個冷顫，他從麻木中驚醒。敲門聲又起。

「什麼事？」

他的聲音聽起來好像來自山洞，他聽到自己跟另一個人的聲音混在一起的迴音。

「是我，先生！費雪探長。」

安德烈轉向抽屜。他確信鞭子真的不見了，他從沒放在別的地方過。

「我有東西要給您。」

天啊！警方來還他清白！他得救了。他衝到門口。

「東西帶來了？」

「拿去。」

一份官方文件，安德烈看不懂，幹嘛不寫得簡單明瞭一點？「刑事訴訟法第一百二十二條」。巴西勒預審法官。他在文中找著證明他清白的新聞稿，但是找不到。

「在哪？」

「在這，」費雪說道，食指指向文件中間。「這是傳票，法官想見您，我陪您過去。」

他無法集中思緒。他問了幾個問題。他為什麼想見我？公布他是清白的了嗎？還有什麼不對嗎？費雪看著窗外，沒回答，予人一種車裡只有他一個人或他是個聾子的印象。

現在，一條木板凳。一條走道。一個個公務員忙得走來走去。有人要他坐下，等等有人來接他過去。但是沒有人來。他們像對任何人一樣對待他。安德烈試圖平息劇烈心跳，他覺得噁心想吐。他要求警方公布他與此案無關，所以他們要他付出代價。行政單位不喜歡別人發號施令。

可是那條鞭子……這個問題令他不解。他上次是什麼時候用的？上星期。從貝爾堂方場回來的那次。

他驀地獃住。

「有些偏遠部落……拿鞭子猛抽……可真野蠻呢，您不認為嗎？」

他硬按下一陣噁心，嘔吐物卡在喉嚨，他想吐，他四下張望，看看有沒有人，沒人。他有權走動嗎？走廊盡頭有一名身著制服的警員。他可不可以去洗手間？他像小學生那樣舉手發問。那名警員大老遠搖了搖頭。安德烈嚥下口水，帶著嘔吐物的味道。

門開了，原來是法警。

「德勒固爾先生，麻煩您跟我來……」

安德烈進了法官辦公室，法官連站都沒站起來。安德烈猛地轉過身去，門關上了。

「坐，」法官沒跟他打招呼，僅僅這麼說。

在這裡，安德烈．德勒固爾什麼都不是。

他怕得要命。他向右看，窗扇稍稍開著。他想從窗戶跳下去。

法官終於放下眼鏡。

「德勒固爾先生，我不打算拐彎抹角。我們懷疑您謀殺瑪蒂德．亞爾尚伯特小姐。」

「怎麼可能？」

法官一拳打在桌上。

「閉嘴！現在是我在說話，我問您話，您才說！懂了嗎？」

沒等安德烈回答，他續道：

「……瑪蒂德．亞爾尚伯特小姐遭到謀殺的時間，在九月二十三日晚上七點到九月二十四日早上六點之間。」

「九月二十三日是星期幾？」

「上星期六。」

「啊！我在馮堂居夫人家用晚餐，總共有二十個人！不可能是我！我有證人！」

「晚餐一直持續到早上六點？」

「這……」

「這是您的筆跡嗎？」

法官遞給他一封信：

我的愛：

是他的筆跡沒錯。

很快我們就能相愛與共，這個妳也知道。我知道妳受了多少折磨，妳有多苦。

是他的筆跡，但不是他寫的。他從沒寫過這封信。

今天我們面臨重大考驗。我再次懇求妳，聽我的話。我們愛得如此濃烈，如此純淨，如此完滿，別強加任何東西，扼殺了這份愛。

然而這張紙卻是他的。

妳知道，這不再是幾個月、幾星期的問題，之後我們就可以對著全世界大聲喊道，再也沒有任何東西，永遠都沒有，可以拆散我們。

他永遠不會寫出這樣的東西，如此庸俗，如此笨拙，不，永遠都不會。不可能是他。

我溫柔的小親親，別逼我使出強硬手段……妳知道我說得到做得到，誠如妳知道我有多愛妳。

妳的，
安德烈

安德烈很難專注於他正在閱讀的東西，雙手又抖了起來。

像我一樣，要對愛有信心，愛，凌駕一切，勝過機緣、命運、不幸……天主創造萬物，而萬物之中最神聖的就是愛。

「這封信不是我寫的。」

「這張紙是您的嗎？」

「是我的，但也可能是任何人的！誰都買得到。」

「這是一樣的嗎？」

法官遞給他另一張紙，類似前一張，他認出上面是他的筆跡，毫無異議：

親愛的大師，

~~我對您尊敬有加，馬首是瞻~~

恕我冒昧寫信給您

透過我們共同的朋友，

您想必知道我唯您馬首是瞻……

「這封信是您寫的嗎？」

「這……您從哪拿到的？」

「在一件晨袍口袋裡找到的。」

法官站了起來，朝他左邊的桌子走了兩步，遠遠展示一件安德烈非常熟悉的晨袍。

「兩個月前，我就扔進垃圾桶了！」

「既然如此，您怎麼解釋警方在亞爾尚伯特小姐家找到？同時還找到一枝筆，還有這個，一個墨水瓶。」

「可是，任何人都可能有這些東西。」

「上面有您的指紋，會是別人的才怪。」

「有人偷的！到我家！有人趁我不在，摸進我家偷走的！」

「您報警了嗎？哪天報的？」

安德烈僵住。

「這是陰謀，法官，我知道爲什麼會這樣！」

「被害人床底下的玻璃杯上也找到您的指紋。」

「這是衝著我來的陰謀。星期二晚上，在啤酒……」

他說到一半，硬生生住了口。法官正在展示他的鞭子。

「我們在鞭子上採集到血跡。血型不是被害者的。可能是您的嗎？毫無疑問，醫學檢驗一下就能驗證您是不是使用者。」

謀殺指控中外加含沙射影插入一絲羞辱。

「如果是這樣，您很難否認您經常造訪被害人。」

雖然這麼想很蠢，但這條鞭子帶給安德烈的污辱，比所有對他的指責還更羞恥。他猛搖頭，不，這不是我的……

「您的紙張，您寫的兩封信，加上採集到您的四枚指紋，還有非常肯定會是您的血型。本席指控您謀殺瑪蒂德．亞爾尚伯特，這還不包括其他可能的指控，尤其是因本案而導出的殺嬰結果。」

44

瑪德蓮喝了塞爾茲氣泡水。杜普雷慢慢喝著咖啡。他們在這待了一個多小時，緊盯著司法宮大樓梯。

天光漸暗。

堤岸上的時鐘顯示傍晚六點。

「來了。」杜普雷說。

瑪德蓮立刻起身，走到人行道。

街道另一邊，安德烈．德勒固爾在兩名穿著制服的警員陪同之下，朝「生菜濾水籃」[155]走去。門已經開著等了。他一臉憔悴，步履沉重，雙肩低垂。

他看見她。倏地停步。

他微微張開嘴。

「走吧，快！」警察邊推他進警車，邊說。

155 un panier à salade：十九世紀的囚車上有柵欄，採開放式，當時的路不像今日這般平坦，坐在裡面的囚犯一顛一顛的，所以被普羅大眾戲稱為「生菜濾水籃」。

這個場景不到一分鐘，警車就開走了。警車一消失，瑪德蓮感覺自己衰老得好可怕。

她後悔了嗎？沒，並沒有。她為什麼哭？她不知道。

「我……」

「不用，沒什麼，杜普雷先生，謝謝您，是我，是……」她掉過頭去拭淚，擤了擤鼻子。

「沒事。」她想讓自己鎮定下來。

她硬想擠出一絲微笑。

「杜普雷先生，那就……」

「那就怎麼樣？」

「我認為我們應該算完成了吧。」

「我也認為，的確是這樣。」

「杜普雷先生，我謝您謝得夠不夠？」

這個問題他思考過很久。這一刻他就想過，想到任務結束，但是他並沒做好準備。

「應該算夠了，瑪德蓮。」

「您現在要做什麼呢？找工作？」

「對，找一份比較……清靜的。」

兩人相視而笑。

杜普雷站起來。

她伸出手，他緊緊握住。

「謝謝，杜普雷先生。」

他想回幾句客套話，想不出來，而且一看就知道他詞窮。

他走出咖啡館前，經過吧檯，停了一會兒，付了飲料錢，頭也不回地走了。

下午五點，計程車把瑪德蓮放在大柵門入口。她抬頭看看招牌，緩緩走過停車場，登上水泥臺階，推開門。

儘管安裝了大工作臺、大桶、蒸餾器、垃圾箱、試管，勒普雷—聖熱爾韋實驗室的空間還是空蕩蕩的，好像遭到閒置。

薇拉娣、保羅、布羅茨基先生，每個人都穿著工作罩衫，頭上都戴著無邊圓帽，這種帽子是藥劑師的最愛。

一股氣味瀰漫全場，像是茶樹香氣被某種味道蓋住，混合了膠水、松節油、熱脂肪的味道，很難想像這裡竟然生產得出好聞的產品。

「啊！媽……媽！很高興……在這邊見到……妳……！」

「我現在會比較常來。可是，我說，這麼短的時間，這裡變化可眞大啊！」

她什麼都想知道，保羅將生產線運作方式一一解釋給她聽，同一時間，薇拉娣和布羅茨基先生則用德語交談。

「很好啊。」瑪德蓮說。

保羅突然住了口。

「妳……好嗎？媽……媽媽？」

「不太好，親愛的，我可能要回家了。」

「什麼……這……」

「媽媽向你保證，什麼事都沒有。稍微有點煩心而已，沒什麼，我得早點上床。明天，一切恢復正常。」

她向所有人打過招呼，吻了保羅。

她走下臺階，覺得自己好脆弱，感到胸口空了。她唯一能做的，只剩下眼睜睜看著這片廢墟，這片從此以後她得生活於其間的廢墟。

她抬起頭。

天井裡，一輛車慢速駛來。

她走到車門旁，彎下腰，頭探進車窗，看著開車的人。

「我建議載您回去，瑪德蓮。天已經黑了。」

她匆匆一笑，上了車。

「是的，您說得對，坐車比較謹慎。謝謝，杜普雷先生。」

尾聲

隨著安德烈被捕，那份偉大的法西斯報也胎死腹中，始終未能再起。

德勒固爾事件預審期間，因爲筆跡鑑定專家意見不合的論戰造成群情譁然，拖了超過一年半的時間，最後塞納省刑事法庭（筆跡鑑定專家又在法庭上唇槍舌戰了一番）才終於判處安德烈十五年有期徒刑的重罪。

一九三六年一月二十三日，某個叫吉爾·帕里瑟的男子因酒後暴力傷人遭警方逮捕，此人的指紋跟在瑪蒂德·亞爾尙伯特家中採集到的另一種指紋百分之百吻合。令瑪德蓮萬分懊惱。

帕里瑟，原爲市立公營當鋪員工，現與父母同住。此人撒謊成癖，心術不正，沒多久就招認，承認多次逼那名年輕女子墮胎，最後予以殺害。警方接受瑪蒂德·亞爾尙伯特有兩個戀人之說，第一個就是德勒固爾，因爲他在現場留下了太多跡證，使得警方還是懷疑他，第二個則是最後致她於死的帕里瑟。新聞界非但沒痛砭司法不公，反而大肆讚揚法醫科學辦案效率高超。

德勒固爾隨即獲釋。

瑪德蓮瘋狂地對此案如何收場亦步亦趨，杜普雷無力讓她冷靜下來。

安德烈·德勒固爾獲釋後不到一個月，大家對他的死亡莫衷一是。

一九三六年二月二十日，有人發現他赤身露體，手腳綁在四根床柱上。解剖報告指出，當時他習慣服用高劑量的安眠藥，然而大量生石灰倒在胯下才是造成他死亡的原因。想必他的死拖了很久又很痛苦。

安德烈・德勒固爾死亡的確切原因迄今尚未釐清。

居斯塔夫・朱貝爾的司法審判一波三折，相當複雜。針對他是叛國罪首腦的控訴莫衷一是，因為當時叛國還是一種相當模糊的概念，雖然對於宣揚愛國主義來說極其受用，在司法辦案上則不然，叛國嚴重程度隨著法德之間的關係緊張與否而改變。最不信任納粹政權的人認為應當處以重刑以儆效尤，展現法國決心。其餘隨納粹起舞的人，則認為第三帝國窮兵黷武乃裝腔做勢，應該跟對方和解才是，為了表示雙方友好，和平相處，主張大事化小、小事化無。

有鑑於朱貝爾如此特殊的地位，使得本案具有指標性，從而引發激辯。

情勢很快就一發不可收拾，這場漫長的司法大戰反映出政權危機，領導階層不和，外交政策不明，以及，如今回想起來，也顯示出大多數共和國的民選代表缺乏自知之明。就叛國罪本身，再三權衡之下，最終還是採用情報通敵這種概念，處理起來較為謹慎。朱貝爾於一九三六年遭到判處七年以下有期徒刑，後於一九四一年受惠於減刑條例提前出獄，隔年便因癌症末期飛快離世，「比他的飛機快」，某毒舌記者如此寫道。

至於夏爾・佩瑞庫爾。害他遭警方逮捕的逃稅醜聞很快就平息了。八十八位法官銜命辦案，卻只有四名會計師從旁協助，此乃延緩訴訟，坐等風頭過去的拖延戰術。

面對右翼報刊怒吼，當局不再公布違法逃稅人士身分，不知道人名，公眾便無法針對這些人表達憤怒。部分新聞界人士傾向於保持沉默，極其謹慎地僅僅刊登幾小段補白來處理這件醜聞。而因為稅務機關胃口越來越大，終於又惹毛了納稅人，選擇採取行動反制的抗爭分子，老調重彈，又開始號召抗稅。總之，這件知名人士逃稅醜聞逐漸淡化，幾個月後徹底煙消雲散，英國和瑞士銀行繼續運作，毫無放慢腳步之意，而收入最微薄的納稅人，則持續繳納比享有特權者更高比例的稅款。

夏爾．佩瑞庫爾脫身，不再擔心，但這個男人徹底被打敗，從此一蹶不振。他向來未曾從荷當絲之死中恢復。正如他預料，他的「兩朵花」從來都沒嫁出去，她們順著一條路走，這條亂七八糟的路，要帶領她們步上正軌，可是她們不喜歡。一九四六年，姐妹花動身前往龐迪切里[156]，堅持要父親過去和她們團聚，好不容易他才答應，並於一九五一年三月啟程。抵達該地後，那簇「處女花束」隨侍在側，他於隔年過世。

保羅那早慧的廣告天賦加上廣播電臺插播廣告攻勢的推波助瀾，使得他的美纖香膏大發利市。「哇！」這句廣告詞蔚為流行，成了當紅的表達方式，大街小巷都聽得到，尤其大受女性歡迎，讓她們在開玩笑的掩飾下，可以大聲說出一句稍帶粗魯的話[157]。佩瑞庫爾公司出的產品因而聲名大噪。《小日報》每週出的畫刊登出一篇報導保羅．佩瑞庫爾的特稿，使得他突然從名人成了名流。世人仰

156 Pondichéry：位於印度半島東南海岸，面臨孟加拉灣，十七世紀起就被法國殖民。
157 Mince：有數解：不怎麼粗的粗話「可惡」、驚嘆語「哇」，亦可作「苗條」解，一語三關。

慕這個坐在輪椅上的年輕人，聰明、進取又謙虛。他大部分的時間都花在向新聞界解釋一件事（前提是對方願意花時間聽他解釋）：偉大的索蘭姬．加里納朵過世前，去柏林挑釁德意志國權威，她透過哪種方式將她最後一場獨唱會轉變成反納粹宣言，德國當局又是如何編造傳奇，現在到了打破這個無稽之談的時候，因爲跟這位歌唱名伶的精神完全背道而馳……等等。保羅成功說服所有百科全書改以收錄他的這個版本。

一九四一年，他加入抗德運動。一九四三年遭蓋世太保逮捕，連訊問時，他都坐著輪椅，以示對他的尊重。

一九四四年八月那幾天[158]，他在巴黎，將近七十二小時，都沒離開過他的輪椅、窗邊和步槍。地下抗德勳章，解放巴黎十字勳章，榮譽軍團勳章……保羅桂冠加頂，但從未談及這些戰爭，也沒加入任何退伍軍人協會。他父親想跟他聯絡，但他從不想見他。這兩個男人並沒選擇同一陣營，人生道路大不相同。

他對製藥的偏好並未因卡呂普索美纖香膏的成功延續。令他著迷的不是產品，而是銷售方式。他投入廣告業，創立佩瑞庫爾廣告公司，娶了格洛麗亞．芬威克，美國競爭敵手的女繼承人，婚後定居紐約，之後又回到巴黎，有了孩子、利潤和許多廣告口號，他在廣告領域的能力令人望塵莫及。

雖然有很多解決方案，但蕾昂絲．皮卡爾選擇前往卡薩布蘭卡。她想回到出發點，以小女孩的方式重新來過，既然她跳房子跳錯格，那麼就從一開始重新跳起吧。此外，她沒帶羅伯．費航跟她一起走。起先他好驚訝，但很快就沒放在心上了。

她從未試圖解釋自己爲什麼選擇瑪德蓮．尚維耶[159]這個姓名。她重操舊業，幾年前她在巴黎也這麼做過，不過這回，她不再是富家千金的貼身女祕書。她碰到來自諾曼第的實業家，跟他結了婚，還生了五個孩子，一年一個，生完老么後，蕾昂絲體重暴增，您八成認不出來。

啊，對，薇拉娣，別忘了薇拉娣。

她嫁給那個東鐵查票員，成了卡斯勒太太，婚後搬到阿朗松，不過還是沒學半個法文字。眾所周知，她的長子阿德里安是諾貝爾醫學獎得主。

至於瑪德蓮和杜普雷，他們繼續以您相稱，終此一生都這樣。

他叫她「瑪德蓮」，她喚他「杜普雷先生」，就像女店東面對客戶那樣。

二〇一七年七月，書於胡德爾格

158 這裡指的是「解放巴黎」。第二次世界大戰期間，盟軍自一九四四年八月十九日至八月二十五日與駐守巴黎的德國軍作戰，直至德軍投降為止。

159 Janvier：意譯為「一月」，一年之始，帶有重新開始之意。

茲以《燃燒的玫瑰》這本小說向明師大仲馬致敬。

全書大致基於一些事實自由改編而成，書名則取自阿拉貢的詩句（〈丁香與玫瑰〉，收於《斷腸集》，一九四一年）160。

居斯塔夫・朱貝爾的「振興法蘭西」，很明顯，來自歐內斯・特梅西耶發起的「振興法國」運動（一九二五年至一九三五年），溫特圖爾瑞聯銀行的操作取材自瑞士巴塞爾商業銀行巴黎分行協助法國政要、富商等逃稅事件（一九三二年），《巴黎晚報》種種惡形惡狀出於〈唯利是圖的法國新聞界醜行〉（鮑里斯・蘇瓦林發表於《人道報》的系列文章，一九三二年）。儒勒・紀佑托這個人物的靈感則來自法國報業巨擘《晨報》的老闆莫里斯・布諾－瓦希拉。

我希望藉著〈人情債〉再度誠摯感謝的諸位人士，就我並未忠於「史實」這方面，他們不承擔任何責任；我是唯一要負責的。

書寫本書期間，卡蜜兒・克萊瑞（多虧艾曼紐・L，我才有幸認識她）欣然同意將其身為歷史學家的才學、她的反應、知識幫助這部小說。每當我扭曲歷史真相，她就會指出謬誤；每當我決定置之不理，繼續寫我的，她就會提醒我有何風險。此番合作實為樂事一樁。

我也虧欠許多專精那個時代的歷史學家，尤其是：法布里斯・阿巴德、塞吉・伯斯坦，以及皮耶・米爾薩、奧利維耶・達爾德、弗雷德里克・莫尼耶、尚—弗朗索瓦・西里內利韋伯、歐根・韋伯、米榭・威諾克、西奧多・澤爾汀。

尚—諾埃爾・讓納奈的《藏錢》，這本有關政商界、引人入勝的著作，提供了我許多不可替代的要素，尼古拉・德拉蘭德的《稅務大戰》亦然，夏爾・佩瑞庫爾平定抗稅爭端的主意，大部分都來自此書。多虧克利斯多夫・法爾奎的好文〈打擊逃漏稅：「國際聯盟」之失敗〉，我才得以補充疏漏。關於逃漏稅的想法，我虧欠賽巴斯提安・蓋艾斯甚多，他這篇出色的文章〈一九三二年：逃漏稅事件與赫里歐[161]政府案〉給了我不少靈感。

另外一個完全不同的領域，潔爾嫚・拉莫斯的《萬惡博覽會》，這部小說就是本書有關腐敗新聞界操作的資訊來源，至於代議制度弊端，則來自於羅伯・德・朱維奈勒的《志同道合共和國》。

閱讀當時的日報對我助益甚多，尤其是諸多作家的專欄（B・傑爾維茲、L・A・帕傑斯、保羅・荷布、克雷蒙・沃泰勒、雅克・班維爾、蓋艾坦・桑瓦贊等），弗朗索瓦・科蒂在《費加洛報》發表的文章，《晨報》的每日新聞提要，署名拉帕里斯先生撰寫的《小日報》專欄。「法國需要獨裁者嗎？[162]」是一九三三年三月《小日報》刊登出來一篇長期調查報告的標題。針對這一點，也針對其他

160 Louis Aragon（1897-1982）：法國詩人、小說家、編輯，法國共產黨長期成員。一九四一年出版，收於《斷腸集》（*Le Crève-cœur*）的〈丁香與玫瑰〉（*Les lilas et les roses*）為二戰期間的一首名詩。本書法文書名*Couleurs de l'incendie*出自該詩最後一節：「首日的丁香花束，法蘭德斯的丁香／甜美的陰影，死神給丁香兩頰添妝／而你們這些柔弱玫瑰的撤退花束／染上遠方戰火的顏色，安茹的玫瑰」。詩中法蘭德斯和安茹這兩個地名，一北一南，暗指二戰前期，法軍從北往南一路撤退。

161 Edouard Herriot（1872-1957）：法國政治家兼學者。三度出任法國總理。

許多地方，感謝各位專業人士讓法國圖書館數位圖書館Gallica數據庫維持如此豐富的資訊典藏，在此希望Gallica能擁有更多收集資料的資源。

本書中出現的波蘭文，則拜我傑出的翻譯瓊安娜・波拉裘斯所賜。（南）德文翻譯，則需感謝蘿拉・克萊納。

就渦輪噴射引擎的幸與不幸，尙—諾埃爾・帕西厄令我受益良多，此外還得感謝杰拉・哈特曼對我在專業技術上的不精確睜一隻眼閉一隻眼，在此一併感謝他們兩人對我如此忍耐。有賴埃爾韋・大衛好心幫忙，保羅才能縱情於留聲機世界，還有可愛的巴黎留聲機博物館，謝謝它堅定了我在描述這方面的初心。巴黎「留聲機天地」的賈拉・阿羅，這位留聲機界翹楚，完全彌補了我在這方面的不足。

寫作期間，我經常想到別的東西——一個人寫的任何內容，事實上都不屬於這個人。比方說，當我必須解釋從此以後索蘭姬・加里納朵都要坐著唱的時候，我不禁想起雨果自問夏爾・米里哀蒙神感召之謎[163]的那種方式（「此後，米里哀先生這一生有些什麼遭遇呢？法國舊社會崩潰……」）。倘若詳細列出所有惠我良多的前輩，恐有賣弄之嫌，故而僅粗擬名單如下，按姓氏字母順序排列：路易・阿拉貢、米榭・歐迪亞、馬塞・艾梅、夏爾・波德萊爾、索爾・貝婁、艾曼紐・卡黑爾、喬治・布瑞森斯，艾維・康普頓—伯內特、亨利—喬治・克魯佐、大仲馬、亞伯・杜龐帝、居斯塔夫・福樓拜、威廉・蓋迪斯、亞伯・卡爾利尼、吉恩・季侯杜、路易・紀佑、薩沙・吉特里、維克多・雨果、尙・饒勒斯、肯・克西、安德烈・馬勒侯、威廉・麥爾文尼、拉瑞・麥克莫特里、諾爾吉、皮耶・佩雷、馬塞・普魯斯特、約瑟夫・羅特、克勞德・紹普、司湯達爾、威廉・薩克萊、列夫・托爾斯泰、瑞凡安（羅德尼・威廉・懷特克）、卡米爾・特魯麥、雅各布・瓦瑟曼。

謝謝以下諸位認真的第一讀者：我的歷史參謀傑哈・奧貝爾，以及娜塔莉、卡米爾・楚麥、珀瑞恩・瑪爾甘恩、卡米爾・克雷瑞、索蘭妮、凱瑟琳・博佐干、瑪麗－加布里埃爾。波賽兒和亞伯・杜龐帝。

特別值得一提的是知識淵博的維若妮克・歐瓦爾德，非常感謝她的大好建議和慷慨付出。

還有芭絲卡琳娜，從頭到尾，始終如是。

162 請參閱本書314頁。

163 Charles Myriel：《悲慘世界》中那位慈祥的主教。原為已婚的上流社會花花公子，大革命一爆發，便出逃義大利，再回巴黎時，妻子已死，而他，竟然成了教士。所以世人才對他蒙神感召、獻身天主不解，視其為謎。可參考《悲慘世界》第一部第一章。

藍小說 297
燃燒的玫瑰

作　者—皮耶・勒梅特
譯　者—繆詠華
編　輯—張瑋庭
美術設計—徐睿紳
內頁排版—極翔企業有限公司

副總編輯—嘉世強
董事長—趙政岷
出版者—時報文化出版企業股份有限公司
108019臺北市和平西路三段二四〇號三樓
發行專線—（〇二）二三〇六—六八四二
讀者服務專線—〇八〇〇—二三一—七〇五・（〇二）二三〇四—七一〇三
讀者服務傳真—（〇二）二三〇四—六八五八
郵撥—一九三四四七二四時報文化出版公司
信箱—一〇八九九臺北華江橋郵局第九九信箱

時報悅讀網—http://www.readingtimes.com.tw
電子郵件信箱—liter@readingtimes.com.tw
法律顧問—理律法律事務所　陳長文律師、李念祖律師
印　刷—盈昌印刷有限公司
初版一刷—二〇二〇年十月三十日
定　價—新臺幣四五〇元
（缺頁或破損的書，請寄回更換）

時報文化出版公司成立於一九七五年，
並於一九九九年股票上櫃公開發行，於二〇〇八年脫離中時集團非屬旺中，
以「尊重智慧與創意的文化事業」為信念。

燃燒的玫瑰／皮耶・勒梅特（Pierre Lemaitre）著；繆詠華譯．－初版
．－臺北市：時報文化，2020.10
面；公分．－（藍小說；297）
譯自：Couleurs de l’incendie
ISBN 978-957-13-8344-6

876.57　　109012423

ISBN 978-957-13-8344-6
Printed in Taiwan